MW00627946

La corte de las tinieblas

Vampyria

La corte de las tinieblas

Victor Dixen

Traducción de Patricia Orts

Rocaeditorial

El papel utilizado para la impresión de este libro ha sido fabricado a partir de madera procedente de bosques y plantaciones gestionadas con los más altos estándares ambientales, garantizando una explotación de los recursos sostenible con el medio ambiente y beneficiosa para las personas.

Vampyria
La corte de las tinieblas

Título original en francés: *La Cour des Ténèbres*

D. R. © 2020, Éditions Robert Laffont, S.A.S., París

Primera edición en España: octubre de 2022
Primera edición en México: octubre de 2022

D. R. © de la traducción: 2022, Patricia Orts

D. R. © de esta edición: 2022, Roca Editorial de Libros, S.L.
Av. Marquès de l'Argentera 17, pral.
08003 Barcelona
actualidad@rocaeditorial.com
www.rocalibros.com

D. R. © de las ilustraciones interiores: Misty Beee (@misty.beee)

ISBN: 978-841-928-355-9

Impreso en México – *Printed in Mexico*

Para E.
Para mis padres.
Para mi hermana Lisa.

Podemos realizar todos nuestros deseos
mientras vivimos;
una vez muertos, tenemos menos poder
que un individuo cualquiera.

Palabras del REY SOL en el ocaso de su vida

¡Por fin ha muerto Luis el Grande!
La parca ha interrumpido su destino.
La, la…
Acaba de terminar con su vida,
toda Europa lo celebra.

CANCIÓN POPULAR con ocasión de la muerte de Luis XIV, el Rey Sol,
antes de que se convirtiera en el Rey de las Tinieblas
el 31 de octubre de 1715

Magna
Vampyria
Año 299

Inglaterra

Provincias unidas

Francia

Saboya

Hacia los virreinatos de América

Portugal

España

Marruecos

Imperio otomano

Reino de Francia

Virreinatos

Frontera de la Magna Vampyria

Dinamarca

Suecia

Rusia

Prusia

Polonia

Alemania

Cimeria

Suiza

Austria

Moldavia

Venecia

Transilvania

Piamonte

Valaquia

Toscana

Nápoles

Imperio
otomano

Morea

Estados aliados

Terra Abominanda (último trazado conocido)

Bee
Fecit

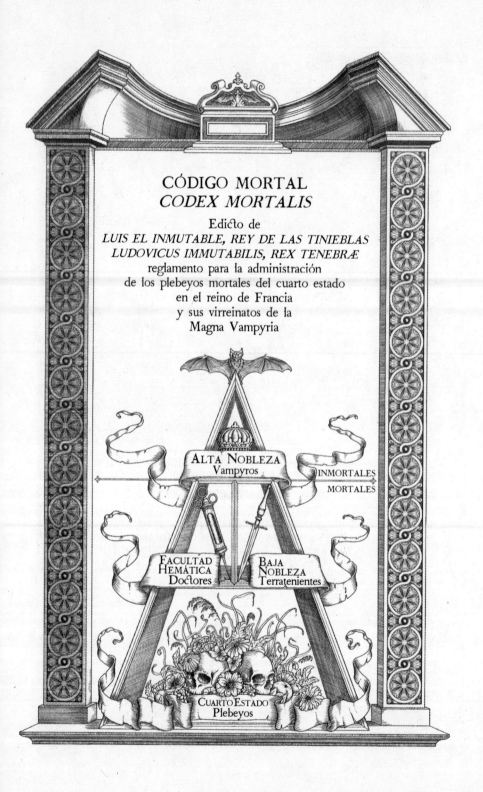

CÓDIGO MORTAL
CODEX MORTALIS

Edicto de
LUIS EL INMUTABLE, REY DE LAS TINIEBLAS
LUDOVICUS IMMUTABILIS, REX TENEBRÆ
reglamento para la administración
de los plebeyos mortales del cuarto estado
en el reino de Francia
y sus virreinatos de la
Magna Vampyria

ALTA NOBLEZA
Vampyros

INMORTALES

MORTALES

FACULTAD
HEMÁTICA
Doctores

BAJA
NOBLEZA
Terratenientes

CUARTO ESTADO
Plebeyos

PREÁMBULO

Por gracia de las Tinieblas, la sociedad de la Magna Vampyria se divide en cuatro órdenes. Un orden inmortal: los vampyros de la alta nobleza. Y tres órdenes mortales: los terratenientes de la baja nobleza, los doctores de la Facultad Hemática y los plebeyos del cuarto estado. Los siguientes artículos se aplican a esta última parte de la población.

ART. I. OBEDIENCIA. *OBOEDIENTIA*

Los plebeyos nacen y viven bajo la protección de los vampyros, a los que deben, como contrapartida, una total sumisión.

ART. 2. CONFINAMIENTO. *SEQUESTRUM*

Los plebeyos no deben alejarse más de una legua del pueblo donde viven durante el día, mientras brilla el sol.

ART. 3. TOQUE DE QUEDA. *IGNITEGIUM*

Los plebeyos no deben abandonar su domicilio durante la noche después del toque de campana.

ART. 4. DIEZMO. *DECIMA*

Los plebeyos deben verter todos los meses un décimo de su sangre.

ART. 5. SANCIÓN. *SUPPLICIUM*

La persona que incumpla lo dispuesto en los anteriores artículos será ejecutada.

1

La visita

—¡En nombre del rey, abran inmediatamente! —ordena una voz atronadora.

Mis padres se miran aterrorizados de un lado a otro de la mesa donde los cinco acabamos de sentarnos a cenar. Mi hermano mayor, Valère, se queda petrificado. El segundo, Bastien, deja caer la cuchara al suelo. Yo, que soy la más pequeña, la recojo, porque voy detrás de él.

—¿Quién puede ser, un domingo y a estas horas? —pregunta mi madre.

Mira el viejo reloj de péndulo, que marca las siete recién pasadas y que se encuentra al lado del almanaque colgado en la pared, donde aparece la fecha de hoy: 31 de agosto del Año de las Tinieblas 299.

A modo de respuesta, un puño golpea la puerta haciendo temblar el caldo de faisán que humea en nuestros platos. Mi corazón se acelera. «En nombre del rey», ha dicho el visitante nocturno, pero podría haber dicho perfectamente: «¡En nombre del diablo en persona!».

Miro de reojo el grabado enmarcado de Luis el Inmutable que corona nuestra chimenea, como en cualquier casa francesa. Hace muchísimo tiempo que los largos rizos del soberano dejaron de ser castaños; bueno, mejor dicho, hace muchísimo tiempo que el papel se ha descolorido por el paso de los años, pues lo imprimieron mucho antes de que yo naciera. El rey no tiene una sola arruga en la cara, porque la oculta tras una máscara de oro con los rasgos lisos, sin edad ni expresión, y de la que emergen unos ojos negros que escrutan con severidad a los habitantes del país. Los labios metálicos, cerrados y enigmáticos, impresionan más que si se dejaran ver los puntiagudos caninos que se ocultan tras ellos.

Conteniendo un estremecimiento, corro hacia la ventana del comedor para tratar de ver lo que sucede fuera. A través del cuadrado de grueso cristal, la calle principal de la Butte-aux-Rats aparece bañada por una luz dorada: el verano toca a su fin y los días siguen siendo largos en las mesetas de Auvernia, el sol se pone después de las ocho… y los vampyros se levantan tarde. Es la estación más feliz del año, las semanas en que el tiempo es lo bastante clemente como para poder salir sin abrigo. Es el momento en que los lugareños casi llegan a olvidar el Código Mortal que desde hace varias generaciones oprime a la Magna Vampyria: una gran coalición integrada por el reino de Francia y sus virreinatos.

—¡Apártate de la ventana, Jeanne! —me ordena mi madre—. No te arriesgues inútilmente.

Nerviosa, se mete detrás de una oreja un mechón de su larga melena castaña. La mía, que me roza los hombros, siempre ha sido gris. Solo a mi madre le parece adorable tal anomalía.

—Los rayos no me quemarán la piel —digo encogiéndome de hombros—. ¡No soy una chupasangre!

—¡No hables así! —grita mi padre, indignado y soltando un puñetazo sobre la mesa.

Es el primero que se irrita cuando alguien se muestra irreverente con los vampyros, como el buen ciudadano sumiso que siempre ha sido. De hecho, ha puesto religiosamente bajo el retrato real los crisantemos secos, las flores de los muertos vivientes, porque el próximo año el país celebrará el aniversario del déspota. Hace casi tres siglos de su transmutación, que tuvo lugar en el año de gracia de 1715 del antiguo calendario, la noche en que debería haber muerto de vejez al final de un reinado interminable, marcado por la guerra y el hambre. En lugar de ponerse para siempre, el Rey Sol celebró un terrible y secreto ritual médico. Gracias a la operación obtuvo la inmortalidad, pero su cara quedó mutilada. Luis XIV se convirtió en Luis el Inmutable, el Rey de las Tinieblas: el primer vampyro de la historia. Después, todos los monarcas del continente le declararon su lealtad para poder convertirse a su vez en inmortales. Europa quedó paralizada bajo un yugo de hierro y hasta el clima se detuvo. Una edad glacial se apoderó de la Tierra: había comenzado la Era de las Tinieblas.

—¡Abran de inmediato o tiraremos la puerta abajo! —grita desde fuera la misma voz, pero con mayor vehemencia.

El puño retruena en la puerta de la botica contigua a nuestra casa, cuya entrada da a la plaza del pueblo.

Mis hermanos se levantan. Valère se precipita hacia el aparador para sacar el cuchillo largo con el que mi padre ha cortado el faisán que esta mañana cacé furtivamente en el bosque. Alarmado, Bastien se limita a mirar a su alrededor. Tibert, el viejo gato de la casa, abandona su plato de menudillos para refugiarse en un rincón. En cuanto a mí, me quedo de pie instintivamente, los muslos se me tensan bajo los pantalones de piel de borrego. Aunque soy bajita para tener diecisiete años, mi cuerpo es ágil y está entrenado para correr.

—Reconozco las maneras del preboste —murmura Valère parpadeando tras los quevedos, con los que parece más viejo. Siempre ha sido el más nervioso de la familia.

—Tranquilízate, Valère —le ordena mi madre con una voz dulce y autoritaria a la vez—. Suelta el cuchillo. No nos va a pasar nada.

Valère la obedece: mis hermanos mayores hacen lo que les dice mi madre sin rechistar. En la tienda ella lleva las cuentas y en casa es la que tiene la última palabra.

—Mamá tiene razón: no nos va a pasar nada —digo—. Porque aquí nunca pasa nada, ¿verdad, Bastien?

A pesar del tono burlón con el que trato de arrancar una sonrisa a mi hermano preferido, siento una oscura inquietud. ¿Quién puede tener algo contra el matrimonio Froidelac, los honorables boticarios de un pueblo perdido en lo más recóndito de una de las provincias más apartadas de Francia, a veinte leguas de Clermont, la ciudad más próxima? Mis padres siempre han pagado los impuestos, tanto el del oro como el de la sangre. Doce veces al año. Mi padre ayuda incluso al doctor Boniface a sangrar a todos los habitantes del pueblo, empezando por él mismo, su esposa y sus hijos. Según establece el Código Mortal, los boticarios no solo deben suministrar remedios a la gente, además deben sacarles el precioso líquido. Es el diezmo que recoge la Facultad Hemática —nombre derivado del griego *haimatos*, «sangre»—, una religión fundada por los sacerdotes-médicos que transmutaron al rey. Nosotros, los plebeyos, estamos obligados a entregar un décimo de nuestra sangre como sacrificio para alimentar a nuestros señores y dueños. El doctor Boniface envía todos los meses doscientos frascos llenos a su superior, el arquiatra de Clermont, como llaman a los prelados que han sustituido a los antiguos obispos.

—Aparte del hecho de ser mortalmente aburridos, no tenemos nada que reprocharnos, ¿verdad? —digo guiñando de nuevo un ojo a Bastien, el único de la familia capaz de apreciar mi humor negro.

Mi padre asiente con la cabeza, como suele hacer para tranquilizar a los enfermos, pero la angustia ha arrugado su frente. Jamás lo he visto así; bueno, sí, una vez: esa glacial noche de diciembre de hace cinco años tenía la misma expresión. Los hombres del preboste habían arrastrado hasta la botica a un viajero extranjero con el abrigo cubierto de nieve. El pobre tipo había ignorado el toque de queda que prohíbe a los miembros del cuarto estado circular por los caminos después del atardecer. Había sido víctima de un vampyro de paso, cuyo nombre jamás se sabrá. Los señores de la noche tienen derecho a alimentarse a su antojo con las personas que salen después del aviso de la campana. A modo de firma, el predador solo había dejado dos agujeros morados en el cuello de su presa, después de haberle sacado prácticamente toda la sangre. Por aquel entonces, yo tenía doce años y era la primera vez que veía la mordedura de un vampyro. No he vuelto a ver una. Los señores de la noche no vienen a este rincón perdido de Auvernia, donde el número de ovejas dobla el de seres humanos y el de ratas es diez veces superior.

Inspiro hondo mientras trato de concentrarme.

Una remota noche invernal, el semblante de mi padre reflejaba su desesperación por tener a un hombre aterido agonizando entre sus brazos, pero hoy, en pleno verano y aún de día, ¿quién puede sumirlo en semejante estado?

—Boticario, escúchame bien: ¡es la última vez que te lo digo! —dice amenazante la voz iracunda en la plaza del pueblo.

Mis padres se miran estremecidos.

A continuación, mi padre se aproxima a la puerta que separa el comedor de la tienda.

En ella se ven los estantes llenos de tarros de porcelana meticulosamente ordenados, en los que Bastien pintó con esmero los nombres de los diferentes ungüentos y pociones. El sol del anochecer brilla en el mostrador de madera. Con frecuencia, mientras me ocupo de la caja, me he sentido sofocar en ese local minúsculo, angustiada al ver cómo se me escurre la vida entre los dedos. Solo me siento bien con mis pantalones de piel y mi extraña melena oculta bajo un sombrero de pastor, corriendo por el bosque para recoger plantas medicinales y para la caza cuando se presenta la ocasión.

19

VICTOR DIXEN

Al pensar en ello me asalta una duda: ¿y si el preboste ha venido para detenerme por el faisán que nos disponíamos a comer? Los plebeyos no pueden cazar, pero hasta la fecha el preboste Martin ha ignorado mis transgresiones, porque mis padres le regalan la infusión de salvia que bebe cuando tiene una de sus crisis de gota.

Tuerzo el cuello para ver mejor, filtrando la luz resplandeciente a través de mis pestañas. Detrás de la puerta acristalada que da a la plaza del pueblo veo por fin la silueta del visitante. No es el preboste Martin, el hombrecito bonachón que dirige a los tres gendarmes de la Butte-aux-Rats. El tipo que amenaza con romper la puerta con un puño enguantado es tan grande y seco como una horca. Va totalmente envuelto en una bata negra que le llega hasta el suelo. Una ancha gorguera de tela blanca y plisada, el adorno típico de la Facultad, le rodea el cuello.

—Un inquisidor —murmuro al reconocer la hebilla de hierro en forma de murciélago en el capirote.

Más allá de en los grabados de los libros, jamás he visto a un inquisidor, pero sé que son los únicos miembros de la Facultad que ostentan la marca del murciélago y que persiguen a los enemigos de la religión estatal dondequiera que se encuentren. La presencia de un dignatario de tan alto rango en la Butte-aux-Rats es inaudita. El único representante local de la Facultad es el doctor Boniface, cuya modesta gorguera consiste en un sencillo cuello plano.

Esta vez estoy segura: se trata de un error, un terrible menosprecio que mi padre solucionará con unas palabras.

—Id arriba, niños —nos ordena mi madre.

—¿Por qué? —protesta Valère.

—¡No discutas!

La obedecemos de mala gana, pero, al llegar a lo alto de la escalera que conduce a los dormitorios, les digo a mis hermanos:

—Quedaos ahí detrás, en la sombra del pasillo, voy a espiar lo que sucede abajo.

Es la ventaja de ser la más pequeña de la familia: puedo esconderme en cualquier parte. Me agazapo contra la barandilla, como cuando acecho una presa en el bosque bajo el ala de mi sombrero.

El cerrojo de la puerta gira con un chasquido.

Un estruendo de botas golpea las baldosas de la tienda: es evidente que el inquisidor no ha venido solo.

Desde mi pedestal lo veo entrar en el comedor seguido de uno..., dos..., tres soldados vestidos de cuero oscuro, calzados con unas botas altas y bien armados. En la cabeza llevan unos gorros de paño gris forrado de piel con una punta larga hasta el hombro. Horrorizada, reconozco el sombrero de los dragones del rey. La misión de esos feroces guerreros es erradicar todo lo que pueda amenazar el orden implacable de Vampyria. ¿Qué hacen aquí esta noche?

Mi padre trata de no perder la calma.

—Bienvenido a mi humilde morada, excelencia. Mi esposa y yo nos sentimos honrados por su visita. Estábamos a punto de cenar una cazuela de gallina.

Una cazuela de gallina: una pequeña mentira con la que trata de hacer que un faisán cazado furtivamente parezca un ave comprada en el mercado. Un extranjero como el inquisidor ignora, sin duda, que en la Butte-aux-Rats, donde hiela dos tercios del año, los hombres y los animales deben arrancar su sustento a la tierra estéril. Aquí, una persona tan importante como el boticario no puede comer pollo todas las semanas.

—Nos encantaría compartir con usted nuestra modesta cena... —prosigue mi padre como si nada.

Señala con un dedo la sopera desportillada, la jarra llena de vino aguado y la cesta de pan que tenemos por costumbre tapar con un paño para que las ratas no den buena cuenta de él. El servicio es muy sencillo, pero el ramo que ha hecho mi

21

madre le da un toque de color y delicadeza: no son los crisantemos secos que adornan el altar del rey, sino flores campestres
recién cortadas.

—¿El buen rey Enrique no quiso en su tiempo que todos
los habitantes del reino pudieran echar una gallina en la cazuela los domingos? —insiste mi padre sonriendo.

El inquisidor lo interrumpe con una voz gutural, tan cortante como la cara afilada que emerge de su gorguera:

—¡Deja al viejo rey Enrique donde está, en la tumba donde
blanquean sus huesos desde hace varios siglos!

Oigo que Valère ahoga una maldición a mis espaldas. Enrique IV fue el penúltimo mortal que reinó en el país. Según
afirman los sermones de la Facultad, que el doctor Boniface
balbucea todos los domingos en el oficio, la transmutación de
la alta nobleza instauró una paz duradera en Francia y Europa: la *pax vampyrica*, que puso fin a las guerras del pasado.
El dogma establece también que los vampyros protegen a los
mortales contra los seres abominables nocturnos que salen de
sus guaridas después de la puesta de sol —no sé si es cierto
que existen, jamás he visto uno—. Por último, el credo hemático establece que existe una continuidad dinástica entre
Enrique IV, el primer Borbón, que amaba sinceramente a su
pueblo, y Luis el Inmutable, su nieto, que nos gobierna en la
actualidad. Pero, a diferencia de los antiguos soberanos, que
mostraban la cara, como sus súbditos, ¡el Inmutable se oculta
detrás de una máscara impenetrable desde hace trescientos
años! ¡Los viejos monarcas vivían y morían como seres humanos, mientras que el Rey de las Tinieblas baña su cuerpo
inmortal en la sangre de los franceses!

Me pego un poco más a la barandilla del primer piso, temiendo de forma irracional que el inquisidor note mi presencia y lea mis pensamientos sacrílegos. A saber de qué poderes
están dotados los miembros más eminentes del clero a sueldo
de Vampyria.

22

Pero la atención del visitante se concentra exclusivamente en mi pobre padre.

—La sedición ha arraigado entre estas paredes, lo siento… —gruñe arrugando la nariz, como si percibiera de verdad cierto olor a culpabilidad. Señala la sopera con un índice acusador—. ¡Igual que percibo el olor a ajo que emana de ese potaje!

—¡Jamás permitiríamos algo así! —se defiende mi padre—. ¡Sabemos de sobra que el ajo produce comezón a nuestros señores vampyros y que por eso está prohibido en el reino!

Olvidándose de la sopera, el inquisidor empieza a caminar a lo largo de la pared donde se amontonan los troncos que mis hermanos han cortado para los seis meses de invierno glacial. Se dirige hacia la biblioteca que hay al fondo de la habitación y apunta hacia los estantes un dedo acusador:

—¡Demasiados libros para una casa de plebeyos, huele que apesta a herejía!

—Solo son los tratados más simples de herboristería y varias novelas inofensivas —replica mi madre, plantándose ante él, decidida.

Tiene razón: en nuestra biblioteca no hay nada extraño, exceptuando, quizás, una colección de novelas de aventuras en inglés que he leído cientos de veces para matar el aburrimiento que reina en la Butte-aux-Rats. Mi madre los recibió en herencia de un lejano tío abuelo que nunca llegó a conocer. Aprendió el inglés que luego me enseñó, pero nunca ha viajado al otro lado del canal de la Mancha. El Código Mortal no solo impone a los plebeyos el toque de queda que los obliga a encerrarse por la noche, además no pueden alejarse más de una legua del campanario de su pueblo durante el día.

El inquisidor no ha venido a hablar de literatura. Se aleja bruscamente de la biblioteca y se abalanza sobre mi padre. Su larga bata negra azota el aire como una capa.

—¡Llévame a tu laboratorio! —le ordena.

23

—¿Mi laboratorio? El sótano apesta a los vapores tóxicos que emana el veneno para ratas que estoy obligado a fabricar en grandes cantidades. Un lugar así no es digno de un hombre de su rango…

—¡Vamos, u ordenaré que te degüellen!

Los soldados desenvainan sus espadas con aire amenazador. Mi padre titubea un segundo, duda un instante.

Yo también dudo, sí, por primera vez «dudo de él».

¿Por qué se niega a enseñar su laboratorio a esos intrusos? Ese lugar, lleno de retortas desportilladas y de alambiques abollados, reviste poco interés. A menos que…

—¿Qué ves, comadreja? —murmura impaciente Bastien tras de mí.

«Comadreja» es el apodo afectuoso con el que me llama. Bastien es un artista que se pasa el día dibujando, de forma que su mirada sabe distinguir las siluetas de animales que se ocultan tras las de los hombres.

—Papá se dirige hacia la trampilla del sótano… —susurro.

De repente, veo a mi padre tan encorvado como un anciano, a pesar de que solo tiene cuarenta y cinco años; su mirada vibrante se eleva hacia lo alto de la escalera y se cruza disimuladamente con la mía.

Tengo la desgarradora impresión de que le gustaría decirme un sinfín de cosas que me ha ocultado durante mucho tiempo, pero ya es demasiado tarde; tengo la terrible intuición de que esas palabras que no ha pronunciado jamás cruzarán la frontera de sus labios.

—¡Vamos! —ruge el inquisidor, empujándolo sin miramientos.

—Soy el único que utiliza el laboratorio —dice mi padre.

Después de la cazuela de gallina, otra mentira: mi madre, especialista en hierbas, lo ayuda todos los días a preparar las pociones medicinales y los ungüentos; Valère ha estudiado en el sótano durante años; también Bastien pasa allí mucho tiempo realizando sus pinturas y moliendo los pigmentos minerales. A decir verdad, soy la única de la familia que jamás baja al sótano. ¿Y si hacen experimentos que desconozco? ¿Prácticas prohibidas, susceptibles de llamar la atención del inquisidor?

Mi padre desaparece por la trampilla con el prelado y uno de los dragones pisándole los talones, mientras los otros dos se quedan en la planta baja con mi madre.

Al poco tiempo se oye un estruendo en el sótano: ruidos de cristales rotos y de metales chocando entre sí.

Siento que Valère tiembla encolerizado a mi espalda, pegado a mí.

—¡Tenemos que hacer algo! —murmura.

—Pero ¿qué podemos hacer? —replica Bastien, angustiado—. Solo espero que no descubran el pasaje secreto.

Miro las caras de mis hermanos. En la penumbra del pasillo, tengo la repentina impresión de que pertenecen a unos desconocidos; y no solo por el pelo castaño, tan diferente de mi pálida cabellera, ni por los ojos del mismo color, mientras que los míos tienen una tonalidad azul grisácea descolorida.

Los tres nacimos con un año de diferencia, pero no podemos ser más distintos. Valère ha heredado el carácter afanoso, aunque anodino, de mi padre: en el futuro se ocupará de la botica. Bastien posee el refinamiento de mi madre: cuando no está dibujando o fantaseando, hace las veces de escribiente del pueblo gracias a su bonita caligrafía. Yo no me parezco a nadie. Tampoco me aguarda un oficio. Además, esta noche me siento excluida de mi familia.

—¿De qué estáis hablando? —susurro—. ¿Qué pasaje secreto?

—Más vale que no lo sepas —contesta Valère mirándome con severidad tras sus quevedos—. Papá y mamá dicen que eres demasiado imprevisible.

—¿Qué pasaje secreto? —repito agarrándole una muñeca.

25

Valère aprieta la mandíbula tirando del brazo que estoy decidida a no soltar antes de que me responda.

Bastien interviene por miedo a que nuestra pelea llame la atención de los dragones que se han quedado en el comedor:

—Yo tampoco sabía nada antes de llegar a la mayoría de edad, hace un año —me confiesa a media voz—. A ti también te lo habrían dicho, comadreja. Estoy seguro de que mamá te lo iba a contar cuando cumplieras dieciocho.

—¿Qué debería haberme dicho? —murmuro con el estómago encogido.

Me duele que mi hermano favorito me haya ocultado algo, él, la persona que considero más cercana a mí, mi único amigo. En cuanto a mi madre…, no resisto la tentación de mirar hacia abajo, al comedor donde retumba el estruendo generado por el saqueo del sótano.

Está entre dos dragones, estoica, con semblante impenetrable. Mi madre siempre ha tenido una personalidad fuerte, yo también, por eso nuestra relación siempre ha sido especialmente conflictiva. Durante la infancia fue mi modelo: me enseñó muchas cosas, me transmitió el placer por los libros y supo despertar mi curiosidad por el vasto mundo. Después, con la adolescencia, llegaron los reproches: ¿por qué había estimulado una sed ardiente de otros lugares para después recordarme con crueldad las leyes del toque de queda y el confinamiento? A medida que iba creciendo, la Butte-aux-Rats me iba pareciendo cada vez más agobiante, y la conciencia de estar encerrada de por vida no hacía sino alimentar mi frustración.

—En el sótano hay una puerta oculta —susurra Bastien, tan bajo que su voz es un hilo casi inaudible—. Detrás del laboratorio hay un refugio secreto. Un taller donde papá y mamá realizan los experimentos alquímicos prohibidos que les piden los rebeldes auverneses.

Me gustaría replicarle que eso es imposible, que mis padres son unos comerciantes atrapados en la rutina y no unos conspiradores que arriesgan su vida por una causa perdida de antemano. Cualquiera sabe que la ciencia alquímica está tajantemente prohibida por la Facultad. Igualmente todos sabemos que los rebeldes están locos, que son unos mortales que osan sublevarse contra el rey. Según se rumorea, esos iluminados utilizan la misma energía que fluye en la sangre de los vampyros —las misteriosas Tinieblas— para crear unas armas impías destinadas, en teoría, a derribar Vampyria. ¡Puros chismes, sin duda, porque Vampyria es indestructible!

—¡Nuestros padres jamás se habrían dejado involucrar en una locura como esa! —afirmo indignada—. Nunca habrían...

Una terrible detonación interrumpe mi frase y sacude la casa hasta los cimientos.

27

2

El secreto

*E*nsordecida por la explosión, suelto la muñeca de Valère.

Mi hermano baja corriendo la escalera gritando:

—¡Papá! ¡Mamá!

Una densa humareda asciende por la trampilla abierta, causada por el estallido que acaba de producirse en el sótano.

Siento un zumbido en los oídos.

Me pican los ojos.

Pero, por encima de todo, una intuición siniestra me estremece: mis hermanos tenían razón, ¡el sótano contenía sustancias explosivas prohibidas y mi padre acaba de saltar por los aires con el inquisidor para brindarnos la oportunidad de salvarnos!

Pataleando y tosiendo, los dos dragones supervivientes hacen ademán de desenvainar la espada de la cintura; buscan a mi madre, que ha desaparecido en el humo.

Con la velocidad del rayo, Valère corre hacia el cuchillo de cocina que ha quedado encima del aparador; se vuelve con una agilidad sorprendente y hunde la hoja entre las costillas del primer dragón, hasta el mango. Pero el golpe maestro solo es fruto del azar. Empujado por su propio peso, tropieza, ofreciendo la nuca a la espada del segundo dragón.

Me hierve la sangre, de manera que saco la honda de mis pantalones de piel, el arma con la que maté el faisán. Meto una piedra puntiaguda que recogí en el bosque y la hago girar con fuerza por encima de mi cabeza…, pero no lo suficientemente rápido para evitar lo ineluctable.

El filo de la espada cae como una cuchilla sobre el cuello de Valère.

La sangre sale a chorros por el corte de la carótida, salpica la chimenea, dejando una mancha purpúrea en el grabado del rey con la máscara de oro.

Mi mano tiembla, de forma que el proyectil cae a más de un metro del asesino y rompe en mil pedazos el jarrón que hay encima de la mesa del comedor.

La cabeza de Valère acaba de separarse de su cuerpo y rueda por las baldosas de barro ensangrentadas.

No puedo contener un grito de horror.

El dragón alza la mirada y clava en mí sus ojos iracundos.

Hundo a toda prisa la mano en el bolsillo buscando un nuevo proyectil, pero mis dedos solo palpan el vacío.

El hombre corre ya hacia la escalera blandiendo su arma, pero en ese momento mi madre emerge del montón de troncos del rincón de la biblioteca, con el semblante destrozado por el dolor. Se inclina para coger un largo pedazo del jarrón, que se ha roto al lado de su hijo decapitado, y lo hunde en el hombro del intruso a la vez que grita:

—¡Esto por mi hijo!

El dragón se queda paralizado.

Mi madre vuelve a levantar el pedazo de cerámica, apretándolo con tanta fuerza que se corta en los dedos, y lo deja caer sobre el soldado.

—¡Esto por mi marido!

El soldado se vuelve y, con el mismo movimiento, corta el cuello de su asaltante con el filo de su espada.

—¡Mamá! —grito.

Mi madre tiene aún la fuerza suficiente como para volverle a clavar el pedazo de jarrón por tercera vez: lo hunde completamente en el corazón de su adversario, antes de caer sobre su pecho.

El gorro de punta del soldado cae al suelo.

Ambos se quedan inmóviles, uno encima del otro, como unos amantes fundidos en un monstruoso abrazo.

Escapo de las manos trémulas de Bastien, que trata de retenerme en vano, y bajo la escalera como una exhalación.

—¡Mamá! —repito sujetando sus hombros, mientras que el cuerpo sin vida del soldado se hunde tras de mí.

Entre mis dedos crispados, el cuello de mi madre me resulta tan flácido como el de una muñeca de tela. Como las que mis padres se obstinaban en regalarme cuando era niña, antes de comprender que lo único que me interesaba era ayudar a Tibert a cazar y matar las ratas con mi tirachinas.

—Háblame…, dime algo… —consigo decir entre sollozos.

Dime todo lo que nunca me dijisteis papá y tú.

Explícame quiénes erais de verdad, qué había tras la apariencia de normalidad de la que yo me burlaba tan a menudo.

Habla, cuéntame una historia, como cuando era pequeña: las fábulas de Esopo, los cuentos de Perrault o las leyendas aún más maravillosas que te inventabas.

Pero de sus labios exangües no sale ningún sonido.

Su cara inexpresiva se nubla ante mis ojos anegados en lágrimas.

Por encima de su hombro inmóvil, el Inmutable me espía tras su máscara rígida, con las mejillas marcadas por el color rojo de las salpicaduras de sangre de Valère.

Incapaz de soportar la visión del rey un instante más, me acuclillo para extender el cuerpo de mi madre en el suelo, entre las flores campestres esparcidas que ella misma recogió. Mientras coloco con dulzura su nuca en las baldosas de barro, mis dedos tropiezan con la cadena del pequeño medallón de bronce que siempre llevaba al cuello. Está rota: la espada del asesino hendió los eslabones.

—Todos… —dice Bastien a mis espaldas, respirando entrecortadamente en mi cuello—. Están todos muertos.

¿Todos muertos?

Mientras esa información imposible se graba en mi cerebro, suena un silbido estridente. Procede del primer dragón, el que Valère apuñaló antes de morir. El desalmado yace ahora en un charco donde su sangre se mezcla con la de mis seres queridos. Haciendo acopio de sus últimas fuerzas, silba como si quisiera dar la voz de alarma.

¿Será que el inquisidor vino acompañado de más dragones, que están esperando fuera, listos para rematar la dragonada?

—Tenemos que irnos —balbucea Bastien.

—Marcharnos… —repito mientras contemplo el pelo de mi madre, la melena de la que ella se sentía tan orgullosa, flotando como un montón de algas rojizas en el charco de agua de las flores.

—¡No me abandones, comadreja!

Bastien me zarandea los hombros para que vuelva en mí.

En un reflejo ridículo con el que pretendo guardar un recuerdo de mi madre, meto el medallón en un bolsillo y me levanto.

—El bosque —susurro.

Allí fue donde me exilié durante toda la adolescencia, huyendo del torpor de la Butte-aux-Rats y tratando de matar el aburrimiento que me envenenaba el alma. De manera que es allí adonde me lleva el instinto para encontrar refugio.

Cuando Bastien y yo atravesamos la tienda llena de tarros bien alineados —el local que huele a alcohol, a desinfectante y a cera fresca, donde he pasado tantas horas soporíferas, soñando con viajar al otro extremo del mundo—, me sacude la certeza de que no volveré a poner el pie en ella. Cojo mi viejo sombrero de fieltro, que cuelga de la pared, y sepulto en él mi cabellera.

Salimos a la plaza del pueblo, sumida en un abrumador silencio.

El sol, tan resplandeciente hace poco, casi ha desaparecido tras los tejados de las cabañas, que ya tienen los postigos cerrados.

Tal y como temía, fuera hay más dragones, están al otro lado de la plaza de tierra batida: tres hombres armados con lanzas largas, apostados delante de una diligencia de madera oscura uncida con unos caballos de pelaje brillante. Unas gruesas cortinas de terciopelo negro sellan las ventanillas.

Inclino instintivamente la cabeza para ocultar aún más la cara bajo el ala ancha de mi sombrero.

¿Por qué esos hombres no nos persiguen?

Por lo visto, les parece más importante vigilar la diligencia… y a su ocupante.

—¡Una…, una carroza de vampyro! —tartamudea Bastien.

Trago saliva dolorosamente mientras me asaltan los recuerdos de las lecturas nocturnas, las novelas donde descubrí cómo era el traje de los inquisidores: en algunos grabados aparecían los vehículos de valiosa madera de ébano que transportan a los señores de la noche, que se encierran durante el día para protegerse de la luz solar.

Jamás he visto un vampyro, a pesar de que, desde muy pequeña, el retrato de su creador me vigila desde lo alto de la chimenea. A pesar de que todos los meses, desde el año en que nací, les he entregado un décimo de mi sangre en un tarro hemático etiquetado. Y ahora, por primera vez en mi vida, me encuentro a pocos metros de una de esas criaturas que me aterrorizan, me repugnan… y me fascinan al mismo tiempo.

—No tardará en anochecer y entonces no podremos escapar del que dormita en la carroza —protesta Bastien para que deje de contemplar el vehículo de forma obsesiva.

Me arrastra hacia la sombra del callejón, fuera de la vista de los dragones.

—El olfato de un vampyro es más fino que el del mejor sabueso —gime—. Encontrará fácilmente nuestro rastro en el bosque. Tenemos…, tenemos que escondernos en otro sitio.

33

—¿En otro sitio? ¿Dónde? ¡Aquí solo hay unas veinte calles embarradas, el bosque que las rodea y el castillo en lo alto de la colina!

—Precisamente —replica Bastien agarrándose a mi brazo como haría un náufrago con una boya.

Mira con insistencia el edificio en ruinas que se erige en la cima de la escarpada colina a la que debe su nombre la Butte-aux-Rats. A decir verdad, es una mansión más que un castillo, una antigua residencia fortificada, corroída por los siglos. En ella vive el viejo barón Gontran de Gastefriche, señor de la Butte-aux-Rats, rodeado de varios caseríos. Desde la muerte de su esposa hace varios años, víctima de la fiebre, su hija y él son los únicos nobles de la región y, como tales, están exentos del diezmo de la sangre, al igual que el doctor de la parroquia.

—Sígueme —me ordena Bastien, dueño repentino de una seguridad inesperada.

34

En sus grandes y sensibles ojos se ha encendido una luz: la misma chispa de feroz determinación que veía tan a menudo en los ojos de mi madre. En este instante, mi hermano es más que nunca su vivo retrato.

Me arrastra por un camino serpenteante hacia lo alto, en dirección al último lugar donde habría pensado refugiarme.

Los tejados de paja desaparecen detrás de las copas de los árboles. Al cabo de poco tiempo ni siquiera se ve la veleta en forma de murciélago que desde hace tres siglos ocupa el lugar de la cruz en el campanario del pueblo. El camino sigue subiendo, rodeando la colina.

Los pensamientos también dan vueltas en mi cabeza, obsesivos.

Una y otra vez, vuelven las mismas palabras, un espantoso estribillo que me abruma.

«Están todos muertos.»

El dolor es tal que si quisiera gritar, no tendría fuerzas para hacerlo. Mis lágrimas se niegan a caer, nuestra carrera frenética las secó antes de que empezaran a resbalar por mis mejillas.

Ya no vemos el pueblo y los que se encuentran en él tampoco nos ven: ni los habitantes confinados detrás de sus postigos, ni los soldados que vigilan la carroza. Estos no tienen de momento ningún medio de saber la dirección que Bastien y yo hemos tomado. Queda, sin embargo, el olfato de su amo, cuando este se despierte al caer la noche.

—¿Por qué vamos al castillo? —logro decir entre una inspiración y otra.

—Porque... sé por dónde entrar —me responde Bastien jadeando.

A pesar de que me saca una cabeza, los días que ha pasado rascando el lienzo no lo han preparado tan bien como los míos, que he pasado en los bosques. Tengo que frenar el paso para no dejarlo atrás.

—¿Has entrado? —repito—. ¿Qué significa eso? ¿Otro nuevo secreto que añadir al del sótano que me ocultasteis?

Una vez más, comprendo hasta qué punto desconocía a mi familia, yo, que me creía tan perspicaz. Estaba tan obsesionada con escapar de casa que no veía lo que sucedía bajo nuestro techo.

—No —susurra Bastien—. Ese secreto es únicamente mío..., uf..., mamá, papá y Valère..., uf..., no lo conocían...

Al ver que mis preguntas lo ahogan y frenan el ritmo, renuncio a interrogarlo, al menos por el momento.

Cuando por fin llegamos a la verja de hierro forjado de la fortaleza, el sol está arrojando sus últimas llamas por encima de la espesura del bosque.

—¡Está cerrada con un candado! —exclamo al ver la cadena que cuelga de los barrotes como una culebra adormecida.

—No del todo —me contradice Bastien, empapado de sudor.

A continuación, me guía a través de la maleza que hay a la izquierda de la verja de afiladas puntas.

35

Los pantalones de piel protegen mis piernas de las espinas de las zarzas, pero las mangas de mi camisa se desgarran.

De repente, veo un agujero en la verja, invisible desde el camino: el tiempo y el óxido han destrozado tres barrotes creando una abertura lo suficientemente ancha como para que pueda pasar un cuerpo humano.

Bastien la franquea con la facilidad que da la costumbre: salta a la vista que no es la primera vez que toma ese camino. Lo sigo y entro en el parque, que está lleno de arbustos retorcidos y setos deformes. Hace mucho tiempo que la baronía se perdió, aunque, a decir verdad, jamás conoció una edad dorada, solo es un pedazo de tierra árida donde no crece nada, maldita incluso en el nombre: Gastefriche, un terreno baldío arruinado. Ni en la Butte-aux-Rats ni en los pueblos vecinos hay ya nadie que sepa cortar el boj al estilo de Versalles. En cualquier caso, gracias a esta naturaleza caótica, abandonada, podemos avanzar sin que nos vean. Saltamos de un matorral a otro, logrando que el guardia que está pensando en las musarañas en el atrio del castillo no repare en nosotros.

Tras rodear la estatua de una ninfa medio devorada por el musgo, llegamos a la parte posterior del edificio. En el alto muro de piedra se abren unas estrechas aspilleras oscuras, salvo la más elevada, que es, además, la más ancha y tiene un pequeño balcón cubierto de yedra. La luz de las velas danza tras los visillos.

—La puerta de servicio nunca está cerrada con llave —me asegura Bastien, que ha recuperado un poco el aliento.

—Pero ¿y los criados? —pregunto inquieta.

—El barón cena pronto y envía a la servidumbre a sus habitaciones antes del anochecer.

¿Por qué sabe tantas cosas sobre la vida en el castillo? Lo ignoro, pero quiero guarecerme en un lugar seguro cuanto antes. Mi hermano empuja la puerta de madera carcomida para que pueda entrar en la morada ancestral de los barones de Gastefriche.

La hoja se cierra a nuestras espaldas sin hacer ruido, sumergiéndonos en una absoluta oscuridad.

—¿Tienes fuego? —susurra Bastien.

Saco mi mechero de yesca que, al igual que la navaja, siempre llevo en el bolsillo. Acciono la ruedecilla de sílex. Al cabo de unos instantes, las chispas generan una punta incandescente en el extremo de la mecha. Bastien acerca una lámpara de aceite que da la impresión de estar esperándolo.

—Sígueme, comadreja —me dice.

—¿Adónde?

Bastien alza la lámpara para iluminar su cara.

A pesar de que a sus dieciocho es un año mayor que yo, siempre lo he considerado mi hermano pequeño. Por su delicada complexión, siempre tardaba varios días en recuperarse del sangrado del diezmo mensual. Mi padre debía administrarle un tónico de genciana, mientras yo, al cabo de una hora, ya estaba de pie. De hecho, según la teoría de los humores que predica la Facultad Hemática, cada persona está marcada por un fluido preponderante. Los biliosos como Valère tienen un exceso de bilis amarilla que los hace propensos a la cólera. A los flemáticos como Bastien les sobra la flema que los desconecta del mundo y los sumerge en una ensoñación permanente. En cuanto a mí, soy una excepción, ya que poseo un perfil humoral mixto, melancólico y sanguíneo, según me diagnosticó mi padre: cuando estoy inactiva, el exceso de bilis negra me hunde rápidamente en el aburrimiento y las ideas sombrías; en cambio, en plena actividad, el exceso de sangre prevalece y me convierto en una persona impulsiva, incluso volcánica. Sea como sea, la concentración a la que me obligaba la caza y la compañía apacible de Bastien me han permitido a menudo canalizar esas emociones contradictorias. ¡Cuántas horas hemos pasado juntos, tumbados en los prados, contemplando las nubes! ¡Mi oscura imaginación veía en ellas monstruos gesticulantes y escenas de masacres, a diferencia de Bastien, que me ayudaba a distinguir en ellas Pegasos luminosos y fiestas mágicas! Los niños del pueblo lo llamaban «el loco», debido a sus ensimismamientos, y a mí «la bruja», por el pelo gris. Cuando éramos pequeños, yo defendía a Bastien de todos los que pretendían divertirse a su costa. ¡No debía juntarse con «la bruja»! Más tarde, en la adolescencia, yo seguía siendo la que iba a buscarlo cuando se perdía en el bosque, ya que era incapaz de encontrar el camino de vuelta después de haber estado buscando un paisaje para dibujarlo en uno de sus cuadernos. Pero esta noche es él quien me guía por primera vez a través de las sombras.

—Subamos a la habitación de Diane —me dice en voz baja.

—¿La hija del barón?

Debe de tener mi edad, o unos años más, pero jamás he hablado con ella. Solo la veo una vez al año en la iglesia, en la noche de las Tinieblas, el 21 de diciembre: la más larga del año, la que sustituye a la antigua Navidad. No entiendo qué pueden tener en común mi hermano y la baronesa: él es un plebeyo que sirve de ganado a los vampyros y ella es una noble mortal aliada a su especie.

A menos que... Recuerdo la invitación al castillo el verano pasado. El barón había llamado a Bastien porque quería que le hiciera un retrato a su hija, que ya estaba en edad casadera; como antaño, hoy en día, un retrato bien hecho es la mejor manera de encontrar un buen partido en otra provincia antes de viajar a ella. Dado que, al igual que los horticultores, los artistas no abundan en las calles de la Butte-aux-Rats, mi hermano era el único capaz de llevar a cabo tal tarea. De esta forma, pasó dos semanas en la residencia señorial pintando a su heredera.

—Diana y yo... estamos enamorados —murmura Bastien confirmando mi intuición—. Le he jurado que la salvaré de un matrimonio de conveniencia, el motivo por el que su padre me encargó que la retratara. —Una pálida sonrisa ilumina su sudorosa cara, la sonrisa de un inocente que quiere seguir so-

LA CORTE DE LAS TINIEBLAS

ñando a pesar de estar nadando en plena pesadilla—. Hemos planeado fugarnos un día, ella y yo.

¿Fugaros? ¿Adónde? Siento el repentino deseo de zarandear con fuerza a Bastien. ¡Yo también llevo toda la vida soñando con marcharme! ¡Desafiar la ley del confinamiento, que encierra a los plebeyos en los miserables pueblos donde viven hasta el día de su muerte! Solo que yo no soy una dulce idealista como él: sé de sobra que eso es imposible.

—Por el momento, Diane nos ayudará a salvarnos —dice con la voz vibrante de esperanza, enfilando una escalera que cruje a nuestro paso—. Al fondo de su habitación hay un armario profundo, donde me he escondido a menudo, cuando un criado llamaba a la puerta.

—¿Me estás diciendo que seguiste viéndola después de las sesiones de posado? —le pregunto horrorizada.

—Vengo a verla todas las semanas desde hace un año —me confiesa con candidez—. Entre nosotros no hay secretos.

Mientras subimos con esfuerzo los últimos peldaños de la escalera, me acuerdo de las tardes en las que Bastien desaparecía durante horas y regresaba a casa sin haber dibujado nada. Ahora sé dónde pasaba el tiempo: ¡en brazos de una joven que podía condenarlo a muerte por un simple beso si se llegaba a saber!

Llegamos ante una puerta pintada, que se abre a un pasillo donde brillan las llamas vacilantes de las lámparas de aceite.

Bastien rasca levemente la hoja, de una forma que, supongo, es un código secreto. Un sésamo que nos salvará… o nos condenará.

3

El refugio

La baronesa abre la puerta luciendo un largo camisón.

Ese tipo de ropa de ir por casa, cubierta de lentejuelas, corresponde a la idea que la nobleza tiene de la sencillez: la hemos sorprendido en su intimidad. Estaba alisando su larga melena rubia, sentada en el tocador que tiene junto al balcón. Delante de la puerta acristalada abierta cuelgan unos visillos vaporosos, que la brisa vespertina mueve lentamente. Ya casi ha anochecido y la única luz procede del candelabro donde hay clavadas varias velas. En el borde del halo que forman, encima de una chimenea de mármol con las brasas apagadas, veo el retrato de la joven, donde esta aparece sonriendo. Supongo que es la obra de mi hermano, que ha vuelto al redil después de haber viajado a no sé qué corte. Por lo demás, la amplia estancia está sumida en la penumbra.

—¡Diane! —exclama Bastien tomándole las manos entre sus trémulos dedos.

«Diane», como la diosa romana de la caza. El viejo barón es un apasionado de la montería que no duda en aplastar los tallos de trigo con los cascos de su caballo cuando persigue un corzo por el campo.

—Ha sucedido algo terrible —balbucea Bastien—. Mi padre, mi madre, Valère…

Su voz se quiebra en un sollozo. Antes de llegar a la puerta de Diane se sentía animado por un optimismo arrebatado, pero el recuerdo del asalto del inquisidor lo devuelve al horror de la realidad.

—Los han asesinado —explico, completando las palabras que mi hermano no consigue articular—. Somos los únicos supervivientes.

No me queda más remedio que confiar en esta joven en la que Bastien ha depositado sus esperanzas.

La baronesa se hace a un lado para dejarnos entrar y vuelve a cerrar la puerta sigilosamente. Por el silencio, la tez pálida y el blanco espectral de su ropa…, parece un fantasma. ¿Se ha sumido en ese estado al saber la suerte que ha corrido mi familia? No, creo que ya estaba lívida cuando nos abrió la puerta.

Bastien compensa el mutismo de su enamorada con un chorro de palabras.

—Llegó un inquisidor acompañado de varios dragones. Descubrieron el laboratorio secreto de mis padres, ese del que te hablé.

Cada palabra es un puñal que se clava en mi estómago. No solo Bastien ha arriesgado su vida cortejando a una joven que está muy por encima de su condición —el título de barón es el más alto de la nobleza mortal—, sino que además puso en peligro la vida de todos contando a su enamorada el terrible secreto del que tuve conocimiento hace menos de una hora. ¡Le confesó que nuestra familia tramaba algo con los rebeldes, a ella, a la hija de un señor encargado de aplicar la ley real en la Butte-aux-Rats! ¿Se da cuenta de la imprudencia que ha cometido o es que el amor ciega hasta ese punto?

—El inquisidor llegó con una carroza de ébano —prosigue Bastien con la respiración entrecortada—. Pero al vampyro que viaja en ella no se le ocurrirá venir a buscarnos aquí, al castillo. Mi hermana y yo estaremos a salvo en el armario.

Los perfumes que impregnan tus vestidos disimularán nuestro olor, cubrirán la estela que asciende desde el pueblo. Cuando la carroza se marche al alba, nosotros también nos iremos: ¡tú y yo, como te he prometido, con mi querida Jeanne! ¡Los tres atravesaremos juntos los mares hasta las Antípodas!

¿Las Antípodas? ¿El país imaginario que, según la leyenda, no está sometido al yugo vampýrico que pesa sobre Francia, Europa y todo el mundo conocido?

—¡Las Antípodas no existen, Bastien! —replico irritada.

—¿Y tú qué sabes? Has pasado horas y horas sumergida en tus novelas, imaginando que surcabas los siete mares para llegar al fin del mundo. A América, a África, incluso a Japón. Entonces, ¿por qué a las Antípodas no, comadreja?

—¡Imaginaba, como dices! ¡Se trataba de un simple juego, como cuando contemplábamos las nubes!

A lo largo de los años, el afable optimismo de mi hermano solía iluminar mis lúgubres fantasías, pero esta noche está consiguiendo sacarme de quicio.

—¡Las nubes solo son vapor de agua, Bastien: espejismos! —le grito—. Y no soy una comadreja: soy una plebeya condenada como tú a la reclusión. No hay escapatoria posible. Las Tinieblas están en todas partes, por toda Vampyria y fuera de ella.

No me escucha: ¡a fuerza de vivir ensimismado ha perdido por completo la razón!

Bastien se precipita hacia la puerta del armario, conoce el camino.

Pero, en ese instante, por primera vez desde que entramos en su habitación, Diane de Gastefriche abre la boca. Su voz corresponde a su imagen: espectral, tan fina como una corriente de aire, tan frágil como el linaje exangüe del que ella es el último fruto.

—No sabes cuánto lo siento, amor mío —murmura.

—Ánimo, musa mía —contesta Bastien—. Los tres lo ne-

43

cesitamos. Debes comportarte como si nada hubiera sucedido y mentir a tu padre hasta que nos escapemos. En cuanto a Jeanne y a mí, ya lloraremos a nuestros muertos más tarde.

Tengo la terrible impresión de que mi hermano no acaba de comprender las palabras de Diane; está tan embriagado con sus sentimientos que no percibe el tono culpable en la voz de su amada.

—¿Por qué lo siente usted tanto, Diane? —pregunto a la baronesa presa de un funesto presentimiento.

La joven vuelve hacia mí sus consternados ojos, empañados.

—No tengo nada que reprocharme —se lamenta—. No traicioné el secreto de su hermano, se lo juro, pero...

Solloza, las lágrimas resbalan por sus pálidas mejillas.

—Pero... —repito, y noto en las sienes los latidos acelerados de mi corazón.

—Pero la última vez que Bastien vino, mi padre ordenó que nos escucharan detrás de la puerta de mi habitación, sin que yo lo supera. Así se enteró de lo nuestro. Es conocedor de todo: nuestra relación, nuestro proyecto de huida, el secreto de vuestra familia. Podría habernos descubierto en ese momento, pero prefirió dejar que Bastien se marchara para poder castigaros a los cinco más tarde. Quise ir corriendo a preveniros, pero no pude, estoy encerrada en el castillo, vigilada por mi padre.

Como en una vertiginosa revelación, de repente comprendo por qué vino el inquisidor a la Butte-aux-Rats. No fue para realizar un control rutinario, ¡sino por una denuncia!

Bastien abre desmesuradamente los ojos, como haría un sonámbulo al despertarse al borde de un precipicio. Suelta el pomo del armario.

Yo sujeto el de la puerta, pero este gira bajo mis dedos antes de que pueda moverlo: ¡fuera hay alguien que está empujando con todas sus fuerzas!

—¡Bastien! —grito dando un salto hacia atrás.

La puerta se abre con estruendo y aparece el guardia que

me pareció haber visto dormitar en el atrio, pero que en este momento está bien despierto y blande su espada. En cambio, la sombra furiosa que se perfila a sus espaldas pertenece al viejo barón.

—¡Lo sabía! —vocifera este—. ¡El pordiosero que tuvo la osadía de tocar a mi hija ha venido a refugiarse aquí, bajo sus faldas!

La pesada y polvorienta peluca del barón tiembla de indignación encima de su frente surcada de arrugas, semejante a los restos de un cordero muerto.

Señala a Bastien con un dedo:

—Puede que el inquisidor te haya dejado escapar, miserable, pero tu patética huida termina aquí. Mathurin: ¡ensártalo como el cerdo que es!

El guardia se abalanza hacia mi hermano con la espada desenvainada.

—¡Tenga piedad, padre! —grita Diane.

45

No me da tiempo a interponerme y Bastien, petrificado, no tiene el reflejo de esquivarla. La hoja se hunde en el estómago de mi adorado hermano, doblándolo en dos sin que emita el menor quejido.

La estupefacción me deja sin aliento. Diane grita tan fuerte que casi parece que la espada la haya destripado a ella:

—¡No!

—¡Cállate! —le ordena su padre—. Deberías ver la ventaja: ¡exterminando a este gusano rebelde quizás haya ganado la transmutación que espero desde hace siglos!

Embriagada de dolor, con los ojos llenos de lágrimas, trato de calmar la respiración. ¡Mi querido Bastien ha muerto! Y el canalla del barón se alegra, porque así podrá comprar su transmutación: ¡el grial de todos los terratenientes mortales que aspiran a ascender a la alta nobleza vampýrica antes de morir! Sacudida por la desesperación y el odio, me dirijo hacia el balcón.

El guardia saca la espada del cuerpo de Bastien y lanza una mirada interrogativa a su amo.

—¿A qué estás esperando, imbécil? —ruge el barón—. ¡Mátala también!

La grosera y oscura cabeza se inclina hacia mí. ¡Ahora tengo que aguzar el ingenio! En más de una ocasión me han perseguido jabalíes mucho más grandes que yo, de manera que sé que en circunstancias como esta solo sirve la astucia.

Enjugando las lágrimas, levanto los visillos, desaparezco entre los paneles y salto hacia un lado, justo cuando el asaltante cree que me ha clavado el arma. Arrastrado por el impulso de su robusto cuerpo y al no encontrar la resistencia del mío, cae del balcón desgarrando la cortina... y se balancea en el vacío hasta que quince metros más abajo choca con el suelo.

Aturdida, me libero de los visillos rotos y me vuelvo hacia la habitación. Encima del cuerpo inerme del último miembro de mi familia están los postreros representantes de la estirpe Gastefriche: la hija llorando a lágrima viva mientras su padre desenfunda su espada ropera típica de los aristócratas, con la empuñadura dorada.

Es un viejo frágil de sesenta años, encorvado bajo la pesada peluca pasada de moda, pero va armado con una espada larga, y yo solo tengo para defenderme la pequeña navaja con la que despedazo las liebres. Apenas me toque la punta de la hoja, me traspasará antes de que pueda hacerle un arañazo.

Así pues, me abalanzo sobre Diana agarrándola por la cintura y apoyo la punta de la navaja en su cuello.

—¡Un paso más y la mato! —le advierto tratando de dominar la angustia que altera mi voz.

Una mueca de disgusto deforma la cara apergaminada del barón.

—Te reconozco: eres la hija de Froidelac, la que, según se dice, caza furtivamente en mis tierras. El inútil del preboste jamás ha podido pillarte con las manos en la masa. ¡No ha encontrado ninguna prueba! ¡Esta noche imparto personalmente justicia, dado que mi derecho señorial me lo permite, y te condeno a morir de inmediato!

Se encamina hacia mí haciendo unos complicados molinetes con la espada, cosa que me obliga a recular hacia el balcón con mi navaja. El maestro de armas del barón debió de enseñarle muchas estocadas y respuestas en su juventud. A mí nadie me ha enseñado esgrima, pero, a fuerza de enfrentar animales salvajes en el bosque, mi instinto se ha afinado y ahora puedo emplearlo contra el suyo. Igual que la perdiz ante el zorro, o la cierva ante el lobo, sé que entre la vida y la muerte media apenas un segundo.

Y esta noche utilizo ese segundo a mi favor: justo cuando mis talones tocan el borde que separa la habitación del balcón, arrojo con todas mis fuerzas a Diane hacia la espada ropera que no deja de dar vueltas, sin apiadarme un solo momento por la imprudente que nos ha hecho caer en la trampa, sin remordimientos por la traidora que ha causado la muerte de toda mi familia.

El arma se hunde entre las flores de lentejuelas, que enseguida se tiñen de rojo, como amapolas.

El barón, que hasta entonces se aproximaba a mí caminando de lado, con una agilidad juvenil, se transforma de repente en un viejo confuso.

—Mi…, mi hija… —murmura incrédulo con voz temblorosa.

En el momento en que baja la guardia, me pongo en alerta: solo tengo derecho a un golpe, ¡así que debe ser mortal! Blandiendo mi navaja, me abalanzo sobre él y clavo la hoja corta entre los rizos ajados de su peluca, en el arco de una ceja.

—¡Ahí tienes la transmutación! —grito.

Una oleada púrpura me salpica mientras el barón se desploma; tengo la impresión de que un diluvio cae sobre mí: la sangre de todos los que han muerto en apenas una hora.

47

En ese momento, se oye el tintineo frenético de una campana tañendo al otro lado de la ventana abierta de la habitación, procedente de la iglesia del pueblo. No es el límpido carrillón que desgrana las horas del día, sino la señal que comunica que está anocheciendo y que se inicia el toque de queda.

Imagino que abajo, en la plaza, la puerta del carruaje de ébano acaba de abrirse liberando a un pasajero dueño de dotes sobrenaturales.

Sé que al cabo de apenas unos minutos se presentará en el castillo, atraído por el olor a sangre, que nada puede enmascarar.

Al igual que sé que en ese momento ni mi fiel navaja ni mis instintos de cazadora podrán salvarme.

Mis brazos caen a lo largo del cuerpo, tan flácidos repentinamente como los tres cadáveres que yacen en el suelo. Un sentimiento de total impotencia pesa sobre mis hombros como una capa de plomo. Incapaz de permanecer de pie, me dejo caer en la alfombra, cuya trama desgastada se va empapando poco a poco de sangre.

Estoy perdida y presiento que mi muerte va a ser terriblemente lenta.

Las torturas más dolorosas están reservadas a los que osan alzar una mano contra los nobles.

El vampyro no se contentará con matarme de un tiro cuando me descubra en esta habitación con los cadáveres del señor del lugar y de su hija.

Mientras reflexiono sobre todo eso, se me ocurre de repente una idea, una idea loca.

Desato a toda prisa mis pantalones de piel, hago saltar los botones de mi camisa y me arrojo sobre Diane para quitarle el camisón de manga larga. Las cintas, pegajosas de sangre, resbalan entre mis dedos trémulos, pero al final consigo desatarlas. Me pongo la prenda de lino perfumado: me sienta como un guante. También el cuerpo esbelto de la baronesa entra perfectamente en mis prendas de caza. Solo me quedo con el mechero de yesca y con el pequeño medallón de mi madre, que meto en el bolsillo del camisón.

A continuación, arranco del anular del cadáver el sello con las armas de los Gastefriche —un blasón con un mirlo con las alas desplegadas— y me lo pongo en el mío.

Para completar el disfraz, lanzo mi sombrero de fieltro a un rincón y suelto mi melena, de manera que enmarque mi rostro. Después levanto mi navaja encima de la cara de la muerta y la hundo varias veces más, cerrando los ojos para no ver la delicada cara que retrató mi hermano transformada en una papilla irreconocible.

Últimos detalles de la macabra puesta en escena: pincho los brazos de la baronesa con una de sus horquillas para fingir la punción del diezmo, y abro su mano inarticulada para que empuñe la navaja ensangrentada.

Me levanto, agitada, con el estómago revuelto debido a la carnicería que acabo de ejecutar.

49

Mi mirada se posa en el espejo del tocador. Mis ojos ya solo son dos pozos sin fondo. Mi melena, que encuadra mi confuso semblante, parece un casco metálico. A través del lino del camisón, mi pecho se hincha a un ritmo entrecortado, sacudido por sollozos de pánico y golpes de risa. Sí, «me río». Al verme disfrazada de noble señorita, me río nerviosa, como una loca, sin poder evitarlo. ¡Qué mascarada tan siniestra! ¡Menuda farsa grotesca!

En ese instante, una corriente de aire tan helado como el invierno eleva los visillos del balcón apagando todas las velas del candelabro y azota mis mejillas como un fuelle de escarcha.

En el acto, esa risa demente muere en mi garganta.

Me vuelvo poco a poco.

En el marco de la ventana hay una sombra, una silueta alta, de forma humana, cuyos contornos se recortan vagamente contra la oscuridad de la noche naciente.

«El vampyro.»

No necesito verlo para sentir que es él.

A pesar de que jamás he estado en presencia de un muerto viviente, de que solo he leído su descripción en los libros, todas las células de mi cuerpo vociferan para decirme que estoy frente a uno de ellos. El frío es la firma de las Tinieblas, a imagen de la era glacial que se inició con el advenimiento de los señores de la noche.

Después del toque de alarma, solo ha tardado unos minutos en darse cuenta de que dos rebeldes escaparon de la masacre que tuvo lugar en la botica y en llegar a lo alto de la colina que mi hermano y yo tardamos un cuarto de hora en subir. En cuanto a la manera en que ha alcanzado el balcón, trepando por una pared tan lisa como la piel de un lagarto, prefiero no pensar.

—Ese..., ese chico y esa chica... —balbuceo señalando los cuerpos de Bastien y Diane—. Eran unos asesinos que vinieron a degollarnos.

Soy el faisán que cacé esta mañana unos segundos antes de que mi honda lo abatiera; soy la liebre que cayó en la trampa hace una semana en el momento en que mi lazo se cerró en su nuca.

—Estaba peinándome cuando aparecieron esos asesinos —explico alzando una mano trémula hacia mi melena—. Mi padre acudió para enfrentarse a ellos, lucharon ferozmente y lo pagó con su vida. La sangre que me cubre es..., es la suya.

—Su majestad se lo agradecerá, señorita.

La voz de la criatura es sosegada y profunda, armoniosa, pero, aun así, me eriza la piel.

Tiro frenéticamente de las mangas de mi camisón para asegurarme de que cubren bien los pliegues de mis brazos, donde los repetidos sangrados han dejado su marca violácea: la marca de los plebeyos sometidos al diezmo de la sangre, que me he apresurado a reproducir en el cadáver de la baronesa.

—Esos miserables eran unos plebeyos peligrosos —me explica el vampyro acercándose lentamente a mí—. Temibles hasta el punto de que, después de recibir la carta que me envió su difunto padre, viajé hasta aquí desde Clermont. Mataron a un inquisidor y a tres dragones antes de sumir su casa en la desolación. Pero esos renegados ya no harán daño a nadie.

Una mano blanca con unos dedos largos y elegantes emerge de las sombras, festoneada por una manga de seda fina.

Su palma marmórea parece invitar a la mía.

Cuando poso en ella mis temblorosos dedos, tengo la impresión de estar tocando la superficie helada de una estatua. El tenue rayo de luna que se filtra a través de los visillos ilumina el anillo que he robado a Diane y que brilla dorado en mi anular.

—Es usted la hija única del barón, ¿verdad? —me pregunta el vampyro.

Asiento, el nudo que tengo en la garganta me impide articular una sola palabra. Mi estratagema funciona: el visitante nunca vio a la joven cuya identidad he usurpado. El perfume que emana del camisón parece enmascarar mi olor a plebeya, pero ¡bastará que la criatura se vuelva y observe la habitación para que descubra que el retrato que hay encima de la chimenea no es el mío! ¿Sabré conservar la calma y decirle que se trata de una pariente? ¿Sentirá él la curiosidad de examinar el cadáver mutilado buscando un parecido?

Por el momento, toda su atención parece concentrarse en mi persona.

—Me temo que se ha quedado usted huérfana, señorita…

—Diane —suspiro.

Es el último rasgo de mi víctima del que aún debo apropiarme: su nombre. Suena extrañamente parecido al mío, como si estuviera predestinada a él. La baronesa lo tomó prestado de la más célebre de las cazadoras y ahora me corresponde a mí, que he cazado furtivamente en las tierras de su padre.

—No se atormente, Diane —susurra el vampyro—. Su majestad es generoso con los mortales que se sacrifican por él.

Se inclina hacia delante. Su rica levita de brocado azul noche entra en el rayo de luna, seguida de la camisa con un gran zafiro prendido en ella y, por último, de la cabeza, que me recuerda también la de una estatua. Su tez brillante contrasta con su larga melena pelirroja, oscura y sedosa, completamente distinta del nido de polvo informe que cubría el cráneo del barón. Me impresiona la belleza juvenil que emana de su cara, de una simetría perfecta, con la textura de la piel tan fina que resulta casi imperceptible, los labios carnosos y unas espesas cejas rojizas que parecen pintadas en porcelana. Da la impresión de que ese ser tiene la misma edad que yo y, sin duda, era así la noche en que se convirtió en vampyro, pero a saber cuándo se produjo su transmutación. ¡Si tuvo lugar al mismo tiempo que la del rey, significa que hace trescientos años que infesta la tierra! En esa ilusión de juventud, en el candor angelical, hay, sin embargo, un detalle que revela su naturaleza monstruosa: sus pupilas son dos discos negros tan dilatados que devoran la mayor parte del blanco de los globos oculares. Al igual que en el caso de los gatos y los búhos, los ojos de los vampyros se adaptan a la oscuridad y ven en la noche como si estuvieran en pleno día.

—Le presento mis respetos —dice inclinándose para besarme la mano—. Soy Alexandre de Mortange, vizconde de Clermont.

Desvío los ojos para no gritar cuando sus labios rozan el reverso de mi mano con su frío terciopelo. Mi mirada extraviada se posa de nuevo en el espejo del tocador. Me veo reflejada con el camisón mojado, cuyo color se va oscureciendo a medida que se oxida la sangre. La cara del muerto viviente, en cambio, es invisible, también sus manos, como si el traje de brocado solo estuviera lleno de vacío.

Así que no es un mito: la piel de los vampyros, los demonios inmortales, no se refleja en los espejos.

—Esta noche la llevaré a Versalles, donde explicará a la corte el éxito de la operación contra la revuelta —dice incorporándose. Sus apagados labios se estiran para dejar a la vista unos dientes aún más blancos que la tez, de los que sobresalen dos caninos puntiagudos, tan brillantes como ágatas—. ¡Y, dentro de unos días, por la gracia de las Tinieblas, Diane de Gastefriche, tendrá usted el honor de convertirse en pupila del rey!

4

La partida

*E*l miedo me paraliza.

Mi cuerpo me parece cosido al cuero negro del carruaje de ébano cuyas vibraciones retumban hasta mis huesos.

Frente a mí, en el banco opuesto, el vampyro permanece inmóvil. Ha vuelto su rostro escultural hacia el paisaje nocturno, que desfila al otro lado del cristal. Las sombras ahogan su mirada fija. Sus fosas nasales no emiten el menor soplo. Cuesta creer que hace una hora volví a bajar la colina de su brazo para ir hasta el coche, que entre tanto se estaba acercando a nosotros, y que en el camino no nos cruzamos ni un alma viva. A semejanza de los habitantes del pueblo, los criados del barón se encerraron en sus dependencias, respetando el toque de queda, puede que al sentir que un señor de las tinieblas rondaba por el castillo.

Al igual que me sucedió en la habitación de la joven baronesa, tengo la impresión de estar frente a una estatua. Lo único que se mueve es su majestuosa cabellera pelirroja, que vibra ligeramente al ritmo de la berlina. En alguna ocasión vi a mi padre preparar para la inhumación el cuerpo de los difuntos del pueblo. Al parecer, después de morir, las uñas y el pelo siguen creciendo. En el caso de los vampyros es, sin duda, cierto. A diferencia de los caballeros mortales y de muchas damas nobles, que se ponen pelucas y postizos para tener un aire más imponente, los señores de la noche no necesitan tales artificios: su cabellera brilla saludable de forma sobrenatural gracias a la sangre de todos los que los alimentan.

Aprieto los dientes para ahogar un gemido.

«Estoy frente a un muerto rebosante de vida.» Es lo paradójico de los vampyros, una idea que hasta ahora era pura abstracción para mí, pero que esta noche se ha concretado de manera espantosa. Así que esto es la muerte viviente: la petrificación total seguida de unos movimientos de rapidez prodigiosa; la frialdad que parece emanar del cuerpo del pasajero para entrar en el mío, a pesar de la manta que echó sobre mis hombros; y, por último, y por encima de todo, el terrible silencio en el que no se oye ninguna respiración. Los dos dragones que viajan fuera, en la parte posterior del vehículo, tampoco dicen una palabra. Lo único que oigo es el crujido de los ejes, el trote de los caballos y, a veces, los breves chasquidos de la lengua del cochero que los alienta desde el pescante.

Así es como viajo, transportada en una noche inesperada, más allá de donde me han llevado mis pasos hasta ahora, con el cuerpo aterido y el espíritu embotado, demasiado aturdida para llorar a cuantos he perdido.

—¿Quiere comer, *zeñorita?*

Abro poco a poco los ojos.

Me llega un chorro de luz, tan resplandeciente que vuelvo a cerrar los párpados de inmediato.

Necesito parpadear varias veces para contener las lágrimas que me causa el deslumbramiento. Cuando desaparecen, veo aparecer la berlina acolchada, el cuero negro brilla bajo los rayos de sol. Delante del banco donde me he quedado dormida el asiento está vacío.

Como si el vampyro se hubiera desvanecido con la mañana.

Como si todo hubiera sido una pesadilla.

—¿Tiene hambre, *zeñorita*? —insiste el soldado que ha abierto la puerta del carruaje para hablar conmigo.

Me tiende una cesta de mimbre llena de pan caliente y tocino.

Mis músculos, inmovilizados por la presencia del vampyro durante la noche, van recuperando poco a poco su elasticidad y mi espíritu, su audacia.

Una idea se impone en mi mente: escapar.

Apenas sea posible y como sea.

Sin embargo, a pesar de que el dragón me habla con cortesía, siguiendo las instrucciones que, sin duda, ha recibido, sus labios no me sonríen y sus ojos me escrutan atentamente. Lleva un fusil a la espalda y una espada en la cintura. El recuerdo de la hoja decapitando a Valère regresa con brutalidad a mi mente. La visión de mi madre degollada me corta el aliento.

Tragándome el dolor, hago ademán de coger la cesta, cuando, en realidad, trato sobre todo de sopesar las posibilidades que tengo de escapar. Saco la cabeza por la puerta y entreveo el eje trasero de la berlina; diviso unos grandes baúles de hierro atados bajo un toldo de cuero negro, donde los dos dragones restantes han debido de viajar durante toda la noche. Ahora están desayunando a toda prisa en la hierba, antes de que retomemos el camino.

En cuanto al quinto pasajero de la carroza…

—El vamp…, el vizconde —murmuro corrigiéndome a tiempo—. ¿Se ha… marchado?

Los ojos del dragón brillan atemorizados.

—¡El vizconde está ahí! —me contesta lúgubremente.

Abro la boca para hacer otra pregunta, pero la simple mención de su patrón lo ha sumido en un estado de inquietud.

—Bueno, la dejo comer, siempre y cuando tenga ganas de llevarse algo a la boca —farfulla tirando la cesta al banco—. Si queremos llegar a Versalles pasado mañana, hemos de salir cuanto antes.

57

—¡Espere! —grito, totalmente desconcertada—. ¿El vizconde está ahí? —No lo veo por ninguna parte en el coche.

¿Versalles pasado mañana? Creía que para ir de Auvernia a la Isla de Francia se tardaba una semana.

Mientras protesto, la puerta se cierra con un sonoro golpe, seguido del chasquido de la cerradura al girar. Mis planes de huida han durado poco.

Mientras la carroza se pone en marcha, miro al suelo: en medio hay un anillo de hierro que no he visto hasta ahora. Es el asa de una trampilla.

Horrorizada, comprendo que la criatura está ahí: ¡protegida de los rayos de sol en la penumbra del compartimento, justo bajo mis pies, más cerca de mí que nunca!

58

Paso el día en el mismo estado de postración que padecí durante la noche, inmóvil en mi camisón de lino, que el sudor al secar ha endurecido.

Saber que el vampyro reposa a varios centímetros de mis talones me aturde, pero es sobre todo la duda la que instila su veneno paralizante en mis venas.

Al igual que todos, he oído decir que solo hay dos maneras de eliminar para siempre a un vampyro: clavarle una estaca de madera en el corazón antes de cortarle la cabeza o exponerlo al sol durante el tiempo suficiente para que se queme.

¿Debo tirar del anillo de hierro? ¿Tengo que tratar de abrir el compartimento para dejar al que duerme en él expuesto a los rayos de sol que inundan la cabina? Me muero de ganas de hacerlo, pero a la vez temo no poder mantener al monstruo en la luz más de unos segundos. Si ayer pudo subir al castillo a la velocidad de un gavilán, sin duda logrará correr las cortinas antes de quedar calcinado. En lugar de quemarlo a él, me arriesgo a que arda mi manta y a morir estúpidamente.

Atormentada por la incertidumbre, siento que la negra bilis

me sube al cerebro y me causa una de mis habituales jaquecas.
Tengo la impresión de que una capa de plomo se ha apoyado
en mi frente, tan pesada como las nubes que aplastan el paisaje
tras el cristal. La grávida tibieza del corto verano se demora en
la llanura. Ya estamos a las puertas del otoño y dentro de unas
semanas el hielo resquebrajará la tierra. De vez en cuando, tras
una curva aparece una aldea, tan aislada como la Butte-aux-
Rats, con unas calles tan hacinadas como la mía.

Al cabo de unas horas, el sol empieza a ponerse, inexorable.

Mi reflejo se distingue cada vez con mayor claridad en la
superficie del cristal, a medida que se va oscureciendo: una cara
fina con los ojos grises y el entrecejo fruncido por el dolor de
cabeza, emergiendo de un voluminoso cuadrado de pelo pálido.
Una carita de comadreja, como decía con afecto mi pobre Bastien. Una comadreja atrapada.

El día declina, el crepúsculo sigue a la tarde y, de repente,
vuelve a ser de noche.

59

Entonces la trampilla que he observado durante todo el día
sin atreverme a nada se levanta liberando un soplo helado.

Una mano blanca sale del enorme agujero: la palma donde
ayer posé mis dedos.

A continuación, el cuerpo del vampyro emerge del compartimento con una agilidad sobrenatural, como si una fuerza
invisible lo ayudara a levantarse.

La chorrera de su camisa se hincha como una flor mortuoria.

Sacude el terciopelo azul oscuro de su levita levantando una
nube de polvo que resplandece en el claro de luna que se filtra
a través del cristal; acto seguido, agita sus largos dedos, como
si los deslizara por un piano fantasma, para desentumecerlos.

—Buenas noches, señorita —me dice inclinándose hacia mí.

Se endereza y me mira con sus ojos negros y sin ojeras,
a decir verdad, sin ninguna de las marcas que el sueño suele
dejar en la piel de los vivos.

—Buenas noche, señor —digo a regañadientes.

El aguijón del peligro disipa mi jaqueca.

Me resulta extraño llamar «señor» a este ser, que parece tan joven, aún más que ayer en el castillo. Comprendo que esta impresión responde a que se ha recogido la melena pelirroja hacia detrás para atársela con un lazo, de forma que la tersura juvenil de su cara destaca aún más.

Al ver que mi mirada se detiene en su frente lisa, dice:

—Puede quitarse la peluca, si así está más cómoda, no me ofendo. Por lo demás, es la primera vez que veo una que mezcla el pelo con hilos de plata, ¡es muy atrevida!

Tiemblo al oír sus palabras. La plata está prohibida en toda Vampyria: si el ajo irrita a los inmortales, el metal les resulta aún más tóxico.

—No es una peluca: es mi cabello, sin una onza de plata —me apresuro a precisar.

—¿De verdad? —Me vuelve a observar, como un entomólogo examinaría el caparazón de un insecto, y a continuación añade—: ¡Tiene una melena sorprendente!

Sin saber qué contestar, me esfuerzo por sonreír, pero solo consigo una mueca que se deforma al ritmo de los baches del camino.

—No soy como los vampyros auverneses que ha frecuentado hasta ahora —prosigue sin darse cuenta de que es el primero que conozco—. Le ruego que no me compare con esos viejos fósiles que apestan a naftalina, como el marqués de Riom o el conde de Issoire. ¡Esos espantajos llevan la misma ropa hace un siglo! Yo encargo la mía en París todas las temporadas, para estar a la moda. —Alisa con orgullo la solapa de su levita que, en efecto, parece flamantemente nueva, cortada a la perfección para que se ciña a su atlético torso—. Mi lugar no es Clermont, créame, hace varios lustros que solo sueño con pirarme de allí.

Las palabras de Alexandre de Mortange me dejan perpleja.

Se expresa como un joven de hoy en día, incluso emplea

el mismo argot que mis hermanos. Pero, por encima de todo, ¡cómo habla de los vampyros auverneses! ¡Cuántas veces me regañó mi padre al oírme mencionar con ligereza a los señores de la noche, sin el respeto que les correspondía!

—Yo soy distinto —concluye mi anfitrión hinchando la chorrera de su camisa—. Muy moderno. Diría incluso que soy demasiado avanzado para esta época, que se niega a evolucionar. Salta a la vista que soy excesivamente vanguardista para la corte de Versalles, por eso me exiliaron hace años, pero la revuelta de los rebeldes, que han cortado de raíz, va a cambiar la situación. —Al decir estas palabras, una expresión de contrariedad ensombrece su semblante—. Claro que me habría gustado que las cosas fueran de otra manera, porque detesto la violencia gratuita y los sufrimientos inútiles. En calidad de representante del rey, solo acompaño al inquisidor. Lo envió el arquiatra de la corte de Clermont. ¡Bajo su respetable túnica de prelado ese hombre era un cafre! Acompañado de su gente, cometió una verdadera carnicería con los rebeldes. Me estremezco con solo pensarlo. En cualquier caso, espero recuperar el favor del rey. ¿Qué piensa usted?

—Esto..., sí, por supuesto —balbuceo con un nudo en la garganta.

El recuerdo del asesinato de mi familia me sacude.

Además, el hecho de que un inmortal hable conmigo para que le tranquilice me desconcierta.

El caso es que para él no soy una plebeya, sino una joven aristócrata: a pesar de que él es un vampyro y de que yo soy mortal, a sus ojos el privilegio de ser noble nos acerca.

—Pero ¡no hago más que hablar de mí, como siempre, olvidando el drama que acaba de vivir! —exclama—. ¡Qué grosero soy! Debe de estar abrumada por haber perdido a su padre y, encima, teniendo que sufrir las sacudidas de este vehículo de otros tiempos. ¿Sabe que anoche se durmió enseguida, antes de que hiciéramos escala en Clermont?

—¿Hicimos escala en Clermont? —repito con voz neutra.

—El tiempo necesario para que pudiera hacer las maletas. ¡Me marcho de Auvernia para no volver jamás! ¡Adiós! *Bye! Adieu! Arrivederci!* ¡Próxima parada, Versalles!

Hundo las uñas en el cuero del banco recordando los enormes baúles que hay en la parte posterior de la carroza y pensando en el tiempo que tuvo que necesitar para llenarlos, enfurecida por no haber aprovechado la ocasión para escapar.

—Me habría gustado que nos alojáramos cada noche en una posada —prosigue el vizconde—. Sé que los mortales prefieren dormir en una cama que en el asiento de una carroza. Yo mismo, créame, prefiero el blando relleno de seda de mi ataúd a este hueco polvoriento. El problema es que no veo la hora de llegar a la corte, ¡hace tanto tiempo que me expulsaron de ella! Su majestad me dio a elegir entre Auvernia y la Bastilla. Por aquel entonces, creí que la primera era la opción menos aburrida, pero ahora, mirándolo con cierta perspectiva, ya no estoy tan seguro. ¡Ja, ja, ja!

Es la primera vez que conozco a alguien que ha frecuentado al Rey de las Tinieblas. En cierta medida, el soberano siempre ha formado parte de mi vida, pero solo como un grabado en lo alto de una chimenea, un perfil enmascarado en el reverso de las monedas o una presencia casi legendaria en los cuentos de terror que se leen por las noches junto al fuego. ¡Y ahora estamos galopando a rienda suelta hacia él!

—He pedido a mis hombres que cambien los caballos en todas las casas de postas, cada siete leguas —me explica el vampyro—. Baches aparte, espero que le guste el viaje.

—Mucho —miento.

—Me alegra saberlo, pero, dígame..., ¿no le gusta la comida?

Señala con un dedo la cesta de mimbre, que no he tocado.

—Yo..., sí, parece deliciosa —digo haciendo lo posible para no ofenderlo—. Solo que tengo el estómago un poco encogido por la muerte de mi padre, como acaba de mencionar usted.

«Y de la de mi madre y mis hermanos», completo mentalmente reprimiendo un sollozo.

—Entiendo. —Alexandre de Mortange asiente con la cabeza—. A pesar de que me transmutaron hace mucho tiempo, aún recuerdo hasta qué punto pueden ser intensos los sentimientos de los mortales, pero debe saber que el corazón de los vampyros también se emociona, aunque haya dejado de latir. Lo único que pasa es que consideramos los acontecimientos de manera… diferente. Nuestras vidas no son tan efímeras como las suyas. ¡En cuestión de emociones, pasan ustedes de la cima al abismo por una nimiedad! ¡Son auténticas montañas rusas! Les basta perder a un solo ser querido para que todo se desmorone. Reciben el consuelo de un amigo y se sienten resucitar. Permítame ser ese amigo, Diane. ¿Me permite que la llame Diane?

—Se lo ruego, hum, Alexandre —respondo, irritada por su familiaridad y, al mismo tiempo, aliviada de que no se dé cuenta de mi animadversión.

—Alex a secas.

—De acuerdo…, Alex.

Me tiende su mano abierta.

—¡Choca esa, Diane! Ya que estamos, ¿qué te parece si nos tuteamos? Me aburre hablar de usted, ¡en mi interior me siento como si aún tuviera diecinueve años!

Choco mi palma contra su palma helada, estremecida por su capacidad para pasar en una misma frase del lenguaje más pulido al más coloquial. Al menos he obtenido una información importante: Alexandre tenía diecinueve años cuando lo transmutaron.

Mi compañero saca un encendedor de oro de su levita y enciende la lámpara del techo. La luz inunda el habitáculo, danzando al ritmo del traqueteo.

—Ya está: *fiat lux*, ¡que se haga la luz! —dice—. El calor y el resplandor de una llama, no hay nada mejor para reanimar el corazón de los mortales. A fuerza de vivir eternamente en la

63

noche, algunos vampyros lo han olvidado, pero yo lo recuerdo perfectamente.

Su sonrisa se alarga un poco, pero procura no subir demasiado los labios, como si quisiera ahorrarme el espectáculo de sus caninos. En cuanto a sus pupilas, se contraen con la luz ambiental. Sus iris, casi invisibles hasta este momento, se dibujan y puedo ver que son azules como el mar.

Tengo que reconocer que el vizconde posee la belleza sobrenatural de un ángel, pero, como recuerda lúgubremente su apellido, el ángel lleva mucho tiempo muerto. *Mortange...* Bajo el resplandor de sus diecinueve años, fijados para la eternidad, sus entrañas son las de una momia inmemorial.

—¡Hay que comer, Diane! —me anima—. Tienes que coger fuerzas para la excitante vida que te espera en Versalles. ¡Ya verás, es impresionante!

Aparto el paño que cubre la cesta, cojo un pedazo de pan con la punta de los dedos y empiezo a masticar.

—Mmm..., el aroma a pan fresco —comenta Alexandre olfateando el aire—. Recuerdo cuánto me gustaba antes.

—¡Está bueno! —digo entre un bocado y otro, a pesar de que en mi lengua cualquier alimento solo puede saber a ceniza.

—¿No te parece un poco seco, así, solo?

—No, se lo..., te lo aseguro —contesto tropezando con el tuteo forzado entre nosotros, tan poco natural—. El pan está como recién hecho.

—Vamos, puedes decirme la verdad, porque, francamente, ¿a quién le gusta el pan solo?

«A los pobres que no pueden pagar otra cosa», siento la tentación de decirle, pero no lo hago, claro. Tengo que representar a fondo mi papel de privilegiada.

—Es cierto que en el castillo solía desayunar mantequilla fresca y mermelada —afirmo.

Una mueca de contrariedad atraviesa la cara de Alexandre, alterando un instante su perfección.

—A esos besugos de los dragones no se les ha ocurrido —refunfuña—. ¡Qué malo es el servicio en el campo! Una razón más por la que no veo la hora de regresar a la civilización. Versalles es un poco encorsetado, no lo niego, hay tanto mármol que el vino empieza a helarse en las jarras en noviembre, pero un cortesano digno de ese nombre debe tener una vivienda allí. —Suspira, como si las contrariedades de la corte hacia la que se precipita le pesaran de antemano—. El rey no es lo que se dice un juerguista. Pasa las noches encerrado en su observatorio, contemplando las estrellas con las viejas barbas de la Facultad. Se dice que, detrás de su máscara solar, jamás ha sonreído.

Alexandre baja instintivamente la voz al pronunciar esas palabras. El verdadero rostro del rey es un tema tabú, que la Facultad ha incluido en el índice. ¿Qué terribles metamorfosis pudo causar la transmutación en su carne? Los médicos lo consideran un misterio demasiado profundo —o demasiado terrible— para que los simples mortales puedan conversar sobre él. Según parece, ni siquiera los vampyros pueden abordar el tema sin echarse a temblar. Sea como sea, Alexandre ha pronunciado una palabra que pica mi curiosidad.

—Una máscara «solar», ¿en serio? —repito desconcertada por la paradoja—. ¿Para el Rey de las Tinieblas?

—Antes de ser el Rey de las Tinieblas, el Inmutable era el Rey Sol —me recuerda Alexandre en tono grave—. Jamás ha renunciado a la idea de reconquistar el día, por eso lleva la máscara de Apolo, el dios solar.

¿Los señores de la noche reconquistando el día? ¿Los vampyros yendo y viniendo a placer antes del aviso del toque de queda? ¡Solo la idea me pone la piel de gallina!

Pero mi frívolo compañero de viaje ha cambiado ya de tema:

—En cualquier caso, y a pesar de su severidad, el rey tiene el sentido de la grandeza —prosigue—. En la Noche de las Tinieblas, que se celebra todos los años en diciembre, organiza un espectáculo impresionante. Además, París está a dos pasos. ¡La fiesta es continua en la capital! ¡Es genial, créeme! Voy a embriagarme con las nuevas melodías procedentes de Inglaterra, en lugar de escuchar una y otra vez los mismos conciertos soporíferos de los músicos de Clermont. Me muero de ganas de ir al teatro del Odeón para aplaudir las últimas obras escandalosas, antes de reventarme hasta la madrugada en el baile de la Ópera.

—Tratándose de un vampyro, morirse de ganas es una imagen hilarante —comento irritada.

Los ojos azules de Alexandre brillan excitados a la luz de la lámpara.

—¡Qué ingeniosa eres, Diane! —exclama—. ¡Impresionante, genial! ¡Me encanta! ¡Tú también vas a triunfar en Versalles y en París, ya lo verás!

Este extraño personaje, que, según dice, detesta la violencia, no deja de sorprenderme.

Desborda una gran energía adolescente, como esa manía de decir «genial» cada dos por tres. Claro que su entusiasmo efervescente corresponde a un cuerpo joven como el suyo. Además, el título de vizconde es el más bajo de la nobleza vampýrica, va justo antes del título humano de barón. En cualquier caso, ¿cuál será su verdadera edad?

—Gracias por ocuparte tan bien de mí —digo esbozando una sonrisa hipócrita.

—Te he dicho que se acabaron las formalidades entre nosotros. Es natural, después de la tragedia que has vivido. El rey también te acogerá con total naturalidad en la escuela de la Gran Caballeriza. Acaba de abrir sus puertas de nuevo; seguro que podrás integrarte en ella sin el menor problema. He enviado un cuervo para avisarlos de tu llegada. Nos precede volando.

Un cuervo, sí: he oído decir que los vampyros los tienen domesticados.

—Voy comprendiendo poco a poco lo que me espera —digo—. Es la primera vez que salgo del castillo de mi pobre padre. La corte me intimida y todo ha sucedido muy deprisa. Tú tuviste tiempo de hacer tus maletas en Clermont, pero yo no pude coger ningún efecto personal. —Bajo la mirada y la poso en la prenda de lino manchada de sangre seca—. Jamás he tenido un aspecto tan descuidado.

—¡Juro por mi honor que lamento no haberte dado tiempo para que te cambiaras! —exclama Alexandre—. Pero no te preocupes, como eres su pupila, el rey te dotará de todo lo necesario en cuanto llegues. Su majestad es magnánimo: sabrá apiadarse de una pobre huérfana, al igual que sabrá perdonar un arrepentimiento tan sincero como el mío.

En ese instante siento un enorme deseo de preguntar a Alexandre qué ultraje cometió para merecer la cólera del soberano, pero me contengo. Sería estúpido ofender a mi única fuente de información sobre el nido de abejorros donde me dispongo a lanzarme.

—En cuanto a los usos y costumbres de Versalles, yo te guiaré —prosigue en tono afable—. Conozco el palacio como la palma de mi mano. Te abrirás como una magnífica flor campestre y eclipsarás a las flores urbanas. La corte se vuelve loca por todo lo que se sale de lo corriente. Sin ir más lejos, tu maravillosa cabellera del color de la luna es por sí sola una definición exacta del término «extraordinario». ¡Estoy seguro de que todas las cabezas se volverán para admirarla!

—Un millón de gracias —digo esforzándome para sonreír—. Tengo la suerte de contar con un... —Mi lengua tropieza con la palabra, una que jamás habría imaginado que pudiera atribuir a un señor de la noche—. Con un «amigo» como tú.

5

El amigo

Una vez más, me despierto mucho antes de que amanezca, como si el movimiento del carruaje de ébano me sobresaltara.

Al igual que ayer, el banco de delante está vacío. La trampilla sigue cerrada bajo mis pies y ahora sé quién está debajo…

Una vez más, siento la tentación de levantarla, pero me contengo. A pesar de ser horripilante, fanfarrón y engreído, Alexandre fue muy considerado durante nuestra conversación. Es evidente que no por ello deja de ser un señor de la noche, un enemigo acérrimo, y que yo solo finjo ser su amiga para lograr sus favores. Pero no es, sin duda, el peor representante de su especie; a fin de cuentas, ¿no asegura ser «diferente» de los demás? En su opinión, es más moderno y es posible que sea también más humano. Por lo demás, no fue él quien ordenó asesinar a mi familia. Según me dijo, solo acompañó al inquisidor como simple representante de la autoridad real. No fue él, el inmortal, el que mató a mis seres queridos, sino unos hombres de carne y hueso, tan vivos como yo; mientras esos asesinos concluían su repugnante tarea, él yacía en su compartimento. Quién sabe, si hubiera podido salir a tiempo, quizá les habría ordenado que interrumpieran la carnicería para limitarse a hacer prisioneros. ¿Acaso no dijo que detesta la violencia gratuita y el sufrimiento inútil? Mi corazón zozobra. Ahora soy una huérfana y lo seguiré siendo hasta el último día de mi vida. Ya no tengo padres ni hermanos, y mis abuelos murieron hace mucho tiempo, así que estoy sola en el mundo. Confieso que ya no sé para lo que sirvo. Es muy posible que para nada.

Mientras le doy vueltas a esos pensamientos en la cabeza, recuerdo el pequeño medallón de mi madre.

Lo saco del bolsillo del camisón para observarlo bien a la luz del día.

Es una humilde joya de bronce no mucho más grande que una nuez, sin más adorno que un pequeño cierre. Que yo recuerde, siempre lo vi en el escote de mi madre, pero nunca le pregunté qué había dentro. Ha llegado el momento de descubrirlo. Presiono el cierre y el medallón se abre como una concha.

En el interior hay una minúscula esfera horaria de color blanco protegida por una placa de cristal —lo que yo consideraba una simple joya es, en realidad, un reloj de bolsillo que mi madre llevaba alrededor del cuello—. Las agujas están paradas, marcan las siete y treinta y ocho. Puede que el mecanismo se rompiera durante la pelea, pero también es posible que sucediera antes.

En el reverso de la tapa hay grabada una divisa: «LIBERTAD O MUERTE».

Pero eso no es todo: en la cavidad hay un mechón plateado, cuidadosamente enrollado y atado con un lazo azul.

Siento un nudo en la garganta. Los ojos se me llenan de lágrimas.

Mi madre, a la que me enfrenté muy a menudo por el simple gusto de la contradicción y cuyos sermones rehuí escondiéndome en lo más profundo de los bosques, llevaba apoyada en su corazón una muestra de mi pelo. Me burlaba de ella cuando me aconsejaba que no me arriesgara sin pensarlo dos veces, pero ella sabía mejor que nadie de lo que estaba hablando, porque vivía en peligro constante. Me consideraba una gran rebelde porque quería ir a la feria de Bellerive, a tres leguas de la Butte-aux-Rats, desafiando la ley del confinamiento. Me creía muy valiente cuando decía que quería cazar de noche, haciendo caso omiso de la ley del toque de queda, con el pretexto de que en una región tan apartada como la nuestra apenas sí se cometían atrocidades.

Me duele, me avergüenza haberle reprochado durante todos esos años que me vigilara con tanto ahínco para que cumpliera el Código Mortal. Lo hacía simplemente para que mis extravagancias no pusieran en evidencia a la familia y su secreto. Aunque la palabra «libertad» grabada en la tapa del reloj sigue siendo una ilusión, me habría gustado compartirla con los míos…

Me vienen a la memoria las palabras de Valère: «Mamá y papá dicen que eres demasiado imprevisible». ¿Por eso mi madre prefirió no confiarme nada? ¿Me lo habría revelado todo al cumplir dieciocho años, como me aseguró Bastien? El mechón en el colgante… ¿significa que, al menos, creía un poco en mí?

Cuando me dispongo a volver a meter el reloj en el bolsillo, mi mirada se posa en la cesta de mimbre que tengo al lado.

Han vuelto a llenarla.

Al levantar el paño, veo una nueva hogaza de pan cortada con la corteza dorada, pero también un pedazo de mantequilla fresca cuidadosamente envuelta en papel y acompañada de tres tarritos de mermelada.

Esta vez devoro la comida con un apetito feroz.

Me paso el resto del día contemplando el paisaje a través de la ventanilla.

Las aldeas que empiezan a verse cada vez más a menudo se transforman en auténticas ciudades, con tejados que brillan a lo lejos con un resplandor metálico.

Cuando el sol desaparece, la campana que anuncia el toque de queda resuena tras el cristal, multiplicada: todos los campanarios de la Isla de Francia tañen sucesivamente en un concierto inquietante.

La trampilla se levanta con un crujido y Alexandre aparece envuelto en un soplo de aire frío.

—A tu disposición, querida —dice después de encender el farol, inclinándose pomposamente hacia mí—. ¿Has pasado un buen día?

—Sí, aunque un poco solitario —contesto con aire remilgado, entrando de nuevo en mi papel de damita en apuros rebosante de gratitud—. He echado de menos nuestra conversación.

Una leve sonrisa se dibuja en los labios del vizconde.

—Aquí me tienes, ¡listo para retomar el hilo! —exclama—. Pero antes dime qué te parecen mis zapatos nuevos, me los he puesto especialmente para ti —añade enseñándomelos—. Son unos Talaria de última moda, hechos con auténtica piel de cocodrilo de Luisiana —me explica al ver que tardo en reaccionar—. ¿Te parecen elegantes?

—Son preciosos.

—Elaboran también unos modelos femeninos maravillosos —me asegura—. Seguro que el rey te regala varios pares, dado que eres su pupila. Aunque sin tacones rojos, desde luego, porque estos solo son para los vampyros. La etiqueta obliga.

Echo un vistazo a los tacones de color bermellón de los zapatos de Alexandre, tomando buena nota de la información. Quizá más tarde me resulte útil para reconocer a los succionadores de sangre de la corte, en caso de que el aura glacial de su presencia no sea suficiente.

—Tengo la impresión de que sabes muchas cosas que yo ignoro —digo para halagarle el ego—. Hablas de Versalles como si hubieras vivido allí toda la vida.

—¡Es que es así, Diane! —asiente riéndose, y esta vez entreveo la punta de sus colmillos—. ¡Una vida… e incluso varias!

72

Al igual que sucedió ayer, la ilusión de estar frente a un joven de diecinueve años se desvanecea.

—Anteayer por la noche pensé precisamente en mi pasado —dice retomando la conversación—. Trataba de ordenar mis recuerdos antes de llegar a Versalles. ¡No debo confundir a uno con otro, besar la mano de la marquesa que no corresponde o dirigir la palabra al duque equivocado! La corte de las Tinieblas tiene sus códigos, sus trampas mortales, y el mínimo paso en falso se paga con sangre.

Recuerdo que la primera noche del viaje, Alexandre no se movió, estuvo ensimismado varias horas. Sea como sea, debo averiguar todo lo que pueda.

—La escuela a la que asistiré en Versalles, la Gran Caballeriza: ¿cómo es exactamente? —le pregunto.

—Es una institución que creó Luis XIV hace tres siglos, antes de su transmutación, para formar a los mejores jinetes del reino. En la actualidad se sigue aprendiendo equitación, pero eso no es todo, en ella se educa también a lo mejor de la nobleza mortal. La flor y nata, no sé si me entiendes. Todos los años, a mediados de agosto, los hijos de las familias más prestigiosas de la Magna Vampyria acuden al internado, antes de hacer su ingreso oficial en la corte. A los mejores incluso se les admite al servicio del rey como escuderos. Su majestad elige a dos veteranos la noche del 31 de octubre de todos los años, en el aniversario de su transmutación —dice riéndose de buena gana—. Ya te he dicho que la corte es un avispero, pero eso no es nada comparado con la lucha que se desencadena entre los pretendientes al favor real. Tú ya estarías descalificada.

Me apunta con el índice.

En mi corsé, entre los regueros de sangre oscurecida, hay una pequeña mancha naranja: restos de mermelada de albaricoque.

—Es necesario que aprendas a comer sin mancharte —comenta con aire juguetón—. En caso contrario, la señora Etiqueta, la hidra que vela por las buenas maneras en la corte, te fulminará.

—No pretenderás que me crea que nunca te has manchado durante una de tus…, esto…, «comidas». Todo el mundo sabe lo que mancha la sangre.

Suelta una sonora carcajada. Su risa se mezcla con el rechinar de las ruedas, que giran a gran velocidad.

—¡Me encanta lo franca que eres, lo reconozco! En la corte también lo apreciarán. —Estira su largo cuerpo sobre el banco y posa sus tacones rojos en el borde del mío—. Tienes razón, he estropeado más de una chorrera de encaje, son muy difíciles de recuperar cuando se ensucian.

Exhala un hondo suspiro.

—La sangre, siempre la sangre. No salimos de ahí. Es la parte más dura de nuestra naturaleza, la de los vampyros. Nos llaman los señores de la noche, pero la verdad es que somos unos esclavos: los esclavos de la sangre.

Me doy cuenta de que ahora está hablando en serio, se acabaron las bromas.

Solo se oyen los crujidos del carruaje, mientras el farol oscila en el techo.

—No sabes cuánto me gustaría liberarme de esa sed debilitante —prosigue—. De todas las cadenas del pasado que pesan sobre nuestra especie, es la más pesada. Como te he dicho, quiero despegar hacia el futuro. Quiero abrazar con fuerza todo lo que es moderno, con todas mis entrañas, mi cerebro, mi…, ¡mi alma! Sueño en secreto con un mundo donde los vampyros ya no necesiten la sangre humana para alimentarse.

Nada de lo que ha dicho desde que nos conocimos me ha turbado tanto como esas palabras. Jamás habría imaginado a un vampyro hablando de su «alma» y menos aún denigrando la sangre, el valor supremo que estructura el Estado, la religión, los impuestos, toda la sociedad.

—Un día se realizará tu sueño, quizá —murmuro—. Quiero decir que tal vez un día los vampyros descubrirán la manera de sobrevivir de otra forma.

Alexandre se inclina hacia mí y me sujeta una mano; parece menos fría que antes.

—Veo que eres una idealista incorregible, igual que yo. En Versalles tendrás que ser más desconfiada, porque son muchos los que pretenden aplastar el mínimo germen de pensamiento progresista.

—Gracias por la advertencia, Alex. La tendré en cuenta.

Me sonríe y a continuación se tumba de nuevo en su banco.

—Por el momento, y por desgracia, conviene aceptar la maldición de las Tinieblas, porque, a pesar de las bonitas palabras y esperanzas, sigue vigente.

Hunde una mano en su levita y saca un recipiente de cristal que reconozco de inmediato: es el tarro hemático especialmente ideado por la Facultad para extraer y conservar el diezmo. Está lleno a rebosar de un líquido rojo y viscoso.

—Siento tener que alimentarme delante de ti —se disculpa—. Normalmente prefiero hacerlo en privado, pero, dada la estrechez del espacio, no me queda otro remedio.

Destapa el tarro y se lo acerca a la nariz. Por primera vez veo temblar sus aletas, sí, ¡temblar de placer!

—Qué aroma tan delicado —dice alegremente—. La sangre aún está fresca, a diferencia de los tarros medio coagulados que el médico de Clermont me enviaba todos los meses. ¡Maldita Facultad! He de reconocer que saqué personalmente la bebida de la carótida de mi víctima. Imagínate, Diane: uno de esos estúpidos rebeldes aún estaba vivo cuando me desperté hace dos noches. O más bien debería decir una rebelde.

Me quedo helada en el banco, crucificada por esas palabras y por lo que significan.

No.

No, es imposible.

75

Mi madre estaba muerta cuando Bastien y yo salimos de casa, estoy segura... o casi segura.

—La muy zorra se arrastraba por el suelo del comedor, apretándose el cuello con una mano, en un esfuerzo ridículo para detener la hemorragia —prosigue Alexandre—. ¡Es increíble cómo la chusma se aferra a la vida! Si los rebeldes se hubieran dejado capturar sin discutir, los cinco, habríamos podido decapitarlos adecuadamente, para poder recoger luego la sangre sin perder una gota. ¿Recuerdas que te dije que odio el sufrimiento inútil? Si hay que sufrir, que sirva para algo. Según la Facultad, no hay peor crimen que derrochar la sangre. En cualquier caso, levanté uno a uno los dedos de la pordiosera para que los restos de sangre caliente salieran por la herida, y con ella llené tres tarros.

—Cá..., cállate —balbuceo presa de un violento deseo de regurgitar las tostadas que me dio ese ser repugnante al que me atreví a llamar amigo.

—Vamos, Diane, no te pongas así —protesta sin comprender lo que me sucede—. ¡Te estoy hablando de una enemiga de Vampyria! ¡De una criminal miserable, compañera de los que mataron cobardemente a tu padre! Me imploró que le salvara la vida. Si hubieras oído la manera en que sus grotescas súplicas se mezclaban con el sonido que producía la sangre en su cuello, abierto como una sonrisa..., ¡era tan cómico! Deberías saborear tu venganza, igual que yo me dispongo a saborear ahora este néctar.

Se lleva el tarro a sus pálidos labios y da largos tragos a lo que queda de mi madre.

6

El odio

Apenas hace unas horas aún me preguntaba para qué podía servir. Ahora lo sé: ¡para hacer desaparecer a Alexandre de la faz de la Tierra!

La venganza: ¡por eso sigo viva!

Estúpidamente, he dejado pasar la ocasión de cumplir con mi destino —o, al menos, de intentarlo—, por no atreverme a levantar la trampilla bajo la cual dormitaba indefenso mi despreciable enemigo.

Ahora está delante de mí, sentado en el banco, hablando alegremente después de haber ingerido un tarro lleno con la sangre de mi querida madre.

Aún estaba viva.

Podría haberse salvado.

Pero ese monstruo la remató: ¡la desangró con sus propias manos!

Sé que durante la pérfida noche es invencible. En pago a mi cobardía, estoy condenada a oírle contar por enésima vez cómo se aburría en Auvernia y lo contento que está de regresar a Versalles, de donde ya no estamos muy lejos. Lo odio con todas mis fuerzas por haber matado a mi madre. Pero, por encima de todo, ¡me odio por haber escuchado sus delirios de redención, sus esperanzas de verse libre de la maldición de la sangre y de haber creído que no duraría más de un minuto! Una jaqueca pulsante, terrible, me martillea el cerebro como si quisiera castigarme por mi idiotez.

—Estamos en las afueras de París, casi hemos llegado —dice de repente.

Tras el cristal de la ventanilla, las aglomeraciones urbanas solo están separadas ya por unos terrenos imprecisos, invadidos por las malas hierbas. La luna se derrama sobre las murallas, cada vez más altas, encerrando poblaciones cuya densidad va en aumento. Las rodean caminos de ronda almenados. Dos minúsculas siluetas armadas de alabardas patrullan por ellos, vigilando las calles, al acecho de cualquiera que desafíe el toque de queda. Las torres de unas inmensas catedrales negras cubiertas con murciélagos de hierro dominan esas prisiones al aire libre. No oso imaginar el tamaño de los barriles que se guardan en los gigantescos edificios ni las toneladas de sangre que almacena la Facultad.

—Reconozco que estos suburbios no son lo que se dice muy alegres —comenta Alexandre—, pero son necesarios para alojar las decenas de miles de desdentados que requiere la alimentación de la corte. Su sangre a cambio de nuestra protección: es el fundamento del Código Mortal.

Con cada palabra que pronuncia ese demonio, mi estómago se retuerce un poco más y mi jaqueca va en aumento. Esa expresión, los «desdentados», para designar a los pobres sometidos a los colmillos de los poderosos me repugna. En cuanto a la «protección» ofrecida por los vampyros, jamás me ha parecido tan hipócrita. Alegan que amparan a los mortales de sus instintos guerreros, ¡como si fueran niños peleones a los que hay que encerrar para que no se hagan daño! Además, aseguran que los defienden contra los seres abominables generados por las Tinieblas. Pero ¡si son lo peor de ellas! Toda la iniquidad de la *pax vampyrica* me estalla en la cara por primera vez.

—Nosotros, los inmortales de la Magna Vampyria, renunciamos a nuestros instintos salvajes y nos conformamos con beber de los tarros —continua Alexandre pensativo, sin darse cuenta de la repulsión que me inspira—, pero ningún frasco, por fresco que sea, puede compararse con la alegría de sangrar legalmente a una presa viva. Solo sucede cuando atrapas a un plebeyo que ha incumplido el toque de queda o a un enemigo del Estado. Tengo que confesarte que, después de llenar mis tres tarros, rematé a la rebelde directamente en el cuello, por pura glotonería.

Me dirige una detestable sonrisa de complicidad, como un pilluelo con la mano metida en un tarro de mermelada.

Siento un deseo casi irrefrenable de abalanzarme sobre su cara para desgarrar esa sonrisa con mis uñas, pero él se la tapa con un pañuelo de encaje.

—¡Puaj, qué peste! —exclama mientras atravesamos una ciudad más poblada que las demás—. Así huele el pueblo llano cuando lo amontonan. Ahí dentro deben de estar más hacinados que en los corrales de pollos del señorío de Plumigny. Apuesto a que esa ciudad no produce *premiers cru,* sino el vino peleón que se destina a los vampyros que no tienen un centavo. Higiene somera y enfermedades a espuertas: ideal para los miasmas. ¿No lo notas?

Niego con la cabeza, las sacudidas causadas por los adoquines mal encajados bajo las ruedas clavan un número idéntico de clavos de hierro en mi cerebro.

Lo único que percibo es el olor ácido de mi sudor en el maldito camisón de lino que llevo puesto desde hace tres días.

Tras dejar atrás los siniestros arrabales-prisiones aparecen unos edificios de piedra blanca adornados con molduras. Numerosas ventanas brillan a la luz de las arañas, a pesar de lo avanzado de la hora, y la brisa nocturna mece sus visillos. De algunas de ellas llegan lánguidos sollozos de violines, por otras se escapan minuetos saltarines. No oso imaginar a los que re-

79

tozan en el interior de esas residencias, vampyros, mortales o, peor aún, los dos juntos.

—¡Aquí sí que se respira aire! —asevera Alexandre entreabriendo el cristal.

La brisa nocturna penetra en la cabina. Los mechones pelirrojos de Alexandre se alzan como llamas alrededor de su cara, cuya belleza recuerda la del diablo.

—¡Huelo la pólvora de los fuegos artificiales y la estela de los guantes perfumados! —exclama abriendo desmesuradamente sus ojos de pupilas dilatadas—. ¡Siento la excitación de los juerguistas que bailan la giga sin parar! ¡Siento los suaves efluvios de las rosas vampýricas y el penetrante aroma de las naranjas sanguinas que asciende de los invernaderos del castillo!

¿Bailan la giga sin parar? ¿Rosas vampýricas? ¿Naranjas sanguinas? Mi mente no alcanza a imaginar los horrores que Alexandre evoca mientras se estremece de placer. Tras haber dejado atrás los baches del campo, las ruedas de la berlina traquetean regularmente al deslizarse por los empedrados bien alineados. Recorremos la última legua envueltos en un sueño o, mejor dicho, en una pesadilla.

De repente, el coche se detiene delante de una gigantesca reja de hierro con los barrotes cuatro veces más altos que yo y acabados en puntas tan afiladas como lanzas.

—¡Ya hemos llegado! —exclama Alexandre—. ¡La Gran Caballeriza!

Abre la puerta sin esperar a que el dragón corra a ayudarle y se apea de un salto en la oscuridad.

—¿Señorita? —dice a modo de invitación esbozando una sonrisa encantadora.

Disimulando mi repugnancia, me apoyo en el brazo que me tiende para bajar a mi vez del vehículo donde he aguardado este momento con impaciencia.

Cuando nuestros cuerpos se rozan, vuelvo a sentir el deseo salvaje de arañarle la cara con las uñas.

—Ahora tenemos que separarnos, pero mantendré mi promesa —dice—. Cuando la escuela de la Gran Caballeriza considere que estás preparada para entrar en la corte, tanto si es dentro de un mes como de un año, estaré ahí para ayudarte. Que me manden al infierno si miento… ¡Uy!, olvidaba que, según las viejas supersticiones, ya estoy en él. ¡Ja, ja, ja!

Ya había olvidado su promesa, que, si por un lado me repugna, por otro me viene bien.

La voz de la razón somete a la de la rabia.

Debo esperar a estar mejor armada para atacar; asestar el golpe cuando me encuentre en situación ventajosa; poner todas las posibilidades a mi favor para matar al asesino de mi madre, por eso vale la pena tener un poco de paciencia.

—Lo recordaré —logro articular a pesar de la jaqueca que me martillea el cerebro y de la náusea que retuerce mis entrañas.

—¡Cuento con ello! Pero, por el momento, vete a la cama. Estás tan pálida como una muerta…, y sé de lo que estoy hablando, créeme, ¡ja, ja, ja!

Entreveo una silueta femenina que se acerca a nosotros a toda prisa, envuelta en una larga capa oscura y sujetando con dificultad un farol. Atraviesa el amplio patio en forma de herradura que se extiende detrás de la reja. A su paso se oyen unos ladridos feroces, procedentes de unas sombrías perreras.

—Buenas noches, señora —la saluda Alexandre—. Le presento a Diane de Gastefriche, la joven huérfana cuya llegada anuncié con un cuervo mensajero.

—Muy bien, señor vizconde —responde la mujer—. Puede dejarla conmigo, todo está preparado.

Alexandre posa sus manos —sus garras— en mis hombros.

—Bueno, es hora de despedirse —dice—. Ahora mismo iré a palacio para rogar que me rehabiliten. También he mandado varios cuervos con mensajes en ese sentido, y tengo la impresión de que me escucharán con benevolencia. —Sube a la carroza—. Entre otras cosas, les llevo pruebas tangibles de que hemos aplastado la rebelión.

—¿Qué pruebas? —pregunto haciendo un esfuerzo sobrehumano para recoger una miguita más de información sobre mi familia.

Apunta la barbilla hacia el equipaje.

—Una de esas maletas contiene los restos que pudimos recuperar después de la explosión en el laboratorio clandestino: gracias a ellos, los inquisidores podrán averiguar lo que estaban tramando. Sin embargo, como a los cortesanos les importa un comino la ciencia y dejan esos temas a los aburridos miembros de la Facultad, he traído para ellos varios trofeos más…, cómo decirlo…, más espectaculares: las cabezas de los cinco rebeldes. Ordené a mis soldados que se las cortaran. El corte no es tan definido como el del hacha, pero tuvieron que hacerlo con los medios de que disponían.

Dicho esto, cierra la puerta y el carruaje arranca enseguida alejándolo en la noche con su espantosa risa.

No vomitar.

No escuchar el chirrido del coche que se aleja a mis espaldas.

No tropezar en el empedrado del patio que se abre ante mí.

Apoyar todo el peso en el brazo de mi guía.

Y, por encima de todo, borrar de mi mente la idea de que he viajado junto a las cabezas cortadas de mis seres queridos durante tres días. Solo me consuela haber mutilado la de la baronesa hasta tal punto que resulta imposible identificarla.

—Soy la señora Thérèse, la gobernanta de la residencia femenina —me dice la mujer cuando llegamos al imponente edificio semicircular que ciñe el patio con su masa tenebrosa—. Me ocupo de organizar la vida práctica de las alumnas de la escuela de la Gran Caballeriza.

Arrancándome de mi enfermizo rumiar, alzo la mirada hacia la gobernanta y la examino por primera vez. Bajo un gorro lleno de lazos a juego con la capa, veo una cara madura y austera, moldeada por los principios. Al presentarse no ha añadido ninguna preposición a su nombre, de manera que es tan plebeya como yo. ¿Sabré convertirla en mi aliada? Por el momento, me observa con cara de pocos amigos; por las ojeras deduzco que ha tenido que esperarme despierta hasta estas horas.

—La casa de los alumnos está en la segunda ala —me explica señalando con un dedo la otra mitad del hemiciclo—, pero solo podrá verlos a la hora de cenar, dado que las clases están divididas por sexos para evitar distracciones. Prefiero prevenirla ya, somos un centro de gran nivel, de manera que los cursos se imparten los siete días de la semana. Raymond de Montfaucon, el director, que además es gran escudero de Francia, lo coordina todo. —Acerca el farol a mi cara para examinarme mejor—. No he podido encontrar sus documentos de nobleza en los archivos, ya que solo conservamos los de las familias presentes en la corte. Dígame, señorita de Gastefriche, ¿cuántos años tiene?

—Dieciocho —contesto, recordando que la baronesa tenía la misma edad que Bastien, es decir, un año más que yo.

Me alivia un poco saber que la gobernanta no puede acceder a los documentos que podrían desmentir la identidad que he suplantado. Por lo visto, hacía mucho tiempo que los Gastefriche no venían a la corte, si es que alguna vez lo hicieron. Seguro que nadie en Versalles recuerda a la verdadera Diane o, al menos, eso espero.

—Asistirá a las clases del último año y compartirá el dormitorio con las alumnas —decreta la señora Thérèse—. Los cursos se reanudaron hace dos semanas, pero quiero que entienda que su retraso es mucho mayor. La mayoría de sus compañeras llevan estudiando varios años entre estas paredes, pri-

83

mero como benjaminas y luego como cadetes. Deberá trabajar el triple que las demás si quiere entrar en la corte cuando finalice el año escolar, el próximo mes de junio. Dígame, ¿aprendió algo útil en su provincia?

—Sé leer y escribir —me apresuro a precisar, inquieta por el retraso que me acaba de explicar.

Diez meses para entrar en la corte, diez meses para poder llevar a cabo la venganza que me obsesiona, que arde en mis entrañas, ¡el único sentido que sigue teniendo mi existencia!

La gobernanta alza los ojos al cielo.

—Algo es algo —suspira con aire crispado.

—También hablo inglés.

Mi interlocutora frunce el ceño.

—¿En serio? No es frecuente, tratándose de una provinciana. Tengo que decirle que, debido a la locura de la virreina Anne y de los sucesos de Nueva York, el inglés se usa ahora en la corte menos que en el pasado.

He oído hablar vagamente de la demencia de la virreina vampyra que ocupa el trono al otro lado del canal de la Mancha. Por lo visto, la alianza que pactó con el Inmutable se tambalea, pero no sé más. En cuanto a los sucesos de Nueva York que ha mencionado la señora Thérèse, confieso que no tengo la menor idea.

—¿Y qué más? —prosigue—. ¿Sabe bailar, cantar, tocar un instrumento?

—Esto..., no.

—En el centro enseñamos las cinco nobles artes: el arte cortés, el arte de la conversación, el arte ecuestre, el arte marcial... y el arte vampýrico, que está exclusivamente reservado a los mayores. ¿Destaca usted en alguno de ellos?

—Sé usar la honda —balbuceo.

La mueca que hace la señora Thérèse me disuade de entrar en detalles: salta a la vista que la honda no es un arma digna de la joven dama que soy ahora.

—Bueno, basta de conversaciones —me ataja ella secamente—. Por el momento, le conviene descansar un poco. Debe de estar muy cansada, como yo, ¡y las Tinieblas son testigo de ello!

Iluminando el camino con el farol, me conduce por una gran escalinata de piedra llena de ecos cavernosos hasta el cuarto piso.

Empuja una puerta de doble hoja y ante nosotras se abre una amplia estancia dividida por un pasillo central. A cada lado veo unas camas con dosel, que en este momento tienen las cortinas corridas.

—Camine de puntillas, por favor, sus compañeras están descansando —me ordena la gobernanta en voz baja.

Puede que estén en la cama, pero no estoy tan segura de que duerman. Tengo la impresión de que unos ojos me espían a través del borde de las cortinas, más amenazantes que los de los perros guardianes del patio.

7

La novata

—¿La novata sigue durmiendo? Creía que las provincianas se levantaban con el canto del gallo.

Un chorro de agua helada me azota la cara.

Me incorporo de un salto de la almohada mojada, con el pelo empapado y la memoria aún atormentada por las pesadillas en las que he visto cabezas cortadas.

En cambio, la que se inclina en este momento hacia mi cama está más que viva. Pertenece a una joven de sorprendente belleza, pero agriada por una sonrisa cruel.

—¡Aquí tienes algo para que empieces a lavarte, ratoncita gris! —dice muerta de risa. A continuación, deja en mi mesilla el vaso que acaba de vaciar sobre mí—. ¡Aunque me temo que vamos a necesitar un cubo entero, viendo el barro que tienes encima!

Con su risa cristalina se agita su melena castaña, rizada con una vara de hierro, que serpentea sedosa a ambos lados de la cara, que bien podría ser el retrato de un artista del Renacimiento italiano.

Está convencida de que tiene delante una víctima fácil, pero no me he pasado la vida afrontando los insultos en el pueblo para acobardarme ahora por una petarda de aire virginal que pretende divertir a la galería sin exponerse.

—No es barro —replico aferrándome a una columna del dosel de la cama para salir de ella.

—¿En serio? —dice la otra volviéndose hacia el resto de las jóvenes que han presenciado mi brusco despertar—. Entonces, ¿qué es? ¿Excrementos?

—Sangre seca.

La risa muere en la garganta de la belleza, que abre desmesuradamente los ojos dorados, tan brillantes como el oro puro.

—¿San…, sangre? —balbucea arqueando las cejas perfectamente delineadas.

—¿Quieres tocarla para comprobarlo?

Me dirijo hacia ella con el camisón empapado y sucio.

Asustada, la descarada recula, tropieza con los tacones y cae hacia atrás. La falda se levanta y deja a la vista el miriñaque que da forma a su vestido adamascado de color amarillo solar.

Las jóvenes que no habían dejado de reír corren en su ayuda gritando alarmadas:

—¿Estás bien, Hélé?

Una de ellas aprovecha la confusión para sujetarme con delicadeza un brazo.

—Venga conmigo, le enseñaré dónde está el cuarto de baño —murmura con una voz dulce, marcada por un ligero acento.

Su atuendo es mucho más sencillo que el de mi acosadora: luce una túnica de seda de color malva pálido elegantemente cruzada en el pecho y sujeta por un ancho cinturón a juego. En el dobladillo lleva bordadas unas flores blancas exóticas, de una especie que mi madre no me enseñó. Su cabello es negro, liso y extraordinariamente tupido, recogido en la nuca, en un moño sujeto con un pasador de madera lacada en rojo. Bajo el flequillo cortado a ras de los párpados asoma una cara con los pómulos altos y leves ojeras. Hace tiempo leí una historia sobre un viaje a Extremo Oriente: los afables habitantes de esas regiones que aparecían en los grabados se parecían a esta joven.

Me dejo arrastrar fuera del dormitorio y cruzamos un pa-

LA CORTE DE LAS TINIEBLAS

sillo de resplandecientes baldosas. La luz penetra sin obstáculos por las altas ventanas, a pesar de que el cielo está cubierto. Las paredes inmaculadas y adornadas con delicadas molduras son al menos tres veces más altas que las de nuestra casa de la Butte-aux-Rats.

De repente, me detengo delante de una de las ventanas: al otro lado del cristal, a unos doscientos metros, se extiende una amplia plaza rodeada por un muro colosal. A diferencia de los que circunscribían los arrabales, tristes y sombríos, además de manchados con los excrementos de los pájaros carroñeros, este ha sido tallado en una piedra sumamente brillante. De ella emergen unos motivos gigantes, esculpidos de manera exquisita. Pero, al observarlos mejor, la inicial maravilla se transforma en terror: los altorrelieves no representan ninfas ni dioses, como en el jardín del viejo barón de Gastefriche, sino la brutalidad de unos gigantescos vampyros que muestran a la luz del día sus dientes afilados y hunden sus colmillos en los cuellos indefensos de pálidos mortales, totalmente sometidos a ellos. En medio de ese pandemonio petrificado, que parece proclamar la omnipotencia eterna de la raza señorial, se erigen unas fantásticas columnas barrocas, alrededor de las cuales se arremolinan manadas de lobos, cuervos y murciélagos.

—Lo que ve al fondo de la plaza de armas es el muro de la Caza —me susurra mi compañera al oído; su voz sosegada contrasta con el horrible espectáculo—. Así llaman a la muralla fortificada del castillo de Versalles que se construyó durante el primer siglo de la Magna Vampyria. Es una protección completamente hermética imposible de franquear, que encierra el palacio y a sus habitantes durante el día. Por la noche, la muralla se abre mediante un sistema hidráulico conectado a los acueductos que alimentan las fuentes de Versalles. La estructura la concibió Jules Hardouin-Mansart, el arquitecto designado por el rey, y las esculturas son la obra maestra de François Girardon, su escultor favorito; ambos fueron transmutados para

89

poder proseguir durante décadas con su trabajo. Los miles de obreros mortales que perdieron la vida en la construcción no tuvieron tal posibilidad. El muro de la Caza impresiona mucho la primera vez que lo ves.

Al notar que estoy temblando, posa una mano sobre la mía.

Lo que me estremece no son tanto las esculturas, sino el hecho de comprender que la muralla se erige entre la Gran Caballeriza y las habitaciones de Alexandre..., entre mi venganza y yo.

—Acabará acostumbrándose a la vista —me asegura mi guía al tiempo que me aparta de la ventana—: Me llamo Naoko Takagari. Soy la hija del embajador de Japón, mejor dicho, del embajador durante el día, porque el nocturno es, por descontado, un vampyro.

Mi intuición era correcta: Naoko procede de las tierras lejanas donde amanece, las mismas con las que soñaba en mi habitación de la Butte-aux-Rats. A pesar de que Japón no forma parte de la Magna Vampyria, su emperador también fue transmutado, de manera que cuenta con un representante en la corte del Rey de las Tinieblas.

—Ayer la señora Thérèse pidió una voluntaria que ayudara a integrarse a la nueva alumna —me explica Naoko mientras echamos a andar—. Me propuse como candidata. Sé que no es fácil hacerse un hueco en la Gran Caballeriza. Cuando llegué aquí como benjamina, hace dos años, también sufrí la maldad de Hélénaïs.

—¿Hélénaïs?

—Hélénaïs de Plumigny —precisa Naoko—. Es la hija menor de Anacréon de Plumigny, pequeño señor de la Beauce y principal proveedor del reino de gallinas de Guinea, capones y pollos.

Al recordar la manera en que Alexandre comparó ayer a los habitantes de los suburbios con las aves que se amontonan en las baterías de Plumigny, no puedo evitar avergonzarme.

—Los señores de Plumigny tienen la costumbre de adoptar nombres grandilocuentes del pasado para compensar el carácter reciente de sus títulos aristocráticos —explica Naoko—. Hace menos de un siglo que ascendieron a la nobleza a cambio de los servicios que habían prestado a la corona.

—Entiendo.

Trato de esquivar la mirada de la japonesa, porque temo que intuya que mis títulos nobiliarios se remontan a hace apenas tres días, cuando usurpé la identidad de la joven baronesa. A pesar de la deferencia que muestra hacia la «novata», es igual que el resto de los internos de la Gran Caballeriza: una privilegiada que vive en una burbuja. Una rica exenta del diezmo, a la que no se le aplica el Código Mortal que oprime al cuarto estado. Una aliada de los vampyros que, sin duda, solo aspira a alcanzar su posición cuando se presente la ocasión de ser transmutada. No repetiré el error que cometí con Alexandre. Jamás la consideraré mi amiga, pero, por otro lado, ella no debe llegar a sospechar que soy una usurpadora.

—Me llamo Diane de Gastefriche —digo apresuradamente—. A mi familia le sucedió algo terrible en Auvernia, por eso estoy aquí.

Mi voz se quiebra, porque no soy capaz de pronunciar la palabra «familia» sin pensar en mis padres y mis hermanos.

Naoko me sonríe tristemente.

—Sí, ya lo sé, nos lo han contado: su pobre padre fue asesinado por los rebeldes, pero ahora usted está sana y salva.

A la vez que lo dice, doblamos una esquina del pasillo y nos topamos con un hombre armado, apostado delante de una ventana. Su vestimenta no tiene nada que ver con los uniformes negros de los dragones de Clermont: este soldado luce una suntuosa levita de color rojo grancé, con los hombros adornados con galones dorados.

—Es un guardia suizo —me explica Naoko mientras pasamos por su lado sin mirarlo, como si fuera una estatua y

91

formara parte del mobiliario—. Son los guerreros más fieles de la corona, dispuestos a morir por ella en cualquier momento.

Echo un vistazo al soldado con nerviosismo; después de ver a los perros guardianes del patio, comprendo que Versalles es un lugar sometido a una estrecha y constante vigilancia. Tendré que ser muy hábil para ejecutar mi venganza e, incluso en el caso de que consiga matar a Alexandre, no me hago demasiadas ilusiones: mi suerte también está sellada. Lo seguiré de inmediato a la tumba, pero, al menos, lo haré con la satisfacción de saber que, tras morir para siempre, ese monstruo no volverá a salir de su ataúd.

—Aquí estará protegida —prosigue Naoko completamente desajustada con mis pensamientos—. El rey ha destinado todo un regimiento de guardias suizos para que defiendan la Gran Caballeriza. De esa forma, es imposible que los rebeldes puedan infiltrarse.

Sus últimas palabras me golpean como un puñetazo.

—¿El rey teme a los rebeldes? —le pregunto.

Naoko me mira por debajo de su tupido flequillo.

—Cuesta creer que el soberano más poderoso de Europa se preocupe por esa amenaza en su propio palacio, ¿verdad?

—Es difícil, en efecto. —Asiento, tratando de frenar mi respiración, que empieza a acelerarse.

Hace una semana creía que la revuelta era solo un rumor. Tras haber descubierto que existe de verdad y que toda mi familia formaba parte de ella, ahora me entero de que sus ramificaciones secretas se extienden hasta Versalles...

—Se murmura que hay frecuentes intentos de magnicidio —me confía Naoko—, pero los servicios secretos de su majestad los desbaratan siempre.

Se detiene delante de una puerta donde aparece pintada una sirena rodeada de conchas.

—Este es el cuarto de baño —me anuncia.

Empuja la puerta y me invita a entrar en una estancia completamente alicatada de blanco, como jamás había visto.

—La bañera está ahí —me dice señalando una gran cuba de cobre resplandeciente, adornada con un grifo de bronce en forma de cisne.

—¿La bañera?

La joven me mira atónita.

—¡Por supuesto, para lavarse! —exclama—. El agua caliente está aquí, a este lado del grifo… —Gira el pomo que queda a la izquierda del cisne, que empieza a escupir un chorro humeante; a continuación mueve el pomo derecho—. Y esta es el agua fría. Dejo que caiga un poco. ¿No tenía una bañera en su castillo?

—Esto…, sí, claro que sí —me apresuro a responder para salir del apuro—, pero no se parecía a esta.

No debo olvidar en ningún momento que ahora soy una aristócrata, no una plebeya.

Ya no soy Jeanne, la salvaje de los bosques, sino Diane, la niña mimada, criada entre algodones. A pesar de que hasta la fecha solo me he lavado con un paño húmedo y un barreño lleno de agua fría del pozo, tengo que fingir que estoy acostumbrada a todo este lujo.

—La dejo sola —me dice Naoko—. Utilice las sales de baño perfumadas. Las toallas para secarse y la ropa nueva que la señora Thérèse ha preparado para usted están ahí, en la cómoda. Deberían ser de su talla, pero, si es necesario, las costureras podrán retocarlas más tarde. —Señala un paquete de telas cuidadosamente dobladas y una bandeja con un poco de comida al lado—. Me he permitido añadir varias galletas y una taza de café con leche para que desayune. Cuando se haya refrescado, llámeme tirando de ese cordón de terciopelo. Dese prisa, esta mañana tenemos el curso de arte de la conversación con la señora de Chantilly.

Se encamina hacia la puerta, pero cuando llega al umbral se detiene.

93

—Ah, aunque Hélénaïs la haya llamado ratoncita gris, me gusta su tinte.

—Se lo agradezco.

No vale la pena desengañarla diciéndole que es mi color natural.

—Me alegro de que hayan aceptado que sea su tutora —añade—. Parece usted una persona amable y carente de malicia. Quizá podamos llegar a ser… ¿amigas?

—Esto…, claro que sí, Naoko.

Esboza una sonrisa radiante que por un momento ilumina sus fatigados ojos y pone un poco de rubor en sus pálidas mejillas, pero después vuelve a eclipsarse y se va.

Me arranco el camisón que el sudor rancio y la sangre seca han transformado en un caparazón almidonado.

Una vez desnuda, entro en la bañera llena de agua calentada gracias a no sé qué brujería.

El vapor ablanda mis músculos entumecidos por el cansancio; el ruido del chorro, que no deja de salir por el grifo, disuelve mis pensamientos. Mi cuerpo y mi espíritu se relajan de golpe. Acurrucada en la bañera, rodeada de todo ese lujo inaudito, me abandono por primera vez desde que salí de la Butte-aux-Rats. Dado que nadie, ni vampyro ni mortal, me mira, por fin me doy permiso para llorar.

La escalinata de mármol resuena bajo mis zapatos nuevos, con los tacones más altos que he llevado en la vida. La gruesa falda de brocado beis se enreda en mis piernas. Bajo el corpiño de manga tres cuartos, el corsé me impide respirar. En cuanto a la masa de mi pelo, Naoko la ha recogido rápidamente en un moño que yo sería incapaz de reproducir.

—Vamos —me anima—. Llegamos tarde a clase.

Me aferro al pasamanos encerado para no caer, al tiempo que de vez en cuando echo un vistazo a los guardias suizos apostados en los rellanos. Al llegar al primero, nos dirigimos hacia una puerta decorada con una musa pintada que sujeta una lira entre sus manos.

Naoko llama tres veces y luego acciona el picaporte.

Toda la clase de las mayores se vuelve hacia nosotras. Son unas quince alumnas, sentadas en sus pupitres. Veo a Hélénaïs majestuosamente acomodada en primera fila.

—¡Ah, Naoko, la estábamos esperando! —exclama una dama sentada en un sofá colocado de cara a los pupitres.

Luce un vestido de organdí de color crema y lleva el pelo cano ahuecado con unos postizos y cubierto con un pañito de encaje en lo alto. Sus quevedos me recuerdan los de Valère, salvo que estos no tienen la montura de hierro, sino que son de oro.

—Y usted supongo que es Diane de Gastefriche —añade.

—Para servirla, señora de Chantilly.

Me esfuerzo por imitar la reverencia que Naoko ha reali- 95 zado con gracia, pero casi me enredo con las enaguas mientras las alumnas tratan de ahogar la risa.

—¡Un poco de indulgencia, señoritas! —reclama la profesora—. Diane podrá trabajar las maneras cortesanas con el general Barvók. Les recuerdo que esta mañana la clase versa sobre el arte de la conversación y no acerca del arte cortés.

Con un ademán de la cabeza, nos invita a sentarnos en los últimos pupitres que quedan libres.

—¡Si la nueva alumna no es capaz de hacer correctamente una reverencia, imagino que tampoco sabrá juntar dos palabras mínimamente interesantes! —se burla Hélénaïs.

—¡Señorita de Plumigny! —la regaña la maestra.

Siento que mi corazón se acelera, la cólera azota mis sienes. Tengo que conseguir que esa chica entienda que soy como ella: una noble impetuosa, arrogante y cruel. El problema es que esta falsa identidad es el único pasaporte que tengo para entrar en la corte y vengar a los míos.

—Perdóneme, señora, pero ¿cómo es posible que la nueva alumna asista a esta clase? —insiste Hélénaïs señalándome con su graciosa barbilla—. Por lo que veo, jamás ha salido del triste campo del que procede. ¿Tiene algún tema de conversación que no sean las vacas y los cerdos?

—Los carneros —la corrijo.

—¿Cómo dice?

—En el triste campo, como dice usted, la tierra no es lo bastante rica para criar bueyes y cerdos, así que tenemos que conformarnos con los carneros. Por lo demás, sus magníficos rizos me recuerdan a los de Pâquerette, la oveja más famosa de la cabaña de la baronía.

—Pero... ¡mi excéntrico peinado es el último grito en la corte! —protesta Hélénaïs con un hilo de voz, a todas luces poco habituada a las críticas sobre su perfecto físico.

—¿En serio? Sea como sea, Pâquerette ganó el primer premio en el concurso agrícola de 294. Debería inscribirse este año, podría ganar la escarapela.

Sollozando conmocionada, Hélénaïs se vuelve hacia la señora de Chantilly.

—¡Espero que la castigue por su descaro! —le exige.

—¿Por qué debería hacerlo, Hélénaïs? —responde la maestra en tono seco—. Me parece que estamos en plena demostración de lo que es el arte de la conversación, en plena justa de «dichos ocurrentes», para ser más exacta. En la corte es indispensable esta competición. Sus encantos, dignos de la hermosa Helena de la Antigüedad, no le bastarán para brillar en ella si enmudece. Contraataque, se lo ruego, muéstrenos de lo que es capaz.

Mi rival vuelve hacia mí su delicada cara empolvada, atrayendo todas las miradas.

Sus seguidoras le murmuran palabras de ánimo:

—¡Vamos, Hélé, dale una lección!

La joven busca las palabras, demostrando lo acostumbrada

que está a que su intimidante belleza hable por ella y a desencadenar guerras de Troya con un simple parpadeo.

—Yo… no le consiento —farfulla al final—. Para empezar, ¡la oveja es usted! O, peor aún, es usted un ratón gris, como le he dicho esta mañana. —Satisfecha con su ocurrencia, la sonrisa vuelve a dibujarse en sus labios bien delineados—. Eso es, ¡es usted un ratón estúpido e insignificante!

—Si piensa que los ratones son estúpidos, le aseguro que se equivoca, porque los de mi castillo escapaban de todas las trampas. En cambio, hay que tener paciencia para conversar con una pava, aunque sea la hija del emperador del pollo. Creo que nuestro intercambio acaba de demostrarlo.

Hélénaïs se queda sin voz.

El resto de las alumnas contienen la respiración sin saber qué partido tomar después de que la reina haya sido destronada.

Hasta Naoko baja sus párpados, rodeados de ojeras. Imagino que dolida por el recuerdo de las humillaciones que Hélénaïs le ha infligido en el pasado.

Unos golpes rompen el silencio: la ocupante del pupitre adyacente al mío aplaude al mismo tiempo que mastica algo. Luce un vestido ceñido de color azul oscuro, de una tela de apariencia áspera y elástica que contrasta con las sedas tornasoladas que exhiben sus compañeras. Se entrevé el encaje de la ropa interior, que sobresale excesivamente por el cuello de su corsé; adrede, estoy segura. Bajo el moño alto de pelo castaño, recogido arriba de la cabeza y sujeto por unos nudos de la misma tela deshilachada, su maquillaje oscuro resulta desafiante: ojos carbonosos y labios de color azul noche. Su tez es tan pálida que por un momento pienso que es una vampyra, pero enseguida recuerdo que eso es imposible, porque estamos en pleno día.

Mi compañera deja de masticar para hablarme con la voz un poco ronca, marcada por el acento inglés que me enseñó mi madre:

—¡Jaque mate, *darling*! Tanto si es oveja como pava, la ha esquilado y desplumado.

Hélénaïs fulmina con la mirada a la pálida joven, pero no se atreve a decir nada: a toda la clase le ha quedado ya lo bastante claro que las respuestas mordaces no son su fuerte.

La señora de Chantilly tose.

—Tranquila, Proserpina —dice—. Ensañarse con los vencidos no es elegante. Además, deje de masticar chicle, ya le he dicho que no quiero esa manía americana en mis clases.

¿Una manía americana? ¿Es posible que esta interna haya nacido tan lejos como Naoko? En cuanto a su nombre, Proserpina, sé que corresponde a la reina de los muertos en la mitología romana, esposa de Plutón, dios de los infiernos; le va como un guante a una chica con una tez tan descolorida como la suya.

La joven despliega un pañuelo y escupe el chicle en él, después me hace un guiño de complicidad con un párpado ennegrecido.

—Gracias, Proserpina… —murmuro.

—Poppy —me corrige.

La señora de Chantilly interrumpe nuestro breve intercambio de palabras:

—¡Paren ya, señoritas! Después de este agradable intermedio, les propongo que retomemos la clase donde la dejamos. Estábamos hablando de los amores de los dioses del Olimpo, un tema de conversación que resulta muy útil en sociedad, ya que permite abordar los asuntos del corazón con tacto y delicadeza. Anteayer recordamos a Adonis y a Venus, a Cupido y a Psique, a Orfeo y a Eurídice, y les pedí que leyeran para hoy varios capítulos de *La metamorfosis*, de Ovidio. Visto que hoy hemos dado la bienvenida a una nueva alumna que se llama como una diosa romana, ¿quién puede decirme cuáles eran los amores de Diana?

Las alumnas se miran vacilantes. Una de ellas, una morena menuda ataviada con un vestido de color verde anís y unos anteojos muy parecidos a los de la profesora, levanta la mano.

—¿Sí, señorita des Escailles? —dice la maestra.

—Su pregunta tiene truco, señora. Diana desconoce el amor. Es una cazadora que ha hecho voto de castidad.

—Muy bien, Françoise. Y ahora ¿quién puede decirme quiénes eran los enamorados que fueron víctimas de su frialdad?

Levanto la mano, decidida a ir hasta el final. Yo también he leído a Ovidio, pues ocupaba un lugar destacado en la biblioteca de mis padres.

—Diana envenenó al gigante Orión con un escorpión —explico—. Mató a los titanes Otos y Efialtes con sus flechas. Además, transformó al cazador Acteón en ciervo antes de ordenar a sus perros que lo devoraran.

La señora de Chantilly me dirige una mirada aprobatoria por encima de sus anteojos.

—¡Impresionante, señorita de Gastefriche! —exclama—. Tiene usted erudición e ingenio, dos cualidades indispensables para el arte de la conversación. Le confieso que cuando la señora Thérèse me anunció que, llegaba una nueva alumna sin saber muy bien de dónde, tuve mis dudas. Creía que acogiendo a una pobre huérfana estábamos haciendo una obra de caridad, pero, ahora que la he visto y la he escuchado, he cambiado de opinión. ¡Incluso pienso que el próximo mes de octubre podría competir en el Sorbo del Rey!

Un murmullo se eleva a mi alrededor: por primera vez desde que me desperté no es desdeñoso ni amenazador, sino de admiración.

8

Competencia

—¿*Qué* es el Sorbo del rey? —le pregunto a Naoko.

Nos hemos sentado a una mesa apartada del pequeño comedor del ala femenina. Un gran retrato nocturno del Rey de las Tinieblas corona majestuosamente la chimenea. Es un cuadro carbonoso, siniestro. El soberano cabalga un semental sombrío y su ropa apenas se distingue del bosque negruzco que se ve al fondo. Luce un traje de caza de color burdeos y un gran tricornio adornado con plumas de faisán, encasquetado en su cabellera suelta. El único punto vagamente luminoso en medio de tanta opacidad es la máscara de oro del soberano con sus dos agujeros negros.

Bajo la horrorosa mirada del rey, en la sala flota el rumor de los criados al moverse y la conversación de las internas que han acudido a comer: las quince mayores de unos diecisiete años, pero también las de dieciséis y quince. Unas cincuenta chicas en total procedentes de las mejores familias de la aristocracia.

Naoko alza su mirada del filete de lenguado que ni siquiera ha tocado, ya que por el momento solo ha picoteado la verdura que lo acompaña.

—El ritual del Sorbo es la ceremonia en la que el rey elige a dos nuevos principiantes para que formen parte de su guardia mortal —me explica—. Tradicionalmente son un chico y una chica.

—¿Su guardia mortal? —repito recordando las palabras de Alexandre. Recuerdo que me dijo que, todos los años, el Rey de las Tinieblas elige a dos alumnos de la escuela, el 31 de octubre, pero no me contó nada de su función militar—. Creía que el rey solo seleccionaba un escudero y una escudera...

—Exacto. Los jóvenes elegidos tienen el privilegio de unirse al estrecho círculo de mortales en los que el soberano tiene plena confianza: tres chicos y tres chicas que le sirven como guardaespaldas. Además de acompañar al soberano por la noche, los seis escuderos deben protegerlo y vigilar su sarcófago durante el día.

Mi mirada se desvía furtivamente a través de la ventana que da al patio de la Gran Caballeriza, hacia lo alto de las rejas y más allá de ella, hacia el muro de la Caza. Tras el blanco resplandeciente del colosal muro hay un palacio secreto y en sus profundidades descansan los sarcófagos negros de todos los inmortales de la corte...

—¿Al rey no le bastan los guardias suizos para defender su ataúd? —murmuro.

—No son suficientes —contesta Naoko—. Los guardias suizos serán soldados toda su vida y están vinculados al palacio. En cambio, los escuderos del rey, después de haberle servido varios años, ascienden y entran en la corte, de forma que pueden convenir matrimonios provechosos, viajar a las provincias e incluso al extranjero. Se convierten en los ojos y los oídos de su majestad, en los pilares más sólidos del rey de Francia en toda la Magna Vampyria y fuera de ella.

Reflexiono unos segundos sobre sus palabras a la vez que miro el calendario que cuelga de la pared, abierto por la fecha del día de hoy, 3 de septiembre. Es decir, una eternidad antes de que los mayores entren oficialmente en la corte, a finales de junio, el próximo verano.

¿Y si de verdad fuera posible que el rey me eligiera, como afirmó la señora de Chantilly esta mañana? Para servirle no, ¡eso jamás! Pero la idea de poder entrar en el palacio a partir del 31 de octubre, dentro de dos meses, hace que la perspectiva de vengarme de Alexandre me resulte más cercana y posible.

—Entiendo… —digo—, pero eso no explica por qué la ceremonia se llama el Sorbo del Rey.

Naoko se inclina hacia mí.

—Porque es así como el rey sella el vínculo único que lo une a sus escuderos —murmura—: les da a beber un trago de su sangre.

Con delicadeza, dejo el tenedor al borde del plato, incapaz de comer una miga más. Mis conocimientos sobre los vampyros son muy limitados, pero sé que la transmutación se realiza a través de la sangre.

—¿El rey transforma a sus secuaces en vampyros? —pregunto bajando también instintivamente la voz, como si el imponente cuadro que corona la chimenea tuviera oídos. Al ver la expresión de sorpresa de Naoko, me apresuro a añadir—: Perdone mi ignorancia, pero, en la remota provincia de la que procedo, los señores de la noche no circulan por la calle.

—La transmutación es un ritual complejo, peligroso y sumamente reglamentado, que, para ser legal, requiere la autorización de la Facultad Hemática —me explica, paciente—. El número de vampyros de la Magna Vampyria está estrictamente limitado, existe un riguroso *numerus clausus,* para asegurar que los inmortales sean una ínfima minoría respecto al ganado mortal que debe alimentarlos.

Cabeceo. Eso explica por qué jamás se veía a un señor de la noche en el agujero despoblado donde vivía.

—La ceremonia de transmutación exige que un vampyro poderoso invite a beber gran parte de su sangre a un mortal al que antes han vaciado de la suya —prosigue Naoko—. En cambio, en el ritual del Sorbo, como su nombre indica, solo

103

se trata de varios mililitros de sangre real. Lo suficiente para dotar a los que la beben de poderes sobrehumanos sin transmutarlos del todo. Por eso el rey ofrece todos los años un sorbo a todos los miembros de su séquito, para que sus poderes conserven toda su fuerza.

Una joven criada pelirroja se acerca para quitar la mesa. En los pliegues de sus codos se aprecian las cicatrices moradas del sangrado al que se someten los plebeyos. La visión acaba por quitarme el apetito completamente. Bajo las mangas de mi vestido, tengo unas marcas parecidas en la piel, abiertas desde la infancia por cientos de agujas. Pinchazos en los brazos derecho e izquierdo, cada mes en uno: pinchazos infamantes, que no acaban de reabsorberse del todo.

—Espere, Toinette, por favor —dice Naoko a la criada mientras esta se dispone a retirar mi plato. Acto seguido se vuelve hacia mí—: ¿No quiere más verdura, Diane?

Niego con la cabeza y la joven japonesa echa las sobras en su plato.

—Soy vegetariana —me explica.

—¿*Vegetaqué?*

—No como pescado ni carne. —Al ver mi perplejidad, añade enseguida—: El consumo de carne animal…, esto…, me produce insomnio. Tengo el sueño muy ligero y la comida demasiado pesada me impide dormir. En la cocina deben de haberse olvidado hoy, pero no pasa nada, terminaré su ración.

Intrigada, sacudo la cabeza. En el campo donde vivía, la carne no abundaba, y el pescado, aún menos. En casa, lo poco que cazaba mejoraba un poco la situación. En cuanto a los problemas para dormir a los que alude Naoko, las ojeras que tiene demuestran que su dieta no los ha resuelto.

—¿Cuáles son los poderes que confiere el Sorbo del Rey? —le pregunto.

—Según dicen, son diversos, porque cada persona reacciona de forma distinta a las Tinieblas. He oído hablar de visión nocturna, de sentidos exacerbados, incluso de telepatía. Lo único cierto es que los secuaces del rey dejan de envejecer en cuanto beben la sangre real. Al cabo de unos años, la mayoría de ellos acaban por transmutarse para siempre. Como recompensa por sus buenos y leales servicios, la Facultad les asigna un puesto dentro del *numerus clausus*. Entonces alcanzan para siempre el rango más elevado de la nobleza vampýrica inmortal. Dadas las condiciones, ya puede imaginar lo ambicionados que son tales puestos.

—Sí, alguien me contó que en otoño la selección acaba convirtiéndose en un verdadero combate.

Naoko asiente con la cabeza mientras picotea delicadamente los guisantes con la punta de su tenedor.

—Este otoño, el combate será un auténtico duelo en el ala femenina —me confía—. Ya ha conocido a las dos rivales, que el año pasado ocupaban los primeros puestos en la clasificación de todas las artes. Hélénaïs de Plumigny es imbatible en esgrima y en maneras cortesanas, mientras que Proserpina Castlecliff supera a todas en mordacidad y en equilibrio cuando monta a caballo.

Sigo la mirada de Naoko por el comedor. En efecto, las alumnas mayores se han agrupado en dos mesas casi iguales, unas alrededor de la joven de rizos castaños y otras de la morena de tez pálida. Por eso la inglesa se alegró de que hubiera puesto a Hélénaïs en su sitio delante de todo el mundo. No fue por compañerismo, como pensé con ingenuidad, sino por espíritu de rivalidad.

—Proserpina procede de una de las familias más antiguas de Inglaterra, los legendarios Castlecliff —me dice Naoko—. Su abolengo se remonta al reino de Guillermo el Conquistador, pero ya no tienen dinero.

—He oído decir que existen tensiones entre Francia y el virreinato de Inglaterra —susurro recordando las palabras de la señora Thérèse.

105

—Por eso aceptaron a Proserpina en la escuela a título gratuito: para reforzar los lazos diplomáticos entre los dos países en esta época tan revuelta. Si llega a ser escudera del rey, será una señal poderosa. Habla perfectamente francés, como habrá podido comprobar.

—Usted también —me apresuro a añadir.

Naoko niega con la cabeza, manifestando la falta de autoestima que he podido detectar.

—Puede que mi francés sea correcto, pero jamás tendré ocurrencias como las que tuvo usted esta mañana en clase. Mis maneras corteses están muy lejos de igualar, por ejemplo, a las de Hélénaïs, cuya belleza ilumina por sí sola los lugares donde entra. Carezco de seguridad en mí misma, como Proserpina, que logra imponer su estilo haciendo caso omiso de la etiqueta. —Señala a la audaz morena con un ademán de la barbilla—. Es la única que se atreve a venir a clase con denim.

—¿Denim?

106

—Sí, es una tela originaria de Nîmes. Se trata de un nuevo tejido elástico y caro que los jóvenes plebeyos apasionados de la moda se ponen en contacto con la piel. Hay que reconocer que, cuando lo lleva *lady* Proserpina (o, mejor dicho, Poppy, como ella quiere que la llamen), resulta sorprendente. ¡Es incluso más elegante que Séraphine de La Pattebise con sus manteletas de flecos y sus vestidos con lambrequines!

Asiento sin decir una palabra, considerando hasta qué punto lo ignoro todo sobre esas modas, que jamás han llegado a mi lejana Auvernia.

Una nueva criada nos trae algo que presenta como una «*mousse* de guayaba y piña»: unas frutas tan desconocidas para mí como las telas exóticas de Versalles.

La pruebo con cierta desconfianza…, es deliciosa.

—Poppy y Hélé representan la antigua nobleza de espada, que se enfrenta a la nueva nobleza de toga —dice Naoko pensativa mientras saboreaba la espuma—. Las dos comparten las buenas notas de los profesores y las palabras dulces de los chicos de la otra ala. Dominan el juego. A menos que acaben neutralizándose entre sí.

—¿Qué quiere decir?

—A finales del año pasado la tensión era tan fuerte entre ellas que el señor de Montfaucon las convocó en su despacho para amenazarlas con la expulsión.

La joven japonesa se estremece en su túnica de seda al mencionar al director del centro, al que aún no he conocido.

—¿El gran escudero es de verdad tan temible? —le pregunto.

—Desciende de una larga dinastía de torturadores ennoblecida por el rey: son los verdugos de la horca de Montfaucon. Es la mayor potencia de París, del reino de Francia e incluso de toda la Magna Vampyria. Según se dice, pueden colgar hasta mil condenados a la vez.

Abro la boca para hacer una nueva pregunta, pero en ese preciso instante suena una campana en el comedor: la señora Thérèse nos anuncia con ella que es hora de volver a clase.

107

A diferencia de las mañanas, que están consagradas a las actividades de salón —conversación y arte cortés, alternativamente—, las tardes se dedican a actividades físicas como la equitación y las artes marciales. Hoy, precisamente, los mayores acuden a la sala de armas, que se encuentra en el sótano de la Gran Caballeriza.

Es una amplia estancia abovedada e iluminada por unas enormes lámparas de hierro forjado. En las paredes cuelgan todo tipo de armas: espadas, sables y lanzas, pero también unas formas puntiagudas o contundentes que jamás había visto, ni siquiera en los libros.

—¡En guardia, Gastefriche! —retumba de repente una voz intensificada por la acústica cavernosa de la sala.

Me vuelvo de golpe.

Una mujer de unos treinta años acaba de entrar en la sala. A diferencia de todas las que he conocido hasta ahora en la Gran Caballeriza, no luce un vestido, sino unos pantalones de hombre parecidos a los que yo usaba en la Butte-aux-Rats, alargados por unos quijotes que le cubren las rodillas. Encima de la camisa ceñida, lleva el pelo de color castaño rojizo recogido con un lazo, dejando a la vista una cara oval de ojos penetrantes que apuntan hacia mí.

Me lanza una de las dos espadas que ha traído.

Como me han pillado por sorpresa, casi me corto al sujetar el arma. Mientras la empuño, la esgrimidora se dirige hacia mí caminando de lado.

Recuerdo cuando, hace tres días, estaba en el castillo del viejo barón, solo que hoy no tengo a su hija entre mis brazos para distraer su atención ni visillos donde esconderme. Solo dispongo de una espada que tiembla en mi mano.

—Señora, no entiendo… —balbuceo.

Antes de que pueda concluir la frase, la combatiente se tira a fondo con una agilidad felina.

Entorpecida por el volumen de mi vestido, no logro esquivar el golpe: la hoja arranca el nudo de brocado que adorna mi hombro izquierdo.

—Si hubiera querido, habría perdido el brazo izquierdo —comenta la esgrimidora con naturalidad, sin que el golpe le haya movido un solo pelo—. Veamos si sabe defender mejor el brazo derecho.

Vuelve a lanzarse, pero esta vez tengo el reflejo de levantar la espada. Su hoja resbala sobre la mía emitiendo un agudo chirrido, pero, cuando creía haberla desviado, termina su trayectoria en el destino marcado: el nudo que adorna mi hombro derecho cae al suelo como una hoja muerta.

—¡Se acaba de transformar en la Venus de Milo! —se burla la diablesa haciendo alusión a la estatua sin brazos que pude admirar en uno de los libros que había en casa—. ¿Quiere convertirse también en la Victoria de Samotracia?

A esa también la vi en el libro: ¡está descabezada!

Cuando la esgrimidora blande de nuevo su arma, doblo las piernas de forma tan brusca que desgarro la falda.

La espada no logra darme en la frente, pero corta limpiamente el lazo que sujetaba mi pelo, que cae a ambos lados de mi cara.

—Se ha quedado sin cabeza —resuena la voz guasona por encima de mi nuca.

Liberados de la coraza de tela que los encerraba, mis muslos han recuperado su agilidad. Acurrucada aún en el suelo delante de mi adversaria, que cree haber terminado conmigo, golpeo sus zapatos barriéndolos con una pierna.

—¡Y usted ha perdido los pies! —grito.

Arrollada por la sorpresa y la impresión, la esgrimidora pierde el equilibrio. Cae al suelo y rueda por él con la agilidad de un gato. Se levanta en un santiamén. Un leve sudor hace brillar su frente y varios mechones se han soltado de la cinta que le recoge la cabellera. Alzo instintivamente la espada para adelantarme al nuevo golpe, pero la esgrimidora me tiende la mano libre para ayudarme a levantarme.

—Bonito movimiento —reconoce—. Inesperado. Soy Adrienne, amazona de Saint-Loup y maestra de armas de la Gran Caballeriza.

—Yo… lo siento…, por el vestido nuevo —digo bajando la mirada hacia la falda rota—. Era un regalo del rey.

—El rey lo superará —asegura Adrienne con un aplomo asombroso—. Más vale perder un vestido que la vida. Si hubiera sido un asesino con el firme propósito de matarla, habría sacrificado el vestido sin pensárselo dos veces, y habría hecho bien. —Se vuelve hacia el resto de las presentes—. En cualquier caso, señoritas, los vestidos y los aderezos son siempre un inconveniente. Las telas gruesas frenan nuestros movimientos, aunque al mismo tiempo nos hacen parecer más inofensivas de lo que somos en realidad, algo siempre útil para engañar al enemigo. Por no hablar de las armas que podemos esconder en los pliegues de un vestido con miriñaque o en un polisón bien alto. ¡Numerosos artificios de los que carecen los hombres y que nos dan ventaja sobre ellos cuando es necesario!

Una joven con cuello de cisne levanta la mano:

—Pero ¿le parece elegante utilizar esos trucos sucios, señora? —pregunta—. Sobre todo tratándose de unas jóvenes de nuestro rango.

La maestra borra sus escrúpulos con el reverso de la mano.

—¡No existen trucos «sucios», Séraphine de La Pattebise! Solo golpes logrados o fallidos. En cuanto a la elegancia de la que, en teoría, deben hacer gala las mujeres, ha de saber que se trata de una invención de los hombres para someternos.

—Alza la barbilla con aire bravucón—. Tiene la reputación de ser la mejor bailarina de la escuela, Pattebise, pero en mi sala de armas solo enseño golpes que nos ayudan a sobrevivir, nada de esgrima artística. Guarde sus buenas maneras para los bailes y las cenas refinadas de Barvók. Aquí no permito reverencias ni melindres: da igual si se trata de un chico o una chica, ¡en esta sala solo se admite la rabia del vencedor!

9

Los chicos

—Las cenas mixtas son idea del general Barvók —me explica Naoko mientras me peina.

Falta poco para las siete y estamos a punto de bajar a cenar después de un día más que ajetreado. Mientras me arreglaba para la velada, las costureras que trabajan en las entrañas del colegio repararon mi vestido en un abrir y cerrar de ojos.

—Nuestro profesor de arte cortés administra también el ala de los chicos —prosigue Naoko—. Quiere que cenemos con ellos para practicar la galantería y las buenas maneras como si estuviéramos en la corte.

La oigo distraída a la vez que repaso en mi mente los acontecimientos de mi primer día en la Gran Caballeriza. A pesar de mis temores, todo ha ido bastante bien. He demostrado a las que pretendían humillarme que sé defenderme. Me he ganado la estima de dos profesores. Pero, por encima de todo, nadie duda de mi identidad; por el momento, la farsa funciona de maravilla.

Queda por resolver el momento de mi venganza.

¿Debo esperar a finales de junio para entrar en la corte con el resto de las alumnas mayores?

¿O, por el contrario, me conviene forzar la suerte y tratar de participar en el Sorbo del Rey para poder acceder al palacio desde el 31 de octubre, es decir, dentro de apenas ocho semanas?

Las dos posibilidades son arriesgadas. Si aguardo al mes de junio, acreciento el peligro de que todo salga a la luz, pues aún queda mucho tiempo. En cambio, si me aceptan como escudera del rey, tendré que apresurarme a asesinar a Alexandre sin haber bebido la sangre del soberano, ¡porque no tengo la menor intención de mojarme los labios con ella!

—¡Ya está, perfecto! —afirma Naoko.

Alzo la mirada hacia el espejo que tengo delante de la silla donde estoy sentada, al fondo de un nuevo cuarto de baño, ya que hay varios en cada piso.

A diferencia del moño de esta mañana, que Naoko hizo a toda prisa por falta de tiempo, he de reconocer que esta vez se ha superado a sí misma. Me ha recogido el pelo encima de la cabeza formando un sofisticado tupé que me hace parecer diez centímetros más alta y deja a la vista la curvatura de mi nuca. Además, el óvalo de mi cara parece más fino.

—Está guapísima —me dice la joven japonesa—. He elegido un lazo de color rosa pálido para resaltar el brillo frío de su melena. Tiene unas tonalidades maravillosas, también por la manera en que capta la luz, ¡casi parece tejido con auténtica plata!

—No sé si tengo el pelo de plata, lo que es seguro es que usted tiene oro en los dedos —digo, un poco azorada por sus cumplidos—. ¿Quién le ha enseñado a peinar así?

—Nadie. Aprendí sola, igual que aprendí a pintar sobre seda para decorar mis vestidos con flores de loto y orquídeas.

Me vuelvo hacia Naoko, intrigada por su contundente respuesta. En lo alto de su cara cubierta con polvos blancos de arroz destaca un moño extraordinario: al largo pincho de madera roja lacada ha añadido varios broches, horquillas y adornos. Además, su vestido está adornado con flores pintadas a mano, aún más exquisitas que las de la túnica que lleva durante el día.

Siento una repentina simpatía por esa joven solitaria, atormentada por un insomnio tenaz, que en dos años no ha logrado encontrar su verdadero sitio en la Gran Caballeriza. Su manera de estar desconectada del mundo debido a un exceso de flema me recuerda a Bastien, y deseo protegerla tanto de sí misma como de los demás.

Refreno de inmediato ese sentimiento tan inapropiado como peligroso: estoy segura de que, si conociera mi auténtica identidad, Naoko haría una mueca de disgusto, en lugar de sonreírme.

Con todo, me conviene tener una confidente en el colegio, incluso si nuestra complicidad se basa en una mentira de sentido único.

—¿Qué te parece si nos tuteamos? —le pregunto de buenas a primeras—. Después de todo, esta mañana me has pedido que seamos amigas, y las verdaderas amigas se tutean.

—Yo..., sí —contesta ella ruborizándose levemente bajo el polvo de arroz.

Me avergüenzo un poco de imponerle tanta familiaridad, igual que hizo mi peor enemigo en el carruaje, pero enseguida hago caso omiso de ese sentimiento de culpa. ¡El fin justifica los medios!

A diferencia de la comida, que se sirve en el pequeño comedor del primer piso, la cena tiene como escenario la gran sala de la planta baja, situada en el punto donde el ala de las chicas comunica con la de los chicos. Bajamos escoltadas por la señora Thérèse. Al entrar en la majestuosa estancia, iluminada con arañas, me quedo sin aliento. Sobre el parqué encerado hay una decena de mesas redondas con un verdadero derroche de copas de cristal y cubiertos resplandecientes. Imagino que son de estaño y no de plata, el metal prohibido, pero su brillo confunde.

—Ahí están los chicos —me susurra Naoko al oído devolviéndome a la realidad.

En el lado opuesto al de la entrada de las señoritas se abre una puerta.

Aparecen por allí unos cuarenta chicos: primero los benjamines, luego los cadetes y, por último, los veteranos. Bajo las largas chaquetas hechas a medida y las camisas inmaculadas, lucen unos pantalones ceñidos a las rodillas y medias de seda. La única excepción a la etiqueta de la Gran Caballeriza es que pueden ir con la cabeza descubierta y el cabello suelto, en lugar de llevar las pesadas pelucas de los caballeros de la corte. Uno de ellos, un joven de rasgos esculturales y piel oscura, tiene incluso el pelo corto.

—Los internos proceden de toda la Magna Vampyria —me explica Naoko al oído—, incluso del otro lado del Atlántico, como Zacharie de Grand-Domaine, que nació en Luisiana.

Desvío la mirada del atractivo mestizo para posarla en el imponente personaje que obliga a detenerse. Él sí que lleva la peluca correctamente puesta. Supongo que es el famoso profesor de arte cortés, además del intendente del ala masculina. Entre los gruesos rizos grises asoma una cara rubicunda, dividida por un bigote impecable. Sobre la levita de color verde grisáceo luce una minerva de hierro que le inmoviliza por completo el cuello y la barbilla. Sus andares son espasmódicos; sus movimientos, mecánicos. Atraviesa la sala con paso rígido para reunirse con la señora Thérèse. Mientras se acerca a ella, veo horrorizada que también es manco: sus brazos han sido reemplazados por unas prótesis metálicas. Unas pinzas asoman por el encaje de las mangas, semejantes a las patas monstruosas de un insecto.

—Dicen que el general Barvók era uno de los oficiales más valientes del ejército húngaro que vigilaba la frontera oriental de Vampyria, que limita con Transilvania —murmura Naoko—. Fue salvajemente desmembrado combatiendo contra las estriges. Tras quedar mutilado, no pudo seguir luchando, así que lo hicieron venir a Versalles, donde la Facultad le puso las prótesis. Por lo visto, debe llevar siempre la minerva, incluso de noche, para evitar que sus vértebras se disloquen.

Las estriges... Según la Facultad, son los seres abominables más terroríficos que infestan la noche. El doctor Boniface solía hablar de ellos en el oficio. Nos invitaba a alabar a los señores de la noche porque nos protegían contra esos demonios, que amenazan con invadir Europa. Creía que solo era una leyenda, un argumento más para justificar el Código Mortal. Las estriges son unos vampyros mutantes que, debido a que no están sometidos al control de Vampyria y a la influencia de las Tinieblas, se han deformado y han enloquecido. Según establece el dogma, los ejércitos del Inmutable combaten contra ellos desde hace casi tres siglos en la frontera oriental, en el umbral de la Tierra Abominanda, llamada así porque las abominaciones reinan en ella.

Me gustaría preguntar más cosas a Naoko sobre ellas, pero en ese momento el extraño profesor de arte cortés hace tintinear sus garras para reclamar silencio.

—¡Saluden, señoras y señores! —exclama con voz grave y acento gutural.

Las cuarenta jóvenes ejecutan una reverencia bien coordinada, mientras que al otro lado de la sala los chicos inclinan el pecho como si fueran un solo hombre. Me las arreglo como puedo para imitar el movimiento sin llamar demasiado la atención.

—¡A sus puestos, señoras y señores! —ordena a continuación el general, como si enviara sus tropas al asalto.

Todos los alumnos se dirigen a las mesas.

—Los veteranos se sientan en el centro de la sala —me susurra Naoko—, pero la disposición de las mesas cambia todas las noches para que aprendamos a desenvolvernos con elegancia en sociedad. Siéntate donde veas tu nombre.

115

Compruebo que, en efecto, delante de cada plato hay una pequeña tarjeta con los correspondientes apellidos, escritos con una refinada caligrafía. Naoko se encamina hacia la mesa donde ha visto el suyo, de manera que al final voy a tener que salir sola del paso.

—¡Oh, perdone! —me disculpo al chocar con una joven.

—No se preocupe.

Alzo la mirada: no es una alumna, sino un chico vestido con una chaqueta de un bonito tono crudo. Tiene las manos apoyadas en el respaldo de una silla, por lo que supongo que ha encontrado el sitio que debe ocupar esta noche. Bajo el pelo rubio ceniza, la armonía de su cara aparece quebrada por una larga cicatriz que va desde la punta de la ceja derecha hasta la mejilla. La antigua herida le roza el ojo de color azul oscuro: es un milagro que no se haya quedado tuerto.

—Estoy buscando mi asiento —digo.

—Príncipes y criados, ¿acaso no buscamos todos nuestro «lugar» en este mundo? —contesta él.

Me quedo petrificada, me invade la angustia: ¿me habla de criados porque me ha descubierto?

Pero no, en realidad ha puesto el acento en la palabra «lugar», y el brillo desafiante de sus ojos azules parece reclamar una respuesta. Los otros cuatro jóvenes que rodean la mesa también me escrutan con atención. Reconozco a Séraphine de La Pattebise, la joven que se ofendió por mi falta de gracia en el combate; en este momento, no aparta de mí su aguda mirada, esperando que haga una demostración de ingenio.

—Así es, señor —respondo intentando entrar en el juego—, pero, como dice el refrán, «quien va a la villa pierde su silla». Así que dejémonos de filosofías: apresúrese a encontrar su «lugar» y déjeme buscar el mío.

Hago amago de rodearlo, pero él no me deja tiempo de hacerlo.

—¿Y si, «en lugar de eso», fuéramos a cenar a la cocina?

Soy consciente de que en este momento todas las miradas de la sala apuntan hacia mí, incluidas las del general y la gobernanta, que están en sus puestos junto a la entrada. Los demás internos se han callado para escuchar a la «novata» y ver cómo se las arregla.

—Estaría fuera de «lugar» —replico.

—Pero podría haber «lugar» a un cambio —contesta el joven de la cicatriz sin dejar de jugar de forma forzada con la misma palabra.

—¡Solo estoy buscando mi sitio, caramba! —exclamo suspirando, porque me he quedado sin municiones.

—Eso ya lo ha dicho —me regaña—. Tengo la impresión de que no avanza demasiado, señorita…, señorita…

—De Gastefriche —digo a mi pesar.

Mi vecino de la derecha me da un discreto codazo. No es muy grande. Su traje de terciopelo, negro de pies a cabeza, contrasta con los colores que ostentan los demás internos. Incluso tiene las uñas pintadas de ese color. Pero, encima del cuello rígido, que mantiene la cabeza en una posición altanera, la expresión de su semblante es extremadamente atenta. Su pelo castaño contrasta con los ojos, de color verde oscuro.

—Usted va ahí, señorita —me susurra con una voz ronca y leve acento extranjero.

Sigo su mirada hasta una de las tarjetas de la mesa, que lleva mi nombre.

Por fin he encontrado mi silla, pero eso no arregla nada… ¿Cómo puedo sentarme en plena justa mientras todos están aguardando a que responda con mordacidad? Mientras me estrujo el cerebro, con los ojos desesperadamente clavados en el mantel, veo mi reflejo en la superficie de una mantequillera de estaño, bruñida como un espejo.

Movida por una repentina inspiración, vuelvo de golpe la cabeza y exclamo ante las narices del rubio:

—Aparte sus ojos de mí, señor, no resplandecen lo suficiente para que me pueda contemplar en ellos. ¡No lo harían aunque fuera usted el conde de mayor rango en este «lugar»!

Los comensales de nuestra mesa aplauden discretamente, incluida Séraphine de La Pattebise, con sus elegantes manos blancas adornadas con pequeños brillantes, y su vecina, una morena arisca, que, según la tarjeta que tiene delante, se llama Marie-Ornella de Lorenzi.

Me apresuro a sentarme, aliviada porque en la sala se reanudan las conversaciones. También Barvók se dirige cojeando detrás de la puerta con la señora Thérèse, para hablar con ella de algo que desconozco.

—Me ha crucificado con su última réplica —me dice el joven de la cicatriz mientras toma asiento a mi lado—. ¡Es usted muy ingeniosa! —Una chispa de desafío vuelve a iluminar sus ojos, como si aún le quedaran ganas de enfrentarse a mí, a pesar de sus halagos—. En cualquier caso, ha cometido una inexactitud: no soy conde, ese título está reservado a los inmortales, solo soy un caballero.

Echo una ojeada a su tarjeta: «Tristan de La Roncière».

—¡Nadie es perfecto, Tristan! —digo esbozando mi sonrisa más melosa, para que comprenda que el combate ha terminado definitivamente y que él ha perdido.

Me vuelvo de forma ostensible para dirigirme al alumno vestido de terciopelo negro que está sentado a mi izquierda, el que me señaló caritativamente mi silla: según su tarjeta, se llama Rafael de Montesueño, un nombre con resonancias hispánicas.

—Gracias —le digo.

—De nada. Sé lo que supone ser extranjero en la Gran Caballeriza.

«Extranjero»: al igual que Naoko, el interno es forastero y probablemente le ha costado integrarse en el colegio. En su voz y en sus ojos se percibe una punta de tristeza. Cuando me dispongo a hacerle alguna pregunta, los criados entran en la sala con los brazos cargados.

Un plato de porcelana aterriza delante de mí, lleno de un potaje de color blanco opaco que emana un delicado aroma.

Con el rabillo del ojo observo los gestos finos de Séraphine, que está frente a mí, para saber qué cuchara debo coger de las seis que rodean el plato.

—¿Qué le parece la crema de trufas blancas del Piamonte? —me pregunta—. ¿No la encuentra deliciosa?

Me sonríe por encima de su plato sin que yo acabe de entender si su amabilidad es sincera o calculada.

—Espere, voy a probarla —respondo.

Hundo la cuchara adecuada en la crema humeante, recordando cuando, siendo una niña, mi madre me llevaba a coger champiñones en otoño, antes de que decidiera que podía ir sola al bosque. En la Butte-aux-Rats no había trufas blancas, solo champiñones comunes, pero nada podrá reemplazar el sabor, perdido ya para siempre, de las sopas que cocinaba mi madre.

—Mmm, tiene razón, Séraphine, ¡está deliciosa! —digo a pesar de todo.

La verdad es que después de todo lo que ha sucedido durante el día tengo un hambre de lobo.

Al hundir de nuevo la cuchara, noto que tropieza con algo.

¿Un champiñón que ha escapado de la batidora?

Levanto el cubierto para ver mejor el pedazo a la luz de las arañas…, su consistencia pegajosa y velluda, con los pelos chorreando crema…, la forma oval donde afloran unos fragmentos claros de algo parecido a un hueso… y los largos incisivos amarillentos que sobresalen delante.

Se diría que es… ¡la cabeza de un ratón muerto!

Dejo caer el macabro descubrimiento en el plato a la vez que siento una arcada.

La crema salpica mi vestido recién arreglado, lo que provoca las exclamaciones de mis compañeros de mesa.

Siento que el estómago sube hasta mi garganta y vomito la única cucharada de crema que me ha dado tiempo a comer.

119

La risa nítida de Hélénaïs resuena a través de la sala al mismo tiempo que todas las miradas convergen en mí.

—¿Así es como le han enseñado a cenar en su castillo? —pregunta en tono burlón desde su mesa. Aprovecha la circunstancia de que el profesor de arte cortés se ha ausentado para alzar la voz, de manera que todos la puedan oír—. Me sorprende, pero, al mismo tiempo, ¿qué maneras cabe esperar de un «ratón» gris?

Por la manera en que Hélénaïs pronuncia esa palabra, «ratón», imagino que es ella la que ha metido esa basura en la crema. No sé en qué momento ni cómo, pero ¡estoy segura de que ha sido ella!

Me levanto entre las risas de todos, temblando de vergüenza, con mi vestido manchado de sopa. Hasta las criadas han dejado de servirnos para mirarme con aire reprobador.

—¿Ha…, ha metido usted esa cosa en mi plato? —balbuceo.

—¿Qué cosa? —pregunta Hélénaïs fingiendo sorpresa.

—¡No se haga la idiota!

—No entiendo a qué se refiere. Primero hace porquerías en la mesa, y luego esta escena ridícula. ¡Compórtese, caramba! ¿Acaso su madre murió antes de inculcarle buenas maneras?

Es la gota que colma el vaso. A pesar de que Hélénaïs alude a la madre de la auténtica Diane, la baronesa que falleció debido a la fiebre hace años, la que emerge en mi mente es la imagen de la mía, ¡asesinada hace apenas unos días para mantener el orden de Vampyria, para que los ricachones como Hélénaïs puedan seguir saboreando su crema de trufas!

La rabia supera a la vergüenza.

Sujeto el cuchillo más afilado que hay al lado de mi plato con intención de lanzárselo, pero al final me contengo. En lugar de eso, cojo el salero y lo tiro con todas mis fuerzas a través de la sala. Mis años de entrenamiento con la honda me han enseñado a apuntar: el salero aterriza de lleno en el plato de sopa de Hélénaïs salpicándole el pecho y la cara. Lanza un grito agudo.

—¡Basta! —retumba una voz tan profunda como el trueno.

Es el general. Encima de su soporte de hierro, su cara está tan roja como una peonía.

Cegada por la ira, no lo he visto entrar en compañía de la gobernanta.

Se queda plantado, con los miembros metálicos entrechocando por la indignación, como si ya no pudiera controlarlos.

Balbuceo el inicio de una disculpa al mismo tiempo que me meto el cuchillo en un bolsillo de mi vestido.

—¡Me ha quemado viva! —gime Hélénaïs tapándose su largo cuello lechoso con una servilleta—. ¡Mi belleza legendaria ha quedado destrozada para siempre!

Pura comedia, por descontado, pero, al igual que sucede en la corte, en la Gran Caballeriza están permitidas todas las hipocresías.

—¡Gastefriche! ¡Vaya inmediatamente al despacho del Gran Escudero! —me ordena la señora Thérèse.

121

La gobernanta recorre a toda prisa los pasillos desiertos, arrastrándome tras el repiqueteo de sus tacones. Es casi de noche y los candelabros que cuelgan de las paredes están encendidos. Los guardias suizos no se han movido un milímetro.

Por mucho que intento explicarle lo que ha ocurrido, la señora Thérèse se niega a escucharme.

Solo se detiene al llegar a una gran puerta cubierta de cuero acolchado y flanqueada por dos soldados inmóviles.

Da tres golpes secos.

—Entre —responde una voz cavernosa al otro lado.

La señora Thérèse abre la puerta y me empuja para que me ponga delante de ella.

Ante nosotras hay un gran escritorio de madera oscura, adornado con dos gruesos candelabros de bronce que representan unos caballos desbocados. La luz de las velas ilumina unos hombros imponentes, envueltos en una capa de jinete de amplio cuello. Una cara de tez cerosa emerge de ella con una apariencia brutal y enfermiza a la vez. Da la impresión de que sus duras facciones están talladas en la roca, y la pequeña perilla espinosa que crece bajo el labio inferior remarca su protuberante mandíbula. Una larga peluca negra con los rizos grasientos cuelga pesadamente a cada lado de la cara, espantosa y amarillenta. Pero lo más inquietante no es la cabeza del gran escudero, sino los frascos que veo a sus espaldas, en los que unas formas flotan en un líquido traslúcido. En la penumbra casi no puedo distinguirlas, no acabo de entender si se trata de una colección de órganos animales… o humanos.

El señor de Montfaucon, el temido director de la escuela, tiene el físico de sus antepasados: parece un verdugo en su guarida.

—La nueva interna ha atacado de forma salvaje a la señorita de Plumigny —me acusa la gobernanta—. La vi lanzándole un salero con una cólera propia de un animal feroz, ¡apuntó a la cabeza!

—No, no apunté a la cabeza —replico para defenderme, desesperada por haberme dejado dominar por las emociones.

—¡Silencio! —me ordena el gran escudero con una voz que agita el formol que hay en los siniestros tarros.

Bajo sus pobladas cejas, sus ojos enfebrecidos brillan como dos brasas dispuestas a consumirme.

—¿Sabe usted cuánto pagan los padres de los demás alumnos para que estos reciban una educación en la Gran Caballeriza? —me pregunta.

—Yo… lo ignoro —farfullo.

—Es evidente, dado que usted reside aquí sin pagar nada. Está invitada por el rey, y justo por ese motivo debe comportarse de forma ejemplar.

—Le prometo que no volveré a hacerlo —afirmo, atormentada por tener que cargar con la responsabilidad de una pelea que no he provocado.

El gran escudero se palpa la perilla con la punta de sus manos de estrangulador: sus robustos dedos están adornados con unos gruesos anillos, que entrechocan emitiendo un inquietante tintineo.

—No volverá a hacerlo, en efecto —repite—. El año pasado hubo demasiadas discusiones entre Plumigny y Castlecliff. Lo último que necesito ahora es otro ego excesivo. Pasará los próximos días encerrada en una habitación de servicio, bajo las buhardillas. Antes del fin de semana le encontraremos un sitio en un convento de la Facultad, en París.

—Pero ¡soy una pupila del Inmutable! —protesto.

¡Qué abyecta ironía, invocar el nombre del rey para salir del apuro!

El gran escudero me escruta con dureza.

—El rey ni siquiera sabe quién es usted, pequeña impertinente. ¿Cómo pretende que esté al corriente de su ridícula existencia? El personal de la casa real organizó su traslado a Versalles en consideración al sacrificio de su padre. Ha perdido su oportunidad. Seguirá siendo una pupila, pero encerrada entre cuatro paredes. En el claustro le costará menos a la corona.

Un aluvión de repiques se abate sobre mí: es el tañido de todos los campanarios de Versalles, que anuncia el inicio de la noche.

Lo he echado todo a perder.

Hace dos horas planeaba la manera de entrar en el palacio y ahora sé que jamás meteré un pie en él.

Por enésima vez desde que me encerraron en esta habitación minúscula del último piso del colegio, doy puñetazos a la almohada. Este desahogo patético de rabia agrava la jaqueca que me está taladrando el cerebro.

Me han quitado mis mojadas prendas de brocado; en lugar de ellas, me han dado un tosco vestido confeccionado con una gruesa tela gris: no necesito florituras dada la vida que me aguarda en el convento. La señora Thérèse ha hecho preparar una bolsa con unos modestos efectos personales: cepillos, ropa interior y un chal austero para cubrirme los hombros y el pelo. Solo he podido escamotear mi reloj de bolsillo, mi encendedor de yesca y el cuchillo de carne que robé en la cena, aunque ¿para qué puede servirme ahora? Lo han organizado todo para que un coche venga a buscarme cuando termine la semana y hayan encontrado una institución que me acepte.

De repente, un largo estruendo retumba en la noche y hace temblar las paredes e incluso mi cráneo, que palpita dolorido.

En un primer momento pienso que es el estallido de la tormenta que ha estado gestándose durante varios días.

Pero me equivoco: tras el tragaluz de la habitación abuhardillada, las nubes no se han desgarrado. Siguen estando llenas, enormes y amenazadoras, obstruyendo el paso a la luna y las estrellas.

El estruendo se repite.

Con los nervios a flor de piel, cruzo la habitación oscura y apoyo mi dolorida frente en el vibrante cristal.

La titánica muralla del palacio me parece aún más monstruosa que durante el día, como si la noche hubiera acortado los doscientos metros de la plaza de armas que nos separan de ella. Bajo la luz danzante de las antorchas encendidas alrededor, los inmensos vampyros esculpidos en la pared parecen animarse para cazar sus presas mortales.

Un momento..., ¡da la impresión de que se mueven de verdad!

Mirándolo con más atención, veo que el muro de la Caza se entreabre, deslizándose por unos raíles invisibles en medio de un fragor sísmico. Según me explicó Naoko, al caer la noche la fuerza de los ríos que se encuentran aguas arriba de Versalles se utiliza para desplazar los miles de toneladas de piedra.

Cuando, por fin, cesa el estrépito, un pórtico colosal se abre en medio de las fortificaciones, de una altura y una anchura de al menos diez metros. Las carrozas entran y salen del recinto real bajo la vigilancia de los guardias suizos, que empuñan antorchas; las carrozas de madera clara transportan a los vivos; las de ébano, a los inmortales.

¡La frustración de saber que jamás podré franquear esa enorme abertura me mata! Un sudor frío recorre mi cuerpo y mis manos tiemblan en el marco del ventanuco.

Ajeno a mi tristeza, un vehículo más grande que los demás se separa del tráfico fúnebre. Uncido con seis caballos, totalmente cubierto de hierro, en él aparece grabado un gran murciélago con las alas desplegadas, la insignia de la Facultad Hemática. Me estremezco al pensar en la cantidad de sangre fresca que contiene esa cisterna ambulante, que salió de la periferia al anochecer para venir a alimentar a la corte.

Mientras el funesto convoy se detiene para ser objeto de los necesarios controles, de repente, un movimiento llama mi atención fuera de la plaza de armas. Aplasto aún más la cara contra el cristal, borrando de forma convulsiva el vapor que exhala mi respiración para poder ver mejor. Tres siluetas se dirigen con paso enérgico hacia el pórtico: dos guardias suizos rodean a un tercer hombre vestido con andrajos, que parece revolverse. Están demasiado lejos para que pueda distinguir sus caras u oír sus voces, pero las contorsiones del prisionero y la manera en que su cuerpo se revuelve aterrorizado me dejan de piedra. Recuerdo al viajero solitario que tuvo la desgracia de toparse con un vampyro mientras caminaba de noche en Auvernia y cómo este lo exprimió. Esta noche, el pobre mendigo ha debido de quedarse en la calle después de la señal del toque de queda, sin duda porque no tenía un lugar donde refugiarse, y ¡en este momento los soldados lo están obligando a entrar en el nido de vampyros más poblado del reino para que ejecuten su sentencia!

125

Soy como ese vagabundo, estoy desamparada y me siento impotente.

¿Cómo pude creer un solo instante que tenía la talla suficiente para luchar contra los señores de la noche?

Aturdida por el cansancio y la desesperación, con el cerebro saturado de bilis negra y el pecho anegado en sollozos, me dejo caer en la cama, vencida.

126

10

La fuga

«*S*oy como ese vagabundo.»

Cuando me despierto, esa idea domina mi cabeza, por fin liberada de la argolla de hierro de la jaqueca.

«Soy como ese vagabundo.»

Anoche la bilis negra ofuscaba mis pensamientos, pero esta mañana todo aparece con nitidez.

«Soy como ese vagabundo.»

Es la única manera de entrar en palacio: ¡dejar que me capturen como un cordero que llevan al matadero!

Aparto las sábanas donde he dormido vestida y corro hacia la ventana.

En la mañana gris en la que pesan las nubes más plúmbeas que he visto en mi vida, el muro de la Caza vuelve a estar cerrado. Pero, a diferencia de ayer, el espectáculo de la fortaleza más inexpugnable del reino no me consterna. Al contrario, me inspira. Si logro entrar en el recinto como prisionera, es posible que, una vez en el interior, encuentre la manera de escapar de mis guardias para poder buscar al monstruo de Alexandre. Puede que tenga tiempo de mutilarlo, incluso de asesinarlo, antes de que me maten a mí.

Siento una gran calma. Mi mente está totalmente concentrada. Ayer me sentía desamparada, presa de una melancolía tan profunda que no veía ninguna salida, pero ahora que tengo un plan, por loco y suicida que sea, la trampera que llevo dentro vuelve a animarse.

El señor de Montfaucon anunció que querían encontrar un convento donde encerrarme antes del final de semana; así pues, es más que posible que vuelva a pasar la noche en la Gran Caballeriza y que pueda intentar escapar de esta habitación, pero ¿por dónde?

Para empezar, está la puerta cerrada con dos vueltas de llave y, al otro lado, cinco pisos infestados de guardias suizos más que entrenados. Luego está el angosto tragaluz que da a los tejados, los canalones y el patio lleno de perros guardianes. Mi instinto me hace inclinarme por el tragaluz: en mis bosques tuve más ocasiones de enfrentarme a los animales feroces que a los soldados.

Tras decidir la vía de escape, he de pensar en las armas. Necesito una estaca para clavársela a Alexandre en el pecho, además de una hoja afilada para cortarle la cabeza. A decir verdad, tengo el cuchillo de carne. Si corto el cuello del vampyro con él, será una verdadera carnicería, pero pienso que me complacerá; Alexandre no dudó a la hora de mutilar los cadáveres de mi familia para poder presentarlos como trofeos.

En cuanto a la estaca, puedo utilizar la única silla del cuarto. Esperaré a que se haga de noche y a que los guardias terminen la última ronda, luego fabricaré el arma fatal.

Una vez trazado el plan, paso el día inmóvil, sentada en el borde de la cama.

Las horas jamás me habían parecido tan largas.

Cada vez que la llave gira en la cerradura, me invade la angustia: ¡solo espero que no vengan ya para llevarme al convento! Pero no, solo son los guardias que entran para darme la comida o vaciar el orinal.

Por fin, el día empieza a declinar; a medida que la luz disminuye, me siento más y más excitada.

Espero a que suene el tañido antes de poner manos a la obra, segura de que nadie me va a molestar durante la noche.

Para empezar, doy la vuelta a la silla. Aprovechando el estruendo que hace el muro de la Caza al abrirse, golpeo con el talón una de las patas de madera. Al final, se rompe y se separa del asiento sin llamar la atención de nadie. La agarro y empiezo a tallar febrilmente la punta con el cuchillo. Cuando me parece bastante afilada, sopeso la estaca de treinta centímetros con el puño, dolorido después de una hora de trabajo: es suficientemente ligera.

A continuación, me quito el vestido. Desgarro la parte inferior hasta la mitad del muslo para que mis piernas se puedan mover con más facilidad. Formo una banda con el pedazo de tela grande y me envuelvo el torso con ella, de forma transversal, para hacer una especie de funda en la espalda. Deslizo la estaca y el cuchillo en ella, un arma en cada omóplato, de manera que estén al alcance de la mano. Acto seguido, me pongo el vestido acortado sin el corsé y me recojo el pelo con una cinta. Por último, me quito los zapatos de tacón para liberar mis pies.

En ese mismo instante, resuenan diez tañidos en los campanarios de Versalles: son las diez de la noche.

Ha llegado el momento más delicado: huir por los tejados. Acciono el pomo del tragaluz.

El aire nocturno acaricia mis mejillas mientras oigo cómo aumenta el ruido de las carrozas que atraviesan veloces la plaza de armas.

Inspiro hondo y luego, sin mirar atrás, subo a través de la estrecha abertura.

Examino el tejado para ver si encuentro un lugar por donde bajar. Las nubes que ocultan la luna me protegen, pero a la vez me impiden ver con claridad. Así pues, debo andar a tientas, a cuatro patas, buscando un tubo con las manos. Mientras me muevo, trato de no mirar el abismo negro del patio, veinte metros más abajo. Por otra parte, confío en que hayan atado los perros guardianes a unas gruesas cadenas.

Mientras ausculto la noche, atenta a los gruñidos de los perros, oigo un crujido a mis espaldas.

Me vuelvo lentamente, en equilibrio en el borde del tejado, con todos los sentidos en alerta, pero no veo nada.

Seguro que era un pájaro nocturno.

Con la angustia en las entrañas, reanudo la laboriosa exploración hasta que mis dedos tropiezan con un tubo unido a un codo que desciende hasta el patio. Lo sujeto con fuerza e intento arrancarlo para comprobar si es sólido: resiste. Confío en que sea tan robusto como los troncos de los árboles a los que trepaba antaño para robar huevos de torcaces de los nidos.

Dejo colgar mis piernas en el vacío hasta que mis dedos encuentran en el largo conducto vertical un empalme donde apoyarme. Presiono los dos lados de este con la planta de los pies sin que el contacto del frío metal con mi piel desnuda me moleste.

Da la impresión de que aguanta.

Entonces, levanto la mano derecha del tejado y meto bien los dedos entre el tubo de hierro y la pared de piedra para asegurarme un asidero. Por último, alzo la segunda mano y la uno a la primera.

Empiezo a bajar.

He avanzado ya un metro.

A ojo de buen cubero, solo me quedan unos veinte más hasta tocar tierra.

Hago resbalar un pie por el tubo buscando una nueva soldadura donde poder apoyarme.

Más abajo…

130

Un poco más…

Cuando, por fin, con el cuerpo estirado entre la pierna tendida y las manos aferradas al tubo por encima de la cabeza, siento una protuberancia bajo la punta del pie, una intensa luz blanca rasga la oscuridad de la noche. Mi sombra fragmentada se proyecta fugazmente en la pared.

Un instante después, el fragor formidable de un trueno responde al relámpago: ha estallado la tormenta.

Aturdida, alzo la cara al cielo.

Una lluvia de gotas tibias cae sobre mi frente.

Un nuevo relámpago me deslumbra.

Mientras subo la pierna que me he aventurado a bajar, el aguacero se transforma en torrente. El cielo se desgarra. Las toneladas de agua que he sentido acumularse durante los días que ha durado mi estancia en Versalles se precipitan sobre mí.

Trato de subir las manos por el tubo hasta el canalón, pero este rebosa, porque ya no consigue evacuar el agua. Al mojarse, el tubo de bajada resbala bajo mis palmas. Las trombas de agua que se deslizan en grandes borbollones por las tuberías hacen vibrar mis muslos hasta los huesos.

Los truenos retumban en mis oídos, el diluvio me abruma.

El viento furioso me arranca la cinta y el pelo cae sobre mis ojos. Las ráfagas de aire se interponen entre la pared y yo como si quisieran arrancarme de allí.

Siento que mis dedos resbalan milímetro a milímetro. Por mucho que los aprieto contra el metal arriesgándome a doblar hacia atrás las uñas, es inútil.

Estoy a punto de caerme…

¡Me…, me caigo!

Algo agarra de repente mi mano izquierda, la última que se suelta.

Por un instante, floto en el vacío atronador, colgada de un brazo.

131

A continuación, ese algo que me ha agarrado a tiempo me alza con una fuerza descomunal.

Aterrizo hecha una bola en el tejado, jadeando, con el hombro dislocado.

Las ráfagas de lluvia son tan copiosas que no puedo ver nada alrededor, salvo una sombra inclinada hacia mi cuerpo magullado.

—¿Quién…, quién es usted? —mascullo.

El agua entra en mi boca, la tormenta engulle todas mis palabras.

El ser que me ha salvado aferra de nuevo mi brazo y me levanta.

Ahogo un grito de dolor, tambaleándome sobre las piernas, aún paralizadas por los calambres; luego, como por obra de magia, siento que el suelo acanalado desaparece.

El tejado empieza a desfilar ante mí a toda prisa: estoy en brazos de la criatura.

El contacto de su pecho mojado con el mío es anormalmente frío, casi parece la piel de un… ¿vampyro?

¡No, es imposible! Un ruido sordo retumba en mi oído, más grave y profundo que los truenos: los latidos de un corazón vivo.

Alzo los ojos para verle la cara a mi raptor, pero queda oculta bajo una profunda capucha de cuero, azotada por la lluvia. Quienquiera que sea, emana el olor dulzón del bosque bajo en otoño, un aroma a hojas muertas.

—¿Adónde me lleva? —grito.

No me responde.

—¡Suélteme! —vocifero rebuscando en mi espalda para sacar el cuchillo—. ¡Suélteme o juro que lo mato!

Apoyo la hoja en la base de la capucha, pero la criatura no se detiene, al contrario: al llegar al centro del tejado, entra de un salto en la chimenea más maciza y se desliza por el largo conducto. Agarrándose con una mano a los barrotes de la escalera oxidada de deshollinador, al mismo tiempo que me sujeta con el otro brazo, baja con una agilidad sobrehumana.

El furor de los elementos se va aplacando poco a poco a medida que nos hundimos en el pozo de sombra y hollín.

La tenue luz se apaga por completo.

Solo oigo los latidos del corazón que podría atravesar con el cuchillo.

Cuando tocamos suelo, los ecos de la tormenta se han disipado completamente.

Intuyo que estamos en las entrañas de la Gran Caballeriza, debajo de las aulas, de la sala de gala de la planta baja e incluso de la sala de armas del sótano.

Mi misterioso raptor me deja por fin en el suelo.

Estamos en una cripta de dimensiones inciertas, ya que la única fuente de luz es un pequeño farol de hierro encima de una mesa coja. En su trémulo halo, entreveo el gran dintel de la chimenea apagada por la que hemos llegado.

El desconocido se queda en el borde del halo, como si temiera entrar en él. Solo distingo las toscas pantuflas de cuero que envuelven sus pies y la parte inferior de sus pantalones de tela, que aún están empapados; el resto de su silueta, el torso y la capucha están en penumbra.

Permanecemos así unos instantes, frente a frente, sumidos en el silencio.

A pesar de que no puedo ver al habitante de este lugar, mi mirada se va acostumbrando a la oscuridad, de forma que empiezo a distinguir lo que hay encima de la pequeña mesa: una jarra de terracota, un vaso de hierro y el último de los objetos que habría imaginado ver en un lugar así: una harmónica. Pero eso no es todo. Tras los modestos objetos distingo una pila blanquecina, un montón de formas espantosamente familiares.

De repente, caigo en la cuenta de que me recuerdan los libros de anatomía de mi padre.

«Tibias medio roídas.»

«Fémures partidos para poder chupar la médula.»

«Y cráneos aplastados como caparazones de nuez para devorar el cerebro.»

Agito frente a mí el cuchillo que he cometido la imprudencia de bajar.

—¡La salida! —grito con la voz quebrada por la angustia de pensar que mi huésped ha cenado aquí restos humanos.

Se mueve hacia mí y me tiende una mano, que aparece a la luz en un abrir y cerrar de ojos.

—¡Atrás! —grito alzando mi arma—. ¡Le he preguntado dónde está la salida!

Bruscamente, la criatura da media vuelta.

Tengo el tiempo justo de coger el anillo del farol para poder seguirlo.

—¡Si intenta librarse de mí o extraviarme, lo apuñalaré! —le advierto tiritando, empapada hasta los huesos.

El recluso de las profundidades camina tan deprisa por los subterráneos como lo hacía por los tejados, así que me veo obligada a correr para seguirle el paso. El halo tembloroso de mi farol no sobrepasa nunca sus huidizos talones.

De repente, llegamos a una angosta escalera de caracol. Corro tras mi espantoso guía. La planta de mis pies desnudos golpea una y otra vez los peldaños desgastados por los siglos. Mientras subo, tengo la impresión de sentir el aire fresco.

La razón no es solo la frenética carrera: ¡un soplo de aire acaricia mi cara!

¡Cada vez más fuerte!

¡Cada vez más cerca!

Cada vez...

Una ráfaga de aire procedente de lo alto apaga la llama de golpe.

Sorprendida, resbalo en un escalón y suelto el anillo del farol, que rueda por la escalera emitiendo ecos metálicos, antes de romperse algo más abajo.

Cuando creía estar a punto de llegar a la salida, vuelvo a estar envuelta en la más absoluta oscuridad.

Empuño el cuchillo con las dos manos al mismo tiempo que me pego a la pared curva de la escalera.

Un fuerte olor llega a mi nariz. Enseguida reconozco el del prisionero, cada vez más cerca: no puedo verlo, pero sí sentirlo. Apesta a muerte y a descomposición, a miedo.

—¡No me toque! —grito clavando el cuchillo.

La hoja resbala por la superficie áspera de una tela y a continuación en la carne que hay debajo.

Vuelvo a percibir el hedor dulzón.

No sé qué es más horrible, si la sensación de haber sentido tan cerca de mí a la criatura o el hecho de que me haya esquivado sin un grito de dolor, sin ni siquiera un murmullo, después de que la haya herido.

135

Permanezco con la espalda pegada a la pared, jadeando, lista para atacar de nuevo si es necesario, pero, por mucho que olfateo, ya no percibo el olor a hojas muertas. Solo queda el aroma mineral de las viejas piedras.

De pronto, un chirrido de goznes resuena en lo alto de la escalera.

Un haz de luz pálida ilumina los peldaños que hay por encima de mí.

Subo a saltos el último tramo de escalera precipitándome hacia la puerta que acaba de abrirse y salgo al exterior.

Alzo los ojos, la tormenta ha terminado en lo alto. Las estrellas brillan de nuevo en el cielo recién lavado. Una frescura revitalizante ha reemplazado la oprimente tibieza del final del verano: es evidente que el otoño ha comenzado.

Un chirrido vuelve a sonar a mis espaldas.

Apenas tengo tiempo de volverme para ver la puerta de

hierro cerrarse en la fachada posterior de la Gran Caballeriza, movida por el eremita caníbal que se esconde en ella. No he oído su voz en ningún momento. Tampoco he visto su cara. Solo le he visto la mano a la luz del farol. Ahora la recuerdo, porque se quedó grabada en mi retina y mi memoria: una mano de dedos largos y oliváceos, con la palma atravesada por una línea de puntos de sutura ennegrecidos.

11

La vagabunda

—¿*P*uedo ayudarla? —ruge una voz a lo lejos.

Me vuelvo y veo la silueta de un gendarme que se aproxima desde el fondo del callejón; su levita negra se confunde con la noche.

Aprovechando la penumbra, me guardo el cuchillo en la espalda, bajo el corpiño, al lado de la estaca. Espero a que se aproxime.

Frunce los ojos bajo el borde de su tricornio y me escruta de arriba abajo, observando mis pies descalzos, mi falda desgarrada y mi pelo mojado.

—¿Tiene los documentos de nobleza? —me pregunta en tono amenazador.

Con los harapos que llevo, es imposible que me tome por una alumna que ha huido de la Gran Caballeriza, que queda justo a mis espaldas. Parezco más bien una vagabunda. Mejor. Ahora me detendrá y me dejará a merced de los vampyros del castillo, como tengo previsto.

—Yo… no tengo documentos —balbuceo fingiendo que me tiembla la voz—. Tenga piedad, señor agente, solo soy una pobre mendiga.

Mi llamamiento a la piedad del gendarme, puramente retórico, forma parte de mi plan. Sé de sobra que los guardias de Vampyria son despiadados con los infractores del Código Mortal; sin embargo, en contra de lo esperado, el hombre no me detiene.

—¿No sabes lo que es el toque de queda, tontina? —murmura—. Ve a refugiarte enseguida en el hospicio que hay al final del bulevar si no quieres morir. —Señala con un dedo una larga avenida, perpendicular al callejón por el que he salido de la Gran Caballeriza—. Las monjas de la Facultad te extraerán una jeringuilla de sangre por pasar la noche allí; en cualquier caso, es preferible a que te sangren por haberte quedado fuera. Vamos, que haré como si no te hubiera visto.

En circunstancias normales, tal testimonio de humanidad me habría emocionado, pero esta noche se opone a mis planes.

—¡No! —digo a voz en grito, fingiéndome loca—. ¡Al hospicio no! ¡Está lleno de escarabajos y arañas!

El ruido llama la atención de otro hombre, que emerge de las arcadas de una calle vecina ahora que ha dejado de llover. Su levita no es negra, sino roja: es un guardia suizo.

—¿Qué ocurre? —pregunta acercándose a nosotros.

El bueno del gendarme suspira, sinceramente desolado.

—Has perdido la oportunidad de escapar, mi pobre niña… Que Dios se apiade de tu alma.

La alusión a Dios explica la caridad de este hombre: a pesar de que la religión cristiana fue prohibida en el reino de Francia con el advenimiento de las Tinieblas, aún hay muchos que la practican de forma clandestina. El templo inviolable de los corazones pervivió incluso después de que las iglesias fueran requisadas por la Facultad Hemática y los crucifijos fundidos para modelar los murciélagos que ocuparon su lugar.

—Solo es una vagabunda algo trastornada —explica el gendarme al guardia suizo—. Déjame que la lleve al hospicio, amigo.

Pero el hombre vestido de rojo prevalece sobre el simple gendarme y carece de su misericordia.

138

—¿«Amigo»? —repite con severidad—. ¿Sabes que esa familiaridad podría costarte el puesto, gendarme? La vagabunda ha incumplido el toque de queda. El Código Mortal es categórico: debe pagar el precio.

Dicho esto, sujeta con firmeza mi brazo y me empuja para que camine delante de él en dirección a la plaza de armas.

Finjo resistirme un poco, para engañarlo: lanzo gritos agudos y tropiezo en los charcos.

Nos acercamos poco a poco al muro de la Caza, sus amenazadoras esculturas aumentan de tamaño a ojos vistas. A pesar de que es el destino al que aspiro con toda mi alma, no puedo contener un estremecimiento al observar las expresiones feroces de las estatuas de los vampyros y los desesperados gestos de sus víctimas fijados para siempre en la piedra.

—Aquí traigo una presa más para la caza galante de esta noche —anuncia el guardia suizo a sus secuaces mirando el pórtico.

Mi apariencia es tan vulnerable que ni siquiera se molestan en registrarme; en lugar de eso, separan las alabardas para dejarnos entrar en el amplio túnel que atraviesa la muralla de quince metros de espesor, a prueba de cualquier tipo de cañón.

—¿La caza galante? —murmuro, porque no estoy segura de haber oído bien lo que ha dicho el guardia—. ¿No me lleva al tajo del verdugo?

—Tajo o no, ¿qué más te da, mendiga? —contesta en tono seco, con su duro semblante medio iluminado por las antorchas que arden en las paredes del túnel—. Sea como sea, no verás amanecer. Hay que entretener a los cortesanos, que nunca se dan por satisfechos. A medianoche sueltan siempre unos cincuenta delincuentes y marginados de tu calaña en los jardines de Versalles para que se diviertan. Mira, precisamente estas son las presas que persiguieron ayer o, al menos, lo que queda de ellas.

Al decirlo señala un enorme carro que se aproxima hacia

nosotros con las ruedas chirriantes; los cocheros que los conducen llevan máscaras de cuero para respirar mejor. A la luz de las antorchas, puedo ver varios cadáveres apilados en él, blanquinosos, vaciados de sangre. Un hedor a muerte llega hasta mí y me sofoca.

Antes de que pueda digerir tan macabro espectáculo, llegamos a una majestuosa verja de honor, que se encuentra justo a la salida del túnel. Una esfinge cubierta de oro fino domina la gran puerta abierta. La máscara se parece al grabado del rey que había en casa de mis padres, solo que es diez veces más grande... y más intimidadora. Supongo que tengo ante mí la cara de Apolo, el dios solar que el Inmutable pretende ser, pero a la inversa. ¡Este sol es un astro negro que irradia un poder maléfico! Su boca no está cerrada como la de la máscara del grabado, sino entreabierta, dejando a la vista unos colmillos ávidos de sangre. Unos rayos aún más afilados, cortantes como cuchillos, salen de unos ojos tan sombríos como el espacio. Las alas desplegadas de un murciélago encuadran esa cara aterradora, mientras que dos insignias espantosas sobresalen de la cabellera alzada por un viento sobrenatural: a la izquierda una enorme rosa petrificada; a la derecha, una mano justiciera con las garras afiladas.

Me estremezco al franquear la fatídica verja, con la impresión de estar cruzando el umbral del infierno. A continuación, aparece ante nuestros ojos la visión maravillosa del patio, donde lo sublime se mezcla con lo pavoroso.

«El castillo de Versalles.»

Es más grandioso de lo que imaginaba.

Al fondo del inmenso patio empedrado, se erige el majestuoso cuerpo central, flanqueado por dos alas gigantescas. Las fachadas adornadas con columnas están abiertas por cientos de ventanas. Resplandecientes como estrellas, llegan hasta la cumbre decorada de las cornisas en forma de escudos. Grandes hogueras arden en unas piras de mármol, iluminándolo todo y resaltando la blancura resplandeciente de la piedra. A contraluz de las llamas entreveo decenas de siluetas con peluca: los cortesanos.

El esplendor del lugar me abruma.

Su amplitud me apesadumbra aún más.

Vacilo ante la idea de escapar del guardia suizo en este momento. ¿Cómo puedo encontrar a Alexandre en medio de todo esto?

—Por aquí —ruge el guardia tirándome del brazo—. No pretenderás ir a los jardines atravesando el patio de honor. Pasaremos por la entrada de los jardineros.

Tras alejarme del ruido de los cortesanos y de las melodías de clavecín que se elevan desde las ventanas, nos dirigimos hacia el extremo del ala izquierda del castillo.

—Entra, por aquí se va a los jardines —me ordena empujándome bajo una arcada en la que arde un gran brasero.

Sin embargo, cuando estamos justo en medio de la galería que lleva al otro lado del castillo, me obliga a pararme.

—Un momento, guapa. ¿Qué te parece si pasamos un buen rato antes de afrontar la muerte? No estás muy gorda, pero apuesto a que sabes ocultar tus encantos bajo esos andrajos.

Me sujeta las caderas y me atrae hacia él.

—¡Suélteme! —grito.

Su aliento a chicle me repugna.

—Un beso, solo un beso —me implora.

De repente, se queda quieto. Imagino que sus manos, al abrazarme, han encontrado la funda de la espalda.

—¿Qué es esto? —brama. Saca la estaca de su envoltorio de tela—. ¡Maldita seas! ¡Si alguien descubre que te he dejado meter una estaca en el castillo, estoy perdido!

Balancea sobre el brasero la punta de madera, que prende enseguida.

—¡No! —grito precipitándome hacia él para recuperarlo.

Pero el guardia aferra la manga de mi corpiño.

141

—Un momento, ¡aún me debes un beso y me lo vas a dar, lo quieras o no!

Hago ademán de alzar una mano para acariciarle la mejilla, pero alargo el gesto para agarrar el mango del cuchillo que llevo a la espalda: creyendo que me ha desarmado al quitarme la estaca, el muy cerdo no se ha dado cuenta de que escondo una segunda arma. Así pues, mientras acerca sus labios a los míos, le clavo el cuchillo en la yugular con todas mis fuerzas.

Tengo el tiempo justo de dar un salto hacia atrás para evitar que la sangre me manche el vestido mojado por la lluvia.

Gruñendo, se desploma contra la pared.

—Pequeña… rastrera —dice con la respiración entrecortada—. Me…, me has sorprendido…

No le dejo terminar la frase: le asesto un segundo golpe en la curva de la nuca, en el mismo punto en que antaño golpeaba a las liebres para matarlas sin que sufrieran.

Cae a plomo, muerto.

Permanezco inmóvil por un instante, tratando de recuperar el aliento bajo la arcada donde danzan las llamas del brasero. La estaca improvisada arde salvajemente, y con ella mi única oportunidad de terminar con Alexandre esta noche.

A la mordedura de la frustración se añade la repulsión por el asesinato que acabo de cometer. Es el segundo hombre que mato, después del viejo barón de Gastefriche. Los dos eran pérfidos, pero eso no impide que se me revuelva el estómago.

Oigo unos pasos que se aproximan por el patio de honor. La única salida es el jardín.

Guardo el cuchillo en la espalda, me dirijo hacia la galería y salgo a una explanada de arena blanca, que se abre a un panorama de ciento ochenta grados.

Por monumental que sea el palacio, ¡no es nada comparado con la inmensidad de los jardines de Versalles! Se extienden hasta los confines de la noche, embellecidos con pequeños bosques, parterres simétricos, estatuas sobre pedestales y estanques que reflejan la luz lunar. Al fondo destaca un gigantesco canal, donde me parece ver flotar varias góndolas iluminadas por minúsculos faroles.

Cruzo las avenidas como una sombra, aterrada por los ecos cada vez más fuertes que oigo tras de mí: son las voces de los cortesanos que se divierten en los jardines después de la lluvia. De repente, se oye un grito en las arcadas: ¡han encontrado el cadáver del guardia! Corro enloquecida hasta llegar a un gran cuadrado de frondosos setos. Al final de él, a unos cien metros, se erige una alta torre octogonal coronada por una cúpula. Al estar totalmente sumergida en la oscuridad, sin antorchas ni ventanas iluminadas, no la he visto desde la explanada. No me puedo permitir el lujo de titubear, así que franqueo el arco de vegetación.

Estoy en un pasillo de denso follaje, que ahoga todos los sonidos. Me basta dar unos pasos para que el ruido procedente de los jardines se desvanezca. Aquí no hay ni antorchas ni violines, solo se oye el crujido de la grava blanca bajo mis pies, a la que responde el silencio de la grava estelar que veo en lo alto del cielo. Giro a la derecha rodeando un haya, después a la izquierda, detrás de otra. Me adentro en un laberinto vegetal buscando refugio.

De pronto, tropiezo con una fuente adornada con dos esculturas que representan una liebre y una tortuga; ambos animales despiden por la boca un largo chorro de agua hacia el cielo resplandeciente.

Siento una punzada en el corazón al reconocer a los protagonistas de una de las fábulas de Esopo, los primeros cuentos que mi madre me contó cuando era niña. Movida por el instinto, palpo el reloj que llevo en el bolsillo de mi vestido.

A continuación, emprendo de nuevo la huida, rodeando la fuente para enfilar otra avenida, que da también a un estanque, donde hay un zorro acechando unos racimos de uva de piedra.

Las escenas se suceden a lo largo de mi desquiciada carrera;

143

con ellas, llegan los recuerdos infantiles, que emergen de manera incongruente en esta pesadilla: *Los gallos y la perdiz, El delfín y el mono, El pavo real y la garza*…, hasta que llego a una gran pérgola formada por un enrejado de hierro cubierto de aromática madreselva. La fuente es la más espectacular que he visto hasta ahora. El perímetro del estanque está lleno de estatuas de perros, lobos y hurones con los hocicos abiertos a unos pájaros suspendidos. Los picos de piedra vierten chorros de agua, causando un chapoteo coral similar a un trino furioso. En la cima de esta estructura barroca se erige la escultura de un murciélago con las alas desplegadas. Reconozco la fábula de *Los cuadrúpedos y las aves*. En ella se cuenta que el murciélago, un ser híbrido que era tanto un animal terrestre como un ave, no supo elegir el bando al que pertenecer en la guerra que los enfrentaba, y por ese motivo fue condenado a volar de noche, para ocultar su vergüenza.

144   Mientras recupero el aliento, leo la pequeña placa de mármol de delante de la fuente. Con una perversidad odiosa, la moraleja de la fábula se ha invertido para convertir al murciélago en el héroe de la historia: un rey de la noche que domina al resto de los animales, al igual que la nobleza vampýrica se encuentra en lo alto de la pirámide de los cuatro órdenes.

«Los pueblos del cielo y de la tierra libraron una guerra, porque ninguno quería verse negado, pero el murciélago trascendió los dos bandos y fundó su reino más allá de la luz.» Mientras leo el último verso, oigo un ruido a mis espaldas.

Despavorida, busco una salida con la mirada, pero no la encuentro, y el estanque de la fuente es demasiado profundo para meterme en él. ¡Estoy presa en la pérgola donde me he aventurado como una incauta! Lo único que puedo hacer es refugiarme detrás de las estatuas de animales. Siento que la temperatura, ya de por sí fresca, baja varios grados más en un abrir y cerrar de ojos, lo que significa que los vampyros se están acercando.

Me acurruco un poco más, tratando de empequeñecerme lo más posible, y alcanzo a oír fragmentos de conversación:

—El rey quiere celebrar su jubileo con gran pompa el año que viene, a pesar de que la situación política no puede ser más tensa —dice una voz femenina—. Hace siglos que la *pax vampyrica* no se veía tan amenazada. Cada día que pasa aumenta el riesgo de entrar en guerra con Inglaterra.

—¿Y eso le inquieta de verdad? —responde una voz masculina de dicción entrecortada, inhumana—. El reino de Francia tiene el mejor ejército del mundo, sin contar con los de los virreinatos. Si Inglaterra se revuelve contra el rey, pagará el precio. ¡Nada puede resistir al ataque de la Magna Vampyria, princesa Des Ursins, se lo garantizo!

«Princesa Des Ursins.» Recuerdo haber oído ese nombre en mi casa. Es la ministra de Asuntos Exteriores. Saber que estoy a unos metros de una de las inmortales más influyentes del reino me produce un intenso estremecimiento. En cuanto al riesgo de que estalle una guerra…, sé que hay enfrentamientos con las estirges en Oriente, pero es la primera vez que oigo hablar de un conflicto entre dos reinos vampýricos.

—Precisamente, señor de Mélac —contesta la princesa Des Ursins a su interlocutor—. Sus soldados no pueden atacar Inglaterra sin, al menos, haber desembarcado antes.

Si el nombre de la princesa Des Ursins me había dejado paralizada, el de Mélac me aterroriza. Todo el mundo le teme: ¡Ézéchiel de Mélac es el cruel ministro de Defensa, el jefe de los soldados y los dragones que mataron a mi familia!

Los dos paseantes se detienen delante de la fuente, a varios metros de mí.

Contengo la respiración, confiando en que el aroma de la madreselva ahogue mi olor corporal.

—Mire esa fuente, Mélac —prosigue la princesa Des Ursins—. Siempre es instructivo analizar la sabiduría de nuestros antepasados. Mire el tigre derrotado por el águila, el oso con

145

los ojos reventados por la lechuza. Las fieras son indestructibles en tierra, pero pierden la guerra contra las aves que atacan por el aire. Lo mismo sucede con la Magna Vampyria: es todopoderosa en el continente, pero vulnerable en el mar. Si estalla la guerra, las primeras batallas serán navales y la marina continental está muy lejos de ser como la inglesa.

Me pego un poco más al enrejado, muerta de miedo.

—¿Qué puede incitar a atacar a la virreina Anne? —pregunta Mélac.

La diplomática más importante del reino baja la voz:

—La sed, Mélac —murmura—. La sed de sangre. La virreina Anne quiere apropiarse de las inmensas poblaciones mortales del continente europeo y, sin duda, de las americanas, para saciar a los vampyros ingleses. No me diga que usted no ha tenido también más sed en los últimos meses. La necesidad de sangre es cada vez más apremiante y más difícil de satisfacer.

—Así es, pero creía ser el único —confiesa su interlocutor.

—Abra los ojos, todos estamos preocupados. Los espías que he introducido en las distintas cortes europeas me lo han confirmado. Las Tinieblas aumentan de forma incontrolable por todas partes. En los castillos y los palacios, la sed de los inmortales va en aumento; en el campo y en los bajos fondos de las ciudades, las abominaciones parecen inquietas. Las estirges están más exaltadas que nunca, según aseguran los informes que recibo sobre las masacres que se están produciendo en el frente de Transilvania. A nuestros aliados otomanos y polacos de Valaquia, Moldavia y Cimeria cada vez les resulta más difícil contenerlas. Al este del mar Negro es aún peor: las estirges siguen expandiéndose de forma incontrolada por la vasta estepa kazaja. En este momento amenazan los contrafuertes del subcontinente indio.

Las palabras de la diplomática despiertan mis recuerdos. Vuelvo a ver el atlas frente al cual pasé tantas horas soñando en casa. La estepa kazaja se extendía por miles de leguas. ¿Todo ese territorio forma ahora parte de la Terra Abominanda?

La princesa Des Ursins exhala un largo suspiro. Tengo la impresión de percibir su ansiedad.

—La Facultad está pensando en doblar el diezmo para aplacar la sed creciente de los inmortales de la Magna Vampyria. Si el decreto se aprueba, muchos plebeyos morirán de agotamiento y los supervivientes quedarán muy debilitados. Por si fuera poco, en los últimos años los inviernos han sido cada vez más rigurosos. No lo veo partiendo para la guerra con un ejército de soldados mortales exangües, anémicos y mal alimentados, ya sea contra Inglaterra al oeste o contra las estirges al este.

¿Doblar el diezmo? En la Butte-aux-Rats, los más jóvenes y los más viejos tardaban ya varios días en recuperarse del sangrado, ¡no quiero imaginar lo que puede suceder si les extraen el doble de sangre! ¡Será un desastre! Lo que propone la princesa Des Ursins sería, a todas luces, un genocidio.

La ministra tose y añade:

—Por si el contexto exterior no fuera ya suficientemente difícil, los servicios de información han notado un recrudecimiento de los sabotajes de la Fronda en todo el reino. —De nuevo echa a andar con su compañero, sin dejar de charlar mientras se aleja a través del laberinto—. Justo ayer, por ejemplo, un vampyro de Clermont llegó a Versalles con las cabezas de cinco peligrosos rebeldes que estaban urdiendo… una insurrección…, rey…

El chapoteo de la fuente se traga el final de la frase y sofoca el ruido de los pasos, que va disminuyendo. Después de haber pasado varios interminables minutos implorando al cielo que alejara a los vampyros, ahora me gustaría retenerlos para poder oír el final de su conversación. ¿Mi familia estaba preparando una insurrección? ¿Es posible que Bastien se lo contara a su enamorada mientras el barón los escuchaba a través de la puerta? ¿Qué más le dijo?

147

Venciendo el miedo, salgo de mi escondite guiada por la imperiosa necesidad de saber más cosas. A menudo he seguido a animales peligrosos en el bosque, así que sé cómo caminar sin hacer el menor ruido. Además, el viento, que sopla en dirección contraria a la que han tomado los dos vampyros, oculta mi olor.

Si pudiera acercarme lo suficiente para oír alguna palabra más, solo unas cuantas…

Al mismo tiempo que pongo la oreja, una voz alegre suena justo a mis espaldas en el laberinto:

—¡Mire lo que he encontrado, Marcantonio! Hay que reconocer que el rey nos mima de verdad: ¡aún no es medianoche y ya han soltado presas para la caza galante!

12

La presa

$\mathcal{M}$e doy media vuelta.

A mis espaldas, en medio del pasillo de vegetación, veo las sombras de dos cortesanos.

Dos vampyros, un varón y una mujer.

Estaba tan concentrada tratando de escuchar el final de la conversación entre Des Ursins y Mélac que no los he oído llegar. Tampoco he notado cómo bajaba la temperatura, señal inequívoca de que estaban cerca. El caso es que ahí están ahora, unas siluetas oscuras en las que destacan dos caras opalescentes, de una blancura espectral.

—Esta presa está en unas condiciones inusuales, Edmée —dice el vampyro con melodioso acento italiano, refiriéndose a mí como si yo fuera un animal—. *Che peccato!* Normalmente, la intendencia de los menús placenteros viste las ofrendas para que resulten más apetitosas.

Él luce un traje dorado, cuyos pliegues brillan bajo la luna. Entre los rizos de su imponente cabellera de color caoba, similar a la melena de un león, asoma la cara de un joven de unos treinta años. Sus rasgos parecen tallados en el mármol característico de los vampyros, superficie perfecta, exceptuando el pequeño lunar que tiene pegado en una mejilla. Al tener las pupilas completamente dilatadas, sus grandes ojos negros parecen enormes.

—A mí esos harapos me parecen apetecibles, Marcantonio —replica la vampyra—. Digamos que es más bohemio. Da la impresión de estar en un safari en una de esas sórdidas periferias mortales, en lugar de en los jardines de palacio.

La vampyra, que en apariencia tiene la misma edad eterna e inamovible de su compañero, esboza una amplia sonrisa que le estira los labios, pintados en tono bermellón, y deja a la vista unos caninos puntiagudos. Acto seguido, alza por ambos lados su gran falda de tafetán de color malva, mostrando un tobillo fino y lechoso, para salvar un charco.

En la superficie de agua negra, el reflejo de la luna queda por un instante eclipsado por el vestido, que parece moverse solo: la cara de la vampyra no se refleja en ella.

—¡No soy lo que usted cree! —grito con el estómago encogido de miedo—. ¡No soy una presa!

—Vamos, vamos —dice la vampyra sacudiendo la cabeza, coronada por un enorme macarrón de trenzas castañas, salpicado por una miríada de perlas—. Todos dicen lo mismo, pero es inútil hablar, querida, hay que correr.

—Yo añadiría: ¡correr no sirve para nada si no se parte en el momento adecuado! —replica su compañero citando la moraleja de *La liebre y la tortuga,* cuyas esculturas vi hace poco.

Los dos vampyros se ríen con crueldad.

—¡No lo entienden! —vocifero—. ¡Soy una pupila del rey!

Edmée me apunta con un dedo que tiene pintada de rojo la uña, desmesuradamente larga.

—¿Ha oído eso, Marcantonio? ¡Qué divertido! ¡Pupila del rey, nada menos! ¡Esta presa es una descarada!

De repente, recuerdo la razón por la que estoy aquí.

—Si no me creen, llévenme a ver al vizconde Alexandre de Mortange —grito.

La risa cristalina de la vampyra cesa de inmediato.

—Mortange —pregunta a su compañero—. ¿No es el presumido que incendió la Ópera hace veinte años?

—Creo que sí —contesta el otro—. Un horrible patán que, según dicen, ha recuperado la gracia. Apuesto a que ya ha clavado sus colmillos en esta presa, imagino que se le escapó antes de poder terminársela. —Dirigiéndome una sonrisa rapaz, añade—: ¿De verdad crees que basta con gritar su nombre para salvar tu vida, pequeña desvergonzada?

—¡Lástima! —dice Edmée haciendo un mohín—. ¡No hay nada más contrario a la etiqueta que beber en el cuello de una presa ajena!

Abro la boca para defender mi causa, pero el tañido de una campana resuena fuera del laberinto, procedente de la capilla del castillo: son los doce tañidos de la medianoche.

—Mi querida Edmée, *bellissima*, le aseguro que ahora esta presa es solo nuestra —exclama Marcantonio con ferocidad—. No sé quién la empezó, pero sí que nosotros la terminaremos. ¡La caza ha comenzado! *Salute!*

Salta por encima de los charcos, con más agilidad que los gamos de mis lejanos bosques.

Con un movimiento febril, busco el cuchillo que llevo escondido en la espalda.

Cuando lo saco, el vampyro se ha abalanzado ya sobre mí. Alzo el puño y lo golpeo con todas mis fuerzas, apuntando al pecho. Pero no sirve de nada: la punta del cuchillo se hunde en el aire.

Mi adversario ha evitado el golpe con una destreza sobrenatural, demoniaca.

—¡Cuidado, Edmée, la presa tiene garras! —susurra su voz tras de mí.

Me vuelvo moviendo con furia la hoja hacia él, pero, una vez más, la esquiva sin el menor esfuerzo.

—¡Yo también tengo garras! —resuena la voz clara de la vampyra, que se ha acercado a mí de un salto, como por arte de magia, sin que yo me haya dado cuenta.

Con una mano, me arranca la ridícula arma y la lanza lejos, por encima del seto; con la otra me araña la mejilla.

151

El golpe y el dolor son tales que mi visión se vuelve borrosa por un instante.

Cuando vuelvo en mí, veo a la vampyra lamiendo sus uñas largas y cuidadas, de las que gotea mi sangre resplandeciente.

—Mmm, está fresca y cremosa, con muchos glóbulos rojos —comenta saboreándola—. Huele maravillosamente a bosques y a prados. —Abre su gran boca mostrando unos colmillos repugnantes, que asoman de forma espantosa anticipando el próximo festín—. Esta presa no procede de las periferias; al contrario, creció al aire libre, en el campo. Debería probarla, Marcantonio.

Mi instinto me dice que solo me queda una esperanza: huir.

Corro hacia el laberinto como una exhalación.

La grava puntiaguda araña mis pies a cada paso.

Los latidos del corazón que siento en las sienes y los silbidos que emito al respirar no logran apagar las risas ahogadas de los vampyros que me persiguen.

Esa risa espantosa, sardónica, es la única señal de su presencia a mis espaldas. Su corazón ya no late, no jadean, ni siquiera sus zapatos hacen temblar la tierra de la avenida, como si se deslizaran por ella en lugar de correr.

—*Mamma mia!* ¡Es más rápida que un conejo! —dice Marcantonio muerto de risa, con una voz que percibo terriblemente cercana.

—Mejor así —comenta Edmée—. ¡Su sangre estará más oxigenada!

Están jugando conmigo.

Igual que mi gato Tibert jugaba con los ratones.

Y cuando se cansen me abrirán, me chuparán la sangre y se desharán de mí.

Presa del pánico, doblo la esquina del enésimo seto —¿es el mismo de antes u otro?— y choco con todo mi peso con el obstáculo que hay detrás.

ϒ

Mi cráneo retumba como la campana del toque de queda.

Siento punzadas en las costillas, quizá se hayan roto todas.

Pero, por encima de todo, un doloroso frío me congela la carne: me he abalanzado de lleno sobre un inmortal.

Alzo los ojos estremecida. A varios centímetros de mí veo una cara en penumbra.

Supongo que de un momento a otro sentiré la dolorosa mordedura en el hueco del cuello.

—¿Diane? ¿Diane de Gastefriche?

Guiño los ojos, atónita, aferrando el chaleco de seda azul oscuro donde he aterrizado.

Los rasgos del desconocido se dibujan bajo los rayos lunares.

El borde de esa boca burlona, la elegante curvatura de sus cejas y la magnífica cabellera pelirroja recogida con un lazo…

—¡Claro que sí, eres tú, Diane! —exclama Alexandre de Mortange.

Sus ojos se separan de los míos, atraídos por los rasguños de mi mejilla, sus pupilas se contraen instintivamente al ver la sangre.

Movida por un absurdo reflejo, me llevo la mano a la espalda para sacar la estaca que le he destinado, pero mis dedos aferran el aire.

—¡Alex…, Alexandre! —digo, croando como una rana.

En ese momento, la voz encolerizada de Edmée suena tras de mí:

—¡Hablando del rey de Roma! —exclama—. Mire, Marcantonio: es él, lo reconozco. Es Mortange, tan descarado como hace veinte años. ¡Además de haber tenido la desfachatez de catar la presa antes de medianoche, ahora pretende robárnosla en plena caza!

La vampyra emite un aullido feroz.

Su hermosa cara se transforma en una mueca pavorosa al lanzar ese grito animal. Sus pupilas se contraen hasta desaparecer casi por completo. Sus labios pintados se retraen dejando a la vista las encías. Su cara solo es una mandíbula que castañetea de forma horrible, inclinada hacia mí.

Pero cuando se abalanza sobre Alexandre para arrebatarme de sus brazos, este suelta un bufido. Abre su gran boca y sus caninos se alargan desmesuradamente, saliendo de las pálidas encías donde estaban parcialmente hundidos.

¡El monstruo me está defendiendo!

Las uñas de Edmée —las garras que me arañaron la mejilla— se extienden en la noche.

Alexandre me arroja detrás de él, contra el seto, protegiéndome con su cuerpo.

La vampyra le deshace el nudo del lazo, liberando el fuego de su cabellera.

154   Por encima del hombro de mi protector, diviso a Marcantonio transformado también en un animal salvaje, mostrando unos dientes tan afilados como puñales.

—¡Es nuestra! —grita con una voz ronca, inhumana.

—¡Nuestra! ¡Nuestra! —repite Edmée; su timbre cristalino se ha transformado en un aullido.

Los dos vampyros se precipitan sobre Alexandre, quien recula ante el ataque empujándome un poco más contra las ramas salientes del seto, que se clavan en mi carne como mil agujas.

Cegada por el combate, ya no veo nada.

Aplastada bajo las tres violentas criaturas, me cuesta respirar, pero, cuando creo que estoy a punto de ahogarme de verdad, los combatientes se separan de repente.

Siento un frío tan intenso como el que tiñe de azul los altiplanos de Auvernia en pleno invierno: comprendo que otro inmortal se está aproximando a nosotros, uno más poderoso que la suma de los que he conocido hasta ahora. El halo que lo precede posee la frialdad de la muerte.

Jadeando, medio asfixiada, abro los ojos: en el claro de luna aparece el pasillo de grava blanca. Los tres vampyros se vuelven, dándome la espalda, tan inmóviles como las estatuas de las fuentes. Edmée se ha inclinado en una reverencia, Marcantonio y Alexandre hacen un profundo saludo.

El frío aumenta a cada segundo. El silencio solo se quiebra con el murmullo de la brisa nocturna, el ruido de los pequeños animales nocturnos que escarban bajo los bojes y los gritos lejanos de las presas humanas que han soltado en los jardines.

De pronto, aparece tras doblar un seto.

«El rey.»

A pesar de que a la tenue luz parece una sombra china, sé que es él. En el grabado oficial que teníamos en la Butte-aux-Rats veía a diario el porte altanero de su cabeza y su melena leonina de voluminosos rizos. En la noche distingo los contornos opalescentes de una suntuosa casaca de terciopelo blanco, adornada con bordados dorados y unas piedras pálidas que brillan bajo los rayos lunares. Las grandes plumas de avestruz que rematan el sombrero del monarca tiemblan cada vez que da un paso; bajo el ala ancha de satén claro, su cabeza es un agujero negro.

—¿A qué viene este escándalo? ¿No podemos ir tranquilos a nuestro observatorio? —pregunta.

A pesar de que no ha hecho sino murmurar en el silencio, su voz me parte el alma. Es tan grave como el tono de un corno y desprende una autoridad abrumadora.

El observatorio debe de ser la torre octogonal que entreví al final del laberinto, el lugar donde, según dice Alexandre, el Inmutable pasa sus noches contemplando las estrellas, soñando con reconquistar el día.

En cuanto a la palabra «nuestro» que ha empleado, no es el simple plural mayestático, ya que el monarca está acompañado. Las sombras de dos grandes perros se pegan a sus zapatos

155

de tacones rojos, y la silueta de un hombre vestido con una larga capa aparece a sus espaldas.

—Es Mortange, majestad —farfulla Marcantonio inclinándose un poco más—. Nos ha arrebatado la presa y ha infringido las reglas de la caza galante.

Escultural, el rey se detiene en medio de la avenida.

Bajo su imponente sombrero, que la luna parece coronar, su cara sigue siendo una enorme sombra.

—El combate entre traperos no era, lo que se dice, demasiado galante —suelta en un tono seco y fatigado a la vez, el de un dios que desciende de su cielo inaccesible y se ve obligado a presenciar una batalla entre insectos—. Marquesa de Vauvalon, conde de Tarella, han de saber que no toleramos esas maneras en nuestra corte, que debe ser un ejemplo para el mundo entero. Además, ¿toda esa barahúnda por una simple presa?

A pesar de que no puedo ver los ojos del soberano, tengo la impresión de que me traspasan. Temo que, a pesar del aroma a sales de baño, perciba mi olor a plebeya criada en heniles y bosques.

Mientras me muevo un poco para liberarme del seto donde estoy hundida, los dos perros empiezan a gruñir y seis sombras aparecen a espaldas del rey y del cortesano que lo acompaña. Son tres siluetas masculinas y tres femeninas, que, por lo visto, han estado ahí desde un principio, pero que solo ahora puedo ver, hasta tal punto me ha hipnotizado el monarca. Por si fuera poco, van vestidos de negro de pies a cabeza, como si quisieran mimetizarse con la noche. Los guardias serpentean como una exhalación entre los vampyros paralizados y se dirigen hacia mí para inmovilizarme.

Dos manos tibias, en lugar de frías, agarran mi cuerpo. También son tibias las respiraciones que acarician mi frente. En cuanto a las caras que se inclinan hacia mí, tienen los rasgos de la juventud propios de los vampyros que he conocido en Versalles, pero sin la palidez de ultratumba que caracteriza a los muertos vivientes. Imagino que se trata de los secuaces más leales del rey: sus escuderos y escuderas.

—Dejadla —les ordena el monarca murmurando—. Esa joven presa está aterrorizada, no representa un peligro.

Las manos me sueltan con la misma velocidad con la que me han aferrado: los seis escuderos reculan como espectros y vuelven a apostarse tras el monarca.

Alexandre decide intervenir:

—Como siempre, está usted cargado de razón, majestad. Además de no representar ningún peligro, la muchacha tampoco es una presa —explica sin alzar la cabeza en ningún momento, con los mechones pelirrojos colgando en el vacío.

El cortesano que acompaña al rey chasquea la lengua emitiendo un sonido semejante al golpe de un hacha en un tronco de madera.

A contraluz de la glauca luna, distingo el color rojo escarlata de su capa, cerrada con una fíbula en forma de murciélago de la Facultad.

—Mire, señor: es Mortange —dice con una voz tan aterciopelada como la tela en la que va envuelto de pies a cabeza—. Siempre metido en algún lío. Sus veinte años de exilio no parecen haberlo cambiado nada.

Veo que Marcantonio y Edmée se estremecen de satisfacción al ver a su rival humillado de tal forma.

—Perdone, eminencia, pero en el exilio fue precisamente donde conocí a esta joven —replica Alexandre alzando la cabeza; luego aventura—: He sacado provecho de mi destierro, igual que hizo usted en el pasado.

Eminencia..., un título reservado a los más altos dignatarios religiosos. En cuanto a la alusión al exilio del prelado, no puede ser más clara: tengo delante al gran arquiatra Exili, jefe de la Facultad Hemática de Francia, además del consejero real más próximo al monarca. Se rumorea que ascendió gracias a una vida de desterrado por las cortes y las prisiones de toda Eu-

157

ropa, hace trescientos años, antes de oficiar el ritual demoniaco que transmutó a Luis XIV. En la conversión devino también uno de los principales vampyros. Su reputación maquiavélica era conocida incluso en la Butte-aux-Rats. ¡Después de haber estado en un tris de rozar a Mélac, el jefe de los dragones de Francia, ahora me encuentro a dos pasos del demonio que dirige a todos los inquisidores del reino!

Antes de que pueda acusar el golpe, Alexandre se vuelve de nuevo hacia el soberano:

—¡Diane es la hija única del barón de Gastefriche, su pupila, señor! —le asegura—. La escolté personalmente desde Auvernia hasta Versalles. Ignoro qué hace aquí esta noche, pero es inofensiva, respondo de ella con mi vida.

La ironía del alegato me fulmina: después de haberme salvado la vida enfrentándose a Marcantonio y a Edmée, este ser, al que he prometido asesinar, me vuelve a proteger jurando que soy la que no soy.

—¡No lo escuche, señor! —vocifera Edmée—. ¡Esa salvaje no es nada inofensiva! ¡Ha intentado atacarme con un cuchillo!

—¿Un cuchillo? —repite el rey aún medio oculto en la penumbra—. Veamos, ¿qué responde a eso, señorita Gastefriche?

Se ha dirigido directamente a mí.

Él, el monarca más importante del mundo, que reinaba ya cuando nació mi padre, el padre de mi padre y sus antepasados de diez generaciones.

Él, el coco real, cuya sombra aterradora disuade a los niños de salir después de la señal del toque de queda.

Mis miedos infantiles, hundidos en lo más hondo de mi memoria, me sumergen.

—Yo... me perdí —balbuceo, como si de repente fuera una niña pillada in fraganti.

El rey se acerca a mí, acompasando su caminar con el bastón.

Los dos cerberos avanzan con él, perfectamente coordinados. Entran en la luz lunar y al hacerlo me doy cuenta de que, en realidad, no son perros, sino dos grandes lobos con el pelo totalmente blanco, a juego con las mallas de su dueño.

Finalmente, la cabeza del soberano emerge de la penumbra.

Tengo la desquiciada y espeluznante sensación de que el grabado de la chimenea se anima, como si fuera un sueño delirante, como si estuviera viviendo una pesadilla con los ojos abiertos. La máscara de oro de Luis el Inmutable brilla en medio de su fantástica melena. La nariz larga y recta, la frente alta y lisa, los labios finos fijados en una ausencia total de expresión: una cara falsa e insondable, imagen del tiempo. Se cuenta que Luis fue transmutado cuanto tenía dieciséis años, pero ¿a qué se parece de verdad bajo esa máscara sin edad? ¿Su carne se benefició también del maléfico rejuvenecimiento del que gozan los demás vampyros o, por el contrario, corresponde a su avanzada edad? O, peor aún, ¿sufrió alguna inefable mutilación?

En aparente respuesta a los interrogantes que bullen en mi cabeza, el Inmutable me pregunta:

—¿De verdad se ha perdido? ¿Es posible que en su deambular haya apuñalado por descuido al guardia suizo cuyo cadáver ha aparecido hace apenas una hora en el linde de nuestros jardines?

A través de las ranuras de su máscara puedo entrever que tiene las pupilas muy dilatadas a causa de la oscuridad. Su insondable mirada es más negra que la noche que nos rodea. Me recuerda que soy insignificante, totalmente vulnerable.

Mis dientes empiezan a castañetear, pero no solo de terror, también de frío, tan intenso que en este momento lo siento hasta en los huesos y en lo más profundo de mi alma. Tengo que aferrarme a Alexandre para no tambalearme.

No hay escapatoria posible.

No hay ninguna explicación aceptable a mi presencia en los

jardines, colgada del brazo de un vampyro al que odio, a menos que…, ¿podría ser esa imagen patética mi salvación?

—No solo me he extraviado, señor —digo sollozando—. ¡También perdí la razón por querer ver de nuevo a mi eterno amor!

Alzo la mirada hacia la cabeza de Alexandre, la misma que he jurado cortar.

—¿Diane? —murmura frunciendo sus cejas pelirrojas—. Pero ¿qué estás diciendo?

—Me he enamorado perdidamente de ti, Alexandre. Durante las largas jornadas de viaje, más aún, desde la primera vez que me miraste.

Mi voz tiembla de repugnancia al pronunciar unas palabras tan abominables, tan falsas, pero los que me escuchan no notan nada. A sus ojos, no estoy temblando de miedo, sino de pasión, y eso es lo único que cuenta.

160   —No podía pasar una hora más sin ti —prosigo—. Me escapé de la Gran Caballeriza para buscarte, amor mío.

Me pego a su chaleco de seda, fingiendo que me refugio en él como un polluelo, y sollozo:

—En cuanto al guardia suizo… Quiso abusar de mí, me engañó diciéndome que sabía dónde estabas. Lo único que hice fue defenderme como pude con el cuchillo que cogí de su cintura, yo, que jamás había manejado un arma en mi vida. Yo… no sabía que la herida lo mató.

Las lágrimas resbalan abundantes por mis mejillas, pero no porque me apiade del guardia suizo, sino porque la tensión que he acumulado a lo largo de la noche estalla de golpe, igual que reventaron las nubes cuando salí al tejado.

—¡Mortange! —ruge el rey, tan fulgurante como los rayos que estrían el cielo.

Es la primera vez que adopta un tono que no es el habitual, distante y vagamente aburrido, para alzar la voz. El efecto resulta aún más aterrador, porque los labios metálicos de su máscara no se han movido ni un milímetro. Su grito sume en el silencio a todos los jardines, incluidos los animales nocturnos que pueblan los setos. Hasta Alexandre se queda paralizado, fulminado por la cólera real.

—¡Ha hecho perder el juicio a esta joven mortal para seducirla! —lo acusa el rey, golpeando con tanta fuerza el suelo con su bastón que siento una sacudida sísmica en mis piernas—. Es evidente que no ha aprendido nada de las lecciones del pasado.

El pecho de Alexandre tiembla bajo mi mejilla: sí, tiembla de miedo. Supongo que las «lecciones del pasado» son la razón por la que fue desterrado hace veinte años. ¿Se refiere al incendio de la Ópera al que aludió Edmée? Da igual, lo único que cuenta es que el rey ha dejado de prestarme atención y se ha concentrado en él.

—Ha vuelto a jugar a don Juan sin pensar en las consecuencias, miserable criatura, atrapada en pasiones demasiado humanas —prosigue la terrible voz que se filtra por la máscara de labios cerrados—. ¡Ahí tiene el resultado! Queda privado de los honores de la corte durante dos meses: nada de bailes ni de fiestas hasta nueva orden.

—Majestad… —articula Alexandre a duras penas.

—¡Silencio! Si no hubiera contribuido a aplastar a esos rebeldes, a esas inmundas cochinillas, le enviaría de nuevo al exilio, y esta vez sería por cuarenta años.

La mención a mi familia me revuelve las tripas.

Que el rey los llame cochinillas me parte el corazón.

Me arriesgo a desviar la mirada hacia él. Mis ojos se hunden en los suyos, en sus pupilas desmesuradamente dilatadas. Tengo la impresión de que mi cuerpo y mi alma se ahogan en un abismo sin fondo, ¡como si las miles de noches que ha pasado observando el universo desde lo alto de su torre hubieran llenado el espíritu del rey de un vacío cósmico, tan infinito y helado como el espacio!

161

Inclino la cabeza, con los ojos anegados de lágrimas y el alma desgarrada, incapaz de soportar el espectáculo un segundo más sin enloquecer. Concentro mi atención en los lobos blancos, que me acogen con sus pupilas negras, también dilatadas de forma aberrante, sobrenatural: ¡intuyo que en las venas de esos animales corre también sangre vampýrica!

—En cuanto a usted, señorita, es usted tonta. —El rey me abruma con su voz, que rezuma desprecio, hablándome por encima de mi nuca inclinada—. Se ha prendado usted de un vampyro, como si fuera una vulgar plebeya de los arrabales. ¿Qué esperaba usted, que la transmutara? No solo es ilegal transmutar a las personas sin la autorización de la Facultad, que ha establecido un *numerus clausus*; además, ese pretencioso está muy lejos de poder hacerlo. Lo único que podría hacer es sangrarla hasta morir. El error de apreciación que ha cometido es motivo suficiente para que la expulsemos de nuestra escuela.

162

Con los ojos clavados en mis pies descalzos, llenos de arañazos, trago saliva para hacer pasar el gusto acre de mi supervivencia, que he obtenido por los pelos a costa de perder la venganza.

—Pero su valentía, por caótica que sea, nos obliga a retenerla —prosigue el rey—. Ha escapado usted de un grosero que pretendía privarla de su virtud y de la caza de dos vampyros; que no es poco, en definitiva, para un ratoncito gris como usted.

«Ratoncito gris»: las mismas palabras que Hélénaïs empleó para insultarme.

Sin embargo, extrañamente, pronunciadas por el rey suenan como un cumplido.

—Acompáñela a la Gran Caballeriza, Suraj, y asegúrese de que le den un guardarropa digno de ese nombre, en lugar de esa tela tan ordinaria —ordena—. Que no se diga que el Inmutable viste con trapos a sus pupilas. Y ahora las estrellas nos llaman: el empíreo jamás ha estado tan límpido tras la lluvia.

Vamos, Exili, olvidemos estas mezquinas y nada interesantes peleas de cortesanos y sumerjámonos en la contemplación infinita del espacio y el tiempo.

No alzo la cabeza hasta que el rey enmascarado gira sobre sus tacones rojos y, seguido de su gran arquiatra, sus lobos vampýricos y su silenciosa escolta, se encamina hacia el misterioso observatorio. El frío retrocede como si estuviera bajando la marea. De los seis escuderos mortales, uno se queda rezagado: un joven alto de apariencia altanera. Bajo el turbante de color ocre oscuro, a juego con su pechera de cuero, su cara cobriza se confunde con la noche. Solo puedo ver sus ojos, que brillan en la sombra que forman sus cejas negras y tupidas. ¿Es un otomán procedente de Turquía? ¿Un cosaco de la peligrosa Cimeria? ¿O acaso procede de un lugar aún más remoto? La extraña daga que cuelga de su cinturón evoca el misterioso Oriente de mis novelas de aventuras: dos hojas onduladas se despliegan a cada lado del mango de cuerno tallado.

—Señorita... —dice tendiéndome una mano.

Percibo cierta gravedad en su voz profunda.

Me cuelgo de su poderoso brazo para separarme de Alexandro, que sigue sin decir palabra después de haber oído los reproches del rey.

Sostenida por el escudero, me dirijo hacia la salida del laberinto, hacia el mundo exterior, hacia la vida.

163

13

El regreso

Cuando empujo la puerta del aula, oigo un murmullo de asombro, marcado por exclamaciones ahogadas:

—¡Ha vuelto!

—¡Ha tenido una aventura con un señor de la noche!

—Por lo visto, su amante le prometió transmutarla sin importarle el *numerus clausus*...

—Dicen que el rey en persona le ha dado una segunda oportunidad.

Ayer estuve todo el día durmiendo en la habitación abuhardillada, para recuperarme de las adversidades de la noche anterior. Tuve derecho a todo tipo de atenciones, a pesar de que antes querían mandarme al convento: después de todo, he regresado por orden real al colegio del que me expulsaron. La señora Thérèse en persona vendó mis heridas sin atreverse a hacerme el menor reproche por mi fuga, y yo no me atreví a mirarla a los ojos por miedo a que intuyera la verdadera razón por la que me introduje en el palacio. De manera que aquí estoy, de vuelta tras cuarenta y ocho horas de ausencia, asistiendo a la lección de arte cortés.

—Dese prisa, señorita de Gastefriche —me dice el general Barvók desde el estrado—. Llega justo a tiempo para la práctica de juegos de sociedad. —Como su minerva metálica le impide volver la cabeza hacia mí, sus grandes ojos ruedan en las órbitas para invitarme a entrar—. Espero que sepa comportarse mejor que en la cena de anteayer, porque no hay nada más descortés que perder la sangre fría jugando a las cartas.

Hoy las alumnas no se han sentado en los pupitres, sino repartidas en grupos de cuatro en varios veladores. Cada mesa redonda está cubierta por un mantel de juego verde sobre el que hay unas barajas de naipes y varios montones de fichas.

—Siéntese allí —me ordena el profesor señalando un velador con la punta de hierro que sustituye a su mano derecha.

Al velador están sentadas Proserpina Castlecliff, Hélénaïs de Plumigny y una tercera joven con la que cené el primer día: Marie-Ornella de Lorenzi, una de las mejores amigas de «Hélé».

Me siento tratando de ignorar las miradas de curiosidad que me lanzan mis compañeras a través de la sala y las viperinas de Hélénaïs y Marie-Ornella, que están a mi lado. Prefiero concentrar mi atención en Proserpina, que me sonríe con aire de complicidad. Hoy luce de nuevo un vestido denim de color gris desteñido, en lugar de azul, con los bajos deshilachados como único adorno.

—*Welcome back!* —me dice con su voz ronca, al mismo tiempo que me guiña un ojo pintado de negro.

—*Thank you... Poppy* —le contesto con mi acento franchute.

El general me reprende enseguida:

—¡En mi curso están prohibidos los idiomas extranjeros!

Pasamos la mañana explorando las reglas de la berlanga, un juego de azar y faroles que, según parece, entretiene mucho a las cortesanas ociosas.

—Cuando un jugador logra reunir tres cartas idénticas, tiene una berlanga —explica el profesor arrastrando la erre debido a su acento de Europa central—. Se trata de pelear sin perder la sonrisa, pero, atención, señoritas: ¡en el mantel verde se han ganado y perdido auténticas fortunas!

Mientras el militar exento del frente oriental nos ilustra sobre cómo barajar y apostar sumas cada vez mayores, pienso con acritud en las carretadas de plata que deben manejar la mayoría de mis compañeras. Fortunas que no ganan en la mesa de juego, sino que arrancan a los campesinos del cuarto estado. Ni ellas ni sus familias son vampyros en sentido estricto, pero sí en el figurado: ¡en lugar de con la sangre, se alimentan con el sudor y las lágrimas del pueblo!

—¿Por qué jugamos esta mañana con fichas, en lugar de oro? —pregunta Hélénaïs al general leyendo mis pensamientos—. Sería más divertido.

—Están aprendiendo, señorita de Plumigny —contesta con severidad Barvók—. Cuando los soldados se entrenan, combaten con la espada embotada y disparan con balas de fogueo. De igual forma que no hay que ir a la guerra con un ejército de lisiados, no quiero que entren en la corte arruinadas.

Hélénaïs se encoge de hombros, las grandes plumas de pavo real que adornan su excéntrico peinado se animan lanzando unos reflejos irisados a tono con la sombra que cubre sus párpados.

—Bah, no nos vamos a arruinar por unos escudos menos, ¿no te parece, Marie-O?

Guiña un ojo a su vecina, que lleva más perlas prendidas en el peinado que Edmée. En los últimos días me he enterado de que los Lorenzi son una familia de acaudalados banqueros florentinos que se instaló en Versalles hace varias generaciones, tan rica como los Plumigny.

—Tienes razón, Hélé —responde la florentina—. No nos perderemos por unos centavos.

Las dos amigas nos miran, a Poppy y a mí, con aire pérfido. Deben de dudar de que la hija de un oscuro barón auvernés nade en oro. En cuanto a la mordaz inglesa, Naoko me contó que su familia hace mucho que lo perdió todo.

No abro la boca, prefiero tragar sapos y culebras a que me

167

expulsen de nuevo por culpa de una arrebato de ira. Lo único que cuenta es poder estar aquí hasta al final, conseguir entrar en el palacio y matar a Alexandre. Pero Poppy no está de acuerdo.

—No, Hélénaïs, no tengo cientos de monedas que poner sobre la mesa —dice clavando sus ojos carbonosos en los de su rival—. A decir verdad, no puedo apostar siquiera un *liard* de cobre.

La sonrisa de Hélénaïs se ensancha. Hace amago de añadir algo, pero Poppy aún no ha terminado:

—En cualquier caso, y a diferencia de los vuestros, mis antepasados no tuvieron que desembolsar un solo céntimo para adquirir sus títulos de nobleza, porque los ganaron en los campos de batalla.

Los comentarios sarcásticos de Hélénaïs mueren en su pálido cuello.

—Me gustaría saber a qué campos de batalla te refieres —dice con voz ahogada, bajando los párpados sobre sus ojos cobrizos. ¿Las de la guerra de los Cien Años, cuando los ingleses masacraron a los honrados franceses?

Barvók golpea la mesa con su pinza de hierro, martilleando de forma frenética: cada vez que se irrita, sus miembros artificiales empiezan a temblar de manera incontenible, como si su cuerpo mutilado quisiera rechazar los injertos salidos de los sombríos laboratorios de la Facultad.

—¡Basta! —ruge hinchándose altivamente en la minerva—. Es de muy mala educación hablar de política en sociedad. Además, esos viejos enfrentamientos son agua pasada. Hoy en día, Inglaterra es amiga de Francia, como todos los virreinatos de la Magna Vampyria.

Al verse obligada a callar, Hélénaïs recoge el mazo de cartas que tiene más cerca y empieza a barajarlas encolerizada con sus delicadas manos. Al igual que la mayoría de los internos, debe de haber oído hablar de las tensiones existentes entre las dos coronas vampýricas oficialmente aliadas, pero lo que no sospecha es que el conflicto es inminente, como averigüé escuchando la conversación de los ministros en los jardines reales.

Tras tres horas de juego nervioso y tenso, llega, por fin, la hora de comer. Busco a Naoko con la mirada y la veo en una mesa al fondo de la sala, con su eterno moño firmemente sujeto en la nuca.

Aliviada, me siento frente a ella, pero, en lugar de animarme con una conversación amistosa, sus ojos hundidos me fulminan por encima del plato de verdura.

—No te felicito —me suelta fríamente a modo de bienvenida.

—He tenido más miedo que dolor —digo haciendo un esfuerzo para sonreír—. Estoy sana y salva.

—No me refiero a eso, sino a que has traicionado mi confianza. Quisiste ser mi amiga, pero no me contaste que tenías un idilio con un vampyro. No me dijiste nada sobre tu proyecto de fuga. Creía haber encontrado por fin una «amiga de verdad», según tus propias palabras. Alguien a quien abrir mi corazón, pero ahora comprendo que no sé quién eres.

Las acusaciones de Naoko me duelen más de lo que querría.

Sentí su soledad cuando la conocí, su necesidad visceral de tener a su lado un oído atento, pero me ha estallado en la cara cuando menos me lo esperaba.

—Soy la que ves, ni más ni menos: soy Diane, tu amiga de verdad —afirmo—. No quiero tener ningún secreto contigo. Si no te hablé de Alexandre, fue porque no tuve tiempo. Te lo contaré todo.

Naoko me escudriña con sus ojos negros.

—¿Me lo juras? —me pregunta.

—Te lo juro.

Asiente con la cabeza, esbozando una leve sonrisa.

—Estás loca, ¿sabes? —murmura.

169

—¿Por haberme escapado?

—Por haberte enamorado de un chupasangre.

Esas palabras, salidas de los labios habitualmente corteses de Naoko, me impresionan. Los plebeyos pueden hablar así de los vampyros, pero las señoritas nobles no. ¿Será un error de traducción, una expresión francesa que la joven japonesa utiliza mal, a pesar de hablar perfectamente la lengua?

Pero no es así, porque insiste:

—Esas criaturas no son como nosotros y a sus ojos nunca seremos como ellas —asegura bajando la voz—. Solo somos juguetes en sus manos.

—Pero a veces se transmuta a algún noble mortal —replico—. Por ejemplo, a los escuderos y escuderas del rey tras varios años de servicio, tú misma me lo dijiste.

—Si he de ser franca, no se lo deseo a nadie.

Nueva sorpresa. Creía que todos los nobles aspiraban a una única cosa: subir en el escalafón, pasar al otro lado del muro de cristal que separa a la baja nobleza mortal de la alta nobleza vampýrica, pero, por lo visto, no es así.

Naoko parece percibir mi perplejidad.

—Te abro mi corazón, porque acabamos de jurar que nos lo contaremos todo —precisa—. Puedo entender que quieras entrar en la corte, pero ¿de verdad quieres participar en el Sorbo del Rey?

La pregunta me pilla desprevenida y resucita un dilema que aún no he resuelto.

—El favor real supondría, sin lugar a dudas, una oportunidad única para una huérfana como yo, que debe reconstruir su vida —balbuceo.

—Lo entiendo y no trataré de disuadirte de hacerlo. Beber un trago de sangre vampýrica no te convertirá en una muerta viviente. En cualquier caso, me gustaría saber si a la larga aceptarás que el rey o tu amante de las Tinieblas te transmuten en vampyro.

«¡No! —grito en mi fuero interno—. ¡Antes prefiero morir mil veces!»

—Nunca me lo he planteado —contesto preguntándome qué respondería la verdadera Diane de Gastefriche.

—Pues bien, ha llegado la hora de hacerlo, porque estás en el corazón de Vampyria —me dice Naoko en tono grave—. Es hora de que comprendas que, a pesar de su cautivadora belleza, los señores de la noche son en realidad unos cadáveres resecos que han olvidado lo que significa la muerte y que han perdido por completo su humanidad. Quizá te resulte difícil imaginarlo mirando a tu hermoso Alexandre, pero las cabezas que hay afuera te mostrarán el verdadero rostro de su crueldad.

Por primera vez desde que he entrado en el comedor, miro por la ventana que está a mi derecha, justo en la esquina que da al patio. Al fondo del empedrado se erigen las picas de la gran verja. En los cinco puntos centrales veo clavadas unas formas esféricas.

A pesar de la distancia, distingo los rasgos humanos, hinchados por los gases de la putrefacción.

¡Son cinco cabezas empaladas, ¡las que Alexandre se trajo de Auvernia!

Mi mirada se ofusca.

Dejo de respirar.

Lucho con todas mis fuerzas para no vomitar lo que he comido, mientras una terrible jaqueca empieza a golpearme detrás de la frente.

Dominar mi cuerpo.

Guardar las apariencias.

Permanecer en la Gran Caballeriza.

¡Matar, matar, matar a Alexandre!

Porque quien ideó esa macabra puesta en escena solo puede ser él, ¿me equivoco?

—El rey pidió a los suyos que colocaran los trofeos en la verja, en tu honor —murmura Naoko.

171

—¿El... rey? —digo en un sollozo.

—Son las cabezas de los asesinos de tu padre. Al Inmutable le complace humillar así a los que se atreven a rebelarse contra él. Te brinda el espectáculo para que te regocijes: debió de pensar que te alegraría ver esos despojos descomponerse mientras los picotean los pájaros.

Obedeciendo de forma aterradora a las palabras de Naoko, un cuervo desciende del cielo y se posa en una de las cabezas, cuya melena castaña cuelga en el vacío: es el pelo del que mi madre se sentía tan orgullosa.

Contengo un gemido en el fondo de mi garganta... «¡Mamá! ¡Mi querida mamá!»

El pájaro empieza a hurgar en el pelo, buscando pedazos de carne para arrancarlos. Su afilado pico acaba hundiéndose en una de las órbitas del cráneo para sacar la carne más tierna: el globo ocular.

Incapaz de desviar la mirada de la espantosa escena, me siento como si el pico se estuviera clavando en mis meninges, que palpitan doloridas. Mi tenedor de estaño golpetea de forma incontrolable la porcelana del plato. Hasta que Naoko posa una mano en mi puño para que deje de temblar.

Al final, logro desviar mi atención de la atrocidad.

—Por la manera en que has palidecido imagino que el espectáculo te repugna tanto como a mí —dice—. Aunque mataran a tu padre, no dejan de ser seres humanos, y sus restos no merecen sufrir una profanación semejante.

Asiento con la cabeza; el nudo que tengo en la garganta me impide pronunciar una sola palabra; tampoco puedo tragar la comida, por pequeño que sea el bocado.

Con la barriga vacía, atenazada aún por el horror, entro en el amplio picadero donde tiene lugar el último de los cursos, al que aún no he asistido: la clase de arte ecuestre. Para la ocasión nos han permitido prescindir de los vestidos y ponernos unos pantalones confeccionados con una gruesa tela, porque hoy vamos a montar a horcajadas.

—Prefiero esto a montar a la amazona —susurra Naoko—. Es menos elegante, pero más práctico. ¿Y tú?

Ha prendido dos broches más en el pelo para que no se mueva durante la lección, de manera que su moño parece más que nunca un casco negro.

—Jamás me transmutaré en vampyro —murmuro con un nudo en la garganta, conteniendo las lágrimas.

Una infusión de ciclamen aplaca mi dolor de cabeza, pero nada puede borrar de mi mente la imagen de las cabezas en la reja.

Mi amiga me mira por debajo de su flequillo.

—Esa es la respuesta a la pregunta que me hiciste hace poco —añado con un suspiro—. Suceda lo que suceda, no me transmutaré, te lo juro.

Antes de que pueda decir algo más, una voz imponente retumba en medio del picadero.

—¡A sus monturas, señoritas!

En el centro de la pieza rectangular se encuentra el señor de Montfaucon, vestido con su chaqueta de cuero negro. Con los brazos cruzados sobre su amplio pecho y sus pesadas botas hundidas en el serrín que cubre el suelo, imponente en su estatura, el gran escudero nos mira con desprecio. A la luz de las lámparas, su tez cerosa parece aún más enfermiza, como si estuviera saturada por un exceso de bilis amarilla: el humor de la amargura y la cólera. A sus espaldas veo cinco palafreneros sujetando, cada uno, tres caballos completamente enjaezados.

Las alumnas se dirigen hacia sus monturas. Es evidente que los caballos se atribuyeron al principio del año, antes de que yo llegara a la Gran Caballeriza. Me corresponde el decimoquinto: un semental tostado oscuro al que le tiemblan los ollares, además de ser el que tiene la cruz más alta.

Tomo las riendas que me tiende el palafrenero con la mano,

173

que no ha dejado de temblar desde que vi las cabezas cortadas de mi familia.

—Se llama Typhon, señorita —me susurra—. La gente dice que es difícil, pero lo único que le pasa es que tiene la sensibilidad a flor de piel. Trátelo con dulzura.

—¡A la silla! —ordena el gran escudero a voz en grito.

El palafrenero suelta las riendas. Tanto él como sus compañeros se refugian detrás de las vallas del picadero.

Es la primera vez en mi vida que monto a caballo. En la Butte-aux-Rats solo teníamos los mulos que se utilizaban para la labranza. Miro enfebrecida a mis compañeras. Todas saben lo que hay que hacer: levantan la pierna hasta el estribo izquierdo para apoyarse y se aúpan a la silla.

Intento imitarlas como puedo, pero, justo cuando mi pie derecho se separa del suelo, el caballo piafa nervioso.

Pierdo el equilibrio y caigo de espaldas sobre el serrín.

174

—Gastefriche, ¿quién la ha autorizado a bajar al suelo? —me pregunta Montfaucon apuntando su larga fusta hacia mí con brutalidad.

Me levanto a duras penas, en medio de las burlas contenidas de varias amazonas.

Vuelvo a agarrar el pomo de la silla e intento subir, pero, en el preciso momento en que me dispongo a sentarme, Typhon se encabrita y me tira al suelo.

Con el hombro dolorido y la boca llena de serrín, hago acopio de todas mis fuerzas. El gran escudero me atosiga:

—¡Vamos! No podemos estar aquí todo el día. Ya sabía yo que su lugar estaba en el convento. Si dependiera de mí, ya estaría en él. Aunque solo fuera para protegerla de usted misma y de su corazón de niña ingenua.

Por el desprecio que percibo en las palabras de Montfaucon, supongo que está al corriente de la excusa que di para justificar mi entrada en el palacio: el falso amor por un vampyro y la debilidad de espíritu que esto supone.

—Sea como sea, hay que plegarse a los deseos de su majestad —concluye suspirando—. En cualquier caso, da igual, apuesto a que no durará mucho en la corte.

Odio a ese hombre, que se venga de forma tan mezquina por haber sido humillado. Odio a esas socarronas, que se sienten tan superiores en lo alto de sus sillas. Odio esta maldita corte, que se mofa del pueblo

Pero, por encima de todo, lo odio a «él», a la persona sobre la que reposa este imperio sanguinario: el rey.

Denigrada y cubierta de serrín, empiezo a urdir una venganza más amplia, más desquiciada respecto a todo lo que he imaginado hasta ahora.

«Hay que plegarse a los deseos de su majestad», ha dicho Montfaucon.

¿Y si yo lo plegara, a él, a Luis el Inmutable, el dueño de la Magna Vampyria? ¿Y si yo lo doblegara con mi estaca, clavándola en su corazón helado?

La idea de esa venganza suprema me estremece como una revelación mística. Si lograra arrastrar conmigo a la nada al Rey de las Tinieblas, mi sacrificio sería apoteósico.

—¡Vamos! —ordena Montfaucon—. ¿Cómo pretende entrar en la corte si ni siquiera es capaz de mantenerse erguida en la silla?

Vuelvo a sujetar la brida de Typhon con las manos húmedas y rabia en el corazón.

Tengo que montarlo, debo hacerlo, el estribo es el primer peldaño de mi ascenso al palacio… ¡al rey!

El semental tira del bocado, su ojo negro gira encolerizado entre las largas crines ondulantes. Media tonelada de músculos contra mí, que apenas peso cincuenta kilos. No puedo rivalizar con él: Typhon me envía a morder el polvo por tercera vez con un movimiento brusco del cuello.

—Creo que es inútil insistir —me vitupera el gran escudero.

175

—¡Denle mi caballo!

El acento corresponde a una sola interna: Poppy cabalga un gran alazán.

—Myrmidon es fácil de montar, señor, y usted sabe que Typhon tiene fama de ser indomable —insiste.

—¡No sea insolente, Castlecliff! —la interrumpe haciendo restallar la fusta contra el cuero de su bota.

Naoko sale también en mi ayuda:

—No es justo dar el semental a la nueva alumna —protesta desde su pequeño caballo gris ratonero—. Yo también puedo dejarle el mío. Calypso es muy dócil.

—¡He dicho que basta! —ruge el director de la Gran Caballeriza—. Castlecliff, Takagari, el curso no lo dirigen ustedes, sino yo. Gastefriche montará a Typhon o no montará. ¡Punto final!

Por cuarta vez me dirijo hacia el semental, cuyo pelaje tornasolado tiembla, agitado bajo las luces de las arañas. Al ver su piel trémula me vienen a la mente las palabras del palafrenero: «Tiene la sensibilidad a flor de piel, trátelo con dulzura».

—Vamos, vamos… —le susurro al oído de forma que solo él pueda oírme, posando una mano en su cuello—. Estoy tan aterrorizada como tú.

Extrañamente, al palpar su fuerza bruta con mis dedos me tranquilizo.

Al mismo tiempo que los latidos de mi corazón se van apaciguando, siento que el inmenso corazón de Typhon frena también el ritmo en su enorme pecho.

Se queda quieto, sin moverse un solo milímetro, mientras meto el pie en el estribo y me siento, por fin, en la silla.

Nadie se burla ya de mí en el picadero. Paso de ser maltratada por el resto de las amazonas a superarlas a todas. Aunque tengo la crin de Typhon agarrada con las dos manos, no tengo miedo de caerme. El calor de sus flancos bajo mis pantorrillas me sosiega. La potencia de sus músculos entre mis piernas me revitaliza.

Hasta el gran escudero me mira con perplejidad, como si no pudiera comprender que el gran semental indomable acepte en su lomo a un jinete tan malo.

—Estoy lista para la corte y para el Sorbo del Rey —proclamo—, quiero presentarme.

Mis palabras se reciben con una serie de exclamaciones ahogadas. Tengo la impresión de oír la voz ronca de Poppy y las maldiciones de indignación de Hélénaïs, pero solo miro a Naoko, haciendo un esfuerzo para sonreírle y recordarle mi juramento: si llego a ser escudera, me negaré a transmutarme en vampyro.

—Tomo nota de su candidatura —gruñe Montfaucon con una mirada torva—, pero se lo advierto, Gastefriche, querer no es suficiente. Su majestad no regala su preciosa sangre a quienes no son capaces de justificar al menos diez cuartos de nobleza. ¿Tiene los papeles en regla?

—Sabe de sobra las circunstancias en que llegué a Versalles, señor —respondo—. No pude traer nada del castillo, ni siquiera ropa adecuada, no digamos documentos, pero le aseguro que la nobleza de los Gastefriche se remonta, al menos, a la época de las Cruzadas.

El gran escudero esboza una mueca.

—Disculpe que no crea en su palabra. Como le dije la otra noche, en estos años he visto entre estas paredes más de un ego inflado. —Carraspea y escupe en el serrín del picadero—. Esta noche enviaré un cuervo a la catedral de Clermont. Pediré al arquiatra que nos envíe el extracto completo de los documentos de nobleza de su familia, que deben de estar en los archivos. ¡En ellos figuran todos los datos, imposibles de falsificar: linaje, antigüedad, escudo de armas y hasta su retrato!

177

14

Los documentos

¿*C*uánto tiempo tardará el cuervo en regresar con la documentación? —pregunto con voz neutra.

—Unos tres o cuatro días como mucho —me responde Poppy enrollando con un dedo un largo mechón de pelo que se le ha soltado del revoltijo de su moño.

—Vamos, Gastefriche, tranquilízate: estoy segura de que el director recibirá tus papeles mucho antes de que se celebre el Sorbo del Rey.

Mi nueva «amiga» aparta hacia atrás el plato del que ha dado buena cuenta y se mete una bola de chicle en la boca. Esta noche el plano de distribución de las mesas nos ha reunido por casualidad. Además de con ella, comparto la cena con Rafael de Montesueño y con tres internos más que no he tenido ocasión de conocer hasta ahora. Poppy ha decidido adoptar el tono más familiar posible para dirigirse a mí, pero no sé si lo hace por verdadera simpatía o por ganarse el favor de una posible rival en la competición para participar en el Sorbo del Rey.

Por el momento, es la última de mis preocupaciones: jamás participaré en esa prueba si el cuervo regresa con unos documentos que contienen un retrato diferente del mío. Diane de Gastefriche no se parecía en nada a mí: tenía los ojos grandes y separados, la nariz respingona y la frente alta y abombada. ¡Montfaucon comprenderá al vuelo que la he suplantado!

—Temo que el cuervo se pierda por el camino, sobre todo porque las tormentas otoñales no tardarán en llegar —comento—. ¿Cómo puedo estar segura de que llegará a su destino? Además…, ¿dónde se supone que lo hará?

—Entrará directamente en las dependencias de Montfaucon —contesta Poppy dejando de masticar por un momento el chicle—. Ese espantajo vive bajo el tejado, en compañía de los búhos y los cuervos.

Palidezco al comprender que es imposible que intercepte el correo antes de que Montfaucon lo lea.

—¡Es una broma, *darling*! —exclama Poppy con el acento inglés que, si antes me parecía encantador, ahora me gustaría hacérselo tragar—. ¡Si vieras qué cara has puesto!

Suelta una sincera carcajada, seguida del resto de comensales. Uno de ellos se ríe más que los demás, como si quisiera atraer la atención de la atractiva morena; el joven en cuestión se llama Thomas de Longuedune y sus ojos brillan cada vez que se posan en Poppy. Solo Rafael permanece impasible.

Pero la risa de la inglesa no tarda en transformarse en un ataque de tos. Se tapa la boca con un pañuelo, supongo que para recuperar el aliento, aunque también podría ser para escupir el chicle.

—Por patán que sea, Montfaucon debe vivir a la altura de su rango —prosigue después de haber hecho desaparecer el pañuelo en un bolsillo de su vestido denim—. Duerme en el primer piso, en una de las habitaciones principales. ¿Qué creías, que anidaba en el granero como un eremita típico de las novelas folletinescas?

—No, por supuesto que no —respondo tratando de contener la risa.

Proserpina Castlecliff se hace la interesante para entretener a la galería, sin saber que en las entrañas de la Gran Ca-

179

balleriza, a espaldas de todos, vive un auténtico eremita…, un prisionero monstruoso, con las manos suturadas, que se alimenta de huesos triturados y que le cortaría en seco las ganas de bromear si lo rozara.

—Los cuervos viajeros llegan a la pajarera —dice de repente Rafael atajando las burlas de la inglesa.

Como cada vez que lo he visto, va vestido de negro de pies a cabeza, siguiendo la moda de la corte de España, de donde me han dicho que es originario. Allí la Facultad está organizada como una Inquisición aún más severa que la francesa y celebran las Tinieblas de manera todavía más fúnebre. Por lo demás, el pasado de Rafael es un misterio. Se muestra tan solitario en el ala de los chicos como Naoko en la de las chicas, son dos extranjeros a los que les cuesta encontrar su sitio en la Gran Caballeriza.

Apunta hacia la ventana con la uña del dedo índice pintada de negro. Tratando de evitar la vista de la maldita reja y de sus macabros trofeos, sigo con la mirada la dirección que señala hasta detenerme en una torrecilla alta y estrecha de piedra que se erige al fondo de la segunda ala. En el aire nocturno, los cuervos entran y salen a través de las aberturas redondas que hay bajo el tejado cónico.

—La pajarera comunica con la oficina de correos —me explica Rafael con su acento español—. Un paje recoge todas las mañanas las cartas que han llegado durante la noche y se las lleva al gran escudero. Los cuervos proceden de toda Europa y también de fuera de ella: las Provincias Unidas, Austria, Castilla, de donde vengo, e incluso de las Indias. —Sus ojos de color verde oscuro se velan—. Si los cuervos pueden recorrer las miles de leguas que nos separan de Oriente, pueden volar fácilmente de Auvernia a Versalles. *Lady* Castlecliff tiene razón, no debe preocuparse, sus papeles no tardarán en estar en el despacho del gran escudero.

Finjo una sonrisa de alivio.

En mi fuero interno, sin embargo, reflexiono sobre la información que acaba de darme: es necesario que entre en la oficina de correos. ¿Cuándo llegará exactamente el cuervo y cómo podré reconocerlo? Aún no lo sé, pero ¡debo interceptarlo como sea!

Paso una noche agitada, sin poder descansar.

Cada vez que logro conciliar el sueño, la espantosa visión de las cabezas cortadas me despierta con un sobresalto.

Por la mañana aparto con dificultad las sábanas, empapadas de sudor. Las contusiones causadas por las diversas caídas del caballo me duelen aún más que en la víspera.

El día pasa lentamente. Escucho distraídamente la lección de conversación de la señora de Chantilly y me limito a evitar la confrontación orquestada por el caballero de Saint-Loup. Al anochecer llega el momento que he estado esperando: entre el final de las lecciones y la cena disponemos de una hora libre para prepararnos.

Escapo de las atenciones de Naoko con el pretexto de que quiero depilarme sola en un cuarto de baño de la planta baja. En realidad, salgo a explorar los pasillos de la Gran Caballeriza. En teoría, los internos pueden ir y venir libremente por el recinto del colegio, pero la torrecilla de la pajarera y la oficina de correos se encuentran en el ala de los chicos. ¿Dejarán que una alumna se introduzca en ella? Mis pasos me llevan hasta la gran escalinata central por la que solemos bajar a cenar a la sala de gala. La cruzo a toda prisa y me adentro en territorio desconocido. Paso por delante de varios guardias suizos adoptando un aire atareado y procurando esquivar sus miradas inmóviles. Nada me detiene, imagino que los alumnos también están arreglándose para la velada.

De repente, se abre una puerta a mi derecha de la que sale una nube de vapor.

Un chico con el torso desnudo y una toalla anudada a la cadera sale por ella, sujetando con sus brazos finamente musculosos un montón de ropa.

Aturdida, reconozco a Tristan de La Roncière, con las mejillas enrojecidas por el calor del baño y el pelo aún mojado.

—¿Diane de Gastefriche? —exclama—. ¿Qué hace aquí?

—Yo…, esto…, estoy buscando la oficina de correos —farfullo apartando la mirada de sus abdominales bien marcados. A continuación, me apresuro a añadir—: La señora Thérèse me ha pedido que vaya a buscar una carta.

—¿De verdad? Espere, me pongo la ropa de día y la guío hasta allí —propone.

Sin darme tiempo a responderle que puedo arreglármelas sola, vuelve a entrar en el cuarto de baño, de donde sale de nuevo al cabo de un instante vestido con su camisa, sus pantalones y sus medias.

182

—¿Por qué la señora Thérèse la ha enviado a usted en lugar de pedírselo a una criada? ¿Porque es usted una campesina? —me pregunta cuando empezamos a andar.

En su cara se dibuja una sonrisa guasona que me gustaría borrar a bofetadas, pero me conformo con reírme sarcásticamente:

—Ja, ja, ja, ¡qué divertido! Pero se equivoca de medio a medio. Me propuse yo, porque se trata de una carta procedente de Auvernia que me concierne directamente y que estoy deseando abrir.

Mientras camina, Tristan me escruta con sus ojos claros de lince, como si estuviera tratando de leerme el pensamiento. Entre sus mechones rubios aún mojados distingo la larga cicatriz que le atraviesa la mejilla derecha.

—Comprendo —dice—. Añora su tierra.

—¡En absoluto! —replico.

Pero no me está provocando. Ya no estamos en uno de los enfrentamientos verbales que tienen lugar bajo la mirada de Barvók: Tristan y yo estamos solos en un pasillo desierto.

—Si ya no recuerda la provincia de la que salió hace apenas unos días, significa que es usted muy fuerte —afirma al mismo tiempo que una expresión nostálgica disipa su aire socarrón—. Es mucho más fuerte que yo. Hace dos años que estoy en la Gran Caballeriza y sigo echando de menos los grandes bosques de mi país. Los tengo grabados para siempre en el corazón… y en la carne.

Se toca la cicatriz de manera instintiva; no es un intento de ocultar un defecto del que se avergüence, sino más bien un gesto espontáneo para hacer emerger un recuerdo.

—Una noche, mientras volvía de cazar, tropecé con un oso. Combatí con él a puñetazos. Jamás he estado tan cerca de la muerte y, por extraño que parezca, jamás me he sentido tan vivo. —Exhala un suspiro—. La Facultad diagnosticó que soy mitad sanguíneo y mitad melancólico. En mis bosques predominaba la sangre: mi corazón latía plenamente mientras cabalgaba solo. Pero aquí, en Versalles, la bilis negra me instila su mortífero veneno. Me siento enjaulado. Algunas noches, cuando pienso en las Ardenas, me entran ganas de llorar.

Esta inesperada confesión me conmueve más que cualquier complicado juego de palabras o indirecta asesina. Hay que ser muy valiente para luchar desarmado contra un oso y aún más para reconocer que se llora, en este colegio donde se castiga al que reconoce sus debilidades.

Al igual que yo, este singular aristócrata procede de una tierra silvestre. Es un cazador solitario con el mismo perfil humoral que el mío. ¿Tendremos más cosas en común? No quiero ni pensarlo, ¡salvo que eso pueda ayudarme a manipularlo para conseguir mi objetivo!

—No se lo digas a nadie, pero creo que jamás me sentiré en casa en la corte —murmura mientras dobla la esquina de un pasillo—. Mi madre me envió para representar a la familia La Roncière. Es una mujer de armas tomar, que administra nuestro feudo con justicia desde la muerte de mi padre,

183

así que haré lo que haga falta para obedecerla, pero mi alma vivirá siempre en los bosques.

—Como la mía, se lo aseguro —digo para reforzar el vínculo que me ha parecido percibir entre nosotros—. Confieso que le mentí cuando le dije que no añoraba mi pueblo. Nos parecemos mucho: somos unos campesinos, como ha dicho. Debemos ayudarnos.

La sonrisa que vuelve a dibujarse en su cara ya no tiene nada de socarrona. Perfecto, me he marcado un tanto.

—Hemos llegado —anuncia deteniéndose ante una puerta de madera tosca, sin decorar.

Llama tres veces.

—¡Adelante! —dice con brusquedad una voz al otro lado.

La puerta se abre a una estancia con las paredes cubiertas de anaqueles donde se apilan unos cajones meticulosamente etiquetados. Detrás de un escritorio hay un viejo sirviente vestido con una librea de color topo, anotando números en un gran registro.

—Diane, te presento a Fulbert, el primer sirviente del ala masculina —dice Tristan.

—Buenos días, señor —saludo—. Me envía la señora Thérèse para saber si ha llegado un cuervo de Auvernia..., de Clermont, para ser más exactos.

El viejo criado me examina por encima de sus quevedos y a continuación saca un registro de su escritorio y empieza a consultarlo.

—Clermont... Clermont... —murmura—. No veo nada. Solo el correo procedente de Plumigny, como todos los días. ¿Quiere que le avise si recibimos algo?

—Se lo agradeceré mucho.

Hago una reverencia que parece divertir a Tristan.

—Es usted una alumna inaudita, nadie se inclina ante un criado —comenta cuando salimos de la habitación—. No hace nada como los demás.

—¡Me encanta hacer reverencias a la servidumbre! —exclamo con fanfarronería, fingiendo ser una esnob insoportable para remediar la metedura de pata—. Me gusta hacer las cosas a mi manera.

—Eso es lo que me han dicho, en efecto. Su escapada de hace dos noches es un fogoso ejemplo. ¡Es usted una auténtica cazadora de vampyros!

Sus palabras me dejan sin aliento.

—¿Qué quiere decir? —balbuceo.

—Que, por lo visto, busca a sus amantes entre los inmortales —responde.

¡Uf! ¡Menos mal! ¡Tristan no sabe nada de la estaca ni de mi intento fallido de asesinato! Solo hace referencia a mi ridícula historia de amor vampýrico. Es evidente que el rumor también se ha propagado entre los alumnos.

—No debe creer todos los chismes que oye, caballero de La Roncière —lo reprendo al mismo tiempo que llegamos a la escalinata.

—No, por supuesto —contesta—. Siempre prefiero tener un testimonio de primera mano. Confío en que el plano de distribución de las mesas nos reúna pronto. Me gusta mucho su compañía y espero que la mía no le disguste demasiado. —Su sonrisa se ensancha de forma imperceptible, teñida de una nueva emoción—. Aunque no tenga el sulfuroso atractivo de un señor de la noche.

Me limito a devolverle la sonrisa. ¿No le soy indiferente? Bueno, es una baza. No dudaré en valerme a mi antojo de este caballero de corazones en la ajustada partida que me permitirá ejecutar mi venganza. Desaparezco en el ala de las alumnas sin añadir una palabra.

Al día siguiente, la espera es angustiosa.

Me cuesta mucho concentrarme en la soporífica explicación

185

de Barvók sobre la variación de la longitud de las colas en función del rango que se ocupa en la corte.

Solo el reencuentro con Typhon durante el curso de arte ecuestre me sosiega un poco. Mi montura se contenta con seguir el movimiento de los demás caballos en el picadero, con un trote dulce, como si quisiera tratarme bien. Agarrada a su crin, le susurro palabras de agradecimiento al oído.

—¡Su equilibrio es deplorable, Gastefriche! —ruge el gran escudero, para el que cualquier ocasión de acosarme es buena—. ¡Parece usted un sapo encima de una caja de tabaco! Y deje ya de susurrar cosas grotescas. ¿Dónde se ha creído que está? ¡Solo los carreteros hablan con los caballos!

Durante la cena, no participo en las conversaciones con mis compañeros de mesa. Me dedico a observar el movimiento de los cuervos en la cima de la pajarera a través de la ventana de la sala de gala, hasta que anochece por completo y no puedo distinguir nada.

Cuando llega la hora de acostarnos, sigo sin saber si ha llegado un correo de Auvernia. Al igual que la noche anterior, me cuesta conciliar el sueño y no dejo de revolverme en la cama. La angustia me oprime el pecho, siento que me ahogo en el nicho que ocupa mi cama con dosel. ¿Fue prudente pedir a Fulbert que me avisara? ¿Y si mi atrevimiento llega a oídos de Montfaucon?

Cuando suenan los doce tañidos de la medianoche en un campanario lejano, no puedo soportarlo más y aparto las sábanas. Descorro la pesada cortina que rodea mi cama y atravieso de puntillas el oscuro dormitorio. Vestida con un camisón, salgo al pasillo. Está desierto: los guardias suizos tienen órdenes de abandonar el piso de las alumnas por la noche y de ir a vigilar las plantas inferiores. De esta forma, puedo llegar al cuarto de baño más próximo sin cruzarme con nadie. Una vez allí, abro la ventana de par en par.

¡Por fin puedo respirar!

Una brisa fresca me acaricia la cara al mismo tiempo que trae el ruido remoto de las fiestas nocturnas que se están celebrando en palacio.

Poco a poco, mis ojos se van acostumbrando a la oscuridad y, por primera vez en varios días, me atrevo a mirar en dirección a la verja.

Las cinco cabezas siguen clavadas en ella —las de mi familia y la de la verdadera Diane de Gastefriche—, pero, en lugar de destacar los espantosos detalles como hace la luz del sol, la dulce luna los rodea con un halo empolvado, casi mágico. Ya no puedo distinguir bien la carne martirizada de mis seres queridos, picoteada por las aves con la misma violencia que padeció la de la baronesa bajo la punta de mi navaja. Solo queda el cabello ondeando suavemente en la brisa.

—Os quiero —susurro con la voz quebrada—. Jamás os olvidaré, y, dondequiera que estéis, os ruego que tampoco me olvidéis. No tardaré en reunirme con vosotros en la muerte, cuando os haya vengado. Detrás de la máscara de Diana, seré siempre vuestra Jeanne, vuestra hija, vuestra hermana.

Siento el deseo incontenible de hablar con ellos como hacíamos en el pasado. Echo en falta los prudentes consejos de mis padres, daría lo que fuera por volver a oír una de las bromas de Bastien, añoro incluso los sermones de Valère.

—Os juro que me vengaré hasta el final —repito temblando de emoción—. Sé que solo tendré derecho a asestar un golpe antes de que me maten. Antes pensaba destinarlo al que ordenó que os cortaran la cabeza, pero ahora quiero infligírselo al que quiso que la clavaran ahí.

Al decir en voz alta el descabellado proyecto de regicidio comprendo su complejidad. ¿Cuántas posibilidades hay de que consiga asesinar al tirano que reina en Vampyria desde hace tres siglos? ¿Una entre mil? ¿Una entre un millón?

Saco del bolsillo de mi camisón el reloj de mi madre, que llevo siempre encima, y lo acaricio con la punta de los dedos

187

como si fuera un amuleto. A la luz nocturna, su superficie de bronce brilla levemente. A pesar de que nunca he sido supersticiosa, siento la imperiosa necesidad de recibir una señal.

—Mis queridos muertos, dicen que el Inmutable os clavó en esas picas para humillaros —murmuro—, pero sé que no es cierto. Habéis vuelto para velar por mí y estáis montando guardia en la verja. ¡Si al menos pudiera abrazaros! ¡Y si pudierais extender los brazos desde vuestro puesto de vigilancia para atrapar al cuervo procedente de Clermont!

Aguzo la oreja a pesar de todo, con la delirante esperanza de oír las voces que se han apagado para siempre.

Solo oigo el soplo del viento, el crujido de las carrozas y los violines ahogados que suenan en el castillo.

¿De verdad no oigo nada más?

¿No me doy cuenta de que una segunda melodía se superpone al minueto saltarín de la fiesta?

188   Una música más sencilla, más triste…, más próxima.

Sí, la oigo al fondo de la oscuridad, más allá del tejado: ¡la melodía melancólica de una harmónica!

Recuerdo bruscamente el tugurio del ermitaño en las entrañas de la Gran Caballeriza, el farol, el montón de huesos humanos medio roídos y la harmónica, que me pareció fuera de lugar.

Aterrorizada, me apresuro a cerrar la ventana del cuarto de baño y corro por el pasillo hasta mi cama.

«¡El prisionero de la Gran Caballeriza sigue merodeando!» Me despierto con esa terrible idea en la cabeza.

En el dormitorio bañado por el sol, el pensamiento me parece irreal. Cuesta imaginar que una presencia monstruosa acecha las inmaculadas paredes.

—Estás muy pálida —observa Naoko mientras desayunamos—. ¿Te encuentras bien?

Es muy amable por su parte inquietarse por mi salud cuando, a juzgar por su semblante de preocupación, debe de haber pasado de nuevo una noche difícil.

—Por lo visto, ayer no digerí bien algo —contesto.

—A mí me sucede lo mismo —exclama Poppy, que no nos deja ni a sol ni a sombra—. El aroma de vuestro café me revuelve el estómago. Ese brebaje siempre me ha parecido repugnante, pero hoy es peor que nunca. Creo que la torta de bogavante de anoche no estaba en buen estado. ¡Puaj! ¡He tenido gases toda la noche!

—Encantadora, con toda la elegancia de una dama inglesa —comenta Naoko alzando la mirada al cielo.

Poppy suelta una carcajada.

—¡No te hagas la estirada, levantina! Eso demuestra que sigo viva y que aún no me he transmutado en vampyro, aunque no tardaré mucho, chicas, os lo prometo.

Naoko se abstiene de hacer comentarios, ya me ha explicado lo que opina de la transmutación. En cambio, Poppy no parece tener tantas reservas. Como la mayoría de la nobleza mortal, salta a la vista que aspira a formar parte del grado superior y para ello debe pasar por la vía real: el Sorbo del Rey.

Empieza una nueva mañana de tortura. Mi corazón se encoge cada vez que el parqué cruje tras la puerta del aula de arte de la conversación. ¿Será un criado que viene a avisarme de que la carta ha llegado? ¿O querrá decirme que el gran escudero la ha leído y va a desenmascararme? Ni una cosa ni otra: la puerta permanece cerrada y los pasos siempre se alejan por el pasillo. El resto del día transcurre de la misma forma, del comedor a la sala de armas y de ahí a la sala de gala. Una vez más, me voy a acostar con la expectativa del correo, y no voy a poder pegar ojo. Al igual que ayer, aguardo a que suenen las doce campanadas de medianoche para escapar de la sofocante prisión en que se ha convertido la cama con dosel; ¡si no respiro un poco de aire fresco, me ahogaré!

189

Sin embargo, cuando voy a entrar en el cuarto de baño, me llevo una sorpresa: la ventana ya está abierta.

Me detengo en el umbral, en alerta, escrutando las sombras.

Un temblor llama mi atención: en el embaldosado hay una gran cesta de mimbre volcada. Algo se mueve en su interior. Cierro sigilosamente la puerta tras de mí y froto mi mechero de yesca para encender la lámpara de aceite que han dejado en el borde de la bañera. Armada con la luz, avanzo lentamente hacia la cesta. Justo aquí, anoche pedí una señal. ¿Y si hubiera llegado? Me agacho poco a poco y dejo la lámpara en el suelo. A la luz temblorosa me parece ver, entre las médulas de mimbre trenzadas, unas plumas negras y brillantes..., sí, ¡unas plumas de cuervo!

—Tranquilo... —murmuro reticente, con el mismo sosiego con el que hablé a Typhon en el picadero.

El pájaro deja de moverse en la trampa, sus patas ya no hacen rechinar el entramado mimbre.

Solo entonces alzo un lado de la cesta. El cuervo domesticado deja que lo coja sin tratar de escapar: en la pata izquierda lleva un fino cartucho de cuero. Se lo quito con delicadeza y vuelvo a poner al pájaro bajo la cesta. A continuación, abro el pequeño estuche y saco el documento enrollado y escrito en papel biblia. Es un pergamino un poco más grueso que mi meñique, pero el papel es tan fino que se desenrolla hasta treinta centímetros. Contiene toda la vida de Diane de Gastefriche contada con una caligrafía minúscula y difícil de leer: su fecha de nacimiento (el 5 de mayo de 281), su bautismo hemático, los títulos y las condecoraciones que le corresponden por herencia, y, por último, la ascendencia de sus padres, que se remonta a veinte generaciones. El pergamino acaba con una viñeta de papel nuevo pegada al documento, el añadido más reciente. Se trata de un grabado donde aparece la baronesa. Enseguida reconozco el retrato que le hizo mi hermano y que vi en la mansión de los Gastefriche la noche en que lo mataron. Una cara etérea, embellecida por el pincel amoroso del artista.

—¿Eres tú el que ha traído el cuervo, Bastien? —murmuro alzando instintivamente los ojos hacia la verja, a través de la ventana.

La razón me dice que eso es imposible, pero ¡a mi corazón le gustaría que mi querido hermano me hubiera tendido una mano desde la muerte!

Escruto la oscuridad, buscando su cabeza.

Ya no está allí.

Ni la suya ni la de Valère, ni la de mis padres, tampoco la de la baronesa: los cinco trofeos fúnebres han desaparecido de los afilados barrotes.

Por encima de la verja, las estrellas brillan con un resplandor implacable. Esos astros indiferentes, que existen desde siempre y que el Rey de las Tinieblas observa todas las noches, parecen mirarme también.

Como si la noche-araña me espiara ávida con sus mil ojos brillantes antes de devorarme viva.

Contengo la sensación de terror cósmico para evitar que se me hiele el cerebro e intento reflexionar. ¿Es posible que las cabezas hayan caído en el patio para que las devoren los molosos, como un último ultraje? Me yergo lentamente, alzando la lámpara por encima de mi frente para iluminar la oscuridad inmensa de fuera. Como era de esperar, la pequeña llama trémula solo alcanza a iluminar las relucientes baldosas, la cómoda donde se apila la ropa y el alféizar exterior de la ventana, donde hay cinco formas redondas. En la penumbra los he confundido con unos jarrones, como los que adornan numerosas ventanas de la Gran Caballeriza, pero ahora caigo en la cuenta de lo que son en realidad.

¡Son las cabezas!

Alineadas por las mismas manos que capturaron al cuervo..., ¡unas manos llenas de cicatrices, imagino!

191

Jadeando, me doy media vuelta agitando la lámpara.

—¡Tú, el prisionero, sal si estás ahí! —murmuro deseando gritar, pero comprendiendo a la vez que he de ser discreta para no alborotar a todo el dormitorio.

A la luz de la lámpara no veo nada, pero sé que el prisionero está cerca, percibo el aroma otoñal que ya respiré en su presencia.

—Eres una criatura abyecta —digo hipando—. ¿Quieres comerte esos restos? ¿Los has traído para engullirlos delante de mí? ¡Te lo impediré, monstruo asqueroso!

No espero ninguna respuesta a mis palabras ahogadas. La bestia con forma humana permaneció muda la primera vez que nos vimos, es evidente que no puede hablar. Pero no puedo por menos que reconocer que es inteligente, porque anoche me escuchó y comprendió lo que yo decía mientras suplicaba delante de la ventana creyendo que nadie podía oírme. Es la única explicación posible. Pedí en voz baja el cuervo de Clermont, y el ermitaño me lo ha traído. Expresé el deseo de besar por última vez a mis seres queridos y el ermitaño me ha traído sus cabezas. A la manera de un genio demoniaco, ha colmado mis deseos, pero ¿a qué precio?

A pesar de que trato de no mirar las cabezas, no puedo evitarlo. Tienen las órbitas hundidas, sin los globos oculares, que se han comido los pájaros. Los ojos han sido reemplazados por unos guijarros blancos, pulidos y redondos, que les confieren una mirada irreal, casi serena. Hasta su piel parece haber sido recosida con esmero en los puntos en que se clavaron los picos, y los rastros de sangre han desaparecido por completo. Si antes de ayer los restos me parecieron horribles, por el estado de descomposición, esta noche dan la impresión de haber sido objeto de los arreglos mortuorios más respetuosos. También el de Diane de Gastefriche, que, a pesar de seguir estando irreconocible, ya no me inspira disgusto, sino más bien una inquietante sensación de extrañamiento: el embalsamador ha juntado la carne apuñalada y ha realizado tres largas suturas —una para la boca y dos para los párpados—, de forma que la cara de la baronesa parece ahora la de una muñeca de trapo.

Como haciendo eco a mis pensamientos, en la noche se oyen unas largas notas de harmónica.

Me inclino por encima de las cabezas y veo una silueta oscura pegada al canalón más próximo, pero, antes de que el halo de mi lámpara pueda iluminarla, huye por las alturas con la agilidad de un mono.

—¡Espera! —grito.

Al darme cuenta de que he alzado la voz, me tapo la boca con una mano.

En ese instante, oigo girar a mis espaldas el picaporte del cuarto de baño y el chirrido de las bisagras.

¿Cómo es posible que alguien se haya alertado ya por mi grito?

La puerta se abre dando paso a una corriente de aire.

El viento alza el pergamino que he dejado en el suelo, al lado de la cesta de mimbre. Vuela hasta el marco de la puerta, donde una mano lo sujeta.

La mano de Naoko, que va vestida con ese camisón oriental al que llama «kimono».

—¿Qué ocurre, Diane? —murmura levantando la palmatoria que lleva en la otra mano para verme bien—. Sabes que tengo el sueño ligero: me desperté y vi que tu cama estaba vacía, así que salí a buscarte.

Naoko y su maldito insomnio. ¡De haberlo pensado, habría bloqueado la puerta del cuarto de baño!

—¿Aún estás enferma, como anoche? —me pregunta.

—Yo… estoy bien —balbuceo cerrando la ventana para que no pueda ver las cabezas en el alféizar exterior—. Necesitaba tomar un poco de aire fresco, eso es todo. Puedes volver a la cama, pero antes dame ese pedazo de papel.

Me precipito hacia ella.

VICTOR DIXEN

Los ojos, más hinchados que nunca, y el moño hecho a toda prisa al salir de la cama parecen indicar que aún está medio dormida, suficientemente aturdida para que le pueda quitar el documento antes de que lo lea.

—Solo es un borrador —me apresuro a explicarle—, ideas para el próximo curso de arte de la conversación.

—Un borrador, ¿bromeas? —replica plegando los párpados y acercando la palmatoria al pergamino—. El retrato está magníficamente dibujado, no me dijiste que tenías dotes de artista. ¿Quién es la joven?

—¡Dámelo!

Intento arrancárselo de las manos, pero ella se zafa de mí.

—¿No quieres decírmelo? Pues no es ningún secreto, porque el nombre figura aquí con todas sus letras. —Sus párpados hinchados se abren atónitos mientras lee el título de los documentos de nobleza—: ¿Diane de Gastefriche?

194

15

La verdad

—No es lo que crees —digo con voz ronca y un nudo en la garganta.

Pero sé que el reflejo de negarlo todo es inútil. Naoko está ahora completamente despierta. Por la forma en que me mira, sé que ha comprendido mi secreto.

—¿Y qué se supone que debo creer? —murmura con acritud—. ¿Puedes decírmelo tú, «amiga de verdad»?

La expresión, que he empleado en varias ocasiones para asegurarle que mi amistad es sincera, la siento como una puñalada.

Ni siquiera intento cogerle el pergamino, ya no sirve para nada.

Estoy en sus manos, quizá me denuncie apenas salga del cuarto de baño…

¡A menos que no salga de él!

Una imagen brota en mi ánimo enloquecido: la de mis manos alrededor de su fino cuello, apretándolo hasta que nunca más pueda hablar. Me apoyo en la bañera para no tambalearme. Hace apenas unos días habría afirmado que era necesario eliminar cualquier obstáculo que me impidiera llevar a cabo mi venganza. El problema es que Naoko ha sido extremadamente amable conmigo desde que llegué a la Gran Caballeriza. Enseguida me puso bajo su protección. Me perdonó que le mintiera ocultándole cosas. Deploró la manera inhumana con que los vampyros trataban a los restos de sus enemigos. En pocas palabras, contradijo por completo mis prejuicios, que me llevaban a considerar iguales a todos los nobles.

—Puedo…, puedo explicártelo todo —farfullo.

—No quiero explicaciones —replica—. Quiero la verdad. ¿Quién eres realmente?

Ha llegado el momento que más temía: debo quitarme la máscara.

O mato a Naoko, o se lo cuento todo.

No queda otra.

—Me llamo Jeanne —digo con reticencia—, Jean Froidelac.

Al pronunciar esas palabras tengo la impresión de que mi piel se desgarra, como si arrancara una máscara cosida a mi cara.

196 —No soy noble —suelto de golpe, despedazando la mentira—. Soy una plebeya. Soy hija de las personas cuyas cabezas viste clavadas en la verja.

Los ojos de Naoko se abren desmesuradamente, incrédulos.

Bajo el flequillo negro, su cara devorada por las sombras se estremece.

—Por eso te pusiste tan pálida cuando las viste el otro día —murmura—. Ahora entiendo por qué desconoces las maneras de la corte, las preguntas que me hiciste sobre cosas que me parecían evidentes, incluso la ansiedad que te producía recibir los documentos de nobleza…, debería habérmelo imaginado.

El pánico me encoge el estómago: ¡ahora se dará media vuelta e irá directamente a ver al gran escudero!

En un reflejo propio de un animal acorralado, le agarro el puño para impedirle que escape; Naoko suelta la palmatoria, que se apaga; llego a tiempo de sujetarla antes de que caiga al suelo.

Permanecemos un segundo quietas en la penumbra silenciosa, cogidas la una a la otra, como suspendidas: por poco, el ruido del metal al chocar con las baldosas no ha despertado al dormitorio.

—¡No se lo digas nunca a nadie, si no…! —la amenazo.

—Si no, ¿qué? ¿Me matarás? —replica.

Su extrema calma contrasta con mi pánico.

Cómo ha exteriorizado en voz alta la pulsión asesina que atravesó mi mente hace unos instantes me deja estupefacta.

Las palabras desbordan mis labios temblorosos en un batiburrillo incomprensible:

—Yo…, yo…, yo no…

—¿Me matarás como tu familia mató a la verdadera Diane de Gastefriche?

—¡Cállate!

Los ojos negros de Naoko brillan fugazmente.

—Fuiste tú, ¿verdad? —me acusa—. ¿La asesinaste tú?

Le tapo la boca con una mano para que se calle, presionando con todas mis fuerzas, consciente de que puedo ahogarla.

Pero ella, con un gesto preciso, gira mi mano, me aferra el brazo y me tira al suelo.

Ruedo por las duras y frías baldosas para amortiguar la caída y, sobre todo, para atenuar el ruido.

¿La puerta del cuarto de baño ha ocultado nuestra pelea? Nada perturba el silencio: ni un grito de alerta ni unos pasos precipitados. Solo se oye la palpitación de mi corazón, que retumba en mis sienes.

—¿Qué me has hecho? —susurro apartándome el pelo de los ojos.

—Una llave de *aiki-jujutsu* —murmura Naoko—. Consiste en volver la fuerza del adversario contra él. Si alzas la mano sobre mí, tengo muchas llaves más. —Se planta delante de la puerta con los brazos cruzados sobre el kimono—. Cuéntame el resto.

Me levanto jadeando.

Alrededor de nosotras, el cuarto de baño solo está iluminado por la lámpara de aceite que ha quedado en el suelo. La seda blanca del kimono atrae sus destellos; está adornada con unas flores de cerezo que Naoko pintó a mano.

—Diane me sirvió de escudo cuando su padre apuntó su espada hacia mí —le explico—. Soy una cobarde, pero se trataba de ella o de mí, y era necesario que yo viviera. Tenía que venir a Versalles suplantando su identidad para vengar a mi familia. —Inspiro hondo—. Alexandre de Mortange no es mi amante, como he hecho creer a todos, sino el asesino de mis padres y mis hermanos. La otra noche no fui a la Gran Caballeriza para reunirme con él, sino para clavarle una estaca en el corazón.

Ya está: se lo he contado todo.

Me siento vacía, igual que el cielo de la semana pasada después de la tormenta.

—¿Qué vas a hacer ahora conmigo? —pregunto a Naoko.

Los ojos negros de la joven japonesa jamás me han parecido tan impenetrables, parecen los de una gata que me sujeta bajo sus garras.

Levanta la mano donde tiene los documentos nobiliarios, la prueba irrefutable de mi engaño.

—¿Qué voy a hacer? —repite—. Pues ayudarte a falsificar este documento, ¡claro! Dicen que tengo un buen trazo, pero hemos de darnos prisa.

—¿Tú… me vas a ayudar? —articulo a duras penas, atónita.

—¿No es eso lo que se supone que debe hacer una amiga de verdad? Tú lo has sido, por fin. Eso explica los silencios entre nosotras. También la razón por la que quieres convertirte en escudera del rey. Además, ahora estoy completamente segura de que nunca aceptarás la transmutación. Has roto el silencio y por fin puedo confiar en ti.

Siento que en mis entrañas se forma una bola caliente, un impulso de gratitud solar en medio de esta noche fría, en este colegio hostil.

—¡Sí, Naoko, puedes confiar en mí! —asiento—. ¡Total, absolutamente! ¡No volverás a dudar de mí!

Mi amiga sacude la cabeza.

—Espérame aquí. Voy al dormitorio a coger el estuche, el cuaderno y el tintero.

Me entrega los documentos nobiliarios y acerca la palmatoria a la lámpara de aceite para volver a encender la llama. Acto seguido, desaparece sigilosamente en la penumbra del pasillo. No temo que me traicione: si hubiera querido hacerlo, le habría bastado gritar.

Mientras permanezco sola en el cuarto de baño, recuerdo de repente al prisionero suspendido en el canalón. Vuelvo a abrir la ventana, febrilmente: las cabezas han desaparecido del alféizar exterior. Supongo que se las ha llevado la misma persona que las trajo para que pudiera despedirme de ellas. ¿Dónde estarán ahora? ¿Se las habrá llevado a su tugurio para devorarlas?

Naoko ya ha regresado.

—Todos duermen a pierna suelta y no hay ningún guardia suizo en la planta —dice sentándose en el suelo—. Aprovechémonos, manos a la obra.

Coloca rápidamente su material artístico cerca de la lámpara de aceite y de la palmatoria, y saca del bolsillo de su kimono un cuaderno de dibujo con las hojas finas.

—Llena este recipiente de agua y hazla hervir poniéndola encima de la llama de la vela —me pide señalando una jabonera que se encuentra en una esquina de la pila—. Con el vapor despegaremos la viñeta donde aparece la difunta. Entre tanto, te haré un retrato.

Hunde la punta de su pluma más fina en el tintero y empieza a dibujar aplicadamente. Mientras la observo recuerdo

199

el cuidado con el que Bastien realizaba sus dibujos a lápiz del natural: Naoko levanta los ojos igual que él, como si quisiera robarle los trazos al modelo.

—No sé cómo agradecértelo —murmuro conmovida.

—Luego hablaremos de eso —contesta al mismo tiempo que sus ojos van y vienen febriles de mi cara al cuaderno—. Por el momento, no te muevas si quieres que tu retrato se parezca a ti.

Parecerse es poco: cuando Naoko me lo tiende una vez terminado, tengo la impresión de verme reflejada en el papel como si estuviera delante de un minúsculo espejo. Entre tanto, la antigua viñeta se ha despegado de los documentos nobiliarios. Naoko la hace arder en la llama de la vela. A continuación, aplicando la cola que ha sacado de su estuche, fija la nueva viñeta en el punto que ha quedado libre. La falsificación es perfecta.

—¡Ya está, Jeanne! —dice—. O debería decir: Diana, según reza en tus papeles. Ahora hay que enviárselos al gran escudero. ¿Cómo podemos hacerlo?

—El cuervo —respondo señalando la cesta.

Naoko frunce el ceño.

—¿Has conseguido capturar sola, con tus pequeñas manos, un cuervo viajero? Te felicito. Mi maestro de *aiki-jujutsu* se sentiría orgulloso de ti.

—No lo capturé yo, Naoko. Ahí fuera hay alguien, o algo. Una criatura extraña, una especie de monstruo, que aún no sé si considerar un demonio sanguinario o un ángel de la guarda.

Naoko esboza una leve sonrisa.

—En ese caso, digamos que es un «demonio de la guarda». Al que hay que añadir el guaperas inmortal; hay que reconocer que frecuentas a gente muy rara. Pero ya me contarás eso luego. Hemos de darnos prisa.

Me ayuda a levantar la cesta y a volver a poner el cartucho con los documentos nobiliarios falsos en la pata del cuervo.

Agarro con delicadeza al pájaro negro y me acerco a la ventana.

El mensajero alza el vuelo en la noche, en dirección a la pajarera: el destino de su viaje desde Clermont.

—Diane, el señor de Montfaucon quiere verla en su despacho —me dice la señora Thérèse al terminar el desayuno.

Por fin ha llegado el momento de la verdad, que espero con ansiedad desde que me desperté.

Miro a Naoko y mi amiga esboza una discreta sonrisa como si quisiera tranquilizarme y asegurarme de que todo va a ir bien. Después, sigo los pasos de la gobernanta hasta el despacho del gran escudero.

La última vez que entré en esa estancia estaba anocheciendo, de manera que guardo de ella un recuerdo lúgubre. En cualquier caso, a la luz del día el despacho no es más alegre, al contrario. Ahora puedo ver mejor el contenido de los tarros que están alineados en los estantes: manos, algunas enteras, otras cortadas por el antebrazo o por la muñeca, y otras a las que les faltan varios dedos. Las uñas, enormes y amarillentas, parecen garras de animales feroces.

Con un ademán de la barbilla, cubierta por una perilla hirsuta, Montfaucon me ordena que me siente en la pequeña silla que hay delante de su amplio escritorio.

—He recibido sus documentos —me anuncia con aire sombrío—. Hay que ver cómo se ha burlado de mí.

Todos mis músculos se tensan.

«¡Lo sabe! ¡Ha descubierto el engaño!»

—No sé a qué se refiere, señor —balbuceo.

—No se haga la inocente —ruge.

—Se lo aseguro.

—¡Cállese! ¡Ha pretendido hacerse pasar por algo que no es!

201

Mi mirada se posa en una de las macizas piezas de bronce en forma de caballo desbocado que hay en una esquina del escritorio. ¿Seré suficientemente fuerte para levantarla y dejar inconsciente con ella a ese animal?

—¡Sus antepasados no se remontan a las Cruzadas, como tuvo el descaro de afirmar, sino solo a las guerras con Italia! —dice a voz en grito.

Su acusación me deja sin palabras.

—¿Las... Cruzadas?

¿Por eso ha perdido los estribos?

—Le dije que no soporto las fanfarronadas —prosigue con firmeza—. En la corte ya hay demasiados megalómanos y no quiero que mi escuela contribuya a aumentar el número. Sobre todo entre los escuderos del rey.

No puedo dar crédito a lo que estoy oyendo.

Hace un instante creía que me habían descubierto, pero es justo lo contrario: el gran escudero me acaba de anunciar, a su pesar, que mi candidatura es válida.

—¿Significa eso que puedo participar en el Sorbo del Rey? —pregunto.

—¿No es lo que quería? —contesta desdeñoso—. ¿No pretende ocupar un lugar de primer rango en la corte? ¿No desea que la transmuten, cueste lo que cueste, como lo demuestra su deplorable idilio con un vampyro poco recomendable?

Contengo la risa de alivio y nervios que sube por mi garganta, tratando de parecer impasible.

—Haré todo lo que esté en mi mano para ser digna del favor real —afirmo.

—Sí, claro —masculla Montfaucon—. Guarde sus zalamerías para otros. —Sorbe ruidosamente frunciendo la nariz con aire disgustado—. Seré claro, Gastefriche: no la aprecio, no me gusta su arrogancia de pequeña arribista sin escrúpulos. Así que lárguese. Vuelva a sus clases y procure pasar desapercibida.

Justo cuando me levanto para marcharme, mi mirada se

detiene de nuevo en las repugnantes manos conservadas en formol. Me viene a la mente la siniestra reputación de los antepasados del señor de Montfaucon, la estirpe de verdugos al servicio de Vampyria.

Los ojos del director brillan bajo su blanda peluca.

—¿Le interesa mi colección de patas de gules? —me pregunta a bocajarro.

—¿Patas de gules? —digo hipando.

Al igual que las estirges, son otras de las abominaciones generadas por las Tinieblas, que hasta hoy consideraba legendarias. Se cuenta que esos seres caníbales acechan en los cementerios al caer la noche para alimentarse con restos humanos.

—En Auvernia no hay gules —balbuceo.

El gran escudero suelta una carcajada despectiva.

—Claro que no. El puebluncho donde vivía no tenía suficientes habitantes para atraer a esos carroñeros. En cambio, pululan por Versalles y París, es una verdadera plaga; los cementerios y las fosas comunes están llenos a rebosar.

Hipnotizada por las inmundas muestras, pienso en el prisionero de la Gran Caballeriza y en los restos humanos medio roídos que vi en su guarida. Sentí que su cuerpo emanaba un frío cadavérico, no tan intenso como el de los vampyros, pero hasta tal punto perceptible que señalaba la presencia de las Tinieblas. Es evidente que estuve en compañía de una abominación. ¿Será un gul? No sé, su mano parecía humana, a pesar de las cicatrices, muy diferente de los apéndices deformes que marinan en los tarros.

—Por lo visto, le atrae todo lo morboso —dice Montfaucon haciendo rechinar los dientes. Sus palabras me arrancan del ensimismamiento—. Supongo que le gustaron las cabezas que exhibimos en la verja en su honor, pero ha de saber que el espectáculo ha terminado. Esta mañana pedí a los guardias suizos que las retiraran. Igual que usted debe retirarse ahora para que pueda trabajar en paz.

203

Dicho esto, hunde la nariz en sus expedientes y no vuelve a mirarme.

Cruzo el pasillo para ir a la lección de arte cortés, atormentada por el nuevo misterio, uno más en ese lugar, donde parecen abundar. El gran escudero ha querido hacerme creer que él ordenó que retiraran las cabezas en pleno día, pero sé que eso es falso.

¿Por qué me habrá mentido Montfaucon?

¿Sabe que en su colegio habita un monstruo?

¿Quién es esa criatura? ¿Quién?

16

Progresos

$\mathcal{M}$is preguntas sobre el prisionero de la Gran Caballeriza quedan sin respuesta en los días y semanas siguientes. Después del extraño episodio de las cabezas cortadas, el monstruo no vuelve a dar señales de vida y el ritmo trepidante de los cursos ocupa demasiado mi cerebro como para dejar que se dedique a ir tras una quimera.

A ojos de los internos y los profesores, la «novata» ha dejado de serlo: todos han comprendido que he llegado para quedarme. Incluso Hélénaïs parece haber optado por ignorarme, como si formara parte del mobiliario, para poder concentrarse en las lecciones y vencerme limpiamente cuando compitamos por el Sorbo del Rey.

Cada vez domino mejor el personaje de baronesa provinciana, su manera de pensar, el pasado que inventé a partir de lo que sabía sobre la auténtica Diane de Gastefriche. Cada día me parece más fácil interpretar ese papel, aunque también más vertiginoso. Jeanne y Diane, dos nombres que suenan casi parecidos, como las dos caras de una moneda. De día solo existe la cara: la máscara detrás de la que me oculto. De noche, sin embargo, amparada tras las gruesas cortinas de mi cama con dosel, vuelvo a ser la cruz: aquella cuyo nombre no se puede pronunciar. Allí, en la oscuridad total donde nadie puede espiarme, me convierto de nuevo en Jeanne. Abro mi silencioso reloj de bolsillo, que se detuvo para siempre a las siete y treinta y ocho minutos, igual que el corazón de mi madre, que dejó de latir de forma permanente.

«La libertad o la muerte», reza el lema grabado en el interior de la tapa.

He elegido la muerte.

Porque la libertad no tiene sentido en un mundo donde los míos ya no están.

Porque la muerte es el precio que debo pagar por tratar de eliminar al principal responsable de su desaparición: el Inmutable.

Poseída por esa delirante obsesión, me dedico en cuerpo y alma a mi formación. Me resulta más fácil con Chantilly y Saint-Loup. La mayoría de los internos creen que los campesinos son unos iletrados, pero, a menudo, la educación que me dieron mis padres me permite eclipsarlos en el arte de la conversación. En cuanto a las artes marciales, tengo que aprender a manejar el sable y la espada, pero el tiempo que pasé cazando en el bosque afinó mis reflejos guerreros; además, los años de práctica con la honda me ayudan a apuntar correctamente con la pistola.

Con el arte ecuestre me cuesta más, lo reconozco, a pesar de que Typhon se comporta bien y sigue las lecciones con una docilidad que tiene a todos sorprendidos; cuando se trata de hacer una demostración de adiestramiento en solitario, en el picadero solo estamos él y yo. El gran escudero aprovecha para insultarme, criticando mi manera de sujetarme a la crin, lo mal que coloco mis ayudas y mi deplorable equilibrio. Lo acepto todo sin protestar, intentando sacar provecho de las lecciones, a pesar de los reproches. A finales de octubre, los candidatos al Sorbo del Rey deberán representar un carrusel: una danza ecuestre perfectamente coordinada.

En cualquier caso, las mayores dificultades las tengo en el

arte cortés. Me cuesta mucho aprender los usos y costumbres de una corte que me horroriza. Suelo liarme al elegir los cubiertos en la mesa, las reverencias las hago demasiado bajas o altas, me confundo en el orden de precedencia; en resumen, maltrato la etiqueta con mil pequeñas excentricidades que hacen estremecerse a Barvók. Por suerte, puedo contar con la ayuda de Naoko, que destaca en esa materia. Mi amiga me da consejos, volviendo a los errores que he cometido y analizándolos con detalle para ayudarme a corregirlos. Siempre me llama Diane. Solo emplea el nombre de Jeanne mientas nos arreglamos para la velada, cuando nos encerramos en el cuarto de baño antes de ir a cenar. Allí, al amparo de posibles oídos indiscretos y con los grifos abiertos para ahogar nuestros susurros, nos contamos nuestras vidas. Mientras adorna su moño, Naoko me describe su país natal y sus extrañas costumbres. Según cuenta, la corte imperial japonesa es tan cruel y está tan organizada como la de Versalles. Yo, en cambio, le hablo de Auvernia mientras me peina: el aburrimiento de los monótonos días, la alegría de mis incursiones en el bosque, las discusiones con mi madre, que ahora, comparadas con la lucha en la que sé que combatía, me parecen ridículas.

207

—Me cuesta creer que mis padres practicaran la alquimia de forma clandestina —le confieso una noche.

—La alquimia está mucho más extendida de lo que se piensa, a pesar de estar oficialmente prohibida —me responde—. Los médicos del emperador de Japón sienten verdadera pasión por ella, igual que los doctores de la Facultad Occidental.

La escruto bajo su flequillo negro.

—¿Qué es la alquimia, en realidad? —le pregunto.

—La manipulación de los humores —contesta bajando la voz, a pesar de que ya estamos susurrando.

—¿Los humores? ¿Te refieres a los que circulan por el cuerpo de los seres vivos: la flema, la sangre, la bilis amarilla y la negra?

—Más un quinto, propio de los inmortales: la tinieblina.

Pierdo la voz unos segundos: el gorgoteo del agua y el estruendo de las tuberías llenan el silencio.

—¿Las Tinieblas son un humor? —logro decir al final.

Las temo desde que era una niña, pero jamás he sabido definirlas con claridad.

Naoko niega con la cabeza.

—Las Tinieblas son más bien una energía que se manifiesta de varias maneras: helando el clima, haciendo nacer seres abominables o resucitando cadáveres. En las venas de los vampyros esa energía mística se condensa en la tinieblina o, al menos, eso es lo que dice la Facultad.

Recuerdo el sentimiento de horror cósmico que experimenté en los jardines, cuando mis ojos se hundieron en los del rey a través de las ranuras de su máscara. Creí que había caído en un vacío intersideral, pero era la tinieblina, una sustancia tan oscura como el espacio, la que saturaba la mirada real.

—Por eso los inmortales erigieron la medicina en la nueva religión del mundo y se rodean de sacerdotes-médicos —explica Naoko—. No solo para extraer la sangre del pueblo, también para intentar comprender el humor sobrenatural que es exclusivo de ellos. —Se ajusta el moño con ademán nervioso—. Pero ya está bien de hablar de esos horrores que nos sobrepasan. Acabemos de arreglarnos para la cena si no queremos acabar convertidas en cubitos de hielo.

Tiene razón. Si nos quedamos demasiado tiempo en la habitación, cubierta de azulejos helados, enfermaremos. Casi ha anochecido. Barvók nos aguarda abajo, en la sala de gala. Es hora de volver a interpretar el papel de baronesa.

—Hoy es 3 de octubre, de manera que solo queda un mes para el Sorbo del Rey —nos anuncia la señora Thérèse a la mañana siguiente durante el desayuno.

A estas alturas, todas las alumnas que quieren participar ya se han presentado. Son la mayoría: doce jóvenes compitiendo por el puesto de nueva escudera del rey. Naoko, una de las tres que han preferido no presentarse, me lanza una mirada de ánimo por encima de su taza de té. El respaldo de Poppy es menos sutil: me da una palmada en la espalda que casi me hace tirar el café con leche.

—¿Quién nos lo iba a decir, bella campesina? —exclama en tono malicioso—. Hace apenas un mes te dedicabas a los concursos de animales en tu pueblo, y ahora, mírate, candidata al honor supremo. ¡Si te haces con esa escarapela, la oveja Pâquerette podrá irse por donde ha venido!

La manera en que Poppy recuerda el mote que le puse a Hélénaïs es en parte divertida, pero sus ojos marcados con kohl brillan feroces sobre su sonrisa jovial. Sabe que solo hay una escarapela en juego, solo una.

—En los últimos cuatro días del mes de octubre tendrán lugar cuatro pruebas eliminatorias sucesivas —recuerda la señora Thérèse citando un reglamento que nos sabemos ya al dedillo—. El 28 se realizará la prueba de arte cortés, en la que se seleccionarán las seis participantes más refinadas; el 29, la de arte ecuestre, para elegir a las tres mejores amazonas; el 30 tendrá lugar la prueba de arte de la conversación, que concluirá con el triunfo de las dos internas más ingeniosas, y el 30 se llevará a cabo la prueba de arte marcial, que consiste en un duelo entre las finalistas. Esa misma noche, a las doce, el rey celebrará el ritual del Sorbo con los vencedores, chico y chica, tras lo cual se procederá a armar a los dos nuevos escuderos.

Sonrío a Naoko. La primera prueba eliminatoria versa sobre la materia en que me desenvuelvo peor, así que en las próximas cuatro semanas voy a necesitar toda su ayuda para colmar mis lagunas.

La señora Thérèse prosigue:

—Como saben, señoritas, existe un quinto arte noble: el arte vampýrico, que solo enseñamos a las veteranas. Sobre este arte, el más refinado, no existe prueba alguna, pero es necesario dominar algunos de sus aspectos antes de entrar en la corte.

No sé muy bien qué es el arte vampýrico, pero me temo lo peor. Me parece odioso que la gobernanta lo califique de refinado. A pesar de ser una plebeya, imagino que hace mucho tiempo que no han sangrado su piel, ya que el puesto que ocupa en la Gran Caballeriza implica ciertos privilegios. En un primer momento, cuando llegué a la escuela, albergué la esperanza de ganármela como aliada, pero hace tiempo que comprendí que se dedica en cuerpo y alma a Vampyria.

—Esta noche recibirán la primera lección —añade—. Siguiendo la tradición de nuestro colegio, tendremos el honor de recibir en la Gran Caballeriza a dos de los antiguos alumnos más prestigiosos. Me refiero a los que conquistaron el Sorbo del Rey el año pasado: Suraj de Jaipur y Lucrèce du Crèvecœur.

Me viene a la mente el escudero que me acompañó a la escuela la noche de mi huida, hace casi un mes. La imagen es muy confusa, porque en ese momento me sentía exhausta y turbada, y apenas conseguía mantenerme de pie. Recuerdo tan solo su turbante de color ocre, en contraste con la moda de Versalles, su tez cobriza y la gravedad que emanaba su persona. En cuanto al nombre, Jaipur, evoca al Lejano Oriente.

Aguardo a que llegue la hora en que Naoko y yo nos arreglamos para cenar en nuestro cuarto de baño para preguntarle sobre ellos:

—Dado que el año pasado estabas ya en la Gran Caballeriza, ¿conoces a los dos escuderos que van a venir a darnos clase?

Mi amiga asiente con la cabeza.

—Sí, los conozco. Eran los más dotados de la promoción de los mayores, además de los más duros, porque nadie se convierte en escudero del rey sin haber combatido.

Por su mirada sombría comprendo que se refiere a la dureza que deberé demostrar durante la competición si de verdad quiero salir vencedora.

—La crueldad de Hélénaïs no es nada comparada con la de Lucrèce —agrega—. Después de beber el Sorbo del Rey, las Tinieblas hicieron emerger su auténtica naturaleza, la de una furia feroz. Es un ave rapaz tan hermosa como despiadada. En cuanto a Suraj, es un caballero *rajput*, descendiente de una casta ancestral de guerreros hindúes. Es originario de Jaipur, uno de los reinos más poderosos de los muchos que integran las Indias. Según dicen, el marajá de Jaipur envió a su mejor espada a Versalles para pedir ayuda al Inmutable, con el objetivo de sellar una alianza militar.

Las palabras de Naoko me recuerdan las de la princesa Des Ursins, que oí por casualidad en los jardines reales. La ministra dijo que el subcontinente indio estaba amenazado por las estriges: imagino que por eso el marajá de Jaipur envió un emisario a la corte de las Tinieblas.

—Suraj peleó como un tigre para entrar en la guardia del rey y ganarse su confianza —explica Naoko—. No sé si ha logrado lo que se proponía con el soberano. Cuando llegué a la Gran Caballeriza, hace dos años, el origen oriental nos unió por breve tiempo, pero después no he vuelto a hablar con él.

Viendo cómo le tiemblan los labios de color carmín, intuyo que fue algo más que un simple acercamiento.

—Suraj y tú estuvisteis… ¿juntos? —murmuro.

Naoko esboza una leve sonrisa.

—No, nunca he estado con nadie —dice.

La infinita soledad de esta extraña joven me parte el corazón, igual que me sucedió el día que nos conocimos, cuando me confesó que había aprendido sola a peinar y pintar.

211

—Por lo demás, el corazón de Suraj estaba ocupado mientras vivió en la Gran Caballeriza —añade—. Nadie lo sabe, yo me enteré el año pasado durante un paseo nocturno, una noche en que, una vez más, no podía dormir. Desde una de las ventanas del pasillo vi a Suraj cruzando el patio para refugiarse en las cuadras con una persona.

—¿Quieres decir que Suraj tenía una relación con una interna?

Naoko niega con la cabeza.

—No era una, sino «uno». Esa noche vi a uno de los cadetes, el caballero Rafael de Montesueño, entrar a hurtadillas en los establos con Suraj. Y esa fue solo una de sus numerosas citas nocturnas.

Me quedo sin aliento.

En el corazón de esta escuela conservadora laten pasiones muy humanas. No quiero ni pensar el oprobio que puede suscitar el idilio entre dos amantes del mismo sexo en una corte tan patriarcal y obnubilada por la etiqueta como esta, que prohíbe las relaciones entre chicas y chicos.

—No se lo he dicho a nadie, por supuesto —concluye Naoko—. No me gusta revelar secretos ajenos; en cualquier caso, Suraj terminó con ese amor prohibido cuando entró al servicio del rey, como deseaba el marajá. Ya no es dueño de su destino: el Inmutable maneja personalmente los matrimonios de sus escuderos. Estoy segura de que ordenará a Suraj que regrese a las Indias para representar a Francia. A menos que muera antes, cumpliendo con su cometido. He oído decir que desde que está en la corte, hace un año, pide que le encomienden las misiones más peligrosas, como si deseara morir.

Reflexiono un instante sobre esas palabras, que arrojan una nueva luz sobre la tristeza que percibí en los ojos de Rafael cuando recordaba los cuervos que llegaban a Versalles procedentes de un lugar tan remoto como las Indias. En cuanto a sus trajes, siempre negros, presiento que no responden solo a la moda española: el negro es, además, el color del luto por un amor.

A la hora de cenar, como en respuesta a la conversación que he mantenido con Naoko, el azar sienta conmigo a la mesa a Tristan y a Rafael, igual que ocurrió el día en que llegué a la Gran Caballeriza.

En ese primer encuentro, el joven español me pareció enseguida amistoso, aunque un poco arisco; ahora que conozco su secreto me resulta aún más simpático: al igual que yo, debe representar un papel. Me gustaría hablar con él, decirle que tuve un hermano que también vivió un amor prohibido, pero, por descontado, no hago nada. En cuanto a él, permanece impasible durante toda la cena, triturando la comida con la punta de los cubiertos, ensimismado y enfurruñado. La perspectiva de volver a ver a Suraj en una clase de arte vampýrico, por primera vez después de un año, debe de haberlo alterado.

Tristan compensa el mutismo de su vecino de mesa con una conversación de altura. A lo largo de este mes he multiplicado las muestras de simpatía hacia él para avivar los sentimientos que parece experimentar por mí. De hecho, se ha convertido en la fuente de información que me tiene al corriente sobre todo lo que sucede en el ala de los alumnos, e intuyo que en el futuro me será aún más útil.

—Según parece, has vuelto a brillar en el curso de arte de la conversación —me dice a la vez que rechaza el plato de postre (le he autorizado a tutearme, por supuesto)—. Me alegro de no tener que enfrentarme a ti para lograr el Sorbo del Rey. No conozco a nadie con un espíritu tan mordaz como el tuyo.

—Si tengo el espíritu mordaz, es porque estoy predestinada a transmutarme en vampyro —replico al instante—. En

213

VICTOR DIXEN

cuanto a ti, ¡Saint-Loup nos ha contado que conseguiste desarmar a tres atacantes de un solo golpe en la clase de sable! ¡Es impresionante!

Intuyo que mi cumplido interesado, aunque también merecido, hace brillar con más intensidad sus ojos azules. Al igual que yo formo parte del grupo que va a la cabeza en el ala femenina, Tristan se encuentra entre los primeros de la clasificación masculina. El hecho resulta aún más irónico si uno piensa que la corte nos repugna a los dos y que él solo participa en el Sorbo del Rey para complacer a su madre, una mujer fuerte, por lo visto, tan autoritaria como la mía.

—Puede que tenga alguna posibilidad —reconoce con modestia—, salvo en arte ecuestre, donde el pequeño caballero nos aniquila a todos. Los españoles son maestros en la doma, cualquiera lo sabe, ¡y Rafael es el maestro de todos!

Da un codazo a su vecino, pero, por lo visto, a este no le hace ninguna gracia el comentario. Para Rafael, el Sorbo del Rey no es una carrera por el honor, sino el último intento de recuperar un amor perdido.

—¿Te imaginas si el 31 de octubre nos nombran escuderos a ti y a mí? —me dice Tristan—. Formaríamos un buen equipo, sería maravilloso.

—Maravilloso, esa es la palabra —digo coqueteando con la mirada para encandilarlo.

Más maravilloso de lo que piensas, querido: ¡la cabeza del Rey de las Tinieblas rodando por el suelo después de que le haya traspasado el corazón y le haya decapitado!

Como si pretendiera acallar mis pensamientos sacrílegos, suena el tañido estridente de los campanarios de Versalles que anuncia el anochecer y el comienzo del reino exclusivo de los vampyros.

—¡Señoras y señores, ha llegado la hora! —anuncia la señora Thérèse—. Abríguense y vengan con el general y conmigo al patio. En orden y sin hacer ruido.

Me pongo el abrigo de piel que me regaló el rey. La verdad es que abriga mucho, aunque lo que me hace temblar no es el aire nocturno que penetra en el patio, sino el sentimiento de culpabilidad que me produce llevar encima un importe equivalente a un año de ingresos de una familia de campesinos de mi pueblo.

En el centro del empedrado iluminado por las antorchas, nos aguardan dos siluetas oscuras. Una pertenece a Suraj de Jaipur. Grande y escultural, ataviado con una pechera de cuero de color ocre oscuro de doble espesor y con su majestuosa cabeza cubierta por un turbante, sobresale entre las de los demás jóvenes. A su lado hay una joven morena con el pelo cuidadosamente recogido con un lazo: Lucrèce du Crèvecœur. Luce un vestido de color púrpura forrado de visón que deja entrever las curvas de su atlético cuerpo. Son los escuderos del Inmutable, vestidos con colores oscuros para confundirse en la noche. A pesar de que solo tienen un año más que nosotros, emanan un aura autoritaria que no depende de la edad. Prefiero no saber los horrores que deben de haber vivido durante los once meses que han servido al rey.

—¡Bienvenidos, mis queridos antiguos alumnos! —los saluda Barvók.

Trata de inclinar la cabeza, pero la minerva se lo impide; tampoco logra plegar el busto sobre sus piernas de hierro, que son tan tiesas como estacas. Sus movimientos entrecortados me hacen pensar en las estriges que lo redujeron a ese estado, antes de que la Facultad lo reparara a su manera.

—Hum…, gracias por honrar el colegio con su presencia —prosigue irguiéndose, con la cara enrojecida por el patético esfuerzo. Examina a los recién llegados con orgullo, como si estuviera pasando revista a los mejores elementos de sus tropas—. Señora Du Crèvecœur, me han dicho que el rey la envió este verano a Normandía para representarle con un batallón que debía sofocar una revuelta campesina.

—De pescadores, general —lo reprende la escudera morena con una voz tan clara como un resplandor de hielo idéntico al color de sus ojos—. Esos maleducados tuvieron la osadía de protestar contra el impuesto de la sal. Decían que la necesitaban para conservar el pescado durante los largos meses invernales, cuando el tiempo les impide pescar.

—¡Protestar, eso sí que son malas maneras! —exclama el militar indignado.

—Los castigamos con unos cuantos latigazos y los golpeamos con las garras —dice Lucrèce.

Levanta el brazo derecho y, al hacerlo, proyecta un peligroso resplandor. Por un instante creo que le han cambiado la mano por una prótesis metálica parecida a las de Barvók, pero no es así: lleva un guantelete de hierro minuciosamente trabajado que prolonga sus dedos con unas largas garras curvadas. Ahora entiendo por qué Naoko la describió como una «furia feroz», con el nombre de las antiguas divinidades de la venganza, que eran medio mujeres y medio rapaces.

—¡Yo misma arrojé la preciosa sal sobre sus llagas abiertas! —se jacta.

Indignada por su crueldad, hundo los puños en los bolsillos de mi abrigo, pero Barvók se vuelve hacia el segundo escudero.

—En cuanto a usted, señor de Jaipur, me han contado que se ofreció voluntario para combatir contra los gules que infestan el cementerio de los Inocentes de París. ¡Dicen que últimamente proliferan y que ya no temen abandonar las catacumbas para atacar a los plebeyos vivos y robarles los niños de pecho de sus capazos!

El general frunce la nariz asqueado, más por el recuerdo de las hediondas criaturas que por la crueldad con la que maltratan al pueblo. En cuanto a mí, me estremezco al pensar en la conversación que oí sin querer en el laberinto de vegetación hace un mes: la princesa Des Ursins afirmó que los monstruos nocturnos estaban más agitados que nunca.

216

—Mi daga haladie está al servicio de la Magna Vampyria —dice con discreción Suraj, con una voz grave en la que se percibe cierto acento exótico, mientras posa una mano en la daga de doble hoja que lleva a la cintura.

A diferencia de su compañera, no parece regocijarse con sus hechos de armas. Recuerdo que Naoko me contó que el hindú es famoso por buscar la muerte desde que está en la corte…, desde que rompió con Rafael.

—Les dejamos en buenas manos —dice Barvók dirigiéndose hacia el grupo—. Traten de seguir los pasos gloriosos de sus antecesores.

A continuación se aleja cojeando, seguido de la gobernanta.

—Buenas noches, compañeros —nos saluda Suraj sin gran entusiasmo.

Sus ojos negros y penetrantes, coronados por unas cejas fruncidas, recorren todo el auditorio, teniendo la precaución de evitar a Rafael.

Al igual que el caballero español, que sigue sin recuperarse de la ruptura al cabo de once meses, da la impresión de que Suraj aún sufre también las secuelas, y de ahí a pensar que por eso no le interesa nada su vida solo hay un paso.

—Hoy hablaremos de botánica —dice.

Apunta un dedo hacia una caja con ruedas que han traído unos criados. En ella hay un gran rosal cubierto de flores blancas.

Que las rosas se hayan abierto en octubre, con este frío glacial, no es natural; esa extraña vitalidad no augura nada bueno.

—¿Quién puede decirme qué es una rosa vampýrica? —pregunta Lucrèce confirmando mi siniestra intuición.

Fiel a su costumbre, Françoise des Escailles es la primera en levantar la mano:

—¡Es una flor que se alimenta con la sangre de los mortales! —exclama con tal energía que la cola de su gorro de castor le golpea la cara y le tira los quevedos.

Se oyen varias exclamaciones contenidas —«¡Pelota!», «¡Lameculos!», «¡Cuatro ojos!»—, acompañadas de risas ahogadas. Pero no la mía.

¿Una flor que bebe sangre? ¡Qué idea tan espantosa!

—Así es, pero eso no es todo —precisa Lucrèce—. Las rosas vampýricas, esa maravilla creada por los botánicos de la Facultad, no se contentan con absorber la sangre humana: exhalan también una fragancia. Nada más dulce para el olfato de nuestros amos, los inmortales. No hay nada como las rosas vampýricas para abrirles el apetito.

La mezcla de servilismo y ferocidad que traslucen las palabras de la escudera me repugna. Recuerdo asqueada la nariz de Alexandre temblando excitada al oler las rosas del castillo mientras nos acercábamos a Versalles en el carruaje.

—Ahora haremos una demostración —anuncia Lucrèce sacando una ampolla llena de sangre de su escote.

Mientras la destapa, sus garras metálicas hacen tintinear el cristal. Acto seguido, se acerca a una de las rosas blancas y echa varias gotas del líquido en la corola.

Con la primera gota no sucede nada.

Con la segunda, un movimiento sutil parece agitar la flor, como una brisa nocturna.

Pero con la tercera gota, es incuestionable: ¡la rosa se anima! ¡Su tallo se inclina hacia la ampolla que Lucrèce tiene en la mano! ¡Su corola se dilata de forma obscena para absorber más sangre!

—Con qué sortilegio... —murmuro horrorizada mientras a mi alrededor se oyen murmullos de miedo o excitación.

Reculo de manera instintiva y al hacerlo choco con el pecho de Tristan, que está detrás de mí.

—Jamás he visto un maleficio así en Ardenas —susurra—, y apuesto a que tú tampoco en Auvernia. Lo llaman las «maravillas de la botánica», pero en realidad es una atrocidad. ¡La corte es más perversa de lo que pensaba!

Lucrèce termina de echar el contenido de la ampolla dejando resbalar un largo hilo de sangre. Los pétalos blancos, manchados por las primeras gotas, se tiñen de púrpura. ¡Tengo incluso la impresión de ver palpitar sus nervaduras como si fueran venas!

En ese momento, la escudera tiende su índice derecho, cuya uña puntiaguda resplandece como un puñal. Con un ademán de rapidez sobrenatural, supongo que acelerada por las Tinieblas, corta el tallo. La rosa se debate unos segundos en su mano lanzando gotas de sangre al aire. Parece la cola de una lagartija cuando la cortan, un híbrido odioso entre el reino vegetal y el animal.

—¡Siéntense! —ordena Lucrèce blandiendo la rosa delante del grupo.

Un poderoso efluvio metálico entra por mi nariz resucitando el recuerdo más doloroso de mi vida. A una velocidad espantosa, tengo la impresión de haber regresado a casa, al comedor con las baldosas de barro empapadas con la sangre de mi familia.

Incapaz de soportar el abominable olor un instante más y sintiendo que la jaqueca se va apoderando de mí, me tapo la nariz con la manga de mi vestido.

—¡Usted! —exclama Lucrèce con una voz acostumbrada a mandar—. ¡Venga aquí! Y quítese la manga de la nariz.

Todos me miran, no me queda más remedio que obedecer, pero empiezo a respirar por la boca para no sentir el olor de la sangre.

—¿Cómo se llama usted? —me pregunta secamente la escudera.

—Diane de Gasdefriche, *pada sedvirla* —le contesto con voz de resfriada, debido a que tengo la nariz tapada.

—Claro, ahora la reconozco —murmura alzando su bar-

219

billa puntiaguda—. Es usted la que se introdujo en los jardines reales hace un mes. El rey le ha perdonado su osadía, pero eso no significa que pueda convertir la mala educación en su regla de vida. ¿No le ha dicho Barvók que no hay que manifestar el menor disgusto ante las costumbres de la aristocracia vampýrica? Deme una mano.

—¿Ba..., bano?

—Acabo de hacer la demostración de cómo se riega la rosa con la ampolla. Ahora hay que mostrar a sus compañeros cómo se riega en vivo, sangrando a un mortal.

Una sonrisa sádica se dibuja en los finos labios de la escudera.

—Llevar una presa a un inmortal es la mejor manera de mostrarle el buqué para abrirle el apetito, pero, cuidado: las rosas vampýricas reaccionan con mayor intensidad a la sangre fresca que a la embotellada, de manera que hay que actuar con delicadeza.

Con la velocidad del rayo, me agarra el puño atravesando la manga de mi abrigo de piel y me atrae bruscamente hacia ella.

Antes de que pueda decir nada, clava la punta de su uña metálica en la palma.

—¡Ay! —grito olvidándome de respirar por la boca.

—Solo es un arañazo —gruñe—. Si no quiere que el rosal le arranque un dedo, no debe perder la calma.

Horrorizada, veo como la planta empieza a temblar, las flores del mal se inclinan hacia mí estremeciéndose de excitación. Los tallos cubiertos de espinas se despliegan como tentáculos.

Con el puño de hierro, Lucrèce me mantiene justo encima del sediento rosal, de forma que mi sangre caiga únicamente en la rosa más próxima.

Los pétalos chasquean a pocos centímetros de mi palma herida, como si fueran los picos de un repugnante nido de pajaritos hambrientos.

—¡Es suficiente! —ordena la escudera al ver que la rosa blanca ha enrojecido por completo.

Me lanza violentamente hacia el grupo, donde Tristan me recibe con los brazos abiertos.

Acto seguido, corta el tallo vibrante y nos enseña la terrible rosa cortada, que exhala un aroma embriagador: el de mi sangre, amplificado hasta el éxtasis.

—Ahora deben jugar ustedes —anuncia Suraj rompiendo el silencio que ha guardado durante la demostración—. Agrúpense de dos en dos y que cada pareja riegue una flor diferente.

Aprieto el puño para dejar de sangrar, temblando de miedo y de cólera.

—Creo que tú has dado bastante por esta noche —murmura Tristan en mi cuello—. Si quieres, puedo ser tu pareja y, después de verter mi sangre en una de esas rosas demoniacas, te concederé el placer de cortarla y de aplastarla con un pie.

221

17

La caza

—Creo que La Roncière está colado por ti —dice Poppy en tono socarrón.

Ya es 23 de octubre, dentro de cinco días empezarán las pruebas para el Sorbo del Rey. Últimamente, la inglesa tiene por costumbre desayunar con Naoko y conmigo antes de reunirse con sus numerosas amigas, con las que pasa el resto del día. Siempre que tiene ocasión me toma el pelo, me provoca.

—¿Tristan? ¿Hablas en serio? —respondo haciéndome la tonta, a pesar de que en las últimas semanas he hecho todo lo posible para avivar la llama.

—He de reconocer que el rubito es mono, la cicatriz de pendenciero no está nada mal. Quién sabe, igual te gusta también, porque pareces haber olvidado a tu vampyro de opereta.

—¡No tengo tiempo de pensar en chicos, queda menos de una semana para la primera prueba! —exclamo.

¡Qué idea tan ridícula se le ha metido en la cabeza! ¿Cómo puedo sentir algo por Tristan, que solo es una carta en mi juego?

Poppy suelta una de sus carcajadas roncas, que invariablemente terminan en golpes de tos.

—Yo «siempre» tengo tiempo de pensar en los chicos —afirma tras recuperar el aliento—. Y te aseguro que ellos no dejan de pensar en mí durante el día, en lugar de atender en clase, y también por la noche, en sus sueños más tórridos. Thomas de Longuedune no me suelta desde que le concedí un beso bajo las arcadas. Hasta me envía poemas a escondidas.

Me guiña un ojo de forma provocadora bajando su párpado ennegrecido.

—Thomas y tú… —digo.

—Nada de «Thomas y yo» —me ataja—. Para empezar, besa fatal y, por si fuera poco, sus versos son más que mediocres. Longuedune, no sé, pero ¡no vivirá de la pluma! Me avergüenzo de él. —Suspira—. Si he de ser franca, el único interno que hace latir de verdad mi corazón es Zacharie de Grand-Domaine.

—¿El de Luisiana?

Poppy asiente con la cabeza.

—Para empezar, es norteamericano, cosa que considero un gran punto a su favor. Además, es maravilloso, seamos sinceras. Apuesto a que yo también le gusto…, aunque al mismo tiempo tengo la impresión de que su corazón es tan inaccesible como una fortaleza. Algo le perturba. Ese bombón guarda un pesado secreto, intuyo, ¡y eso me vuelve loca! ¡El misterio me hace sentir ganas de morder la vida con todos mis dientes!

Inspira silbando y declama:

—«Vivid, creedme, no esperéis a mañana. ¡Coged hoy las rosas de la vida!».

—Si son rosas vampýricas, quédatelas —suelta Naoko, harta de las fanfarronadas de nuestra compañera de mesa.

—Mira quién habla, la abuela insomne, ¡deberías perder un poco la vergüenza! —replica Poppy—. Podrías aprovechar tus noches en blanco para vivir aventuras sulfurosas. Dos años en la Gran Caballeriza y aún no has tenido una cita galante: me entran ganas de llorar, dado lo mona que eres. Escucha los consejos del poeta, mucho más dotado que Longuedune, cuyos versos aprendí de memoria cuando estudiaba francés en Inglaterra: «Vivid, vivid la juventud: la vejez marchitará vuestra belleza como a esa flor». Ronsard debe de estar revolviéndose en la tumba al ver lo que haces.

Me levanto de la mesa para evitar más comentarios sardónicos contra la pobre Naoko.

—Bueno, queridas, el arte de la conversación nos espera. Si te sientes con humor poético, Poppy, puedes seguir declamando versos con Chantilly, que está entre la flor y nata de los profesores.

—¡Vaya juego de palabras goloso! Cada vez tienes la lengua más afilada, *darling*.

Nos encaminamos hacia el aula donde se imparte la lección de arte de la conversación, pero, al salir del comedor, nos topamos con el caballero de Saint-Loup.

¿Qué ocurre? ¿El curso de arte marcial no es por la tarde, como de costumbre?

—¡Hoy no! —exclama el caballero—. Al parecer, la mañana será soleada, aunque algo fresca, de manera que el gran escudero ha decidido consagrarla a las actividades al aire libre. En este momento se lo está comunicando a los alumnos. Quítense el vestido, señoritas, y pónganse los pantalones más abrigados que tengan, ¡porque vamos a perseguir al ciervo en el parque de la caza real!

En el guardarropa que me procuró el rey hay un equipo de caza, por descontado, pero es la primera vez que tengo ocasión de ponérmelo desde que llegué al colegio. Enseguida me siento a gusto con él. A pesar de que los gruesos pantalones de cuero nuevos no son tan cómodos como los que llevaba en Auvernia, con ellos me puedo mover bastante bien. Las botas altas que los acompañan son cómodas y ligeras. El tricornio, adornado con una pluma de faisán, es suficientemente profundo para que pueda meter el pelo en él. En cuanto a la chaqueta corta de

terciopelo burdeos forrada de ardilla es mucho menos voluminosa que mi abrigo largo de piel.

—¡Guau! ¡Qué sexi estás! ¡Cuando te vean se van a derre-
tir, hermosa campesina! —exclama Poppy cuando entro en la
cuadra.

El *box* de su caballo, Myrmidon, está justo al lado del de
Typhon.

Mi compañera ha recogido su impresionante cabellera con
un lazo, con lo que ha dejado a la vista la delicada curvatura de
su nuca, y lleva unos pantalones confeccionados con la tela que
más le gusta, el denim.

—No digas tonterías, todos te mirarán a ti —contesto sonriendo.

Poppy da una vuelta completa para que admire sus esbeltas
piernas.

—¿Qué te parece? Es el último corte que llevan los colonos
226   norteamericanos, teñido con el *bleu de Gênes*, como llamaban
al azul índigo los marineros genoveses. Por eso en Estados
Unidos se llaman ahora *blue jeans*.

—La verdad es que Estados Unidos te fascina —le hago notar—. El chicle, los pantalones denim, la obsesión por el guapo
Zacharie.

Bajo el pelo extravagante, reflejo de su personalidad, la cara
de Poppy se ilumina.

—Dicen que en ese país todo es posible, ¿verdad? —murmura—. Siempre he soñado con viajar allí. Trazar mi propio
camino, lejos de Francia e Inglaterra… Una nueva vida en el
Nuevo Mundo y, ¿por qué no?, ¡cogida del brazo de mi Zach!

Sus sueños de evasión me turban. Yo también los tenía en
mi pequeño cuarto de la Butte-aux-Rats, pero siempre me veía
como una aventurera solitaria.

—Si logro el Sorbo del Rey, lo serviré durante varios años
y luego pediré que me envíen allí como embajadora —me
cuenta Poppy mientras cincha el caballo—. Pero hablemos de

ti, Diane, no sé nada de tus ambiciones. ¿Con qué sueña una hermosa campesina?

—Con servir al rey, es lo único que me importa —afirmo.

—¡Puf! ¡Pelota! —exclama riéndose con su voz quebrada.

Los caballos de los alumnos enfilan la gran avenida que lleva del internado al parque de caza real: treinta monturas que avanzan en fila dirigidos por Montfaucon y Saint-Loup. La maestra de armas va montada en un elegante caballo con el pelaje castaño granito, salpicado de pelos rojos y blancos. El gran escudero va a lomos de un inmenso corcel bayo ahumado, aún más grande que Typhon. A la espalda porta una gran trompeta de caza, cuya superficie de cobre refleja los fríos destellos del sol otoñal.

Los árboles desfilan a ambos lados de la avenida a medida que vamos avanzando; ya están casi desnudos, de forma que permiten ver las fachadas blancas de los edificios.

Una alfombra de hojas muertas amortigua el estruendo de los cascos en el empedrado.

Los ollares temblorosos lanzan largos chorros blancos en la mañana helada.

Las bocas de los perros de la jauría, que abren la marcha con el gran escudero, emiten aún más vapor. Hay unos treinta molosos: grandes grifones con el pelo gris azulado, excitados por poder salir de los estrechos nichos del patio y desentumecer las patas.

Al final llegamos a una gran puerta cochera, abierta en un muro que se extiende hasta el horizonte: es una de las entradas del parque de caza real.

Tras cruzarla, el pueblo de Versalles desaparece como por encanto y nos encontramos en el margen de un bosque. Un guarda vestido con una levita oscura y un grueso gorro de lana nos recibe.

227

—Bienvenido, señor de Montfaucon: este es Ajax, nuestro mejor sabueso —dice señalando a un perro sombrío con los ojos brillantes, que tira de la correa—. Los acompañará para dar con el animal. El periodo de reproducción se ha adelantado este año, el invierno será especialmente frío. —Sopla en sus manos para calentarlas—. Los ciervos y las ciervas están por todo el parque, pero sobre todo en el valle de la Bièvre, porque el río aún no se ha helado. Les recomiendo que se dirijan allí.

—Seguiremos su consejo —dice el gran escudero—. ¿Tiene usted las dagas y las lanzas?

—Sí, señor.

El guarda chasquea los dedos. Una media docena de criados abrigados con levitas salen del edificio destinado a la caza, que se erige junto al muro, al lado de la puerta cochera. Empuñan unas largas lanzas adornadas con banderines y unas dagas brillantes y tan cinceladas como las espadas de la corte.

228

—Hoy cazaremos con armas blancas —nos anuncia Montfaucon desde lo alto de su corcel—. La caza mayor es el entretenimiento de los reyes, una habilidad indispensable para brillar en la corte. Formen parejas: uno cogerá la lanza y el otro la daga. ¡El dúo que traiga el corazón del ciervo será declarado el vencedor del día!

Me vuelvo instintivamente hacia Naoko, pero mi amiga niega con la cabeza desde su yegua torda, sin que un solo pelo de su moño lleno de horquillas se mueva.

—Esta vez no cuentes conmigo. Recuerda que soy vegetariana. Seguiré la caza a distancia.

Una voz familiar resuena a mi espalda.

—¿Y si los dos campesinos formáramos un equipo?

Me vuelvo en la silla: es Tristan, montado en un caballo con el pelaje isabel, cuyo color amarillo arena recuerda el rubio ceniza de su pelo.

—De acuerdo, pero yo empuñaré la daga —contesto—. No

me veo capaz de manejar una lanza tan alta como yo. Los caballos, las armas, los banderines, la trompa: son muchos bártulos.

—¿En Auvernia no cazabas?

—Sí, pero lo hacía sola. Un verdadero cazador solo cuenta consigo mismo.

—¡Me honra que hagas una excepción conmigo! —me responde esbozando una amplia sonrisa.

Cada uno de los dos coge su arma de las manos de un criado.

—¡Vaya: Gastefriche y La Roncière! —exclama el gran escudero haciendo una mueca—. ¡La anarquía reunida!

Nos da la espalda ostensiblemente y se aleja con su montura.

—Veo que Montfaucon también te detesta —digo a Tristan.

—¡Me sorprendes! Creo que no soporta a los provincianos, pero le vamos a enseñar de qué madera estamos hechos tú y yo, ¿de acuerdo?

Asiento vigorosamente y a continuación presiono con las pantorrillas los flancos de Typhon para que se reúna con el resto del grupo.

A medida que nos adentramos al trote en el bosque, los árboles aparecen cada vez más juntos, desgarrando el cielo con sus ramas desnudas. El jadeo de los perros, guiados por Ajax, aumenta a cada minuto, al igual que su excitación.

De repente, el sabueso se queda quieto, apuntando con el hocico hacia un monte alto.

—¡Allí, veo humo! —exclama el gran escudero señalando con un dedo lleno de anillos un pequeño montón de excrementos redondos aún humeantes—. Son de un macho. Seguimos la pista buena. Toca la trompa de caza en una llamada profunda y lúgubre que hace vibrar los troncos cubiertos de musgo.

La jauría echa a correr ladrando.

Los caballos la siguen al galope.

Sorprendida por la brusca aceleración, estoy en un tris de

229

caerme, y para evitarlo tengo que agarrarme al último momento a la crin de Typhon.

Me pego a su cuello para que no me azoten las ramas que pasan a toda velocidad.

¡La cabeza me da vueltas con el estruendo de la cabalgada, el alarido del viento, los ladridos de los perros y los latidos acelerados de mi corazón!

Entre los troncos diviso imágenes furtivas como rayos: la cara de éxtasis de Hélénaïs de Plumigny, sus bengalas de color castaño suspendidas en el viento, como serpientes peinando una magnífica medusa; la mirada concentrada de Rafael de Montesueño, su vestido oscuro a juego con el pelaje de su pequeño purasangre negro azabache para evocar un centauro; el semblante terrorífico de Françoise des Escailles, aferrada a las riendas con más determinación con la que yo agarro la crin; la alegría radiante de Tristan, de vuelta a sus queridos bosques, animando a su caballo con unos breves chasquidos de la lengua.

De repente, la jauría se detiene, seguida del grupo; Typhon frena en seco detrás de Myrmidon; me agarro con fuerza para que mi cabeza no caiga encima de su cuello. Delante de nosotros, los perros parecen vacilar entre dos pistas, alzando sus húmedos hocicos al viento para dar con la estela de su presa. A mi lado, Poppy empieza a toser, sofocada por el esfuerzo. La he visto expectorar a menudo, pero esta vez es peor que nunca, da la impresión de que escupe los pulmones en el pañuelo.

—¿Te encuentras bien? —le pregunto, jadeando también.

Me lanza una mirada negra por encima del bordado de su pañuelo. La mancha que veo en la tela no es de pintalabios: es una mancha escarlata, el color de la sangre fresca.

—¡Por supuesto que me encuentro bien! —responde secamente al mismo tiempo que esconde el pañuelo mojado—. No te metas donde no te llaman.

En ese instante, se oye gritar una voz:

—¡Allí! ¡El ciervo!

Los perros echan a correr de nuevo obligándonos a retomar su paso infernal.

Guiño los ojos, llenos de lágrimas a causa del frío y la velocidad: allí abajo, en los arbustos brumosos, distingo la parte posterior de un gran animal que sale corriendo.

Un solo ciervo contra treinta perros y un número idéntico de caballos y jinetes persiguiéndolo.

El indignante desequilibrio en el combate me revuelve.

Esta avidez no tiene nada que ver con mis salidas al bosque: en ellas me enfrentaba sola a la naturaleza y solo tenía derecho a usar una vez la honda para abatir una liebre o perderla para siempre, por no hablar del peligro de que me devoraran los animales salvajes. Hoy, en cambio, participio en un entretenimiento destinado a ciudadanos ricos, sin riesgo ni gloria.

Los gritos de los molosos y los humanos se mezclan en un único clamor feroz, que me recuerda la risa de Edmée y de Marcantonio. La nobleza de la caza que se realiza en los jardines reales es puramente nominal. Por lo demás, la gran montería, el entretenimiento de los reyes, es, en realidad, una bárbara carnicería.

Esta parodia de combate entre el hombre y el animal se prolonga durante varias horas con una finalidad innoble: agotar al ciervo para que no pueda seguir escapando. El problema es que el grupo se topa de repente con un río que atraviesa el camino. Completamente desorientados, los perros empiezan a vagar por la orilla.

—¡Que las Tinieblas se lleven a ese ciervo! —exclama el gran escudero a lomos de su corcel con el hocico humeante—. Ha atravesado el agua para borrar su olor. Se nos ha escapado. —Alza la mirada al cielo, donde unas nubes grises han tapado el sol—. La caza ha terminado, regresamos.

Pero Tristan no está de acuerdo:

231

—¡Unos minutos más, señor! —grita—. Ahora verá de lo que es capaz la anarquía. —Vuelve hacia mí su cara, perlada de sudor—. ¡Sígueme!

Vacilando entre el deseo de dar media vuelta y el de brillar a ojos de mis competidores, al final me decido a dejar que Typhon siga los cascos de mi compañero. Los dos caballos entran al galope en el río y se hunden hasta el vientre, rodeados de grandes chorros de agua helada. Salen de ella empapados, mientras el resto del grupo sigue en la otra orilla.

—¡Por aquí! —grita Tristan.

Espoleando su montura, se adentra en el monte bajo, cada vez más tupido, donde se abre un camino de helechos pisoteados por el ciervo. Las ramas me arrancan el tricornio; siento que mi pelo cae de golpe sobre mi nuca.

De repente, salimos a un claro.

El animal está allí, arrodillado entre la hierba alta, jadeando. Tristan descabalga y se acerca a él alzando la lanza.

—¡No! —grito desmontando a mi vez.

Mi compañero se vuelve hacia mí, con las mejillas encendidas, como cuando lo vi aparecer medio desnudo envuelto en el vapor del cuarto de baño.

—¿Quieres tener el honor de matarlo? —me pregunta—. Te lo ofrezco encantado.

—No es honorable matar a un enemigo que está en el suelo —replico con la respiración entrecortada.

Sus ojos azules me escrutan; me recuerdan el cielo estival, tan lejano.

De repente, siento que Tristan me atrae de forma irresistible, a plena luz del día, en su elemento: en medio de un bosque rumoroso. Parece un joven fauno salido de las páginas de Ovidio, coronado por una aureola rubia.

Su belleza salvaje me emociona.

Y la evidencia me paraliza: a lo largo de estas semanas, en las que me he prodigado en muestras de afecto hacia él que creía falsas, ha nacido un sentimiento sincero en la noche secreta de mi alma.

—Pero el corazón del ciervo… —murmura dulcemente—. El gran escudero dijo que quienes se lo lleven serán proclamados ganadores del día. Podemos demostrar lo que valemos, tú y yo…

—No tengo nada que demostrar a ese patán —afirmo acercándome a él—. No tengo nada que demostrar a esta corte, pero tú puedes probarme que eres un hombre verdaderamente libre, en lugar de un servil cortesano: puedes salvar a este animal.

Los ojos de Tristan se empañan.

El viento agita con violencia su pelo rubio.

El mío, plateado, me azota la cara.

—Salvar al ciervo en nombre de la libertad… —murmura—. ¿O del amor?

Me aproximo a él, guiada por un instinto que surge de lo más recóndito de mis entrañas. Pero es más que un instinto, es deseo. Todo pierde importancia ante la fuerza que caldea mi vientre.

Me pongo de puntillas y toco con una mano su cicatriz de caza, que lo hace más real a mis ojos que cualquier cortesano con la piel lisa y empolvada.

Después, beso sus labios entreabiertos, respirando en su boca; él lo hace en la mía.

Sabe a helechos tiernos y a flores, un sabor a monte bajo en primavera que me recuerda más que nunca a Auvernia: ¡sí, en este Versalles mortal, sabe a auténtica vida! Meto mis manos entumecidas por la abertura de su camisa y rozo su torso tenso por el esfuerzo, donde tamborilea el corazón. Él desliza con delicadeza las manos bajo mi chaqueta para abrazar mi trémula cintura.

Embriagada por el abrazo, no me doy cuenta de que el ciervo se levanta y se aleja lentamente por el monte bajo. El sonido grave de la trompa de caza retumba, haciendo vibrar las hierbas altas del claro. Montfaucon nos está llamando desde la otra orilla, pero me da igual.

233

Para mí solo existe este joven, que apenas conozco y al que, sin embargo, necesito tanto. Abrazada a él me siento totalmente viva por última vez, antes de emprender la expedición suicida en la que moriré.

—Diane… —dice Tristan, conmovido—. Me gustaría que esto durara siempre…, pero te vas a enfriar.

—En tus brazos no.

—Mis brazos no podrán abrigarte en el invierno que se aproxima y, además, tienes la chaqueta rota.

Es cierto, las espinas del monte bajo me han desgarrado la manga derecha sin que me diera cuenta.

—Ponte la mía —dice con dulzura Tristan quitándose su chaqueta de terciopelo.

Cuando se dispone a echármela sobre los hombros, se detiene.

—También tienes la camisa rota —comenta.

—Da igual —replico.

Pero el tono de su voz me alerta: de repente me parece más grave, mas… ¿distante?

Bajo los ojos: la manga de mi camisa se ha abierto a lo largo dejando a la vista la carne que hay debajo. Entre el algodón desgarrado, en la piel pálida del pliegue del codo, se ve la cicatriz morada de un pinchazo: la marca infamante de la plebe.

18

Desenmascarada

—¡Gastefriche, La Roncière, serán castigados por su descaro! —ruge una voz a nuestras espaldas: la del gran escudero.

Arranco la chaqueta de manos de Tristan para ponérmela y
ocultar mi brazo desnudo.

En un instante, mi mirada se cruza con la suya: el azul
cielo de sus ojos se ha convertido en el azul-negro de la tormenta.

Montfaucon sale del monte bajo a lomos de su corcel, con
las patas chorreando el agua del río.

—¿No oyeron la trompa que les ordenaba volver? —grita
con la frente cerosa perlada de sudor, como si transpirara bilis amarilla—. ¿O estaban tan ocupados persiguiendo al ciervo
que, por lo que veo, se les ha escapado?

Escupe en el suelo, es su asquerosa manera de manifestar
desprecio. Si pudiera ver la cicatriz que tengo en el codo, la ira
deformaría su cara.

—Desde el primer día he sabido que son ustedes unos arro-
gantes. Creen que tienen derecho al Sorbo del Rey, pero deben
saber que haré todo lo posible para que no puedan acceder a él.
¿Me han oído? ¡Todo!

—Señor… —dice Tristan.

Siento que se me hiela la sangre, porque temo que me denuncie por ser una plebeya, aunque solo sea para recuperar el favor del gran escudero.

Pero este no le deja proseguir:

—¡Cállese, La Roncière! ¡Una palabra más y los expulso de la escuela! En cuanto a usted, Gastefriche, no crea que su condición de pupila la protegerá siempre de su insolencia. ¡Ahora regresarán sin pronunciar una palabra, a la cabeza del grupo, como condenados camino de la horca!

Regresamos rodeados de un ambiente lúgubre marcado por el martilleo de los cascos. Ya no se oyen relinchos ni ladridos: tanto los caballos como los perros están agotados. Las conversaciones de nuestros compañeros también han cesado. En ese silencio mortal y a varios metros del gran escudero, que nos sigue sin perdernos de vista, no puedo hablar con Tristan, que cabalga temblando en mangas de camisa. El pelo rubio le cae a ambos lados de la cara, ocultándole la cicatriz y los ojos. Si Montfaucon no lo hubiera amenazado con expulsarlo al menor comentario, estoy segura de que ya me habría denunciado.

Al llegar al patio del colegio, el gran escudero nos castiga a permanecer encerrados hasta el día siguiente sin comer ni cenar, en dos habitaciones situadas en los extremos opuestos de la Gran Caballeriza. La señora Thérèse me conduce a la mía, en tanto que el general Barvók, el intendente del ala de los chicos, hace lo propio con Tristan.

De esta forma, regreso al cuarto abuhardillado donde me encerraron hace dos meses. Entretanto, han cerrado la única ventana con unas gruesas tablas de madera para que no pueda huir por los tejados. La única fuente de luz es la pequeña chimenea, donde la señora Thérèse ha ordenado echar unos troncos para que no me muera de frío durante mi encierro.

En una angustiosa repetición del pasado, me hundo en la cama de hierro que creía que nunca volvería a ver.

¡Lo tenía todo a mi favor y lo he echado a perder! En las últimas semanas he escapado del convento, de un bárbaro repugnante, de unos vampyros que me daban caza, ¡de las sospechas del rey en persona! Y todo eso, ¿para qué? Para acabar bajando la guardia por los bonitos ojos del interno al que debía manipular, a solo unos días de las pruebas del Sorbo del Rey. ¡No tenía ningún derecho a ceder de esta manera! He sido débil. He sido cobarde. Mamá, papá, Valère y Bastien: ¡espero que podáis perdonarme por haberos fallado!

Como solía hacer en el pasado, me desahogo dando puñetazos al edredón hasta agotar las últimas fuerzas que me quedaban después de la montería.

Solo entonces, jadeando en la habitación que las llamas apenas logran calentar, con el cuerpo aniquilado, me doy permiso para pensar.

¿Y si Tristan no hablara?

Después de todo, cuando Naoko descubrió los documentos nobiliarios de la auténtica Diane, no me denunció, al contrario: me ayudó a falsificarlos. ¿Es una locura confiar en que Tristan sea tan indulgente conmigo como lo fue ella? Cuando me abrazó, me pareció que sentía afecto por mí, mejor dicho, ¡estoy segura! Este pensamiento me sosiega un poco, pero al instante se ve ensombrecido por otro: Tristan creía estar abrazando a una joven aristócrata y no a una hija del pueblo que los ha engañado a todos, empezando por él.

¡Ah! ¡La duda me atormenta!

No sé mucho sobre el amor. Entre el ejemplo de devoción conyugal un tanto estereotipado de mis padres y la locura catastrófica que fue el idilio entre Bastien y la baronesa, me faltan puntos de referencia. Es cierto que tuve algunas aventuras con chicos de mi pueblo, pero les impresionaba demasiado mi cabellera plateada, o quizá es que les intimidaba la erudición de la hija del boticario; en cualquier caso, nunca llegaron muy lejos. No consigo meterme en la piel de un enamorado que ha sufrido una decepción. No logro entrar en la mente de Tristan. No paro de darle vueltas a la última mirada que me lanzó antes de separarnos. ¿Qué vi en ella? ¿Incredulidad? ¿Duda? ¿Odio?

No lo sé.

¡No lo sé!

¡Tener esa espada de Damocles suspendida encima de la cabeza me está volviendo loca!

Si, al menos, hubiera alguna forma de asegurarme el silencio de Tristan, no desearía otra cosa.

—No desearía otra cosa —murmuro en voz alta.

La última vez que pedí un deseo, un genio invisible lo satisfizo: mi «demonio de la guarda», como diría Naoko.

¿Y si volviera a convocarlo?

¿Tengo siquiera la posibilidad de hacerlo?

Ahora que el otoño toca a su fin y que el invierno está a las puertas, ignoro si el prisionero de la Gran Caballeriza corre aún por los tejados. Es posible que ya no salga por miedo a que hayan encendido el gran conducto de la chimenea, que antes utilizaba.

La pequeña chimenea de mi habitación crepita suavemente.

Echo un jarro de agua para apagar las llamas. El leve calor que emanaba el fuego no tarda en transformarse en un frío penetrante. Meto la cabeza por debajo del hueco de la chimenea. Un conducto oscuro, de unos veinte centímetros de diámetro, sube hasta un pequeño círculo helado. Es demasiado estrecho para que pase por él, pero lo suficientemente ancho para que filtre mi voz.

—¡Oh, tú, prisionero de la Gran Caballeriza, si puedes escucharme, impide que Tristan de La Roncière hable antes de final de mes! —grito por el conducto.

Mis palabras alzan el vuelo por él, generando un eco cavernoso.

En lo alto, solo me responde el silbido del viento.

Recuerdo que, hasta la fecha, el ermitaño que acecha en los

tejados del colegio solo se ha manifestado de noche. Así pues, tendré que perseverar hasta el atardecer y después repetir incansablemente mi ruego con la esperanza de que me oiga y de que se avenga a satisfacerlo.

—¿Señorita de Gastefriche? ¡Oh!

Oigo vagamente los gritos enloquecidos que resuenan a mi alrededor.

Las sombras de unos criados pasan por delante de mis ojos entreabiertos, como helados.

Mi cuerpo también está aterido, insensible a las manos que lo restriegan.

En la penumbra se oyen las órdenes de la señora Thérèse, secas y chasqueantes, como siempre que se dirige a los subalternos:

—¡Vamos, no os quedéis ahí plantados! ¡Ayudadme a bajarla al quinto, al gabinete de las yeguas, es la habitación más caliente! ¡Reavivad el fuego! ¡Preparad una infusión de salvia!

Me llevan a través de los oscuros pasillos de las buhardillas hasta una sala con las paredes cubiertas de tapices. En las viejas telas desteñidas aparecen representados unos caballos medio borrados, torcidos en extrañas posturas. El grosor de los tejidos mantiene el calor que emana del fuego que arde en la chimenea. Allí, hundida en un profundo sillón pegado al hogar, siento que mis terminaciones nerviosas se van reanimando una a una. La gobernanta me escruta desde el taburete que ha colocado junto a las llamas, con un semblante que refleja tanto la inquietud como la cólera.

—¿Por qué no advirtió a los guardias de que la chimenea se había apagado, Diane? —me reprocha.

—Yo, esto…, no me di cuenta —balbuceo.

Miento, por descontado: me pasé la noche murmurando por el conducto apagado, en medio de la habitación helada,

239

hasta que el entumecimiento causado por el frío y el cansancio me hizo perder el conocimiento.

—Primero entra en el río durante la montería y luego pasa la noche sin calefacción: ¡podría haber acabado con su vida y, de paso, haber puesto en peligro la mía! —me regaña la señora Thérèse, mientras su gorro de lazos tiembla de indignación—. ¿Qué le habría podido decir al rey?

Así pues, los cuidados de la gobernanta no obedecen al miedo que pudiera sentir por perderme, sino al de sufrir la cólera real.

—Me encuentro mejor —la tranquilizo—. En la habitación no hacía tanto frío. El fuego se apagó de madrugada.

La responsable del ala femenina exhala un suspiro de alivio: la pupila del rey está a salvo y su reputación también.

Me esfuerzo por sonreírle y añado con ingenuidad:

—Me preocupa más Tristan de La Roncière. Ayer me dejó su chaqueta e hizo todo el camino de vuelta desde el parque de caza en mangas de camisa. Espero que no haya caído enfermo por mi culpa.

El semblante de la señora Thérèse, que se había dulcificado por un instante, vuelve a endurecerse.

—No me lo mencione. ¡Escapó durante la noche, igual que hizo usted el mes pasado! Deberíamos haber tapiado su ventana, como hicimos con la suya. ¡Son ustedes unos montañeses salvajes! —Se levanta de golpe—. Pero ya basta de cháchara. Ha recuperado el color y me parece que el frío ha pasado. Bébase la infusión de salvia. Ordené que le trajeran ropa limpia: está ahí, encima de la cómoda. Ahora saldré para que pueda cambiarse, pero dese prisa. Sabe tan bien como yo que el general Barvók no soporta que los alumnos lleguen tarde a su clase.

El curso de arte cortés pasa como en un sueño. A pesar de que puedo ver al general moviéndose por el estrado, accionando sus pinzas metálicas para enseñarnos qué recipiente debemos elegir para cada bebida, entre un juego completo de copas de cristal, no oigo lo que dice. Es como si nos separara un espacio infinito. Siento punzadas en los brazos y en las piernas, pero supongo que son las agujetas de la caza. Tengo el cuerpo entumecido, sin duda estuve demasiado tiempo cerca del fuego. En cuanto a la jaqueca —es como si la cabeza fuera a estallar en cualquier momento—, no me preocupa, estoy acostumbrada.

Lo único que cuenta es que Tristan, el único testigo que podía comprometerme, ha quedado fuera de juego.

En el desayuno no se habla de otra cosa que de su desaparición, y cada alumna tiene una teoría: ¿habrá huido a Ardenas, dado lo mucho que añoraba su pueblo natal? Aunque también es posible que haya intentado introducirse en el palacio, como hice yo hace un mes. Algunas parecen preguntarse qué sigo haciendo allí. Poppy, en particular, me lanza miradas sombrías desde el otro extremo del comedor. No ha dejado de evitarme desde la montería, como si me reprochase que la sorprendiera escupiendo sangre en su pañuelo.

Por la tarde, mientras repetimos el carrusel, el gran escudero tampoco me dirige la palabra. Por lo visto piensa que ni siquiera soy digna de sus invectivas. O quizá calla para que podamos oír la melodía: en los últimos días han invitado a media docena de guardias suizos a subir al balcón de los músicos que domina la pista. Armados con flautas y tambores, interpretan un rondó militar que acompaña la danza de los caballos. Me limito a seguir el movimiento general, arrastrada por Typhon como un saco de patatas, al ritmo de la alegre melodía. Trato de convencerme de que el trote del semental es lo que hace castañetear mis dientes con más fuerza que el redoble de los tambores, hasta que debo rendirme a la evidencia: estoy temblando de pies a cabeza.

—Estás muy pálida —me dice Naoko mientras nos arreglamos para la velada.

241

—¿De verdad? Basta que me pongas un poco de colorete en las mejillas antes de bajar a cenar.

—¿Seguro que no prefieres meterte en la cama con un buen caldo? —insiste—. Pareces inquieta y, si puedo serte franca, también enferma.

—¡Ni hablar! —me opongo con voz ronca—. ¡Además, esta noche nos darán la última lección de arte vampýrico antes de que empiecen las pruebas, dentro de cuatro días!

En las últimas semanas, Suraj y Lucrèce nos han enseñado a descifrar las milésimas en los tarros de sangre más valiosos, a pasar la sangre a una jarra para que se decante antes de servírsela a los vampyros, a arreglar el relleno de seda de un ataúd para que facilite el reposo de los señores de la noche. Hoy está previsto que nos enseñen a cuidar a los murciélagos fuera, en el patio helado.

—Si mueres de una neumonía, ya me dirás de qué te servirá prepararte para las pruebas —observa Naoko.

—¿No quieres ayudarme? Da igual.

Cojo el tarro de colorete de las manos de Naoko y me pongo una buena capa en los pómulos. Mis dedos tiemblan de forma incontrolable mientras extiendo la pasta. Los remordimientos carcomen mi espíritu febril. Sé que trato a Naoko con brusquedad, a pesar de que ella solo quiere mi bien. Pero no puedo permitir que nadie ponga en peligro mis posibilidades de ganar la competición. ¡Nadie!

En la cena apenas puedo tragar unos bocados de pan. Siento una náusea espantosa, que me encoge el estómago. Tengo la impresión de que mi cuerpo arde y se congela a la vez bajo mi vestido de brocado. No sé cómo voy a poder seguir la lección de arte vampýrico al aire libre, pero, en el preciso momento en que hago ademán de levantarme para ir a buscar mi abrigo de pieles, los dos escuderos entran en la sala de gala: esta noche la lección tendrá lugar en el interior de la escuela.

Los acompaña una tercera persona: una criada pelirroja, un

poco mayor que yo, con la que me he cruzado a menudo en los pasillos. A diferencia de mí, no tiembla a causa de la fiebre, sino de terror.

—En otra ocasión veremos cómo se cuidan los murciélagos —dice Lucrèce du Crèvecœur, que hoy luce un vestido de cuero de color topo—. Hoy vamos a mostraros cómo se hace un sangrado: se trata de una habilidad importante para cualquiera que quiera servir al rey. —Señala a la criada con la punta del índice de la mano derecha, la misma que está enfundada en un guantelete de hierro—. Esta tarde hemos pillado a esta ladrona *in fraganti*, robando harina en la cocina. ¿No es verdad, señora Thérèse?

La gobernanta asiente vigorosamente con la cabeza, sacudiendo los lazos de su cofia.

—Toinette nos ha decepcionado mucho —afirma con severidad.

La joven criada lanza un triste gemido: 243

—¡Se lo suplico, señora Thérèse! ¡Le juro que pensaba pagarle la harina en cuanto pudiera!

—¿Acaso no te damos bastante de comer, pequeña ingrata?

—No se trata de mí, sino de mi familia. Como ya le he dicho, mis padres son viejos y están enfermos. Además, mi hermano, el carpintero, ya no puede trabajar, porque se rompió una pierna el mes pasado, cuando se cayó de un…

—Andamio de las obras de ampliación del castillo. Lo sabemos, no sé cuántas veces nos lo has contado.

La gobernanta cruza los brazos sobre el pecho, implacable. Jamás me ha parecido tan renegada como en este momento, ella, que ascendió del cuarto estado a la Gran Caballeriza, ahora trata a los plebeyos con más desprecio que si viniera de ilustre cuna.

—No eres la única que vive a expensas del rey, tu hermano también —la acusa—. Y se lo agradeces así: ¡robando sus víveres! ¡Es una verdadera puñalada en la espalda!

La desmesura de la acusación me repugna. ¿Qué es una miserable libra de harina para un colegio que vive en el lujo, para el rey más rico del mundo?

—Quien roba una vez roba diez —asevera Lucrèce—. Y quien comete un crimen debe ser castigado. Si te sirve de consuelo, Toinette, tu escarmiento nos ayudará a instruir a los alumnos de la Gran Caballeriza.

Insensible a las súplicas de la pobre criada, le sujeta el brazo derecho a la misma velocidad rapaz que noté durante el episodio de las rosas vampýricas.

Tras subirle con brutalidad la manga de su vestido de algodón, Lucrèce muestra la marca del pinchazo de la criada, idéntica a las que tengo en cada brazo, bajo mi traje de brocado.

—El Código Mortal establece que los ladrones deben pagar con su sangre tres veces el precio del objeto robado —explica Lucrèce—, pero, dado que se trata del robo de una propiedad real, hay que volver a triplicar la cantidad. Así pues, hablamos de nueve libras de harina de primera calidad, redondeemos a diez. Eso equivale a un litro de sangre plebeya.

Un resplandor salvaje brilla en los ojos de color azul glaciar de la escudera, al mismo tiempo que en la sala se oyen unas exclamaciones ahogadas. Todos deben de haber hecho el mismo cálculo que yo: Toinette no es muy robusta, sin duda no tiene más de cuatro litros de sangre en el cuerpo. Así pues, se trata de extraerle un cuarto de la cantidad total: ¡una barbaridad!

Suraj pone un maletín de cuero encima de la mesa más próxima y lo abre para sacar unos instrumentos que conozco de sobra: agujas, tarros y tubos de caucho. Mi padre utilizaba los mismos todos los meses para sangrar a su familia y a los habitantes del pueblo.

El escudero obliga a sentarse en una silla a la criada, que no deja de temblar.

—Tranquilízate, Toinette —le dice con su voz grave—. Solo pasarás un mal momento.

A diferencia de Lucrèce, no parece disfrutar castigando a la sirvienta. Su expresión profesional me recuerda a la que ponía mi padre cuando cumplía de mala gana con el deber que le imponía el Código Mortal.

—Necesitamos un voluntario para realizar el sangrado —dice recorriendo la sala con su mirada sombría.

Se alzan varias manos, pero Lucrèce las ignora todas y llama a Rafael, a pesar de que este no ha levantado el brazo; más bien al contrario, el español intenta pasar desapercibido al fondo de la sala, su traje negro se confunde con la pared oscura.

—¡Usted, caballero de Montesueño! —dice—. Jamás ha dicho una palabra en el curso de arte vampýrico. Esta noche le toca a usted.

La cara de Suraj palidece bajo el turbante de color ocre.

—¿Por qué él? —pregunta.

—¿Por qué no? —replica Lucrèce con crueldad.

Por la mirada venenosa que dirige al hindú, intuyo que está al corriente del desgraciado idilio que este tiene con Rafael; peor aún, ¡presiento que disfruta de ello! Su elección no es inocente: quiere que se enfrenten, porque sabe que nada puede hacerlos sufrir más.

Pero los antiguos amantes deben guardar su secreto. Si salieran con evasivas, levantarían sospechas. Rafael emerge poco a poco de la penumbra y se dirige hacia la silla donde está sentada Toinette sin atreverse a mirar a los ojos a Suraj, que también lo esquiva.

—Coja esta aguja —le dice el escudero—. Únala a este tubo fino de caucho y ponga el otro extremo en el tarro más grande, el de un litro.

Suraj se dirige a él con extrema formalidad para dar una falsa impresión a los asistentes y tratar a su antiguo amigo íntimo como si fuera un perfecto desconocido. ¿Solo yo percibo un levísimo temblor en la voz grave del hindú? ¿Solo yo veo que sus cejas tupidas se fruncen mientras observa la

245

nuca de Rafael, que está desempeñando ya la tarea que le han encomendado?

El joven ejecuta su obligación sin decir una palabra, haciendo entrechocar el metal y el cristal.

—Ahora haga un torniquete para que la vena se hinche encima del punto donde debe pincharla. Hunda la aguja sin vacilar. Eso es.

El espantoso reguero de sangre que va llenando poco a poco el tarro satura el silencio. Me recuerda todas las veces en que he tenido que verter la mía. Me gustaría gritar, correr en auxilio de la joven, que ha palidecido de forma terrible; sus pupilas tiemblan aterrorizadas. ¡Toinette podría ser yo, uno de mis hermanos, cualquiera de las personas que amé!

Incapaz de contenerme por más tiempo, vencida por la fiebre y los recuerdos, exclamo:

—¡Parad, dejad de sangrarla, no lo soportará!

Lucrèce me fulmina con la mirada.

—¿Parar? —gruñe—. ¿Necesita unos quevedos, Gastefriche? ¿No ve que el tarro aún está medio vacío?

Un sudor helado resbala por mi columna vertebral. Sé que me arriesgo a salir perdiendo si intento salvar a Toinette, pero, sea como sea, ¡no puedo permitir que muera sin decir nada!

—No necesito quevedos para ver que la campesina está agotada —digo—. Si le sacamos más sangre, morirá. —Me esfuerzo para hacer una observación realmente displicente—. Sería una lástima perder a una criada en la flor de la edad, aún puede servir durante muchos años.

En ese momento, se oye el chasqueo de algo elástico: Rafael ha soltado el torniquete. Saca la aguja del brazo de Toinette y, con una mano con las uñas pintadas de negro, pone una gasa en el punto donde la ha pinchado.

—¡Gastefriche, Montesueño, déjense ya de sensiblerías! —dice Lucrèce, enfurecida, haciendo repiquetear las hojas articuladas de su guantelete de hierro para manifestar su impaciencia—. ¡La ley es la ley! El tarro debe llenarse hasta arriba con la sangre del culpable. —De repente, sus finos labios se estiran en una pérfida sonrisa—. A menos que uno de vosotros prefiera ofrecer su sangre para terminar.

Me quedo sin aliento, me tiemblan las piernas.

¡Si dejo a la vista un brazo y muestro la cicatriz de los pinchazos, será el fin y no podré llevar a cabo mi venganza!

Balbuceo con labios trémulos:

—Yo…, yo…

—Yo terminaré de llenar el tarro —me interrumpe Rafael.

En la sala se eleva un murmullo de asombro.

—Pero ¡no podemos sangrar a un noble! —exclama Suraj, indignado, lívido—. ¡No es posible!

—¡Puede que no lo hagáis en las Indias, pero en Vampyria sí! —grita Lucrèce—. ¡El artículo veintitrés del Código Mortal nos autoriza a hacerlo! —Empieza a recitar un fragmento de la terrible norma, que parece saberse al dedillo—: «En caso de que una persona no pueda hacer frente a su deuda de sangre, esta podrá ser saldada por un mortal de rango igual o superior».

Las miradas de Suraj y Rafael se cruzan por primera vez. Tengo la impresión de que un rayo se materializa entre los ojos negros del guerrero hindú y los verdes del caballero español: desdén y desafío, decepción y deseo, amargura y… ¿amor?

Lucrèce pierde interés en mí; le parece mucho más divertido atormentar a su compañero. Saca una aguja y un nuevo tubo del maletín y se los da al escudero, que no sale de su aturdimiento.

—¡Vamos, Suraj! —exclama alegremente—. En los Inocentes mataste decenas de gules con tu famosa daga de doble hoja, ¡así que puedes pincharlo sin problemas!

Toinette se aleja tambaleándose, balbuceando palabras de agradecimiento, mientras el español toma asiento en la silla.

La temblorosa aguja se acerca al brazo con las venas hinchadas por el torniquete.

247

No sé si son los dedos vacilantes de Suraj o mi cuerpo en-febrecido que tirita.

En el momento en que la aguja se hunde en la carne de Rafael, tengo la delirante impresión de que penetra en la mía.

Recuerdo el dolor de todos los sangrados que me han hecho desde la infancia, de la vergüenza de los diezmos pagados con los cientos de tarros sellados con mi nombre.

Como si me hubieran sacado de golpe toda la sangre, la ca-beza empieza a darme vueltas..., la sala es un remolino..., las Tinieblas se apoderan de mí.

248

19

Naoko

—Jeanne…

—¿Mamá?

La silueta de mi madre se alza en la penumbra.

Su larga melena castaña flota alrededor de su cara pálida.

Yo también tengo la impresión de estar flotando, como si ya no pesara nada.

—¡Mamá, creía que nunca volvería a verte! —grito sollozando.

Me deslizo hacia ella para abrazarla, pero cuanto más me acerco a ella, más se aleja de mí.

Como las nubes pasajeras donde Bastien y yo veíamos formas efímeras que se deshacían en un suspiro.

—Jeanne… —articulan débilmente sus labios descoloridos, casi transparentes.

—¡Sí, soy yo! ¡No te vayas! ¡Quédate conmigo! Quédate… —Abro bruscamente los ojos, el grito muere en mi garganta—. ¡Conmigo!

Recupero de golpe la conciencia de mi cuerpo entumecido, enterrado en una cama profunda, bajo varias mantas. Incluso tengo el pelo recogido en un grueso gorro de dormir.

—¿Jeanne? —vuelve a decir una voz que no es la de mi madre.

Vuelvo la cabeza en la almohada empapada de sudor: es Naoko, que está sentada en un taburete, a la cabecera.

Detrás de ella hay una chimenea donde arde un gran fuego, al lado de una ventana con las cortinas corridas.

—¿Dónde..., dónde estoy? —balbuceo.

—En el gabinete de las yeguas. La señora Thérèse ordenó montar aquí una cama, donde llevas durmiendo desde anoche. No quería volver a meterte en las buhardillas, dado que allí enfermaste gravemente.

Ahora reconozco el viejo papel pintado que decora las paredes. La chimenea, la única fuente de luz, proyecta resplandores y sombras que danzan sobre los motivos descoloridos. Las manadas de yeguas parecen animarse... y no son las únicas. Por primera vez noto la presencia de seres humanos medio ocultos entre los cuadrúpedos. Hombres y mujeres corriendo como alma que lleva el diablo, tan aterrorizados como las estatuas de las presas que decoran el muro de la Caza. Las yeguas que los persiguen tienen los ojos tan negros como la noche, y en la boca, una saliva espumosa del color de la sangre.

—Las yeguas de Diomedes... —murmuro recordando de repente un capítulo de las *Metamorfosis* de Ovidio donde se cuenta que Diomedes, el cruel rey de Tracia, arrojaba a los extranjeros a sus yeguas carnívoras.

—Exacto, es un mito que estudiamos el año pasado con Chantilly —corrobora Naoko.

Al mencionar el colegio y las lecciones, recupero la memoria de golpe: la conversación con la gobernanta en esta habitación, la desaparición de Tristan, el día que pasé ignorando los síntomas de la enfermedad, el desmayo durante el curso de arte vampýrico.

—¿Ayer me desmayé delante de todos? —balbuceo.

Naoko asiente con la cabeza.

Presa del pánico, palpo mi cuerpo bajo las sábanas: com-

250

pruebo que me han quitado el vestido y que me han puesto un camisón de algodón.

—¡Mis brazos! —digo con un nudo en la garganta.

—No te preocupes. Como soy tu tutora, me ofrecí para cambiarte y meterte en la cama. Nadie ha visto las marcas de los pinchazos, salvo yo. Te metí el medallón y el encendedor en el bolsillo del camisón y esta mañana he venido corriendo a verte.

Exhalo un suspiro de alivio: una vez más, Naoko me ha sacado de un apuro.

—Gracias de todo corazón —digo.

—De nada.

—¡No! ¡Esta vez no te dejaré que te salgas con la tuya! ¡Debes decirme cómo puedo agradecértelo!

Presa de una fuerte emoción, me da un golpe de tos que me desgarra los pulmones. Además, la jaqueca me traspasa el cráneo bajo el gorro de noche que me han encasquetado.

Naoko pone una compresa fría en mi frente.

—Para empezar, debes recuperarte, ese será un buen inicio —dice—. No malgastes tu energía hablando.

—¡No me callaré hasta que me digas lo que puedo hacer por ti! —la amenazo—. ¿A qué viene tanto misterio? Te lo he contado todo sobre mí, pero tú…, tengo la impresión de que aún me ocultas algo.

El semblante de Naoko se ensombrece.

A menudo me ha reprochado que ocultara parte de la verdad, y tiene razón, pero hoy soy yo la que la acusa y veo que eso le duele.

—Lo has adivinado, Jeanne, te oculto algo —murmura—. He esperado el momento más propicio para decírtelo, y supongo que ese momento ha llegado. —Inspira hondo, hace una pausa y al final dice con voz vacilante—: No soy exactamente lo que crees.

La cara de Naoko siempre me ha parecido enigmática,

251

VICTOR DIXEN

pero en este gabinete hermético, a la luz trémula de las llamas, me parece más impenetrable que nunca. Tengo la impresión de que la joven japonesa pertenece al mismo mundo
legendario de los antiguos tapices que tiene a sus espaldas,
llenos de caballos salidos de las profundidades de un pasado
mítico.

—¡Eres mi mejor amiga, eso es lo que creo! —afirmo con
toda la energía de que soy capaz—. No solo en la Gran Caballeriza, sino desde siempre. «Eres la mejor amiga que he tenido
en mi vida»: es la pura verdad y nada podrá hacerme cambiar
de opinión.

Las palabras me salen del corazón, son sinceras.

—¿De verdad nada podrá hacerte cambiar de opinión? —repite Naoko.

—Nada.

—¿Ni siquiera esto?

Acto seguido, alza una mano hacia el moño y saca el largo
pincho lacado que usa para fijarlo. Su pelo negro cae pesadamente, sumergiendo sus hombros y todo su cuerpo hasta la
cintura: una formidable masa capilar que haría palidecer de
envidia a la misma Poppy. Me doy cuenta de que es la primera
vez que veo a Naoko con el pelo suelto; tanto en clase como en
las comidas, o incluso cuando nos arreglamos para la noche,
lleva un moño…, y no me deja peinarla.

—Tienes un pelo de diosa, ¿es eso lo que puede poner en
peligro nuestra amistad? —digo sin saber adónde quiere ir a
parar—. ¿Crees que soy una envidiosa?

Por toda respuesta, Naoko se gira en el taburete.

De espaldas solo es una figura totalmente cubierta por el
sudario negro de su melena, como una plañidera de cementerio.

Sus manos se alzan y agarran un grueso mechón de pelo a
cada lado del cuello para separarlo como si fueran dos partes
de una cortina.

252

No puedo contener un grito:

—¡Oh!

A varios centímetros, en lo alto de la nuca, entre los gruesos mechones, ¡hay una boca!

Dos labios pálidos, increíblemente largos, sellados, cerrando el cuero cabelludo de la joven como si fuera una cicatriz hinchada.

—Te asusta, ¿verdad? —murmura Naoko sin dejar de darme la espalda.

—Yo…, esto…, no —farfullo—. He gritado por la sorpresa.

—No era un grito de sorpresa, sino de miedo. Y también de aversión.

Me gustaría pedirle a Naoko que deje caer el pelo de nuevo para tapar esa boca inhumana, que se extiende de una sien a otra, por una longitud de quince centímetros. Me gustaría suplicarle que se vuelva hacia mí para poder verle la cara, donde se abre su verdadera boca, pequeña, delicada y pintada con carmín.

253

Sea como sea, hago un esfuerzo para sobreponerme a la repulsión: he sufrido demasiado por la manera en que la gente miraba mi pelo en el pueblo como para permitirme ahora juzgar la apariencia de cualquiera. Por lo demás, la boca no es tal, solo es una excrecencia carnosa que tiene esa forma, una impresionante anomalía congénita, desde luego, pero, en el fondo, tan anodina como el color de mi pelo.

—Tienes un pequeño defecto de nacimiento, eso es todo —digo tratando de quitar hierro al asunto—. No tiene importancia.

—No es lo que parece, en Japón se comió crudo el gato de los vecinos.

Las palabras de Naoko me dejan de piedra.

¿Es una broma?

¿Una metáfora?

¿Un error de traducción?

Mientras, completamente aturdida, observo el cráneo de Naoko, los labios monstruosos se contraen en un ínfimo movimiento. Sus comisuras tiemblan y se estiran un poco más. Una onda helada me pone la piel de gallina. Ese pedazo de carne, que creía muerto, está más que vivo y... ¡me sonríe de una manera espantosa!

Antes de que los labios se plieguen para mostrar la dentadura que hay detrás, Naoko deja caer bruscamente el pelo, como un grueso telón.

Pálida, se vuelve hacia mí.

—La malaboca se despierta enseguida cuando la dejo al aire libre durante la noche —me dice con voz ahogada—. Y te aseguro que es mejor no verla.

Saco una mano trémula de debajo de la sábana y la apoyo en su brazo, porque siento que lo que necesita ahora por encima de todo es que la toquen.

254

—Cuando era niña, solo era un bulto detrás de la cabeza, así que mi niñera no se preocupó —me explica en respuesta a las preguntas que no me atrevo a hacerle—. Pero cuando cumplí diez años empecé a sentir por la noche que el bulto temblaba, se movía..., «que estaba vivo». A partir de entonces no pude negar la evidencia: ¡tenía una cosa asquerosa en la piel! Me negué a que mi niñera se siguiera ocupando de mí; dije que podía peinarme sola. Despedí a todos los criados de mi padre y crecí sola con mi secreto: la malaboca, como la bauticé, porque para mí representaba el mal absoluto.

Trago dolorosamente.

—¿Quieres decir que nadie lo sabe? ¿Ni siquiera tu familia?

—Soy hija única. Mi padre siempre ha estado muy ocupado con su carrera diplomática, de manera que no tenía tiempo para seguir también mi educación. En cuanto a mi madre, murió en el parto, a manos de los médicos imperiales: pagó el precio de las Tinieblas, como yo.

Recuerdo la manera en que Naoko me habló de los médicos oficiales de la corte japonesa, comparándolos con los doctores de la Facultad Hemática: todos utilizan la alquimia para manipular descaradamente las Tinieblas. ¡El temblor helado que sentí cuando la boca monstruosa empezó a animarse es, sin duda, la gélida firma de las Tinieblas!

—Mis padres no habían tenido descendencia desde hacía muchos años —prosigue Naoko mientras las llamas de la chimenea proyectan resplandores danzantes en sus mejillas—. Como último recurso, mi padre les pidió a los médicos imperiales que trataran a mi madre para que pudiera tener hijos. Ignoro qué tratamiento le hicieron. Lo único que sé es que murió y que yo nací con el «pequeño defecto», como lo has llamado.

—No lo sabía, Naoko —balbuceo.

—Los experimentos que realizan los médicos imperiales en su búsqueda del saber suelen causar auténticos horrores vivos. En Japón los llaman los *yōkai*: los monstruos. Se suelen identificar en el nacimiento y se queman sin que medie un proceso. En Occidente, los inquisidores de la Facultad aplican la misma ley a los frutos de los experimentos fallidos. —Hace una mueca—. Los estudiosos no tienen escrúpulos: para ellos, el fin justifica siempre los medios. Hasta hoy he tenido suerte y me he salvado por los pelos.

De repente, todo cobra sentido: la soledad de Naoko, su negativa a que otros se ocupen de su pelo, su búsqueda desesperada de un alma en quien confiar. Hace varias semanas que vivo en vilo en la Gran Caballeriza, pero ¡ella guarda desde siempre un secreto mortal!

—No eres un *yōkai* —le digo apretándole el brazo con una mano—. Los monstruos son los que quieren quemar a una niña inocente.

Mi amiga niega con la cabeza con aire desengañado.

—Dices eso porque no has visto abrirse la malaboca. En los primeros años, yo también le concedí el beneficio de la duda.

255

Comprendía que tenía hambre cuando notaba que se agitaba en la nuca. Recogía discretamente los restos de la cena para dárselos a escondidas en mi habitación. Al principio se conformaba con unas bolitas de arroz y un sorbo de leche, pero luego, al crecer, me vi obligada a robar pedazos de pescado crudo y restos de pinchos *yakitori* para saciarla. En lo que a mí respecta, hacía todo lo posible para no prestar atención al terrible ruido que hacía en la nuca al masticar y tragar. Hasta esa noche de mayo en que el gato de los vecinos, atraído sin duda por el aroma de la leche que había echado en un cuenco…, entró en mi habitación por la ventana entreabierta. Los rasgos de Naoko se estremecen de horror mientras se sumerge en la región más dolorosa de su memoria.

—Me desperté al oír unos maullidos salvajes —dice—. El pobre animal gritaba tratando de escapar, pero no podía, ¡porque yo lo sujetaba firmemente encima de mi cabeza! —Emocionada, Naoko me agarra con fuerza la muñeca—. ¿Entiendes? ¡Lo había capturado mientras dormía, sin darme cuenta! ¡O, mejor dicho, la malaboca se había apoderado de él y me había dejado en un estado sonámbulo para colmar su voracidad!

Naoko suelta de golpe mi muñeca, donde sus dedos, crispados, han dejado una marca.

—Horrorizada, con los brazos llenos de arañazos, dejé caer el gato —susurra—. El pobre animal se alejó cojeando con sus tres patas, porque la cuarta había quedado reducida a un muñón sangriento. A mis espaldas oía crujir los huesos y los cartílagos del miembro cortado. ¡Jamás olvidaré el ruido de esa masticación diabólica!

Naoko se tapa las orejas con las palmas de la mano como si quisiera ahogar el sonido de un recuerdo que la acechará eternamente.

—Esa noche comprendí que la malaboca quería carne fresca —retoma—, así como los vampyros están sedientos de sangre. Decidí que jamás volvería a ceder a sus apetitos. Dejé de darle de comer por la noche, pero no fue suficiente: al formar parte de mi cuerpo, se nutría con lo que yo ingería por la boca normal, por eso me volví vegetariana, para privarla por completo de carne. Los primeros meses fueron atroces, no dormía por la noche. Tenía que aplastar la almohada con la nuca durante horas para silenciar el castañeteo de los dientes furiosos de la malaboca. Solo se calmaba al amanecer. Al igual que cualquier abominación, la mía se adormece al alba.

—Pobre Naoko —digo observando sus ojeras desde una perspectiva ahora dramática—. No sabes cuánto lo siento. No alcanzo a imaginar por qué calvario has pasado, la guerra que libras todas las noches.

Mi amiga esboza una leve sonrisa.

—Es raro que uses esa palabra, porque así es como imagino mi relación con la malaboca: una guerra. Y, como en todas las guerras, uno termina por endurecerse. Las primeras batallas eran aterradoras, caóticas, lloraba todas las mañanas, convencida de que no iba a poder aguantar una noche más. Pero, con el pasar del tiempo, recuperé un poco de confianza en mí misma. Comprendí que el régimen vegetariano debilitaba a la malaboca. Poco a poco, el castañeteo de dientes se fue reduciendo, como si la privación la hundiera en una especie de letargo. Logré robar cada noche varios minutos de sueño. —Naoko inspira hondo, sus facciones se relajan por fin, vuelve a recuperar el control—. Si mi lucha contra la malaboca es una guerra, el frente es siempre el mismo. Cuando empieza a temblar por la noche, realizo mis ejercicios de meditación tras las cortinas de la cama con dosel hasta que se queda aletargada. Entonces puedo adormecerme también.

Como si pretendiera poner punto final al increíble testimonio, el tañido de una campana lejana resuena al otro lado de la puerta, en las profundidades de la Gran Caballeriza. Es la señal de que los internos deben acudir a las aulas para los cursos matutinos.

257

Con mano experta, Naoko recoge su larga melena en un moño compacto, cubriendo la malaboca adormecida. El pincho lacado sujeta la mordaza capilar.

—Bueno, ya conoces mi secreto —dice.

—¡Lo guardaré igual que el mío! —le aseguro.

Su sonrisa se ensancha levemente.

—No te lo habría contado si no estuviera segura de que lo harás —dice levantándose.

La retengo sujetándole un brazo.

—Espera, no te vayas ya. Ahora debes decirme cómo puedo ayudarte. Porque seguro que puedo hacer algo, ¿verdad?

Durante un instante solo se oye el crepitar de los troncos en la gran chimenea.

—Mi padre insistió mucho para que me presentara al Sorbo del Rey, el supremo honor —murmura—. Nuestra relación se enfrió cuando le dije que no quería, pretextando que era tímida. En realidad, la mera idea de beber la sangre del monarca me repugna. ¡Odio las Tinieblas con todo mi corazón! ¡Corrompen todo lo que tocan! ¡Levantan a los muertos, cubren la carne de los vivos con unos tumores monstruosos, transforman hasta los adornos más hermosos de la naturaleza, unas rosas inocentes, en unos seres atroces! —Naoko se estremece—. No quiero imaginar el efecto que un sorbo de sangre real saturado de tieblina podría tener en la malaboca, estoy segura de que la despertaría; o qué sucedería conmigo si la descubren: los inquisidores me enviarían directa a la hoguera.

—Nadie la descubrirá —le aseguro.

—Es posible, pero dentro de un año, cuando entre en la corte, tendré que redoblar la vigilancia; dadas las funciones que desempeña mi padre, es impensable que no termine accediendo a ella. ¿Cómo reaccionará la malaboca cuando se vea rodeada de todos esos inmortales, de toda esa sangre, de todas esas Tinieblas? En el palacio necesitaré más que nunca una amiga.

—Sus ojos brillan a la luz de las llamas—. No me abandones,

Jeanne. No huyas como Tristan. Los dos parecíais tan cómplices y, sin embargo, él te dejó de un día para otro. No me hagas
algo así, te lo ruego. Quédate a mi lado. Mata a tu vizconde de
Mortange, si es tu destino, pero vive, ¡vive por mí!

Siento un nudo en la garganta.

Es la primera vez que Naoko me pide algo, ella, que me lo
ha dado todo sin titubear. No obstante, aunque sea el único
ruego, no puedo concedérselo. Es impensable que pueda sobrevivir al atentado contra el rey que cometeré dentro de unos
días. Naoko desconoce mi delirante proyecto: no sabe que está
hablando con una condenada.

—Suceda lo que suceda, siempre seré tu amiga —le digo
echando balones fuera, abrumada por un terrible sentimiento
de culpabilidad.

Naoko murmura unas palabras de agradecimiento y suelta
mi mano, que de repente se ha vuelto tan blanda como el chicle,
tras lo cual enfila el pasillo. Al fondo espera el curso de Chantilly. 259

20

Remordimientos

*E*l día transcurre en silencio en el tibio caparazón que forman las viejas tapicerías.

Cada dos horas, el guardia suizo apostado en el gabinete de las yeguas llama a la puerta y a continuación entra a echar varios troncos a la chimenea. A mediodía, una criada trae una sopera con caldo humeante y rebanadas de pan fresco para caldear mi cuerpo. Logro llevarme la cuchara a los labios sin temblar. Dentro de nada ya no sentiré siquiera dolor en los músculos.

Pero, a medida que la fiebre disminuye, mi ansiedad crece.

Me reprocho no haber sido capaz de confesártelo todo a Naoko. Por primera vez desde hace varias semanas, mi propósito de destruir al rey vacila. Hasta ahora he conseguido convencerme de que no tengo nada que perder: nadie me importa ni yo le importo a nadie. Ya no es así. Jamás olvidaré los ojos de Naoko temblando con una mirada afable. Pero ¡tampoco puedo olvidar la explosión que despedazó a mi padre, la espada que degolló a mi madre, la que decapitó a Valère y la ropera que desventró a Bastien!

Otro motivo de culpabilidad me atormenta también: Tristan.

Todos en la Gran Caballeriza ya parecen convencidos de

que huyó cobardemente. Soy la única que sabe la verdad, ¡un monstruo necrófago se lo llevó y lo mató porque yo se lo pedí!

Me gustaría poder apartar ese pensamiento de mi mente para concentrarme únicamente en mi venganza, pero no lo consigo. No logro convencerme de que Tristan solo era una vulgar carta en mis manos de la que me he desembarazado, un retoño de la nobleza, un miembro del campo enemigo. Las palabras de súplica que le dirigí al prisionero vuelven una y otra vez a mi memoria: «¡Oh, tú, prisionero de la Gran Caballeriza, si puedes escucharme, impide que Tristan de La Roncière hable antes de final de mes!».

¿Y si ha conseguido que no vuelva a hablar?

No sé una palabra de ese monstruo, salvo que solo sale de noche y que se nutre de restos humanos. ¿Le gustarán las presas vivas?

262 ¡Tengo que encontrar a Tristan! No para liberarlo, eso no, no puedo permitirme ese lujo antes de haber vengado a mi familia, pero debo saber si está vivo o muerto; si no, corro el riesgo de que la incógnita me vuelva loca y me aleje de mi misión.

—¡Está menos paliducha! —afirma la señora Thérèse entrando en el gabinete justo después de que hayan sonado las cuatro de la tarde tras las gruesas tapicerías.

Deja un vestido limpio en la pequeña consola que hay en una esquina de la chimenea. Después se encamina hacia la ventana y abre con brusquedad las cortinas para que los rayos entren en la habitación. Después de haber pasado un día casi a oscuras, la luz me deslumbra.

—Esta noche podrá cenar con sus compañeros y volver al dormitorio —dice la gobernanta—. Mañana retomará las clases y dentro de tres días podrá competir en el Sorbo del Rey.

Vamos, tenemos tres horas para prepararla y vestirla antes de que anochezca.

«Y antes de que se despierte el prisionero de la Gran Caballeriza», pienso. Es imprescindible que entre en su guarida antes del anochecer. Si Tristan aún está vivo, estoy segura de que lo encontraré allí.

—Estoy un poco mejor, en efecto, gracias, señora Thérèse —digo fingiendo que me tiembla la voz—, pero aún me siento débil. Creo que una noche más cerca del fuego me vendrá bien. Además, prefiero saltarme la cena, porque aún tengo un poco de náusea.

La gobernanta frunce el ceño. Su inflexible sentido del orden querría que me incorporara al ritmo de la escuela lo antes posible, pero el temor de que la acusen de haber sido negligente con la salud de una pupila del rey la hace vacilar.

Simulo un ataque de tos abriendo y cerrando rápidamente los párpados:

—*Cof, cof*..., no me gustaría sufrir una recaída.

Mi pequeño número pone punto final a sus vacilaciones.

—De acuerdo, pero ¡solo una noche! —me concede—. Ahora deje de hablar y vuelva a dormirse. Le traeré una infusión después de cenar.

Corre de nuevo las cortinas con un ademán seco, atajando la conversación, y acto seguido da media vuelta y cierra la puerta tras de sí.

La cuenta atrás se inicia en mi cabeza. Los internos cenarán a las siete, como todas las noches, de manera que la gobernanta regresará más o menos a las ocho. ¡Tengo que actuar antes! La señal de partida será el momento en que el guardia suizo traiga nuevos troncos.

Empieza una larga espera, que trato de matar mirando cómo se va apagando el fuego en el hogar.

Cuando el último tronco acaba de consumirse, salgo de la cama sin hacer ruido, me quito el camisón y lo paso por enci-

263

ma de uno de los grandes travesaños que adornan la cama. Al igual que hace dos meses, cuando vestí el cadáver de la baronesa con mi ropa, esta noche será una muñeca de trapo la que ocupe mi lugar. Le pongo mi gorro de noche para rematar el engaño y la meto entre las sábanas. Solo entonces me pongo el vestido que me trajo la gobernanta y guardo el reloj y el encendedor en un bolsillo. Por último, me pego a la pared que hay junto a la puerta.

No tardan en sonar las seis en los campanarios del pueblo, seguidos de dos golpes discretos en la puerta. No respondo. El pomo gira, la hoja se abre chirriando un poco y el guardia suizo entra en la habitación con una cesta llena de troncos. Echa un rápido vistazo a la cama ocupada por el travesaño, sumergida en la penumbra. Tras verificar que la enferma duerme, se acerca a paso ligero hacia la chimenea para alimentarla. Aprovecho que me da la espalda para salir al pasillo.

264 A diferencia de los pisos inferiores, en el quinto no hay dormitorios ni aulas: está desierto. Lo cruzo en silencio, mis medias de lana resbalan en el frío parqué, hasta que llego a la escalera que conduce a las pajareras. Una vez allí, encuentro un cuarto con el tragaluz abierto.

El contacto con el marco me deja los dedos helados hasta que salgo.

Pero lo que me hiela de verdad es la visión del muro de la Caza: a la tenue luz del crepúsculo, las sombras de los altorrelieves vampýricos son infinitamente largas; de ellas emergen unos detalles aterradores. La primera vez que me escapé por los tejados aún desconocía los horrores que se urden detrás del muro, pero ahora los tengo grabados en mi memoria como con un hierro incandescente.

Subo por las tejas resbaladizas a cuatro patas, con la barriga pegada al tejado, aplastándome todo lo posible contra él. Los innumerables conductos de las chimeneas emanan un humo denso, que calienta la Gran Caballeriza. Todos salvo uno, el más robusto de todos. Estaba en lo cierto: el conducto que lleva a las entrañas de la escuela no está encendido, lo que deja una vía de paso a lo que se esconde en su interior.

La escalera por la que bajé a toda prisa en brazos de la criatura hace dos meses sigue ahí. Me sujeto a las barras estrechas y me sumerjo en el negro vientre del edificio.

Al poco tiempo solo siento la textura granulosa del metal oxidado bajo mis dedos y el eco de mi respiración, repetido por el conducto de la chimenea. A veces, mis medias de lana resbalan en un peldaño, pero recupero el equilibrio por un pelo en el siguiente. No puedo ir más despacio: no tardará en oscurecer.

Después de un largo descenso, toco por fin tierra. Aquí, en el sótano, hace un poco menos de frío; de hecho, la temperatura es constante durante todo el año.

—¿Quién está ahí? —resuena una voz en la oscuridad absoluta.

¡Es la voz de Tristan!

Paso bajo el dintel de la chimenea con el corazón acelerado, desgarrado entre la angustia y el alivio.

—Soy yo —susurro—. Soy Diane.

Saco el encendedor y empiezo a golpear frenéticamente el pedernal hasta que se enciende la yesca, una luz ínfima en la oscuridad.

—¿Diane? —repite Tristan.

—No te muevas. Espera a que encienda el farol.

Avanzo en la oscuridad hasta que mis dedos tropiezan con el borde de la mesa; palpo la superficie, encuentro el farol y acerco la yesca incandescente de la mecha.

Se eleva una llama que ilumina la habitación subterránea.

Los objetos siguen estando encima de la mesa, como durante mi primera visita: la jarra de terracota, el vaso metálico... ¡y un nuevo montón de huesos humanos rotos para sacarles la médula!

265

En cuanto a Tristan, comprendo que era inútil que le dijera que no se moviera: está atado a la única silla. Sus muñecas y sus tobillos, amarrados con cuerdas, emergen de las gruesas mantas apolilladas que alguien le ha echado sobre los hombros.

Nuestras miradas se cruzan por primera vez desde la montería. Entre sus largos mechones rubios, sus ojos de cautivo brillan a la luz del farol. ¿Qué sabe de mí exactamente?

—El otro día, en el bosque… —empiezo a decir, buscando las palabras—. No sé lo que te pareció ver.

—Calla —me interrumpe—. No tenemos tiempo para juegos. Ambos sabemos lo que vi: la cicatriz del sangrado en tu brazo. El signo de que eres una plebeya. La marca de tu impostura en la Gran Caballeriza. La prueba de que me mentiste sobre tu identidad.

Tal avalancha de acusaciones me abruma, pero Tristan no me deja tiempo ni para respirar.

266

—El monstruo que me secuestró no tardará en volver. Duerme de día y se despierta por la noche, si no me engañan los tañidos de las campanas que alcanzo a oír a través del conducto de la chimenea. No le he visto la cara bajo la capucha ni he oído su voz. Solo he visto los huesos roídos encima de la mesa. Me pregunto si no lo habrán enviado del infierno. Pero tu presencia aquí significa que has venido para algo, ¿verdad? —Los ojos azules de Tristan me fulminan—. En ese caso, dime: después de haberme partido el corazón, ¿me vas a liberar o vas a dejar que me devore?

El farol empieza a temblar en el extremo de mi brazo.

—Yo… creo que no te devorará —farfullo—. Por lo visto, solo come cadáveres. Igual que los gules.

—Eso me tranquiliza: esperará a que muera para saborearme.

—¡No puedo liberarte, Tristan! ¡No puedo correr el riesgo de que me delates! No antes del Sorbo del Rey.

Alza la barbilla con aire desafiante y se echa el pelo hacia atrás con un ademán de la cabeza, dejando a la vista su cicatriz.

—¿Porque después dirás a tu demonio que me suelte? ¿Crees que una vez que estés en palacio mi indiscreción no podrá perjudicarte? Eres bastante ingenua si piensas que el Inmutable se mostrará indulgente con una plebeya que ha ocupado el cargo de escudera. —Cierra los párpados—. Aunque quizá no piensas hacer carrera en la corte.

Su perspicacia me deja atónita.

—¡No sé qué te imaginas, pero no me dejas alternativa! —digo dando media vuelta con el estómago encogido.

—¡Espera!

Me detengo.

—Al menos, dame algo de beber antes de irte. Llevo varias horas muriéndome de sed.

Dejo el farol encima de la mesa, agarro la jarra con una mano temblorosa y lleno el vaso hasta arriba. A continuación, me aproximo a la silla y acerco el recipiente a los labios secos de Tristan, a la boca que anteayer me besaba con pasión.

De repente, los brazos que creía atados se sueltan haciendo saltar por los aires los extremos cortados de la cuerda y el vaso de hierro. Tristan coge mi cintura con su mano izquierda y me atrae hacia él; con la derecha apoya una hoja afilada en mi cuello.

Aterrizo en sus muslos, pegada a su torso, a su merced.

—No se te ocurra gritar para llamar a tu criatura, podría degollarte sin querer —susurra en mi nuca—. ¿Me oyes, «Diane»? Si es que ese es tu verdadero nombre.

Trato de desasirme, pero Tristan me tiene bien sujeta y al menor movimiento brusco puedo clavarme el cuchillo.

—El monstruo de la capucha cometió el error de dejar una cuchara encima de la mesa —prosigue Tristan—. Tardé varias horas en mover la silla hasta ella, haciendo oscilar mi peso

267

de un pie a otro, centímetro a centímetro; y unas cuantas horas más en afilar el metal de la cuchara en la pared, con la punta de la mano atada. Un largo trabajo que, sin embargo, ha valido la pena: «Un verdadero cazador solo cuenta consigo mismo», ¿verdad?

Qué cruel ironía: Tristan acaba de repetir las palabras que le dije durante la montería. ¡Y yo, la falsa Diane, me encuentro en la misma posición que tenía la baronesa frente a mi navaja!

—Cuando entraste, acababa de cortar las cuerdas de los reposabrazos —murmura Tristan con voz ronca—. Solo me faltaban los pies. Después de que haya acabado contigo, tardaré apenas unos minutos en liberarme.

—Mi desaparición levantará sospechas —jadeo—. Montfaucon me buscará.

—Si la búsqueda es tan eficaz como la que han desplegado conmigo, tu cadáver se transformará en polvo antes de que vuelva a ver la luz del día. A menos que tu gul doméstico no lo devore antes.

—Puede que mis restos terminen convertidos en polvo o en la barriga de un gul —grito—, pero ¡mi espíritu te perseguirá hasta el final de tus días, cabrón! ¡La libertad o la muerte!

Gritar el lema de mi madre por primera y última vez me colma de una alegría salvaje. Inspiro para pronunciar una última maldición, antes de que el improvisado cuchillo me silencie para siempre, pero Tristan me suelta con brusquedad.

—Vete —dice.

Salto hacia delante sin que él haga nada para retenerme.

Un ruido metálico resuena en el suelo de piedra: es la cuchara afilada, que acaba de arrojar a mis pies.

La cojo de inmediato y me vuelvo hacia él, completamente confusa:

—¿Por qué? —le pregunto con la respiración entrecortada.

—Porque quizá no sea tan cabrón como piensas. Porque no creerás lo que he de decirte con una hoja afilada en la garganta. Porque sin duda me escucharás con más atención empuñando el arma.

A la luz del farol, de repente, la cara de Tristan me parece transfigurada por una esperanza resplandeciente, inexplicable.

—A menudo te he dicho que no me gusta la corte y tú me has confiado que te sucede lo mismo —prosigue con ojos enfervorizados—, pero, para ser más exactos, tú la odias con todas tus fuerzas, ¿no es así? Harías lo que fuera para destruirla. Pues bien, yo también. —Inspira hondo para calmar su jadeo—. ¿Recuerdas lo primero que te dije antes de que me besaras durante la montería?

—No entiendo adónde quieres ir a parar —balbuceo, alterada por sus palabras.

El recuerdo de nuestra breve escapada, el momento más feliz que he vivido en Versalles, vuelve a mi mente con toda la precisión de mis sentidos. El frío intenso del aire, el olor almizclado de los caballos, la mirada ardiente de Tristan y la frase que ahogué al besarlo, sin prestarle atención.

—«Salvar al ciervo en nombre de la libertad o del amor» —repito con voz tenue.

La evidencia me fulmina mientras las palabras salen por mis labios.

—La libertad o el amor. La libertad o la muerte. ¡Es casi lo mismo!

Tengo la impresión de volver a la cena, la noche en que conocí a Tristan, en plena competición oratoria. Nuestra extraña relación surgió bajo el signo de los juegos de palabras. ¡Cómo he podido pasar por alto que me llevó a la orilla del río!

—Cuando llegaste a la Gran Caballeriza, comprendí enseguida que eras diferente de los demás internos —dice—. La manera en que desafiaste a Hélénaïs durante la cena, la fuga por los tejados... Mi intuición me decía que eras de la misma

269

pasta que yo, una rebelde de pies a cabeza que había venido a Versalles con una misión secreta, pero no podía preguntártelo directamente, porque podía estar en un error. Así pues, intenté acercarme a ti multiplicando las ocasiones de estar a tu lado y de averiguar algo más sobre tu misterioso pasado, pero todo fue en vano.

Un sentimiento agridulce me atraviesa el corazón. Yo, que pensaba manipular a Tristán aprovechándome de sus sentimientos, era víctima del mismo juego. ¡El cazador cazado!

—El otro día en el bosque no pude soportarlo más y me arriesgué —prosigue con voz vibrante—. Te tendí un cable incumpliendo mi divisa. La mía y la de todos los rebeldes.

El pedazo de metal afilado empieza a temblar en mi mano.

¿La Fronda?

¿La nebulosa organización que creía que no iba a conocer en mi vida?

270   Y ahora me aparece con los rasgos de Tristan de La Roncière.

Mi espíritu vacila, se enfurece. Me cuesta hacer coincidir el rostro luminoso del joven caballero con el oscuro complot que ha jurado poner fin a Vampyria. Aunque, hace apenas unas semanas, jamás lo habría asociado a la cara de mi madre.

—¿Eres miembro de la Fronda? —logro balbucear.

Asiente con la cabeza y sus mechones rubios se agitan suavemente en la penumbra.

—Desde siempre. Igual que toda mi familia lo es clandestinamente en las Ardenas. ¡No podemos soportar por más tiempo el yugo del Inmutable! La presión intolerable que supone el diezmo real para la gente. La despreciable sumisión que la aristocracia vampýrica impone a la pequeña nobleza mortal. Los crímenes y las delaciones cometidos por la Facultad. ¡Francia muere debido a la vida eterna de los inmortales de Versalles! —La cara contraída de Tristan parece el espejo de mi alma, en él se refleja el odio que yo también siento por los chupasangre—. La otra noche te mentí cuando te dije que mi madre me había enviado a la corte para representar a la familia La Roncière. La razón por la que debo entrar como sea en la guardia personal del tirano es muy diferente: no quiero servirlo, sino…

—Clavarle una estaca en el corazón —murmuro terminando la frase.

Sus labios, azules por el frío, se ensanchan en una sonrisa.

—¡Lo sabía! —exclama riéndose al mismo tiempo—. ¡Por eso estás aquí! Cuando te acercaste a mí en el río, intuí que tú también perteneces a la Fronda. En un primer momento, cuando vi la marca del pinchazo, me sentí aturdido, porque de repente comprendí que estaba a punto de revelarle un secreto crucial a una chica de la que lo ignoraba todo.

—¿No te tranquilizó descubrir que soy una plebeya? —pregunto alterada.

—No todos los plebeyos quieren rebelarse contra el rey, en absoluto. Algunos, como la señora Thérèse, son incluso cómplices serviles.

—No sé qué responder a la evidencia. Recuerdo la manera en que la gobernanta trató a la pobre Toinette hace apenas unas horas.

—Pero ¡ahora ya no dudo de ti! —prosigue Tristan de todo corazón—. Una sección auvernesa de la Fronda te envió a la Gran Caballeriza, ¿verdad?

Atónita, bajo el arma.

—No sé nada de la Fronda ni de su organización —confieso—, pero mi familia formaba parte de ella. Los asesinaron a todos: las cabezas que tal vez vieras en la verja del patio eran las suyas. ¡Mi padre, mi madre y mis dos hermanos mayores! Nadie me envió a la Gran Caballeriza. La venganza es mi único motor.

—¡No, es el destino! —afirma Tristan, enfervorizado—. ¡Estoy seguro! El destino nos ha elegido a los dos. Tú en el ala

271

de las chicas y yo en la de los chicos, así tenemos más posibilidades de adjudicarnos el Sorbo. Dos veces más posibilidades de llegar al Inmutable. ¡Juntos acabaremos con la tiranía del Rey de las Tinieblas!

En respuesta a las palabras de Tristan, un tintineo lejano y repetido resuena en la chimenea, semejante a un grito de alarma: ¡es el toque de queda!

En un abrir y cerrar de ojos recupero la conciencia del tiempo y me precipito para ayudar al prisionero a deshacer los nudos que sujetan sus tobillos.

—¡Rápido! —grito—. No tardará en caer la noche, y con ella llegará el que vive entre estas cuatro paredes.

—¿Dónde está exactamente? —me pregunta Tristan mientras desata las últimas cuerdas.

—Sé tanto como tú. Me ha ayudado varias veces, pero aun así algunas de sus acciones siguen siendo un misterio para mí. —Recuerdo las cabezas de mi familia adornadas de manera extraña y prefiero no pensar en lo que después puede haber hecho con ellas—. Lo único seguro es que debemos salir de aquí cuanto antes.

Lo libero de las mantas y a continuación lo arrastro hasta la chimenea, pero él desfallece apoyado en mi hombro: después de dos días sin moverse tiene las piernas anquilosadas.

—¡Más deprisa, Tristan! —digo para animarlo.

Dejo que sea el primero en sujetarse a la escalera, para asegurarme de que sube suficientemente rápido.

—¡Vamos!

A medida que ascendemos por los peldaños, el aire se va haciendo más y más frío, y el viento sopla cada vez más fuerte. Me parece oír otro silbido a nuestros pies, abajo, en la guarida que acabamos de abandonar. ¡Un silbido de indignación y furor!

Jadeando, salimos al tejado oscuro.

—¡Por aquí! —grito a Tristan arrastrándolo por la pendiente en dirección al tragaluz—. ¡Agárrate a mí y ten cuidado de no resbalar!

Las nubes tapan la luna y mis medias se deslizan por las tejas, donde ya se ha formado una fina película de escarcha, pero no me importa. El estruendo que sube por el conducto de la chimenea que está a nuestras espaldas me da mucho más miedo: ¡un cuerpo robusto está subiendo por él a toda velocidad, haciendo tintinear furiosamente las barras!

Por fin, llegamos al pequeño tragaluz que dejé abierto.

—¡Entra tú primero! —grito con el corazón acelerado.

—¿Y tú?

—¡Ahora!

Entra como puede por la estrecha abertura, mientras el viento glacial hincha su camisa blanca.

Me introduzco detrás de él en la pequeña habitación y cierro el tragaluz con tanta fuerza que el cristal tiembla en el marco.

—¿Era él? —me pregunta Tristan con la respiración entrecortada.

—Estoy segura.

Después del aullido del viento y los golpes de las tejas, el silencio que reina en la minúscula habitación me parece ensordecedor.

—No debemos quedarnos bajo el tejado —murmura Tristan—. Ese monstruo tiene una fuerza demoniaca. La otra noche, cuando me secuestró mientras dormía, no pude hacer nada para evitarlo.

Salimos corriendo al pasillo y nos dirigimos hacia la escalera que conduce a los pisos inferiores.

Me detengo al borde de los escalones, al comprender de repente que nuestros caminos están a punto de separarse.

—La cena debe de estar a punto de terminar —digo—. Tengo que engañar al guardia que está apostado delante del gabinete de las yeguas: me han puesto una cama allí, para que

273

me recupere de la fiebre que me causó la montería. La señora Thérèse tiene que encontrarme bajo las sábanas.

—La verdad es que te deslizas por todas partes, como un ágil armiño —murmura Tristan.

Siento una punzada en el corazón.

—Mi hermano Bastien decía que era una comadreja, es casi lo mismo que un armiño, pero menos regio.

—Mi madre, en cambio, dice que soy tan salvaje como un lince, porque prefiero recorrer a grandes zancadas los bosques solo, en lugar de en grupo, como hacen mis hermanos. Seguro que la Facultad atribuiría mis largas cabalgadas a un exceso de bilis negra, pero la soledad puede ser tan dulce como un arroyo claro donde reponer fuerzas.

—Sé perfectamente lo que quieres decir —le digo con un respiro.

—Somos tal para cual, tú y yo. Dos animales feroces arrojados a Versalles. Dos criaturas heridas: yo con la cicatriz en la mejilla, y tú con tus pinchazos en los codos. Pero los animales heridos son los más astutos. Voy a distraer la atención del guardia para ayudarte. Bajaré primero y fingiré que agonizo: el guardia me llevará al ala de los chicos, y así tendrás despejado el camino.

En la penumbra casi completa del pasillo apenas puedo distinguir la figura que está a unos centímetros de mí, pero siento su aliento tibio en la frente.

—¿Cómo explicarás lo que te ha sucedido? —le pregunto, atormentada por el problema en que le he metido.

—Fingiré que también caí enfermo después de la caza —responde—. A saber qué miasmas fluyen en el río que cruzamos. Les diré que me desperté en la buhardilla del ala femenina después de haber pasado varias noches delirando. Culparé a la fiebre y al sonambulismo de todo.

—¿Cuándo podremos volver a hablar?

—Por la noche, durante la cena. Es el único momento en

que los internos de las dos alas se encuentran. Tendremos que ser mucho más discretos, porque te vas a unir a nosotros en el momento más duro.

—¿A nosotros? —repito—. ¿Significa eso que sois varios?

Tristan asiente con la cabeza.

—La Fronda lleva varios meses preparando el atentado. Varios cortesanos se han sumado a la causa. Los cómplices que tenemos en el castillo han escondido armas en la cámara mortuoria del rey: la estancia donde fue transmutado hace tres siglos, donde pasa los días encerrado en el sarcófago y donde celebra cada año el ritual del Sorbo. Los dos candidatos elegidos se quedarán a solas con el Inmutable unos minutos; una ocasión única, ya que el déspota no podrá contar ni con la guardia ni con sus secuaces. A la derecha de la chimenea, abajo, hay un panel corredero con una moldura en forma de cabeza de león. En ese escondite hay una estaca de castaño (la esencia más eficaz contra los vampyros), además de una espada de plata (el metal que más temen). Las armas estarán a mi disposición si me seleccionan para el Sorbo, y también a la tuya; ahora que eres una de las nuestras, tú también podrás utilizarlas. —Los ojos de Tristan brillan con un resplandor feroz—. Imagínate, quizá dentro de una semana pueda hundir la estaca en el corazón del tirano mientras tú le cortas el cuello; ¡tú y yo golpeando a la vez al déspota! La tiranía derrotada gracias a nuestro... amor.

Esa imagen heroica me exalta.

El hecho de que Tristan repita la palabra «amor», esa misma que ya murmuró en el bosque, me emociona aún más.

—En las últimas semanas me acerqué a ti para asegurarme de que podías unirte a nosotros —me confiesa—, pero he descubierto más de lo que esperaba...

Asiento con la cabeza: yo también quise utilizarlo para conseguir mis objetivos, pero el corazón ha acabado prevaleciendo sobre los cálculos de la razón.

Le sujeto una mano, está helada.

275

—Perdóname —digo—. Perdóname por haberle pedido a ese..., a esa criatura que te acallara.

—No debes pedirme disculpas. Yo habría hecho lo mismo si hubiera pensado que un interno podía poner en peligro mi plan de asesinar al rey. Has puesto el deber por encima de todo. Has actuado con nobleza.

—Soy una plebeya, Tristan —le recuerdo.

Se aproxima a mí con la cara devorada por una sombra que invade todo mi campo visual.

—Me refiero a la nobleza de corazón —murmura—. La que no tiene nada que ver con los títulos, las convenciones, con el protocolo en que a la etiqueta le gustaría encerrar a los mortales. Y yo, si me lo permites, te quiero aún más por eso, Diane.

—Jeanne —lo reprendo, porque no puedo soportar más oír un nombre que no sea el mío saliendo de su boca—. Jeanne Froidelac.

Dulcemente, acerca sus dedos a mi cara y acaricia uno de los mechones grises que el viento ha despeinado.

—Jeanne —repite embelesado—. Mi armiño de plata, que corre por los tejados del cielo y que domina a los monstruos del infierno. Mi madre dice que me eligió porque era el más valiente de mis hermanos, porque luché desarmado contra un oso. En realidad, creo que me designó porque era el más independiente, el más capaz para cumplir la decisiva misión de infiltrarme en la corte sin venirme abajo. Pero tengo miedo, ¿sabes? En el pasado, el oso escapó sin un arañazo después de haberme marcado en la carne para siempre. Y el Inmutable es mil veces más temible que la más feroz de las fieras. Ojalá tenga tu valentía cuando llegue el momento de enfrentarme a él.

Estremecidos en lo alto de la pequeña escalera que hay bajo las buhardillas, parecemos estar al borde del vacío. Como los dos animales perseguidos que acaba de mencionar Tristan, a punto de saltar a un valle inmenso y desconocido. El vértigo intensifica mis sentidos El miedo me eriza la piel. La excitación acelera los latidos de mi corazón. Respecto al calor que siento en las entrañas, Tristan ya le ha atribuido un nombre: es la pequeña llama de un amor en ciernes, que se ha encendido sin contar con nosotros.

Los labios de Tristan se abren mientras se acercan a los míos, trémulos.

Cuando nuestras bocas se encuentran, por fin dejan de temblar.

277

21

La giga

«¡*S*oy una rebelde!», canta una voz alegre en mi cabeza mientras abro los ojos.

Anoche, la señora Thérèse solo vio el fuego, y esta mañana no siento ningún dolor muscular.

Aparto las gruesas mantas, como si fuera una mariposa saliendo de su capullo, lista para echar a volar. También siento mariposas en la barriga al recordar a Tristan y el beso que nos dimos ayer antes de separarnos. Me siento fuerte gracias a su fuerza y a la de los numerosos rebeldes que imagino pululando a la sombra en la corte.

«Mamá, papá, Valère y Bastien, miradme, sigo vuestros pasos: ¡¡soy miembro de la Fronda!!»

Hasta ahora jamás imaginé que iba a poder sobrevivir al atentado contra el rey. Creía que la palabra «libertad», que está grabada en el reverso del reloj de bolsillo de mi madre solo era un espejismo. Pero ahora empiezo a soñar con el mundo que vendrá después: un mundo libre del diezmo, de la reclusión y del toque de queda. Me imagino cabalgando con Tristan por los extensos bosques de las Ardenas de los que tanto me ha hablado, y aún más lejos, por las tierras lejanas que siempre he querido explorar. El encuentro de su soledad y la mía lo ha cambiado todo.

En el desayuno, el apellido La Roncière está en boca de todos. El comedor murmura sobre el regreso del interno que había desaparecido del ala masculina. A falta de cualquier otra razón que explique su desaparición de cuarenta y ocho horas, parecen haberse tragado la historia del sonambulismo.

Una parte de mí arde en deseos de revelar la verdad a Naoko, pero guardo silencio: juré a mi cómplice que no diría nada. Es más seguro para él, para mí e incluso para Naoko. Por lo demás, ella tiene que sobrellevar un secreto mucho más grave: el de la malaboca.

Al final del día y tras habernos arreglado para la velada, me apresuro a ser la primera en bajar la gran escalinata, impaciente por ver a Tristan en la sala de gala. Pero al llegar abajo una voz resuena tras de mí obligándome a detenerme:

—¿Diane?

Me vuelvo enérgicamente.

280

Es Poppy, que se dirige también hacia el comedor…, a menos que me haya seguido.

—Espero que te encuentres mejor —murmura.

Es la primera vez que me dirige la palabra desde la montería, después de haberme desdeñado de forma ostensible. No quiero saber por qué. En los pocos días que quedan para el Sorbo del Rey debo concentrarme por completo en mi único objetivo.

—Bastante mejor —digo a la defensiva—. Sigo un poco constipada, pero no durará mucho.

—El río debía de estar lleno de miasmas especialmente virulentos, visto el estado en que os ha dejado a La Roncière y a ti. Cuando pienso en la crisis de sonambulismo… ¡Es increíble lo que le pasó!

Preferiría dejarlo ahí y no hablar de Tristan. No tengo nada que ganar prolongando una conversación donde corro el riesgo de irme de la lengua.

Pero Poppy aún no ha terminado:

—Siento cómo me he comportado contigo desde la caza —prosigue—. Me asusté cuando viste que había escupido sangre en mi pañuelo.

—¿Por qué te asustaste? —pregunto encogiéndome de hombros—. No soy una vampyra, no me habría abalanzado sobre él para beberla con avidez.

Me doy media vuelta para entrar en la sala de gala, pero ella sujeta una manga de mi vestido de damasco.

—¡Eh, cuidado! —exclamo—. ¡Es un regalo del rey!

A decir verdad, el vestido me importa un comino, pero ¡no puedo permitir que Poppy me rompa la manga y deje a la vista la marca del sangrado! Dejo que me arrastre bajo la escalinata, a un rincón oscuro donde guardan los cubos y las escobas. Ahí nadie puede vernos ni oírnos.

—Tengo miedo de que me denuncies: eso fue lo que me asustó —me explica susurrando—. ¿Le has contado a alguien lo que viste?

En la penumbra del nicho, el semblante de Poppy es todo ansiedad. Su tez me parece más pálida que nunca: ni el rojo de sus mejillas ni el negro de sus ojos logran colorear su piel exangüe. Siento que la atormenta una angustia profunda.

—No le he dicho una palabra a nadie —le aseguro.

Sus rasgos se relajan un poco y por fin me suelta la manga.

Abajo, detrás de la muralla de la Gran Caballeriza, los tañidos repetidos del toque de queda anuncian el anochecer.

—Gracias, *darling* —dice suspirando tras el último repique—. Prefiero que los profesores no sepan que soy tuberculosa.

Pronuncia la palabra a regañadientes, como si fuera un secreto vergonzoso. ¿Tuberculosa? Conozco esa terrible enfermedad que corroe poco a poco los pulmones. A los habitantes de la Butte-aux-Rats que la padecían se los marginaba. Solo mi padre se atrevía a tocarlos con compasión y se esforzaba para aliviar los síntomas con los polvos de *pulmonaria offi-*

281

cinalis, dado que no podía curarlos del todo. Creía que la tuberculosis era una enfermedad propia de los pobres plebeyos, jamás habría imaginado que una joven aristócrata pudiera padecerla.

—¿Estás segura? —murmuro recordando la tos crónica de Poppy, su tez pálida y sus expectoraciones sanguinolentas, que quería ocultarme a toda costa.

Ella asiente gravemente con la cabeza, agitando su moño alto.

—Toda mi familia la padece. El nombre glorioso de Castlecliff queda deslucido por la ruina de nuestras propiedades. Vivimos en un castillo húmedo, situado al fondo del condado de Cumbrie y relegado en un corredor de acantilados que se abre entre Escocia y el mar de Irlanda. Además, se erige en un terreno pantanoso, origen de la pestilencia que infecta a mi familia desde hace varias generaciones. —Su mirada se empaña—. La maldita enfermedad se ha llevado ya a mis dos hermanos mayores.

Me quedo petrificada: el paralelismo con mi situación me fulmina.

En ese momento, se oye un estruendo de pisadas encima de nuestras cabezas: las alumnas bajan por la escalinata para ir a cenar. El alboroto hace retumbar el nicho de mármol frío donde nos hemos refugiado. Bostezos de cansancio después de la larga jornada dedicada a los cursos, la excitación por reunirse con los chicos, la angustia de las pruebas de selección, que están cada vez más cerca… Todo eso pasa por encima de nosotras como una tormenta, acompañado de las agudas amonestaciones a voz en grito de la señora Thérèse.

—Por lo visto, mis padres pensaban que no viviría mucho cuando decidieron llamarme Proserpina —prosigue mi compañera después de que el grupo haya entrado en la sala de gala y de que la escalinata se haya vuelto a sumir en el silencio—. Me pusieron el nombre de la joven que secuestró Plutón, el dios de los muertos, convencidos de que la enfermedad me mataría antes de que cumpliera dieciocho años. ¡Si supieras cómo lo detesto! —Su cara se crispa bajo el carbonoso maquillaje—. Sin duda, prefiero el apodo de Poppy, ¿sabes lo que significa?

—Esto..., ¿es una especie de flor? —murmuro con los recuerdos de los cursos de inglés de mi madre confundidos por la emoción que me produce su confesión, siempre en voz baja—. ¿Una margarita?

—Una amapola. Una mala hierba que se empecina en crecer al margen de los prados y en los terrenos baldíos, allí donde nadie la espera. Una flor con los pétalos de color rojo sangre, como las manchas de mis pañuelos. Una planta efímera con el color de la vida. —Me agarra una mano y la estrecha con fuerza—. Hasta ahora he resistido con todas mis fuerzas al dios de los muertos. Mis hermanos lo visitaron antes que yo. A pesar de lo mucho que los quería, no tengo intención de reunirme con ellos tan pronto, porque amo la vida, ¡la amo con pasión!

Las ganas de vivir de Poppy me estallan trágicamente en la cara. Sus diatribas, su tono alto y vibrante, sus vestidos provocadores, sus numerosas aventuras con los chicos: compite en un carrera contra el reloj... contra la muerte.

—Por eso aprendí francés enseguida —me confía—. Porque es la lengua franca de la Magna Vampyria y el pasaporte para todo el mundo. Por eso me presenté voluntaria para representar a Inglaterra en Versalles: para escapar de Castlecliff. Y por eso quiero participar como sea en el Sorbo del Rey: para curarme antes de sucumbir.

—Según se dice, la sangre del Inmutable prolonga la juventud de los mortales que la beben. —Pienso en voz alta recordando lo que me explicó Naoko.

—También dicen que cura todas las enfermedades, como una panacea —añade Poppy, emocionada—. Tras servir varios años al rey, me marcharé lejos de Versalles y de su pompa, lejos

283

de Castlecliff y sus miasmas. ¡Viajaré en la proa de un barco, rumbo a América, respirando el relente a pleno pulmón! —Sus ojos brillan un poco más al evocar un futuro imaginado—. Y, por descontado, lo haré del brazo de Zacharie, mi guapo americano. Sería estúpido que palmara sin haber vivido mi historia de amor, ¿no?

Silba al exhalar un largo suspiro, que asciende por su pecho secretamente corroído por la tuberculosis.

—He conseguido ocultar, más o menos, los síntomas durante varios años mascando chicle impregnado de morfina —me explica—. Calma la tos y aplaca el dolor. Pero cada mes que pasa me ahogo un poco antes, y en las últimas semanas he empezado a escupir sangre. Temo que, si el gran escudero se entera de mi estado, me impedirá participar en el Sorbo o pedirá a la Facultad que me cuide, ¡y no quiero que eso pase, por nada del mundo! Ya sabes lo que se dice de esas serpientes con gorgueras: ¡sus dichosos remedios son peor que los males!

Lanza una risita sardónica, inaudita en ella, pero la contiene antes de que acabe en un ataque de tos.

Al otro lado de las ventanas, ha oscurecido por completo. Las arañas del pasillo se reflejan en los cristales esmerilados haciendo resplandecer la mirada enfervorizada de Poppy.

—Me conmueve que me hayas contado todo eso —le digo—. Y, una vez más, te prometo que no diré una palabra. En cuanto al Sorbo del Rey...

—No te pido que renuncies —me ataja—. Sé que somos competidoras y que lo seremos hasta el 31 de octubre. No te he contado mi historia para darte pena, sino para pedirte que seamos leales; que en las pruebas te enfrentes a mí como si fuera una rival cualquiera y no utilices mi secreto para apuñalarme por la espalda. —Clava sus ojos negros en los míos—. A diferencia de esa advenediza de Hélénaïs, siento que tienes un verdadero código del honor; me quedó claro por la manera en que la otra noche reaccionaste para defender a la criada que sangraron los escuderos. Los valores caballerescos están grabados desde hace siglos en la noble sangre de los Gastefriche, igual que en la de los Castlecliff.

Poppy no puede ir más desencaminada al mencionar la «nobleza» de mi sangre. En cuanto a los valores caballerescos de los que se jacta, no impiden que la aristocracia aplaste al cuarto estado.

—Te he prometido que tu secreto está seguro conmigo —le digo bajando la mirada—. Pero ahora vamos al comedor, antes de que la señora Thérèse note nuestra ausencia y le dé un ataque de nervios.

Asiente con la cabeza mientras desliza en mi mano un saquito de seda con la superficie irregular.

—Son las bolas de chicle con morfina. Son magníficas contra la tos. Si aún tienes los bronquios un poco tocados, te ayudarán a vencer los últimos síntomas. Pero ten cuidado, porque la morfina es un poderoso calmante. No mastiques más de una bola cada cuatro horas si no quieres acabar flotando en las nubes.

Tomo el saquito sin decir una palabra. Soy hija de boticario, así que conozco la morfina. Mi padre me enseñó que era un analgésico raro, mil veces más eficaz que el sauce blanco, pero también mil veces más peligroso. Él mismo solo guardaba unos gramos en la botica, que únicamente utilizaba con los pacientes más graves y siempre con enorme prudencia. Los que consumen morfina todos los días no tardan mucho en no poder estar sin ella. ¿Quién me lo iba a decir? ¡Poppy, la orgullosa amazona cuya libertad era la envidia de todos, es en realidad esclava de la droga!

El corazón me estalla en el pecho cuando entreveo a Tristan en medio de la sala llena de internos. Las sillas que ro-

285

dean su mesa ya están ocupadas: por desgracia, esta noche el azar no nos ha reunido. En cualquier caso, verlo, sin más, me llena de alegría.

Él también me sonríe. Ayer, en la penumbra nocturna, no me di cuenta, pero ahora, a la luz resplandeciente de las arañas, compruebo hasta qué punto le ha afectado la reclusión. Asomando entre sus mechones rubios, su cara aún aparece pálida y hundida, de manera que la cicatriz llama más la atención.

Me entretengo con el baile de los criados y los platos, que sigue el ritmo de la conversación de mis vecinos de mesa. Cada uno de ellos rivaliza en buenas maneras y agudez de ingenio para demostrar que domina tanto el arte cortés como el de la conversación. Tengo que soportar el insustancial parloteo durante una hora mientras mi corazón languidece por una sola persona. Por fin, Barvók nos da permiso para levantarnos con un ademán solemne de su pinza derecha. Tristan y yo nos rozamos antes de regresar a nuestros correspondientes dormitorios. Son apenas unos instantes robados al ritmo trepidante de la Gran Caballeriza, unos segundos arrebatados en las mismas narices de los profesores y los alumnos, que ignoran el pacto que nos une, pero ese fugaz momento en que nuestras manos se unen vale la espera de todo un día.

Tristan puede decirme unas palabras al oído.

—Tengo noticias para ti, mi hermoso armiño. Mañana por la noche tenemos que estar en el mismo equipo durante la lección de arte vampýrico. Así podremos hablar.

Tras decir esas palabras, la marea de internos que se dirige hacia el otro ala del edificio lo arrastra lejos de mí.

El día siguiente transcurre en medio de una sorda tensión: es el último antes del inicio de las pruebas.

A pesar de que estoy deseando ver a Tristan, me concentro en las lecciones. En el aula reina un silencio aplicado, nadie habla ni se distrae: las alumnas tienen los cinco sentidos puestos en la competición que está a punto de comenzar. Estoy más decidida que nunca a conseguir que me seleccionen para el ritual y a asimilar toda la información disponible para aumentar mis posibilidades. Hago un esfuerzo para captar las sutilezas de la lección de arte cortés, la asignatura donde destaco menos. Durante cuatro horas, Barvók nos hace repasar las maneras en la mesa, porque en eso consistirá la prueba de arte cortés que tendrá lugar mañana durante una cena oficial en la que participarán cortesanos venidos especialmente del palacio.

—Tendremos el honor de recibir a la condesa de Villeforge, también conocida en la corte con el gracioso apodo de «Señora Etiqueta» —se regodea Barvók—. Árbitro absoluto de la tradición, ha organizado personalmente la mesa y seleccionará a las seis chicas y seis chicos más educados. Por otra parte, la cena no tendrá lugar a las siete, como suele ser habitual, sino a las nueve, un horario más adecuado para los señores de la noche. Les recomiendo vivamente que coman lo que los criados les llevarán al dormitorio al principio de la velada para aguantar hasta ese momento. El café los estimulará: esa bebida es la mejor aliada de los cortesanos mortales para poder permanecer despiertos toda la noche en compañía de los inmortales, por lo que en la corte se consume mucho. En cuanto al aperitivo, les entretendrá el estómago. Es mejor no llegar a la mesa demasiado hambrientos. —Resopla con altivez—. ¡No hay nada más grosero que abalanzarse sobre la comida recién servida como vulgares campesinos famélicos!

Por la tarde, en la lección de arte ecuestre, hago todo lo posible para que Thyphon ejecute las figuras de doma más sofisticadas. A pesar de mis esfuerzos, siento que mi técnica no es tan precisa como la de los demás jinetes, que tienen más experiencia que yo. En cualquier caso, el semental realiza las vueltas y los cambios de mano como si me leyera el pensamiento, en lugar de las pantorrillas y las riendas. ¡Ojalá se comporte así mañana, cuando tenga que ejectutar un carrusel impecable ante la corte!

Por la noche, después de cenar, la señora Thérèse ordena a los criados con unas palmadas que quiten las mesas de la sala de gala.

—Señoras y señores, formen parejas para el curso de arte vampýrico de hoy, el último antes de las pruebas: la giga sin reposo.

Los pequeños ojos de la gobernanta brillan excitados al anunciar esta disciplina.

Atravieso la multitud de internos que se buscan febrilmente para acercarme a Tristan, que ha recuperado el color desde anoche.

Su chaqueta de seda cruda atrapa la luz de las arañas, aunque él, que tiene un corazón tan sencillo y salvaje como el mío, no necesita esas prendas lujosas para resplandecer: es un muchacho de los bosques que la corte jamás logrará encerrar en su jaula dorada.

—Queridos internos, ¡espero que estén en forma! —resuena la voz cortante de Lucrèce—. Como las mejores cosas de este mundo, la giga sin reposo es a la vez deliciosamente adictiva y mortalmente peligrosa. Muchos cortesanos han perdido la vida en ella, pero, al menos, ¡perecieron con la sonrisa en los labios!

Miro la parte delantera de la sala, donde han hecho desaparecer ya todos los muebles para convertirla en una amplia pista de baile.

Lucrèce y Suraj se dirigen hacia el extremo del parqué recién encerado, que brilla como un espejo y donde se reflejan las lágrimas de cristal que iluminan el techo. Los dos escuderos se han quitado por primera vez sus oscuros vestidos de combate, que les permiten mimetizarse con la noche. Lucrèce luce un vestido largo de muselina de seda de color bermellón con una magnífica gorguera de plumas rojas de ibis en el cuello: recuerda más que nunca a un ave de presa majestuosa y mortal. Por su parte, Suraj lleva una casaca de terciopelo de color marfil con el cuello recto, siguiendo la moda india, que destaca el tono cobrizo de su piel. Un penacho con un ópalo de fuego adorna su turbante claro: un tocado digno de un marajá.

A los dos escuderos les acompañará un grupo de músicos vestidos como enterradores. Por las libreas negras asoman unas caras pálidas con las mejillas hundidas.

—La giga sin reposo es uno de los bailes que están más de moda en Versalles —prosigue Lucrèce—. Es menos técnico que el minué y más íntimo que la corriente. Los dos futuros ganadores del Sorbo del Rey deberán bailarla al final de las pruebas, en la galería de los Espejos. Consideren esta sesión como un entrenamiento. —Se vuelve hacia la fúnebre orquesta—. Los violines del rey nos han concedido el honor de acudir esta noche. Dicen que los verdaderos artistas deben estar dispuestos a sacrificarlo todo a su arte. Si los castrados italianos renuncian a su virilidad para conservar la pureza de su voz, ¡los violines del rey sacrifican la juventud a su música envolvente!

Como cada vez que expone los refinados horrores de la corte, la escudera parece deleitarse con sus palabras, saboreándolas con los labios, pintados de color granate. Suraj, en cambio, no aparta sus oscuros ojos del suelo.

—Ya conocen el encanto embriagador de las rosas vampýricas —continua Lucrèce—. ¡Deben saber que los violines vampýricos son aún más cautivadores! Cada violín está tallado con la madera de un arce que ha sido diariamente regado con la sangre de un músico, desde su infancia a la edad adulta. ¡De esta forma, el árbol y el hombre crecen juntos y las fuerzas vitales del hombre se transfieren al árbol! Tras pasar veinticinco años en este régimen, un lutier certificado por la Facultad esculpe en la preciosa esencia un instrumento único. Solo puede tocarlo el músico que lo ha nutrido con su sangre. Es evidente que el violinista muere de forma prematura, al cabo de unos años, pero

289

¡les aseguro que la melodía que arranca a su instrumento vale la pena! —Lucrèce sonríe mirando a los desafortunados que deben pagar ese precio por un talento tan efímero—. La giga sin reposo es atrayente, hasta tal punto que nada puede resistir a su llamada. Arrastrados por ella, los peores bailarines se convierten en virtuosos. Olvidan el tiempo y sobrepasan los límites de sus cuerpos, que en ocasiones se quiebran. Pero tranquilícense, hoy los violines no tocarán toda la noche: una hora será suficiente como muestra de los placeres cortesanos.

Tras estas palabras, se reúne con Suraj, el caballero que la acompañará esta velada. Caigo en la cuenta de que el año pasado tuvieron que bailar juntos, cuando ganaron el Sorbo del Rey. Por cómo Lucrèce posa la mano en el hombro de su compañero, con un ademán tan posesivo que casi parece que aún lleva puesto el guantelete de garras metálicas, la evidencia me fulmina: ¡la peligrosa guerrera ha puesto sus ojos en él! Por eso la otra noche se ensañó con Rafael: ¡no solo por crueldad, también por celos!

—¡Música! —ordena la escudera a los violinistas.

Estos alzan lentamente las manos para sujetar los violines, temblando como unos viejos, a pesar de que aún no tienen treinta años, pero, apenas los arcos tocan las cuerdas, se metamorfosean. Mientras suenan los primeros acordes, sus hombros curvados se yerguen y sus caras de Cuaresma recuperan algo de color. Es como si fueran una sola cosa con los monstruosos instrumentos que se han cebado con ellos arrebatándoles la juventud. Los llamados «violines del rey» son en realidad unos hombres-violín. Unos híbridos de carne, madera y cuerdas.

Suraj y Lucrèce abren el baile, arrastrados por una música que suena cada vez más fuerte: se deslizan por los brillantes listones, bailan cara a cara como si no hubiera nada alrededor de ellos, dando vueltas como un solo sujeto, su reflejo en ambos lados de un espejo.

290

Siento que mis piernas empiezan a moverse sin que pueda controlarlas, como si fueran arrolladas por una corriente irresistible. Tristán también se anima delante de mí, sus movimientos siguen los míos con un mimetismo sobrenatural.

—Yo... no sé bailar la giga —farfullo.

—No se puede decir que sea un especialista —murmura enfurruñado, tan superado como yo por la situación—, pero, por lo visto, la música lo hace por nosotros.

Así es, me doy cuenta de que mis pies, en lugar de pisotear los de mi compañero, los rozan con elegancia en cada pirueta. Sobre el parqué encerado, mis zapatos trazan los pasos de baile con una facilidad mágica. Mis muñecas se elevan en el aire con gracia, como los brazos de un títere movido por unos hilos invisibles. De repente, mis muslos se doblan bajo las enaguas y me elevo en un trenzado aéreo, acompañada de los treinta alumnos mayores, en una sincronía perfecta. En un instante, toda la sala parece levitar. Las largas cabelleras rizadas, los amplios vestidos almidonados, las colas de las casacas bordadas: todo queda suspendido en el aire saturado de notas. Después, sesenta pies caen de golpe en el suelo, al mismo tiempo, antes de reanudar la danza infernal.

—¡Es prodigioso! —susurro a Tristan cuando con un paso incontrolable me aproxima a él.

—¡Es abominable! —me corrige antes de que la giga lo vuelva a alejar con violencia de mí.

La sala se tambalea ante mis ojos: las lámparas de cristal, las cortinas de terciopelo, los ventanales dorados, todo aparece desbocado en un disparatado remolino. Mi vestido de damasco revolotea en el baile enloquecido. El olor a cera que emana el parqué me marea. Hasta que el oleaje me devuelve de nuevo a Tristan.

Sus labios me rozan una oreja deslizando unas palabras ahogadas que solo yo puedo oír a pesar de la música.

—Es suficiente que uno de nosotros sea seleccionado para desencadenar..., uf..., la masacre.

—¿La masacre? —repito.

Antes de que Tristan pueda responderme, la giga me arrastra y tengo que esperar a la siguiente pirueta para volver a cruzarme con él.

El movimiento de la danza une nuestros cuerpos durante unos segundos preciosos, que él aprovecha para acribillarme a confidencias en voz baja:

—Cuando los alumnos, chico y chica, elegidos entren en la cámara mortuoria del rey, los rebeldes infiltrados matarán a los escuderos que estén montando guardia…, uf… Los conspiradores ejecutarán también a los cortesanos mortales e inmortales que se nieguen a unirse a la causa…, uf… Todo está previsto: las armas, escondidas bajo las chaquetas y las enaguas; la esencia de flor de ajo puro para desorientar a los vampyros… El baile nos separa bruscamente haciendo crujir los largos faldones de mi vestido, mientras mi mente se llena de imágenes sangrientas.

292 ¿Matar a los escuderos del rey? Sí, claro, debería haberlo sospechado: no se puede hacer una tortilla sin romper varios huevos. Mi mirada se posa en la pareja que baila en el centro de la sala. No me importaría ver morir a Lucrèce; en cambio, ¿Suraj merece esa suerte? Jamás le he visto mostrarse tan cruel como su compañera. Pero si la muerte es la condición necesaria para que perezca el tirano, supongo que no queda más remedio.

—El rey ofrece primero su sangre a la elegida —prosigue Tristan con las mejillas encendidas y la respiración entrecortada cuando la giga vuelve a reunirnos—. En caso de que seas tú, aprovecharé para ir a buscar las armas detrás del panel del león…, uf… Si es otra, la degollaré después de apuñalar al rey…

Nuestras piernas nos hacen dar vueltas alrededor el uno del otro en una pirueta tan vertiginosa que agita mis pensamientos.

—Si no me eligen y debes entrar sola en la cámara mortuoria, tendrás que actuar también…, uf… Después de beber el Sorbo del Rey…, uf, uf…, cogerás las armas y matarás al tirano… y también a aquel que beba su sangre.

La danza llega a su apogeo. Mis pantorrillas giran enloquecidas bajo mis enaguas, mis muslos, tensos debido al esfuerzo, me calientan como lo hacían durante mis incursiones en el bosque. A mi alrededor, las alumnas tienen los moños deshechos, las coletas de los alumnos resbalan de los lazos que las sujetan.

Me encuentro en el punto de mira de Rafael de Montesueño, que baila con Séraphine de La Pattebise, cuyo cuerpo largo y flexible parece hecho para la danza. ¿Tendré agallas para degollarlo, a él, que siempre ha sido amable conmigo? ¡Si se opone, no me quedará más remedio! ¡Sea quien sea!

En lugar de pensar en el asesinato que quizá deba cometer para ejecutar mi venganza, me abandono por completo a la giga sin reposo. La tenebrosa danza agota mi cuerpo y lava mi alma disolviendo todos los remordimientos, pesares y pensamientos.

293

22

Arte cortés

*U*n sueño algodonoso.

Eso es lo que me inspira este día, el 28 de octubre, tan esperado y temido, en que va a tener lugar la prueba de arte cortés. Desde que llegué a la Gran Caballeriza, es la primera vez que no vamos a tener clase. Están suspendidas a partir de hoy y hasta final de mes para que los internos dispongan del tiempo suficiente para prepararse para la competición que se celebrará cada noche.

Algunos aprovechan para levantarse tarde, y así aparecer lo más frescos posible a la hora de cenar; otros, por el contrario, se han levantado al amanecer para repasar por última vez las lecciones de buenas maneras. Tanto en las aulas desiertas como en los cuartos de baño humeantes reina una calma opresiva. Detrás de las ventanas, el cielo cargado de nubes grises pesa como una capa de plomo, una tapadera hermética que ahoga todos los sonidos. La giga de anoche sigue resonando en mis oídos en este silencio. Tengo los miembros doloridos de tanto bailar. Quizá se me pasaría con una de las bolas de morfina que me ofreció Poppy, pero no quiero caer en la tentación. Además, he previsto otro uso para ese remedio: no me ayudará a aliviar las agujetas, sino a eliminar a mis rivales.

Con la excusa de que quiero dormir una siesta tras las cortinas de mi cama con dosel, paso la tarde rallando las bolas de chicle con un cuchillo que he sustraído durante la comida. Treinta dosis de morfina en total reducidas a un fino polvo blando que introduzco en el saquito de seda.

—No bebas el café que te van a traer los criados como tentempié —digo a Naoko a última hora de la tarde mientras me peina en el cuarto de baño para la cena.

Me mira en el espejo, por encima del magnífico recogido que acaba de hacerme: un moño plateado adornado con un tocado de seda blanca en forma de loto especialmente confeccionado para mí. «Una gran flor artificial para hacer destacar por contraste la delicadeza natural de tu cara, es un truco de las *geishas*», me ha explicado con el exquisito gusto que la caracteriza.

—No te preocupes por mí —me dice mientras me sujeta el tocado—. De todas formas, duermo poco, la estimulación del café no cambiará nada. Y si no pego ojo en toda la noche, no es grave. No sufro la presión de los demás, que deben estar en forma, ya que no voy a competir por el Sorbo del Rey.

Me vuelvo en el taburete y le sujeto una muñeca para obligarla a escucharme con atención.

—El café no será para nada estimulante, te lo garantizo —le explico—. Al contrario, te arriesgas a clavar la nariz en el plato en plena cena. Tanto si eres competidora como si no, será un gesto muy mal visto.

Los ojos negros de Naoko se abren desmesuradamente bajo su flequillo.

—¿Vas a… envenenarlo?

—No. Bueno, no realmente. Solo quiero asegurarme de ser una de las candidatas elegidas por la Señora Etiqueta al final de la velada. La mayoría de las alumnas son más hábiles en la mesa que yo, es indudable, a menos que no estén en plena posesión de sus facultades, no sé si entiendes a qué me refiero.

En mi fuero interno, me gustaría arrancar a Naoko una absolución, pero mi amiga empieza a cepillarme de nuevo el pelo sin decir una palabra, con los labios de color carmín sellados para guardar mi secreto, aunque no apruebe mi método.

—¿Eres tú, Toinette? —pregunto cuando la joven criada aparece al fondo del pasillo empujando un carrito de tres pisos cargado de comida.

Su cara se ilumina haciendo chispear sus pecas.

No sospecha que llevo media hora esperándola, embutida en mi vestido de seda de color gris perla, y que estoy fingiendo que nos cruzamos por casualidad.

—Sí, soy yo, señorita Diane —responde alegremente—. Traigo el tentempié al dormitorio.

—¡Ñam, ñam! ¡Parece suculento! —exclamo mirando golosa el carro cargado con delicados *verrines*, *sablés* empolvados, tartas de fruta escarchada y dos grandes cafeteras humeantes—. Por suerte, te he visto mientras desentumecía las piernas en el pasillo. Así podré elegir la merienda que prefiera antes de que las leonas del dormitorio se abalancen sobre ella.

—¡Por supuesto, señorita! —exclama Toinette, aún rebosante de agradecimiento por mi intervención en su defensa de la otra noche, durante la lección de arte vampýrica—. ¿Qué le apetece?

Finjo titubear, pero en realidad estoy buscando el plato más inaccesible.

—La tarta de Saboya, la que está al fondo, en la bandeja de abajo: ¡me gustaría comer un pedazo!

Toinette se inclina para cortar el dulce.

Aprovecho el momento para levantar la tapa de una de las cafeteras y echar en ella toda la morfina en polvo. ¡Solo se intoxicarán la mitad de los internos, pero, al menos, tendrán la dosis que les corresponde!

—Aquí tiene —dice Toinette a la vez que se yergue.

Me tiende un plato de porcelana donde ha puesto con gracia un generoso pedazo de tarta con el interior dorado y blando.

—Espero de todo corazón que la elijan para el Sorbo del Rey —me susurra—. Es usted un alma hermosa. A diferencia de... Lucrèce.

Sus pálidas mejillas se ruborizan al mostrar un descaro que le sale del corazón. Mascullando una disculpa, se aleja con el carro.

Apenas se da media vuelta, siento que mis mejillas también enrojecen de vergüenza. ¿Cómo puedo ser un alma hermosa si acabo de valerme de esta inocente para lograr mis fines? ¿Y si la acusan de haber causado una intoxicación colectiva? Hago acopio de toda mi voluntad para convencerme de que eso nunca sucederá, de que yo misma estoy dispuesta a morir para matar al tirano, de que el triunfo de la libertad merece que corra esos riesgos.

298 ¿Verdad?

Apenas acaban de sonar los nueve tañidos en los campanarios de Versalles, la señora Thérèse entra a toda prisa en el dormitorio caminando de perfil: el miriñaque de su emperifollado traje es tan ancho que no puede franquear las puertas de cara.

—¡Rápido! —exclama—. ¡Los invitados ya han llegado!

Las alumnas —maquilladas, empolvadas y peinadas con el rizador de hierro— se lanzan a los pasillos en dirección a la escalinata.

Con el rabillo del ojo compruebo que algunas bostezan y que otras arrastran los pies..., la morfina está haciendo su efecto.

Un soplo de aire frío me azota la cara cuando entro en la sala de gala, a pesar del fuego que arde en la chimenea. Las largas mesas se han dispuesto en forma acodada y están cubiertas con manteles de lino blanco, donde brillan los cubiertos de oro especialmente destinados para la ocasión. Dominan unos grandes jarrones decorados con mariposas nocturnas, llenos de crisantemos.

Una treintena de cortesanos se han sentado ya, ocupando las sillas de manera alterna para que los internos se puedan mezclar con ellos. Lucen trajes suntuosos, pero lo que más me llama la atención son los zapatos: los tacones de la mitad de los invitados son rojos. Jamás he estado en presencia de tantos vampyros a la vez, por eso he temblado al ingresar en la sala.

—Queridos invitados, ¡bienvenidos a la Gran Caballeriza! —exclama Barvók entrando con sus rígidos andares por la puerta opuesta seguido de los alumnos, tocados con pelucas.

Esta noche, el general húngaro ha sacado sus mejores galas: su casaca bordada está cubierta de tintineantes medallas militares, que suponen un ulterior peso para su cuerpo, que parece más de metal que de carne.

Forzando las articulaciones mecánicas, que se doblan con un chirrido estridente, hace una reverencia a una dama de elevada estatura. Esta ocupa el lugar de honor, en el centro del codo, donde las dos mesas largas se unen.

—Le presento mis respetos, señora De Villeforge —dice con deferencia.

Así pues, es la temible Señora Etiqueta, la maestra de usos de la corte. Lívida en un vestido blanco forrado de pálida piel, parece una luna de cara impenetrable que atrae las miradas de todos los cortesanos. En ausencia del Rey de las Tinieblas, esta noche la corte gravita alrededor de ella.

—¡Señoras y señores, a sus puestos! —grita el general.

La señora Thérèse y él permanecen de pie al fondo de la sala para vigilar cómo se desarrolla la cena, que se ha preparado durante varias semanas como si fuera una batalla.

Los internos empiezan a buscar el sitio que se les ha asignado, sonriendo con cortesía, a pesar de que el miedo hace temblar sus pupilas.

299

Hélénaïs pasa por delante de mí sin mirarme siquiera, con su bonita cara tan cubierta de albayalde que da la impresión de estar más muerta que viva; sin duda, esa es la intención: parecerse lo más posible a una vamyra para confundirse con ellos.

A diferencia de ella, Poppy ha compensado la palidez enfermiza de su piel cargando la mano con el colorete. Por primera vez desde que la conozco, ha logrado domesticar su extravagante cabellera castaña aprisionando los mechones rebeldes en una increíble madeja de trenzas, que debe de haber tardado todo el día en componer.

Mi mirada se cruza furtivamente con la de Tristan, que está al otro extremo de la sala. Es la primera vez que lo veo con peluca. Luce un modelo del mismo color que su pelo, solo que un poco más largo, más dorado y ondulado, símbolo de esta corte, donde lo artificioso prevalece siempre sobre lo natural. No podemos hablar, por supuesto, pero su sonrisa me calma como si me murmurara en silencio: «Todo irá bien».

—¿Diane? —dice una voz atrozmente familiar a mi lado—. Creo que vamos a cenar juntos.

Bajo la mirada y la poso sobre una suntuosa cabellera pelirroja que reconozco entre las demás: Alexandre de Mortange. Vestido con una casaca de terciopelo azul, a juego con sus ojos, está sentado al lado de un plato con una tarjeta que lleva mi nombre.

—El rey ha debido de pedir a la Señora Etiqueta que nos sentaran juntos —dice en tono grave—. Es mi primera cena cortés desde que me privaron de los honores de la corte, después de que nos viéramos en los jardines. Su majestad quiere comprobar si somos capaces de resistir las pulsiones que nos atraen.

Siento un nudo de cólera en la garganta. La única pulsión que experimento hacia Alexandre es el deseo de asesinarlo, pero, después de la declaración de amor que le hice en los jardines reales, cómo iba a imaginar tal cosa.

—Trataré de estar a la altura —logro decir mientras me siento. Obligo a mis labios a alargarse en una sonrisa hipócrita y a mis párpados a aletear con falsa ingenuidad—. Intentaré contenerme para no besarte entre la pera y el queso.

—A cambio, dominaré a tu vecina para que no te salte al cuello para chuparte la sangre —responde muy serio.

De repente, caigo en la cuenta de quién es la cortesana que está a mi derecha. Reculo de forma instintiva al reconocer el rodete de trenzas castañas salpicado de perlas lechosas: la última vez que las vi brillar fue en el laberinto de plantas, durante la caza galante.

—No haga caso de las elucubraciones del vizconde De Mortange —me susurra Edmée, porque se trata de ella—. Todos nos hemos reconciliado, obedeciendo la voluntad del rey. ¿No es así?

Por su voz chirriante y su sonrisa crispada intuyo la frustración que siente, incluso la rabia. Al igual que le ha sucedido a Alexandre, el rey la ha obligado a sentarse a mi lado, como si fuera un peón en un damero. Empiezo a comprender el juego maquiavélico al que se dedica el soberano, manipulando a los enemigos y los amantes, haciendo caso omiso de sus sentimientos para demostrar que lo único que cuenta es su voluntad omnipotente, como acaba de decir Edmée.

A lo lejos veo a la Señora Etiqueta, que nos vigila con el rabillo del ojo desde su puesto de honor.

—El menú parece delicioso, ¿no le parece, querida? —me pregunta Edmée que me tiende una bonita hoja impresa en papel de Venise, ilustrada con unos dibujos dorados.

El menú está dividido en dos columnas: a la izquierda, los «platos mortales», destinados a los internos y a los cortesanos no transmutados; a la derecha, los «platos vampýricos», reservados a los señores de la noche.

Se me encoge el estómago al leer la segunda columna, que por sí sola resume el horror de Vampyria.

CENA DE LA 28.ª NOCHE DE OCTUBRE
DEL AÑO DE LAS TINIEBLAS 299
Prueba de arte cortesano para el Sorbo del Rey

PLATOS MORTALES

ENTRADAS
Plato de crustáceos
Bogavantes azules de la corte de Dinamarca importados
a Versalles desde el mar del Norte
Vino de acompañamiento: Crozes-Hermitage blanco

SOPA
Crema forestal
Con avellanas de la corte de Gênes sazonadas con trufa negra
Vino de acompañamiento: Pomerol tinto

ASADO
Pavo de América
Aderezado con salsa mexicana al modo de la corte de España
Vino de acompañamiento: Châteauneuf-du-Pape tinto,
Grand Millésime del año 277

ENTREMÉS
Gelatina de menta
Preparada al estilo de la corte de Inglaterra
Vino de acompañamiento: Champagne de l'abbé
Dom Pérignon

QUESOS
Surtido de nuestras regiones
Tour del reino de Francia en diez quesos
Vino de acompañamiento: oporto añejo

POSTRE
Tarta Sacher
Delicia de chocolate al estilo de la corte de Austria
Vino de acompañamiento: moscatel

PLATOS VAMPÝRICOS

PRIMERA SANGRE
Sangre rosada de Versalles
Cosecha de tempranillo recién extraído
de muchachas de la región
Descripción: color diáfano, aroma floral, sabor refrescante

SEGUNDA SANGRE
Cosecha silvestre
Cosecha procedente de leñadores
de la Selva Negra criados al aire libre
Descripción: color rubí, aroma resinoso, sabor robusto

TERCERA SANGRE
Grand cru hemofílico
Grand cru clasificado, mezcla sutil
que combina la sangre de hemofílicos de toda Vampyria
*Descripción: color granada, sabor denso y ligero
debido a la ausencia de coagulación*

ENTRESANGRES
Zumo de naranjas sanguinas
Cultivadas en el naranjal de Versalles y regadas
con la sangre de las presas de las cazas galantes

CUARTA SANGRE
Sangre enmaderada de Portugal
Sangre de viudas de pescadores mezclada con sus lágrimas
y envejecida en toneles procedentes de barcos naufragados
*Descripción: color de duelo sombrío, aroma acariciante,
ligeramente amargo*

ÚLTIMA SANGRE
Licor dulce de las monjas de Brive
Especialidad de las monjas del hospicio
de Brive-la-Gaillarde elaborada a partir de
pacientes diabéticos cebados con golosinas
*Descripción: sangre melosa con notas golosas
de miel y praliné*

—Hay que reconocer que el rey nos mima —afirma Edmée distrayéndome de la contemplación morbosa del menú—. Nos ofrece una muestra completa de las especialidades de Vampyria. Me encanta viajar en la mesa, ¿y a usted?

Veo que se regodea al verme turbada, pero hago un esfuerzo para tragarme la repugnancia que siento. Esta noche no puedo dar el menor paso en falso, porque hasta la mínima mueca de disgusto puede costarme el puesto en el Sorbo del Rey.

—A mí también me gusta mucho —respondo a la vampyra—. Lo único que lamento es que solo puedo probar los platos de la columna izquierda; confío en que una noche tendré el honor de ser transmutada, porque así podré degustar los de la columna derecha.

La mentira me arde en los labios, pero es justo lo que Edmée está deseando oír: que aspiro a ser como ella.

Echa la cabeza hacia atrás y suelta la risa cristalina que me persigue en mis pesadillas desde que nos encontramos en la caza galante.

—¡Un poco de paciencia, querida! El *numerus clausus* es muy estricto. Antes de pensar en que la transmuten, debe ganar el Sorbo del Rey y, por lo que veo, no es la única candidata.

—¡Estoy seguro de que Diane tiene muchas posibilidades de ganar! —tercia Alexandre sonriéndome con aire protector, como un ferviente admirador que sale en auxilio de una damisela en apuros: ¡nauseabundo!—. Es magnífica. Es, con mucho, la más guapa, la más inteligente y la más agradable de la promoción.

—Además de la más apetitosa, ¿no? —añade Edmée con voz acre.

La sonrisa de Alexandre se desvanece de golpe.

—No se lo permito —balbucea.

—¿Le ha contado lo que le sucedió a la escudera hace veinte años? ¿A esa joven que sedujo y luego sangró? Por cierto, ¿cómo se llamaba? ¿Agata? ¿Aniela?

Las pupilas de Alexandre se retraen de golpe, sus caninos se alargan y su elegante boca se tuerce en una espantosa mueca. Un aullido sale de su garganta. Tiene el tiempo justo de taparse los labios con una servilleta bordada para ahogar un acceso incontrolado de rabia, que, supongo, en la corte está considerado como uno de los peores gestos que puede hacer un vampyro.

Me vienen a la mente las palabras del rey de hace dos meses, en el laberinto: acusó a Alexandre de «no haber aprendido nada de las lecciones del pasado» y de «haber vuelto a jugar a don Juan sin pensar en las consecuencias».

Así que esa es la razón por la que el vizconde con cara de ángel fue desterrado hace veinte años. Creía que era por el incendio del teatro de la Ópera, del que hablaba fanfarroneándose, pero el motivo es aún peor: ¡asesinó a una joven como yo, recién salida de la Gran Caballeriza!

—El amor que sentía por Aneta era puro —balbucea Alexandre con los labios aún trémulos de cólera—. La pasión nos consumió.

—¡La pasión siempre tiene la culpa de todo! —replica Edmée—. Calcina a todas las mortales que tienen la desgracia de gustarle, y la lista es larga. En cualquier caso, su ardor siempre le salva de forma milagrosa: ¡sale indemne en cada ocasión, listo para volver a empezar!

Alexandre me mira con aire extraviado.

El supuesto eterno adolescente, que adopta poses de gran romántico, es incapaz de querer de verdad: solo sabe poseer y destruir. Sus idilios no pasan de ser puros caprichos destinados a terminar de forma sangrienta. ¡Y yo le procuré una nueva obsesión declarándole mi amor para salvar mi vida en los jardines reales!

—No es lo que piensas, Diane —murmura mortificado—. Te lo contaré todo después de la cena, te lo juro, pero no en la mesa.

305

Hago un esfuerzo para ocultar, tras un rictus, la repulsión que me inspira ese vil chupasangre, aprieto los dientes y los labios para no escupirle a la cara.

En ese momento, las criadas entran en la sala y dejan delante de cada mortal un plato decorado con conchas y un lecho de algas, sobre el que reposa medio bogavante; a los vampyros, en cambio, les sirven unos frascos que contienen la terrible sangre rosada que aparece descrita en el menú. Cuando los inmortales los destapan, siento una arcada. A continuación, vierten el contenido en una pequeña copa de cristal que eligen en el bosque de vasos que tienen delante, cada uno de ellos con una forma diferente para saborear mejor los distintos tipos de sangre.

Un tintineo sincronizado resuena en la gran sala: los comensales mortales están cogiendo los cubiertos de oro que hay a cada lado de sus platos. He repasado lo suficiente para reconocer el pequeño tenedor de las entradas, las tenazas para el bogavante y el largo pico para los crustáceos. Descascarillo mi bogavante con la mayor elegancia que puedo. La interna que está sentada al otro lado de Alexandre no se las arregla tan bien como yo. La pinza de su bogavante no deja de resbalar entre las tenazas y no consigue sujetarla. Comprendo que lo único que le ocurre es que le fallan las fuerzas, apenas puede tener los ojos abiertos, así que ¿cómo va a poder romper el grueso caparazón del crustáceo?

Una ligera vergüenza me encoge el corazón mientras observo a través de la sala a las alumnas luchando lánguidamente con la entrada: las que bebieron hace poco de la cafetera envenenada son, al menos, una media docena. La Señora Etiqueta las mira de arriba abajo con aire reprobador que solo contribuye a estresarlas aún más y aumentar su confusión. Apenas conozco a la mayoría de ellas. Poppy, la que me procuró el arma del crimen sin saberlo, no me preocupa: no le gusta el café y, en cualquier caso, su adicción a la morfina habrá aumentado sin duda su umbral de tolerancia.

—¡Diantres, tenga cuidado! —grita de repente una noble mortal que está sentada a la mesa que hay delante de la mía.

Su vecina, Marie-Amélie de La Durance, acaba de arrojarle varios pedacitos de la cáscara del bogavante a los ojos. La alumna, que es sin embargo una de las mejor educadas de la promoción, se deshace en disculpas con la voz pastosa y la dicción lenta a causa de la droga. ¡Ya está, una menos para el Sorbo del Rey!

—Esta sangre juvenil es, ¿cómo diría yo?, un poco áspera en la lengua —se queja de repente Edmée.

Apenas deja la copa casi intacta en la mesa, oigo una voz a mis espaldas: es la señora Thérèse, que se ha acercado a nosotras de puntillas.

—Debe de tratarse de un error, señora marquesa —dice—. Permítame que examine el frasco, por favor.

La gobernanta coge el pequeño recipiente de cristal, cuyo contenido Edmée ha vaciado en su copa. Lee en voz alta la etiqueta escrita a mano: «Sangre extraída el 24 de octubre de 299. Lugar: Versalles. Fuente: Toinette Perrin, dieciocho años».

Me quedo congelada en la silla, porque de repente comprendo que nada es casual en esta cena endiablada. Ni mis vecinos de mesa vampýricos ni el maldito frasco.

La mirada despiadada que me lanza la señora Thérèse confirma mi terrible intuición.

—¡Oh, creo que entiendo lo que ha ocurrido! —exclama fingiéndose sorprendida, aunque salta a la vista que todo ha sido planeado—. La sangre de la plebeya fue extraída aquí, durante la lección del arte vampýrico. Se trata de una joven lugareña, se lo aseguro, por lo que la cepa queda fuera de toda cuestión, pero me temo que la extracción se vio algo perturbada, según me han referido.

—¿Perturbada? ¿A qué se refiere? —pregunta Edmée mirando su copa con aire de disgusto—. ¡No me diga que la plebeya estaba enferma!

—En absoluto, pero la señorita de Gastefriche, aquí pre-

307

sente, interrumpió el sangrado. A esta alma generosa le preocupaba la salud de la donante, de manera que el frasco tuvo que completarse con la sangre de otra persona, que se ofreció voluntaria, el caballero de Montesueño.

En la mesa de enfrente, Rafael palidece por encima de su rígida gorguera, pero esta noche la gobernanta no va a por él, sino a por mí; supongo que Lucrèce ha debido de denunciar mi insubordinación.

Edmée esboza una mueca.

—Ya decía yo que esta primera sangre tenía algo extraño. Detesto empezar a cenar con una mezcla, ¡el gusto aún no ha tenido tiempo de formarse!

—Tienen toda la razón, querida marquesa —corrobora la gobernanta—. Hay que remediar de inmediato este desafortunado error. —Da media vuelta y llama a Toinette, que está al borde de la sala con el resto de los criados—. ¡Tú, ven aquí!

308   La pobre muchacha mira desesperada alrededor de ella, pero nadie puede socorrerla…, ni Rafael ni yo. Si intercedemos una vez más a su favor ante los cortesanos, nos eliminarán de la competición para el Sorbo del Rey.

Toinette se aproxima a la mesa con paso vacilante. La Señora Etiqueta no interviene, mientras que el resto de los cortesanos parecen alegrarse de poder disfrutar de un entretenimiento inesperado. Los ojos de damas y caballeros mortales se abren complacidos, como si estuvieran presenciando un espectáculo. Por el contrario, las pupilas de los vampyros se contraen de excitación, su instinto depredador percibe el miedo de la presa que se está acercando.

—Ha llegado el momento de que saldes la deuda que dejaste pendiente la otra noche —dice con crueldad la señora Thérèse a la joven criada—. Para compensar la desagradable sorpresa que se ha llevado la marquesa de Vauvalon, vas a poder proporcionarle una copa de sangre realmente fresca, aunque en este caso es más adecuado decir ¡una sangre todavía caliente!

—Por…, por piedad —farfulla Toinette.

—No seas infantil —la reprende la señora Thérèse—. A fin de cuentas, solo has de llenar una copita de nada. Estoy segura de que después te sentirás mejor, con la conciencia serena por el deber cumplido. Además, tu querida protectora, Diane de Gastefriche, será quien te sangre. Déjame ver, creo que tienes las venas más marcadas a la derecha.

Bajo su apariencia de abuela severa pero justa, Thérèse es aún más monstruosa que Montfaucon.

Tras apoyar la muñeca derecha de Toinette encima de la mesa, me tiende una aguja unida a un tubo de caucho e introduce el otro extremo de este en una nueva copa.

Sujeto la aguja con mano trémula, implorando perdón con la mirada a la joven sirvienta, pero en sus ojos solo leo terror e incomprensión.

Busco con la punta de la aguja una zona de la piel buena para hacer la extracción, como veía hacer con frecuencia a mi padre en el pueblo, pero el pliegue de su codo sigue estando amoratado, ya que el pinchazo de hace unos días aún no ha tenido tiempo de cicatrizar por completo.

Hundo la aguja a un lado, con la esperanza de no hacer demasiado daño a Toinette, pero solo consigo arrancarle un grito de dolor: no he dado con la vena.

—¡Perdón, perdón! —balbuceo sintiendo todos los ojos clavados en mí, consciente de que mi torpeza me está haciendo perder unos puntos preciosos en esta odiosa prueba.

Vuelvo a clavar la aguja y de nuevo no encuentro la vena, que es excesivamente fina. O quizá sea que mi mano tiembla demasiado.

—Vamos, señorita de Gastefriche, esta noche la veo dormida —me dice la señora Thérèse, que rechina los dientes por encima de mi hombro.

—Quizá debería intentarlo en el brazo izquierdo…

—¡Vamos, vamos, no estará pensando en tirar ya la toalla!

De repente, caigo en la cuenta de que la gobernanta me ha tendido el brazo derecho de Toinette porque aún no ha cicatrizado; si no me ha dado el torniquete, es porque es imposible sacar la vena. ¡La muy pérfida quiere torturarnos todo lo que pueda, a Toinette y a mí!

La cara de la joven criada, surcada por las lágrimas y sacudida por los sollozos, es un cuadro de auténtica desesperación. Me gustaría abrazarla, decirle que todo esto vale la pena, que con esta humillación está contribuyendo a matar al tirano que le ha hecho sufrir con los sangrados durante toda su vida.

Incapaz de comunicarle lo que siento, ciega de angustia y frustración, hundo la aguja por tercera vez. En esta ocasión la clavo directamente en el viejo pinchazo inflamado, porque es la única manera de dar con la maldita vena, que no logro localizar. La sangre empieza a fluir por el tubo de caucho, pero también al lado de él, porque en mis penosos intentos he hecho una carnicería a la pobre Toinette. Unas manchas púrpuras se extienden en forma de corola por el mantel bordado.

—¡Bueno, ya está! —dice la señora Thérèse con aire satisfecho al ver la copa llena. Se vuelve hacia Edmée—. Le ruego que nos disculpe por la lentitud del servicio, señora marquesa.

La gobernanta acompaña a Toinette, lívida, al fondo de la sala, mientras Edmée se lleva la copa a los labios.

—¡Mmm, está deliciosa! —dice regodeándose—. ¡Qué sabor! Nada mal para una criada que debe de haber crecido en un tugurio.

Su comentario provoca las risas y los aplausos de los cortesanos. Algunos alzan sus copas llenas de vino o de sangre para brindar con ella.

En mi boca, el bogavante ha perdido todo su gusto, igual que la crema o que el pavo que vienen después. Cada bocado es una tortura que trago a duras penas y que cae como una pesada piedra en mi estómago encogido. Durante dos horas, mi cara solo es una máscara petrificada en una dolorosa sonrisa. Ni siquiera puedo alegrarme al ver a algunas de mis competidoras volcando sus vasos de vino o hundiendo la nariz en los platos, hasta tal punto que la señora Thérèse debe acompañar a dos de ellas al dormitorio antes de que se desplomen. El espectáculo de los cortesanos mortales atiborrándose de comida me produce náuseas; el de los vampyros bebiendo golosamente los frascos de sangre cada vez más grandes que les van sirviendo me horroriza. Al ver temblar las aletas de su nariz y alzarse sus caninos, recuerdo espantada las palabras de la princesa Des Ursins en los jardines reales: por una razón desconocida, la sed de los inmortales no ha dejado de aumentar en los últimos tiempos.

Finalmente, cuando llega el momento de abandonar la mesa, esquivo a Alexandre y su torrente de explicaciones que no tengo el menor deseo de escuchar. Mientras los invitados, ahítos de buena comida, de alcohol y de sangre regresan al castillo arrastrando los pies, los internos suben medio dormidos a acostarse. Aprovecho la confusión para escabullirme del grupo y adentrarme en los pasillos que llevan a las cocinas, que se encuentran en el sótano. La cena se ha terminado, igual que mi demostración. Mi suerte está ahora en manos de la Señora Etiqueta, y lo que suceda después ya no depende de mí. En cambio, ¡debo encontrar a Toinette como sea para disculparme con ella por el sufrimiento que le he causado!

En mi apresuramiento llego a una zona de la Gran Caballeriza donde no he estado jamás. Bajo las escaleras como una exhalación, porque estoy deseando hablar con Toinette, dolorosamente consciente del poco tiempo del que dispongo antes de que tenga que volver a subir al dormitorio. Me parece oír unos roces y ver unas sombras agrandarse en las paredes. En los pasillos en penumbra no se ve ningún criado, es evidente que me he perdido mientras trataba de llegar a la cocina. Las paredes sin molduras, que parecen rezumar humedad, me hacen pensar por un momento que estoy en el territorio del prisionero. Pero no, es imposible: no puedo haber descendido tanto bajo tierra y, por lo demás, las lámparas de aceite que cuelgan del techo indican que esta parte de los sótanos se utiliza.

Llego a un callejón sin salida: una pieza circular y desnuda, donde, en el centro, se erige un brocal de piedra con una polea encima.

Un pozo.

Sin duda es el que usan los criados en pleno invierno, cuando el hielo atora las tuberías de la Gran Caballeriza.

Como carezco de rumbo, me apresuro a dar media vuelta; al hacerlo, choco con un cuerpo robusto.

En la tenue claridad de las lámparas de aceite tardo un instante en reconocer el desmesurado miriñaque y el gorro cubierto de lazos que cuelgan por todas partes.

—¡Señora Thérèse! —exclamo.

Me ha seguido hasta aquí sin que me diera cuenta y ahora su desproporcionado vestido obstruye la única salida.

—¿Ha olvidado dónde está el dormitorio? —me pregunta en tono seco.

—Yo… debo de haber bebido demasiado champán y me he perdido —miento—. ¿Puede decirme cómo puedo regresar, por favor?

Pero, en lugar de apartarse, la gobernanta se acerca a mí obligándome a recular hacia el centro de la pieza.

—Quizás haya abusado del champán, pero, por lo visto, ¡no ha abusado del café! —dice con voz amenazante.

Mi sangre se congela.

—¿Del café…? —repito.

—No se haga la tonta. Cuando subí a acostar a Joséphine y a Anne-Gaëlle, hace poco, en medio de la cena, vi el carro de la comida apoyado contra la pared. Unos ratones habían hecho un festejo con los restos.

—En la Butte-aux-Rats sucedía lo mismo, esos animales eran una peste —digo tratando desesperadamente de cambiar de tema—. Se metían por todas partes y era imposible atraparlos.

La cara de la gobernanta se estira en una sonrisa fría mientras sigue avanzando hacia mí.

—¡Tranquilícese, no me costó nada atraparlos! Me bastó inclinarme para cogerlos y arrojarlos al fuego: estaban profundamente dormidos, cerca de la cafetera volcada, con migas de galletas impregnadas de café pegadas a los hocicos.

—¿Me está diciendo que el café estaba... envenenado? —pregunto con voz temblorosa—. Pero ¿quién puede haberlo hecho?

—¡La que lo preparó, por supuesto! —afirma la gobernanta—. Toinette, su protegida, su cómplice.

Mis talones chocan con el brocal del pozo. Ya no puedo retroceder más.

313

—Usted la incitó a cometer el crimen, ¿verdad? —me acusa la gobernanta agarrándome un brazo—. Confiéselo. ¡Confiéselo! ¡Haré que por fin envíen a esa bobalicona a la horca y que a usted la expulsen fuera de estas paredes!

Trato de desasirme, pero la vieja mujer agarra mi brazo con una fuerza sorprendente.

El pánico oprime mi pecho, el olor terroso y húmedo que exhalan las paredes penetra por mi nariz y me impide respirar.

—¡Pequeña intrigante! —grita y gruñe la gobernanta—. Cuando el rey se entere de lo que ha hecho, no irá al convento: ¡la sangrarán como a esos vulgares plebeyos que tanto le gustan!

—¡Le recuerdo que usted también es plebeya! —replico con un susurro ronco.

La cólera que anima la cara maquillada de la gobernanta se transforma en una expresión de puro odio.

—¡Zorra! —vocifera abofeteándome con todas sus fuerzas—. ¿Acaso se cree tan superior a mí? ¡Merezco que me transmuten tanto como usted o como cualquier boba de este colegio!

Hace ademán de volverme a abofetear, pero le sujeto el puño temblando de rabia.

—¡Suélteme de inmediato! —grita con un brillo de locura en los ojos—. Suélteme o yo… ¡la sangraré!

Abre su gran boca con los dientes empastados, apuntando hacia mi garganta, pero, dada la posición en que la tengo inmovilizada, su mandíbula solo consigue cerrarse en mi hombro.

La furiosa mordedura penetra en mi piel a través de la tela de mi vestido arrancándome un grito de dolor y terror.

Cegada por el pánico, aparto de mí a esa loca, tan obsesionada con la transmutación que se cree ya un vampyro, la vuelvo hacia el brocal y la empujo con todas mis fuerzas al interior del pozo.

Su enorme miriñaque de mimbre se engancha en la abertura dejando a la vista sus numerosas enaguas de encaje, sus medias de fina seda y sus piernas enclenques, que no paran de moverse en el aire.

Bajo el grueso tapón de telas, oigo la voz ahogada de la gobernanta:

—¡Ayúdeme! ¡Ayúdeme enseguida, pequeña idiota!

Me quedo quieta al borde del pozo, aturdida, con el hombro ensangrentado.

Veo como las piernas de la gobernanta se van hundiendo, centímetro a centímetro; sus iracundas patadas sirven únicamente para aplastar más el miriñaque y romper poco a poco los aros.

De repente, cambia de tono y sus insultos se convierten en lacrimosos ruegos:

—Le prometo que no diré nada al rey sobre sus trampas.

A cambio, usted tampoco hablará del pequeño mordisco que le he hecho sin querer. Será nuestro secreto. Será... ¡Aaayyyy!

El resto del miriñaque cede de golpe.

Los zapatos, las medias, las enaguas: todo desaparece en el abismo negro, acompañado de un grito prolongado que se va apagando hasta cesar por completo cuando se oye un *plaf* a lo lejos.

315

23

Arte ecuestre

—Sin duda están esperando a que la señora Thérèse venga a anunciarles los resultados de la prueba de anoche —dice la señora de Chantilly entrando en el dormitorio—, pero esta mañana ella, esto, bueno, ha ido a hacer unos recados en la ciudad.

Las internas se miran desconcertadas a mi alrededor.

La señora Thérèse suele ser omnipresente, ordena cada aspecto de la vida de las alumnas desde la mañana hasta la noche, sobre todo durante este periodo de competición. Su inesperada ausencia ha dejado perplejas a todas, incluido el cuerpo de profesores: Chantilly se siente obligada a inventarse algo para no confesar que la gobernanta ha desaparecido sin más.

—Su querida gobernanta ha ido a ver a su modista para que le ajuste el vestido antes de la prueba ecuestre de esta noche —afirma enredándose en su mentira.

—O quizás haya seguido tu ejemplo y se haya largado para vivir el *big love* con un vampyro —me susurra Poppy al oído—. Todo saben que se le cae la baba con los inmortales.

Me esfuerzo por sonreír a sus sarcasmos, pero tengo un nudo en la garganta y en el hombro aún me duele la mordedura que me hizo la gobernanta bajo el vestido nuevo (anoche, al volver a subir al dormitorio, tiré al fuego el corpiño manchado de sangre).

Pero ¿es que Poppy no ve lo pálida que estoy?

Y las demás… ¿no se dan cuenta de mi malestar?

No: pendientes de los labios de Chantilly no quitan ojo al pergamino que está sacando de un bolsillo.

Tras ajustarse sus quevedos de montura de oro, la profesora empieza a leer con el mismo tono pomposo con el que declama las odas y los panegíricos en clase:

—Hoy, el vigésimo noveno día del mes de octubre del año de las Tinieblas 299, tengo el honor de anunciar a las seis candidatas que han superado la prueba de arte cortés, ¡especialmente seleccionadas por la condesa de Villeforge por designación del rey! Han sido aceptadas: Hélénaïs de Plumigny…

Todas las cabezas se vuelven con envidia hacia mi mayor rival, cuyo semblante resplandece de orgullo.

—Proserpina Castlecliff…

Por lo visto, está escrito que Hélé y Poppy se pisen los talones en la Gran Caballeriza. De hecho, esta mañana se vuelven a disputar el primer puesto en la clasificación.

—Françoise des Escailles…

Un grito ahogado de alegría resuena a mi derecha: la pequeña y aplicada morena ha quedado a poca distancia de las dos cabecillas de la clase.

—Séraphine de La Pattebise…

«Solo quedan dos nombres», pienso apretando secretamente el reloj de mi madre en el bolsillo de mi vestido.

—Marie-Ornella de Lorenzi…

Solo un nombre más.

—Diane de Gastefriche.

El nudo que tenía en la garganta se deshace en un santiamén.

¡Me han aceptado!

Los murmullos sofocados de las alumnas que comprenden que la aventura se ha acabado para ellas se transforma en un concierto de protestas. Unas se quejan porque la cena fue demasiado tarde, otras porque el vino era demasiado fuerte. Por suerte, ninguna de las perdedoras se imagina quién fue el verdadero culpable: el café, que les hizo perder todos sus recursos. Los principales testigos han desaparecido: las ratas acabaron en el fuego y la señora Thérèse en el fondo del pozo. El eco aterrador de su grito cruza por mi mente, seguido del ruido sordo que hizo su cuerpo al chocar con el agua negra. ¿Cuántos metros cayó? ¿Quince? ¿Treinta? ¿Aún más? El largo silencio que siguió a su caída me convenció de que estaba muerta.

—¡Basta ya de tonterías! —exclama Chantilly dando palmadas para llamar al orden a las contestatarias—. Las perdedoras tienen motivos para alegrarse, porque van a poder disfrutar de un permiso para descansar hasta el lunes que viene, cuando las clases retomarán su ritmo normal. Las demás deben prepararse para la prueba de esta noche. El gran escudero me ha encargado que les diga que el carrusel tendrá lugar en el picadero al anochecer. Lo realizarán con los seis jóvenes seleccionados, cuyos nombres les voy a comunicar ahora. —Da la vuelta al pergamino para leer el revés—: Señores de Montesueño, De Longuedune, De Grand-Domaine, De La Roncière, Della Strada y Du Charlois.

¡Si mi corazón exultó de alegría cuando Chantilly pronunció mi nombre, ahora estalla literalmente al oír el de Tristan! Pero lo siguiente, al final de la alocución, cae sobre mi entusiasmo como un jarro de agua fría:

—El carrusel tendrá lugar en presencia del marqués De Mélac —dice—. ¡El ministro del Ejército en persona seleccionará a los tres caballeros y a las tres amazonas mejores: todo un honor para ustedes!

La profesora da media vuelta mientras reflexiono sobre la cruel ironía: al instigador de los asesinos de mi familia corresponde decidir si voy a poder seguir o no en la competición.

—¿Sabes lo que le ha sucedido a la señora Thérèse?
La pregunta de Naoko me pilla desprevenida.

Su mirada inquisitiva fulmina mi reflejo en el espejo del cuarto de baño, frente al que me ha sentado para peinarme. Esta noche ha sujetado mi pelo con alfileres al sombrero de montar de fieltro negro forrado de satén, como corresponde a una demostración ecuestre ante los miembros más eminentes de la corte.

—¿Qué te hace suponer que lo sé? —contesto.

—Anoche volviste al dormitorio mucho más tarde que las demás. Nadie se dio cuenta, porque era tarde y las otras internas dormían como troncos, sobre todo las que habían tenido derecho a tu café casero. Pero ya sabes que yo tengo el sueño ligero.

Veo que mi cara palidece en el espejo, que se pone más blanca que la que tiene Naoko bajo la fina capa de polvo de arroz.

—¿Recuerdas que prometimos que no nos ocultaríamos nada? —insiste.

—Fue… un accidente —balbuceo—. Thérèse cayó a un pozo, en el sótano. No pude hacer nada para salvarla.

Naoko me escruta en silencio, como si pudiera leer en mi alma qué sucedió anoche, como si viera que dejé caer a la gobernanta sin tratar de sujetarla.

—Sea como sea, era una mujer terrible —exclamo—. Merecía morir, ¿no?

—No la apreciaba más que tú —responde fríamente—, pero ¿quién eres tú, Jeanne o Diane, para decidir quién merece la muerte?

—¡Thérèse era tan cruel como Lucrèce! ¡Tú también viste cómo se ensañaron con la pobre Toinette! Lo digo y lo repito: esas dos brujas merecen reventar.

Mis labios arden de deseo de revelar a Naoko que los días de Lucrèce están contados: al igual que el resto de los escuderos del rey, morirá acuchillada por los rebeldes que están emboscados en el castillo, pero no le digo nada sobre ellos, pues mi amiga ignora el plan de regicidio y sigue pensando que solo quiero matar a Alexandre de Mortange para vengarme.

—Tú también eres cruel —replica—. Tu sed de venganza es una obsesión enfermiza. La melancolía te devora. Hablas de la vida humana como un vampyro. Cuidado, porque puedes convertirte en aquello que detestas y, en ese caso, el precio de tu revancha sería excesivamente alto, Jeanne.

—¡Ningún precio es demasiado elevado por vengar a mi familia! —gruño levantándome de la silla, irritada por las acusaciones de Naoko—. Por lo demás, esta conversación me produce dolor de cabeza. Creo que es mejor que vaya a la caballeriza y me prepare para el carrusel. Anochecerá en menos de una hora y ya me he emperifollado bastante.

Al entrar en la cuadra, el intenso olor de los caballos me envuelve como una ola, disipando mis escrúpulos y aplacando el inicial dolor de cabeza.

321

La trémula presencia de los grandes équidos me devuelve a mi lado animal, sanguíneo, el que se apoderaba de mi cuerpo cuando cazaba en el bosque. Huir o combatir. Matar o morir asesinado. En la naturaleza, la elección se realiza entre unas alternativas sencillas, puras, sin el malestar que producen los remordimientos y el arrepentimiento. Me adentro en la penumbra y me dirijo hacia el *box* de Typhon, mis botas de equitación pisan el suelo cubierto de paja.

Veo la poderosa grupa del semental. Los reflejos de color rojo oscuro de su largo espinazo brillan a la luz de la tarde, que se filtra por las altas ventanas. Sorprendentemente, aún no lo han ensillado ni almohazado. A menos de una hora del carrusel, pensaba que los palafreneros habrían empezado a prepararlo.

—Yo me he llevado la misma sorpresa que tú cuando he bajado a ver a Fuego —dice una voz a mis espaldas.

Me vuelvo, guiñando los ojos para poder traspasar la penumbra crepuscular.

Vislumbro débilmente un cuerpo vestido de oscuro: es Rafael de Montesueño. Está en el *box* que hay frente al mío, con una mano apoyada en el cuello de su pequeño purasangre negro.

—Creo que esta noche no montaremos nuestros caballos —murmura—. Mejor dicho, estoy seguro.

—¿Qué quieres decir?

—Los palafreneros no han preparado ninguno. Lo sé porque esta tarde he pasado por la cuadra en compañía de mi fiel Fuego, que vino conmigo desde España. Es el lugar de este colegio donde me siento mejor.

«Y también el lugar del que tienes más recuerdos», pienso, acordándome de las citas nocturnas del español y del hindú de las que Naoko fue testigo.

—Por lo visto, Mélac traerá los caballos que el rey ha elegido para nosotros —prosigue—. Unos animales a los que no estamos acostumbrados. Es típico del Inmutable: desestabilizar continuamente a sus súbditos para dominarlos mejor. Como anoche, cuando Thérèse te obligó a sangrar a la pobre Toinette delante de todos; estoy seguro de que contaba con la aprobación del rey.

Asiento con la cabeza, entusiasmada por el extranjero que se atreve a criticar el orden implacable de Vampyria y que no dudó en verter su sangre para salvar a una criada. ¿Pertenecerá a la Fronda? Por supuesto que no; de ser así, Tristan me lo habría dicho. Aun así creo que podrían reclutarlo.

—¡Si supieras cuánto me reprocho haber hecho sufrir a Toinette! —le digo para probarlo—. Ningún plebeyo merece que se le trate de tal forma, poco importa lo que haya hurtado. Es cobarde, además de injusto.

—La Magna Vampyria se erige sobre la injusticia —me responde Rafael sin pestañear.

Su aplomo me desconcierta.

Una afirmación así podría costarle la exclusión de la Gran Caballeriza, o, cuando menos, una reprobación. Que manifieste de forma tan abierta sus convicciones acrecienta la simpatía que ya siento por él. De repente, recuerdo que está en el pelotón de cabeza del ala de los chicos: si lo seleccionan para el Sorbo del Rey dentro de dos días y entramos juntos en la cámara mortuoria, ¿tendré suficiente sangre fría para matarlo?

—Suraj no vale todo esto —suelto de buenas a primeras.

Los ojos de Rafael se abren desmesuradamente en la penumbra de la cuadra.

Siento que me ruborizo, avergonzada de mi indiscreción, pero ¡tengo que hablar! Debo disuadirlo de arriesgarse a morir por un joven que perderá la vida antes del fin de semana, como el resto de los escuderos.

—Sé que hubo algo entre vosotros —me apresuro a añadir, sin mencionar lo que me contó Naoko, para no comprometerla.

Desvía la mirada, irritado.

—No imaginaba que se notaba tanto.

—No lo habría adivinado sola, pero la otra noche, después de la giga, oí a Suraj conversando con Lucrèce. —Hago un esfuerzo para dominar la respiración, que se acelera mientras invento una mentira que quizá salve la vida de Rafael, aunque le parta el corazón—. Había olvidado un lazo en la sala de gala: por eso había vuelto a bajar. Desde el umbral, escuché a escondidas la conversación entre los dos escuderos. Ambos urdieron una especie de broma amorosa, empeorada por el sarcasmo más cruel.

La cara de Rafael se queda petrificada sobre el cuello rígido, de moda en la corte española.

—Mientras cubría de besos a Lucrèce, Suraj se burló de ti —afirmo, dolorosamente consciente de que cada una de mis palabras es un puñal clavado en el pecho de Rafael—. Le decía lo mucho que le divertían tus miradas de amor. Sí, utilizó justo

323

esa palabra para hablar de ti: dijo que eras «una diversión». Eso
es lo que tú fuiste para él cuando estaba interno en el ala de
los chicos, sin chicas. Pero, ahora que está con Lucrecia, solo le
provocas esas burlas desdeñosas. —Inspiro hondo, a la vez que
hago acopio de todas mis fuerzas para asestarle el golpe de gracia—. Habría preferido no decirte nada, pero tengo el deber de
impedirte que cometas un terrible error. Estoy segura de que
no participas en el Sorbo para servir a un reino que consideras
injusto, no tendría sentido: lo haces para reunirte con Suraj. El
problema es que tú ya no significas nada para él, ¿me entiendes? ¡Nada de nada!

Rafael no ha movido la cara mientras yo hablaba. Ha aceptado mis palabras de manera estoica, sin arquear las cejas, pero
sus dedos con las uñas pintadas de negro han agarrado con
fuerza la larga crin ondulada de su purasangre, parece un náufrago aferrado a una cuerda.

—Gracias por la franqueza —murmura al final.

—Es lo mínimo que puedo hacer por ti —digo tragándome
el gusto acre de la mentira—. No tienes ninguna razón para
hacer todos esos esfuerzos por un ingrato. No te humilles para
reunirte con él en la guardia real. Olvídalo, enamórate de otro
que sepa quererte como te mereces y vive tu vida.

Le sonrío calurosamente, pensando que con mis palabras
mentirosas, pero bondadosas, quizá le haya salvado la vida. Rafael permanece inmóvil en su vestido oscuro.

—Jamás podré olvidarlo —dice con una voz cuya gravedad
borra de inmediato la sonrisa de mi cara—. Sabía que Suraj
había tenido sus aventuras en las Indias antes de conocerme.
Le gustan las chicas tanto como los chicos, quizá nunca pueda
quererme como yo lo quiero a él. Puede que haya encontrado
en brazos de Lucrecia algo que yo no pude ofrecerle. Puede que
lo que vivimos solo fuera para él una «diversión». —Sus ojos
verdes brillan con ferocidad—. Pero también es posible que se
sienta obligado a negar sus sentimientos para no disgustar al

rey. Como enviado del maharajá, su comportamiento debe ser irreprochable, porque están en juego las relaciones diplomáticas entre la Magna Vampyria y el reino de Jaipur.

Rafael exhala un largo suspiro, lleno de una cólera contenida.

—El Inmutable ve con malos ojos todo lo que se sale de la norma y lo que considera un desafío personal a su autoridad, ¡como si ese viejo fósil de trescientos años pudiera decidir a quién tengo derecho a querer! La Facultad condena las relaciones entre personas del mismo sexo; dice de ellas que son un «vicio» que obstaculiza la reproducción del ganado humano, ¡como si solo se pudiera amar para generar cada vez más sangre fresca y nutrir a los vampyros con ella! Los arquiatras y los inquisidores califican el amor entre hombres o entre mujeres como una abominación propia del carnicero o del mismo nivel que las estirges. ¡Como si lo que siento por Suraj fuera algo monstruoso que debe ser eliminado!

En la quietud de la caballeriza, saturada por la pesada respiración de los caballos, la voz de Rafael se ha hinchado en un soplo animal, visceral.

—No sé por qué te digo todo esto —suelta de repente, recuperando el dominio de sí mismo después de haberlo perdido por unos instantes—. Sin duda porque siento que eres más comprensiva que muchos de los internos, pero no puedo pedirte que me entiendas.

—Pero ¡yo te entiendo! —exclamo llevada por la emoción.

Me gustaría decirle que comprendo lo que significa vivir fingiendo.

Me encantaría confesarle que comprendo la rabia de ser diferente y el deseo de derribar una sociedad que considero arbitraria.

Pero, por descontado, no hago nada.

No puedo posar una mano en su hombro y apretarlo con fuerza para transmitirle todo mi apoyo.

325

—Gracias —murmura—. Eso me conmueve. Si de verdad me comprendes como dices, entenderás también que debo participar en el Sorbo para demostrar a Suraj que soy capaz de hacerlo. Para demostrarme «a mí» que soy capaz. Y para preguntarle a la cara, entre iguales, si de verdad ya no hay nada entre nosotros.

Titubeo, sintiendo que todos los esfuerzos que he hecho para apartar a Rafael de la funesta competición son una insignificancia comparados con la intensidad de sus sentimientos.

En ese momento, un furioso tañido de campanas resuena tras las robustas paredes de la caballeriza: es el inicio del toque de queda.

—Es hora de ir al picadero —dice Rafael. Saca los dedos de la larga crin del caballo que lo siguió desde España hasta el frío Versalles, un animal que también es un exiliado. —Esta noche no seremos un equipo, mi viejo Fuego —dice acariciándole el cuello una vez más—. Deséanos buena suerte, a Diane y a mí.

El purasangre resopla dulcemente a través de sus ollares, exhalando una pequeña nube de vapor a modo de aliento... o de bendición.

—¡Ah, Gastefriche y Montesueño: los estábamos esperando! —dice el Gran Escudero cuando entramos en la pista.

Los diez jinetes y amazonas están ya de pie en el serrín. Los jóvenes lucen chaquetas cortas y unos pantalones de montar. Las chicas, por su parte, se han puesto vestidos para montar al estilo amazona, excepto Poppy, quien, al igual que yo, prefiere hacerlo a horcajadas, por eso esta noche lleva sus *blue jeans*.

Tristan y yo nos miramos por primera vez desde la cena de ayer. Él esboza una sonrisa forzada bajo el gorro de adiestramiento, pero sus ojos entornados me dicen que la incertidumbre lo atormenta. El carrusel está a punto de comenzar y sigue sin verse ningún caballo.

El gran escudero también parece preocupado. Se vuelve hacia las gradas que dominan el picadero frente al balcón donde los guardias suizos se han apostado con sus flautas y tambores. Unos treinta espectadores ocupan allí sus asientos; reconozco entre ellos a varios cortesanos de la noche anterior. Solo que la señora Villeforge ya no preside como juez supremo la asamblea de terciopelos y lentejuelas. El asiento central está ocupado ahora por un hombre grande y delgado, con la cara angulosa y enmarcada por una larga peluca castaña de rizos pequeños. El gran sombrero adornado con plumas de águila que luce lo diferencia aún más del resto de los cortesanos.

Mélac.

Su profunda naturaleza de muerto viviente es más visible en él que en el resto de los vampyros. En su caso no hay atisbo de una posible ilusión de juventud. Su cara demacrada y sus mejillas hundidas recuerdan a las de una momia, como si los innumerables crímenes cometidos por sus dragones a lo largo de los siglos le hubieran carcomido las entrañas.

—Estamos al completo, señor de Mélac —anuncia el gran escudero con cierta tensión en la voz—. Se lo pregunto por última vez: ¿está seguro de que quiere usar las yeguas vampýricas?

El recuerdo de los monstruosos tapices del gabinete de las yeguas pasa por mi mente. Ingenuamente pensé que eran representaciones mitológicas, simples leyendas. ¡Olvidé que en la Corte de las Tinieblas hasta las pesadillas más odiosas tienden desagradablemente a hacerse realidad!

—No lo he decidido yo, ¡ha sido el rey! —lo corta el ministro del Ejército desde las gradas—. Este año, su majestad ha decidido complicar la prueba de arte ecuestre: ese es su deseo.

Mélac aplaude con sus largas y huesudas manos, de forma que a Montfaucon no le queda más remedio que hacerle una reverencia y retirarse detrás del guardabotas.

En ese instante, el pórtico del picadero se abre con una ráfaga de viento que hiela hasta lo más profundo de mi alma.

Los doce caballeros que entran en el picadero no son los palafreneros habituales, sino unos vampyros de tez pálida, tocados con grandes sombreros. Cada uno de ellos lleva por la brida a una yegua negra que no deja de piafar, con un gran penacho tembloroso coronando el frontal.

—¡Si alguien quiere renunciar, aún está a tiempo! —anuncia Mélac—. Como es de suponer, el abandono implicará la exclusión definitiva de la competición por el Sorbo del Rey, ya que su majestad no soporta a los cobardes.

Cruce de miradas entre las participantes. Algunas, como Françoise des Escailles, parecen buscar una escapatoria; otras, como Hélénaïs de Plumigny, dan la impresión de desafiar a las demás para que se quiten de en medio. En los ojos de Tristan, la determinación ha podido con la incertidumbre, y eso es lo único que cuenta para mí.

Me concentro en el hombre que se está acercando a mí, apretando las riendas con su puño enguantado.

Me parece reconocerlo bajo el gran sombrero… ¡Alexandre!

—Me las he arreglado para venir esta noche —me susurra al oído—, y he aparejado la yegua especialmente para ti.

Observo la cabeza de ébano de la bestia, encerrada en las correas de cuero. Sus pupilas, fijas y dilatadas, recuerdan a las de los lobos reales. Bajo los ollares atravesados de venas azuladas, que exhalan un soplo tan frío como el infierno, la parte delantera de la dentadura es normal: unos incisivos de herbívoro, hechos para cortar el heno. Pero los largos caninos puntiagudos que vienen a continuación sirven para desgarrar la carne. Los molares, por su parte, mordisquean el bocado con obstinación, de manera que un largo hilo de saliva cae de sus espumosos labios hasta el suelo.

—He cambiado el bocado de hierro por uno de plata —me explica Alexandre entregándome las riendas—. Eso debería calmarla durante el carrusel.

Sé que la plata es un metal tóxico que debilita a los inmortales y, sin duda, a todas las criaturas vampýricas con tieblina en las venas. De hecho, mi yegua parece mucho más tranquila que las once restantes; está como aturdida. En lugar de piafar y resoplar enfurecida, se contenta con babear abundantemente.

Comprendo que Alexandre ha corrido un gran riesgo haciendo trampas en las mismas narices del rey, apenas unas semanas después de haber recuperado la gracia. Hasta tal punto llega la abyecta obsesión que siente por mí.

Balbuceo unas falsas palabras de agradecimiento que me repugnan.

—Ya me darás las gracias cuando ganes el Sorbo, querida Diane —murmura mientras me ayuda a meter el pie en el estribo—. ¡Cuanto antes entres en la corte, antes volveremos a reunirnos!

Cuando lo rozo, mi mirada se cruza con la suya: sus ojos brillan con un resplandor ardiente…, ¡apasionado! Me devora literalmente con ellos, como si yo fuera de su propiedad.

Con el estómago revuelto, me alzo hasta la silla para apartarme lo antes posible de él.

El resto de los jinetes tienen más dificultades para montar: sus yeguas negras se agitan con nerviosismo, algunas de ellas cocean incluso levantando nubes de serrín, que brillan bajo las lámparas.

—¡Las yeguas son las joyas de las caballerizas reales! —comenta Mélac desde las gradas, alzando la voz para que podamos oírlo a pesar de los relinchos de los monstruosos cuadrúpedos—. Degüellan al enemigo con sus dientes en el campo de batalla. Claro que a veces tiran al suelo a los jinetes más torpes para desventrarlos, pero ¡qué le vamos a hacer, es su naturaleza guerrera!

Al ministro del Ejército parece divertirle la angustia de los competidores. En las caras de los cortesanos que lo rodean se dibujan amplias sonrisas. Los señores tocados con pelucas y las damas se mueven inquietos en las gradas; algunos se ajustan los quevedos dorados, como en el teatro, para poder ver mejor cuando el primero de los participantes caiga de su montura.

Suena una campanilla: es la señal que da inicio al carrusel.

Mientras en el balcón de los músicos se oyen los primeros compases del rondó militar, manejo mis ayudas para que la yegua me lleve al fondo de la pista. Entre mis pantorrillas, el vientre del animal no está tibio y vivo como el de Typhon, sino frío y muerto. Sus anchos costados no ascienden al respirar, ni siquiera cuando lo lanzo al galope para efectuar una primera vuelta. Las demás yeguas giran también alrededor del picadero, manteniendo la distancia y moviendo de forma rítmica sus grandes aderezos de plumas de avestruz.

Tras cambiar de mano, galopamos a lo largo del picadero al son del rondó, que cada vez es más rápido. El redoble de los tambores no es lo único que me taladra los tímpanos, también el estruendo de los cascos al chocar con los guardabotas. ¡Las bestias furiosas tratan de tirar a los jinetes saltando y dando coces!

Las alumnas que montan al estilo amazona, porque han preferido sacrificar el aspecto práctico para no perder en elegancia, se esfuerzan en vano: es muy fácil perder el equilibrio en la silla asimétrica. La más delicada de todas, la pobre Séraphine de La Pattebise, es la primera en pagar el precio: cae mientras el resto de las alumnas nos disponemos a efectuar un nuevo cambio de mano en diagonal.

Al chocar de bruces en el serrín, el público exclama encantado. La yegua que la ha tirado frena en seco y se vuelve hacia ella enseñando los colmillos.

Séraphine lanza un penetrante chillido.

Intenta levantarse como puede, pero se enreda con los pesados pliegues de su vestido de muaré.

El primer mordisco le arranca el sombrero de adiestramiento, y con él, un buen mechón de pelo.

En ese instante, otra yegua sobreexcitada por los gritos de Séraphine tira a su amazona, Marie-Ornella de Lorenzi.

Alterada, me agarro con todas mis fuerzas a la crin de mi montura, mirando frenéticamente a mis competidores, que están demasiado ocupados tratando de dominar sus yeguas como para pensar en auxiliar a sus desafortunadas compañeras. Además, el protocolo no lo permite: ¡hay que continuar con el carrusel cueste lo que cueste!

Con el corazón en un puño, abro la rienda hacia la derecha para trazar una gran circunferencia. Las dos amazonas que están en el suelo y que, por fin, han conseguido levantarse, se precipitan hacia el pórtico que hay al pie de las gradas.

331

—¡Déjennos pasar, por piedad! —grita Marie-Ornella de Lorenzi.

Con un violento golpe de dientes, la yegua que está tras ella arranca un buen pedazo de su suntuoso vestido, cosido con hilos de oro, dejando a la vista las enaguas blancas que lleva debajo. Los cortesanos se mueren de risa, como si estuvieran asistiendo a una comedia burlesca. Sus sonoras carcajadas se mezclan con el redoble de los tambores.

Mélac, que tampoco puede contener la risa, acaba levantando el pulgar, como si fuera un emperador romano en su tribuna.

Los palafreneros entreabren el pórtico, lo suficiente para que las dos alumnas llorosas se refugien detrás.

Apenas quedan fuera del alcance de las yeguas, estas, fuera de sí, empiezan a buscar nuevas presas. Se precipitan hacia los dos jinetes más próximos, Giacomo della Strada y Pierre du Charlois, que, si hasta ahora han conseguido dominar más o menos sus monturas, ahora pierden por completo sus recursos. Tratando de defenderse del ataque con sus fustas, solo consiguen perder el equilibrio y caer al suelo también.

La orquesta inicia un nuevo movimiento para indicar a los jinetes que siguen en sus sillas que deben efectuar una nueva figura: una serpentina de tres bucles. En la punta de mis dedos, crispados en las riendas, siento la boca dentada de mi yegua mordiendo el bocado de plata. Aprieto las piernas para avanzar hacia Tristan, que está acercándose en dirección opuesta. Con las facciones contraídas y la cara perlada de sudor, me anima febrilmente con la mirada antes de dejarme atrás.

Tras él se aproxima Poppy, sin duda la mejor amazona del ala femenina, que consigue mantener la dignidad. En el lado opuesto, Françoise des Escailles avanza pegada a su yegua, con una expresión de terror en los ojos tras los quevedos y el único estribo suelto, balanceándose en el aire entre los faldones de su vestido de volantes. Hélénaïs se encuentra en alguna parte entre estos dos extremos, con el semblante angustiado bajo el sofisticado peinado, que se va deshaciendo a cada paso. Zacharie de Grand-Domaine y Thomas de Longuedune se las arreglan por el estilo, es decir, con dificultad.

Rafael detiene el avance de los jinetes que se aproximan hacia mí en el último bucle de la serpentina. En la Gran Caballeriza todos conocen su pericia ecuestre, pero cómo domina a su yegua supera con creces lo que imaginaba. Sin bocado de plata ni cualquier otro artificio por el estilo, consigue que el animal trote con regularidad, con los apoyos perfectamente alineados y la cabeza tan hundida en el pecho que casi no se ven sus puntiagudos caninos. Solo la arruga que surca la frente del español revela que está totalmente concentrado en el número, a pesar de que parece ejecutarlo sin el menor esfuerzo.

—¡Ánimo! —me susurra cuando nos rozamos—. Lo más duro ha pasado.

Caigo en la cuenta de que, en efecto, hemos completado tres cuartos del ejercicio.

Mi yegua da media vuelta en el fondo del picadero, de forma que puedo verlo de nuevo. Giacomo y Pierre han logrado refugiarse *in extremis*, reuniéndose con Séraphine y Marie-Ornella detrás de los guardabotas. Liberadas de sus jinetes, las cuatro furias deambulan por el serrín atacándose unas a otras o arrancándose los penachos. Por el momento, parecen haber perdido el interés por los ocho jinetes restantes, lo que da esperanzas de poder terminar la danza ecuestre casi con normalidad.

Con el corazón acelerado, inicio una de las últimas vueltas. Pero los cortesanos, que han venido para asistir a los juegos del circo, parecen decepcionados: sus protestas y silbidos se mezclan con los últimos compases del rondó. De repente, un proyectil resuena en las gradas y viene directo hacia mí. Lo evito por un pelo y va a parar a un ojo de la yegua que está a mis espaldas.

333

Un grito furioso, una mezcla de relincho de caballo y rugido de tigre, me rompe los tímpanos. El animal herido se encabrita y tira a su amazona, Françoise des Escailles.

La morena menuda aterriza brutalmente en el serrín, perdiendo el sombrero y los quevedos en el golpe.

—¡Socorro! —Llora.

Empieza a buscar a tientas las lentes de aumento, sin las cuales ve menos que un topo.

Solo consigue meter los pies entre los voluminosos volantes de su vestido satinado, pero no ve que su yegua se precipita hacia ella como un rayo.

—¡Cuidado! —grito.

Françoise vuelve la cabeza hacia mí, guiñando los ojos, con el pelo lleno de serrín.

Levanta la mano como suele hacer en clase para pedir la palabra, pero esta noche tiende los dedos hacia mí con desesperación, para pedirme auxilio.

La yegua tuerta cierra su monstruosa boca en el trémulo brazo de mi compañera.

Se oye un terrible crujido de huesos rotos.

El blanco del húmero triturado revienta entre sus puntiagudos colmillos.

Una copiosa lluvia de sangre cae en la pista.

La orquesta inicia el redoble final de tambor, ahogando las exclamaciones de los cortesanos y los gritos de dolor de Françoise.

Las cuatro yeguas libres se abalanzan sobre ella como fieras sobre una gacela: quieren comer.

24

El arte de la conversación

—*E*l destino de Françoise des Escailles está ahora en manos de los cirujanos de la Facultad —anuncia sombríamente la señora de Chantilly a todas las alumnas reunidas.

Esta mañana reina un silencio fúnebre en el dormitorio.

Todas sabemos que las operaciones de la Facultad son con frecuencia sinónimo de muerte: por un Barvók más o menos remendado, ¿cuántas carnicerías médicas han terminado en la fosa común?

Las últimas imágenes del carrusel de ayer se arremolinan en mi mente: el largo minuto en que la pobre Françoise fue presa de las yeguas, antes de que los mozos consiguieran dominarlas. El brazo triturado como una ramita, los mechones de pelo arrancados con pedazos de cuero cabelludo, así como los jirones ensangrentados del vestido que las monstruosas yeguas se disputaban con furia. ¿Qué puede salvarse de esa desgraciada después de tal voracidad? Quizás hubiera sido mejor que muriera, en lugar de acabar despedazada en la mesa de operaciones de los arquiatras de Versalles.

—Otra mala noticia: la señora Thérèse no puede reunirse con ustedes por el momento —prosigue la profesora de arte de la conversación arrancándome de mis pensamientos—. Se enfrió mientras regresaba de su modista y debe guardar cama. Por eso no la vieron ayer en el picadero y no la verán esta noche.

Chantilly se ajusta sus quevedos con un ademán que revela su inquietud. Es evidente que aún no han encontrado el cuerpo de la gobernanta. Mejor.

—Así pues, me corresponde anunciarles el nombre de las candidatas que han sido elegidas para la tercera prueba de la competición —prosigue.

La profesora carraspea, creando un falso suspense: anoche solo tres amazonas permanecieron en sus sillas.

—Hélénaïs de Plumigny, Proserpina Castlecliff y Diane de Gastefriche.

Después del baño de sangre de hace unas horas, a nadie se le ocurre expresar su alegría, ni siquiera a Hélénaïs, cuya escultural cara permanece inmutable entre sus serpenteantes rizos. En cuanto a Naoko, lejos de alegrarse por mí, se ha refugiado en el otro extremo del dormitorio. No ha vuelto a dirigirme la palabra desde nuestra turbulenta conversación. Por lo visto, de nuestra amistad ya no queda nada, ni siquiera la flor de loto de seda que cosió para mí y que extravié.

—En cambio, los jóvenes que han resultado elegidos son —Chantilly sigue leyendo un pedazo de pergamino—: Rafael de Montesueño…

Faltaría más, ¡es el mejor jinete de la promoción! Pero Tristan habrá quedado sin duda el segundo: anoche mantuvo su hermosa prestancia durante todo el ejercicio.

—Zacharie de Grand-Domaine.

¿El alumno de Luisiana? No negaré que se las arregló bien. Bueno, Tristan se conformará con el tercer puesto en el podio.

—Thomas de Longuedune.

Mi barriga se contrae y mi garganta suelta una palabra de protesta:

—¡Imposible!

Todas las miradas se vuelven hacia mí.

—Esto…, quiero decir, ¿está segura de haber leído bien, señora? —digo recuperando la compostura.

—Si llevo lentes de aumento es, precisamente, para leer bien, señorita de Gastefriche —replica en tono seco la profesora, a la vez que me fulmina con la mirada por encima de la montura dorada de sus quevedos.

—En cualquier caso, ¿está segura de que no se trata de un error?

Chantilly apoya las manos en las caderas acolchadas de su vestido, mientras la cofia con la que ha recogido su imponente cabellera tiembla con aire de desaprobación.

—Preguntar dos veces lo mismo al interlocutor es la peor torpeza que se puede cometer en el arte de la conversación —me amonesta—. Me tiene acostumbrada a cosas mejores, Diane. Espero verla más espabilada esta noche.

—Yo…, esto…, disculpe —balbuceo, comprobando con rabia que, a mi lado, Hélénaïs está disfrutando de la escena.

—Está bien, no me avergüence delante de la princesa Des Ursins. La ministra de Asuntos Exteriores, uno de los espíritus más hermosos de Vampyria, nos hará el honor de arbitrar los intercambios en el pequeño teatro de la Gran Caballeriza. La prueba se llevará a cabo en dos etapas: en primer lugar, la realizarán las señoras; luego, los señores. La forma elegida es la conversación libre amenizada con versos, en especial octosílabos, porque son cortos y terminantes. Al final de cada justa, la joven y el joven menos elocuentes serán eliminados. —Tose—. Iremos al teatro al anochecer, antes de la cena: siempre se conversa mejor con la barriga vacía, cuando el espíritu no está adormecido por la digestión.

El día 30 de octubre, el penúltimo antes del Sorbo del Rey, es el más solitario de los que he vivido desde que llegué a la Gran Caballeriza.

337

Naoko sigue sin hablarme. No tengo noticias de Tristan y sé que no las tendré antes de la prueba. La idea de seguir sin él me aterroriza. La perspectiva de tener que conversar en versos octosílabos me paraliza. La duda se insinúa en mí como un veneno. Si Tristan quedó eliminado ayer, ¿quién me asegura que no me pasará a mí lo mismo esta noche?

Paso la tarde postrada en el cuarto de baño donde antes me peinaba Naoko. Al otro lado de la ventana, los titanes del muro de la Caza me observan en silencio con sus ojos de piedra, que se hunden a medida que el sol va calando. En el hueco de la palma de una mano aprieto el reloj de bolsillo de mi madre.

«¡Ay, mamá, si esta noche pudieras estar conmigo!»

—¿Diane?

Me contraigo y cierro con fuerza los dedos sobre el reloj.

Estaba tan ensimismada que no he oído abrirse la puerta del cuarto de baño a mis espaldas.

—¿Qué pasa? —digo volviéndome en el taburete y metiéndome a la vez el reloj en el bolsillo de mi vestido.

Poppy está en el umbral. Ha abandonado el denim de diario para ponerse un vestido de tafetán de color crema, cuyo brillo la hace parecer un poco menos pálida por contraste. Su larga melena suelta cae como una cascada morena sobre las rosas de tela que adornan el corpiño.

—¿Estás bien, *darling*? —pregunta.

—¿Por qué no debería estarlo? —respondo a la defensiva.

—La eliminación de La Roncière parece haberte dolido.

—Para nada.

—Y Naoko, con la que eras uña y carne desde que llegaste a la Gran Caballeriza, no está aquí para peinarte esta noche.

La inglesa mete el dedo en la llaga. ¿Será una táctica para desestabilizarme antes de la prueba?

—¿Y qué? —grito—. ¡No me digas que has venido por eso, para peinarme!

—Sí.

Su amigable sonrisa me deja sin voz. Me avergüenzo de la saña con la que le he contestado.

—No soy tan hábil como la *geisha* sin sonrisa, es cierto, pero puedo ayudarte a hacerte un moño —dice con humildad—. Y no despreciaré tu colaboración para poner un poco de orden en todo esto.

Señala con un dedo su imponente masa de pelo.

Cabeceo y la invito a entrar.

Poppy agarra un cepillo y empieza a alisar mis mechones grises, sin dejar de hablarme:

—Esta noche nuestra alianza puede ir más allá del simple peinado. Te propongo que unamos nuestras fuerzas contra esa presumida emplumada en el combate oratorio. La conversación es su punto débil, así que no nos costará mucho vencerla. Ya nos enfrentaremos mañana en la prueba de arte marcial. Si he de perder, prefiero que sea contra ti. La victoria de Plumigny en el Sorbo del Rey podría costarme una enfermedad; pero si la vencedora eres tú, sabré consolarme.

Me dirige una pálida sonrisa en el espejo, sus ojos brillan con un resplandor febril, más enfermizo que nunca.

—Trato hecho —digo en un suspiro.

—¡Dense prisa! —nos ordena la señora de Chantilly, que abre la marcha en la gran escalinata.

Vino a buscarnos poco antes de la señal del toque de queda. Hélénaïs camina pisándole los talones, más guapa que nunca, con las plumas de su excéntrico peinado temblando a cada paso, seguida de Poppy y de mí.

Llegamos a una doble puerta decorada con unas esculturas doradas que representan dos máscaras con las órbitas hundidas: la risa de la comedia a la derecha y el llanto de la tragedia a la izquierda.

—Acuérdense de mantener siempre una expresión agradable, señoritas —nos dice Chantilly como último consejo—. ¡Se pueden lanzar las pullas más feroces, siempre y cuando se digan con una sonrisa!

Los guardias suizos que flanquean la puerta la abren y entro por primera vez en el teatro de la Gran Caballeriza.

Es una estancia relativamente pequeña, que lo parece aún más debido a las recargadas molduras que adornan las paredes y a las pesadas cortinas de terciopelo rojo que hay a ambos lados del reducido escenario. Delante de las tablas, la penumbra de la sala es un hervidero. Tengo la impresión de que en los apretados bancos han amontonado el mismo número de cortesanos que anoche en las amplias gradas del picadero.

Chantilly hace una sofisticada reverencia ante una dama espigada, peinada con refinamiento, que preside la primera fila: la princesa Des Ursins.

A diferencia de Mélac, que parece más una momia que un inmortal, la princesa Des Ursins da la impresión de estar demasiado viva para ser una vampyra. El corazón parece palpitarle en el largo cuello de cisne, algo imposible. Su piel, tan lisa y perfecta como la de todas las señoras de la noche, tiene el frescor rosado que es privilegio de los vivos. ¿Será un artificio cosmético? No lo sé. La princesa Des Ursins posee una belleza tan resplandeciente como delicada. Me pregunto si habrá aprendido a sonreír así, con amabilidad, sin enseñar la punta de sus caninos, a lo largo de su extensa carrera diplomática.

—¡Cautívennos con su ingenio, señoritas! —nos dice gentilmente.

Subimos los pocos escalones que conducen al escenario. Desde lo alto no logro distinguir las caras de los espectadores, solo sus brillantes ojos, que reflejan el resplandor de las tablas. ¿Está Alexandre entre ellos? La idea de que pueda espiarme sin verlo, como un depredador que acecha en la sombra, me turba de forma espantosa.

De repente, suenan tres golpes de bastón: es la señal que marca el inicio de las hostilidades.

Volviéndose hacia Hélénaïs, Poppy la ataca directamente ametrallándola con los versos octosílabos que hemos preparado especialmente para ella:

> ¡Si su ingenio es tan escaso
> como, dicen, es su estirpe,
> mejor no deis otro paso
> antes de que os elimine!

En la alegre sala se elevan exclamaciones de entusiasmo. Es cruel echar en cara a Hélénaïs lo corto que es su linaje, pero es justo el tipo de mezquindades que aplauden los cortesanos. Asimismo, es la manera más fácil de herir a esa joven orgullosa, y eso es lo que cuenta.

Me apresuro a proseguir alzando la voz para que todos puedan oírme bien, marcando las ocho sílabas de cada verso:

> Le han enseñado arrullos,
> pintada, capón y pavo,
> más que afeites y rulos,
> ¡póngase plumas de ganso!

En las filas se oyen de nuevo exclamaciones divertidas, mientras la perfecta cara de Hélénaïs se descompone bajo su peinado emplumado.

Supongo que ahora empezará a balbucear y se hundirá sola bajo la mirada del público.

Sin embargo, las palabras que salen de su maquillada boca están perfectamente articuladas y reclaman a los espectadores como testigos:

> ¡Habla la farsante real,
> que engaña a la aristocracia!
> Diga, leal «baronesa»,
> ¿o debo decir excelencia?

Un sudor frío recorre mi columna vertebral.

«¡Lo sabe! —grita una voz en mi cabeza—. No sé cómo, pero Hélénaïs ha visto detrás de mi máscara!»

—Yo... no sé qué quiere decir —balbuceo perdiendo los papeles.

—Usted no es la baronesa de Gastefriche, eso es lo que quiero decir —asevera Hélénaïs.

—¡Claro que soy la baronesa de Gastefriche! —replico a voz en grito—. ¡Igual que mi padre y que mis antepasados! ¡Mis... documentos de nobleza así lo prueban!

La hermosa Des Ursins me escruta en silencio desde la primera fila.

A su lado, Chantilly pone los ojos en blanco con aire reprobador, porque no hay nada más contrario al arte de la conversación que alzar la voz.

Sin perder su diabólica calma, Hélénaïs inicia un nuevo cuarteto:

> Llegó desde las montañas
> como Venus de las aguas;
> documentos la delatan:
> ¡es de plebeyas enaguas!

Mi ojos recorren el pequeño teatro buscando una salida instintivamente.

La sensación de estar acorralada me aterroriza. Tengo la impresión de que me falta el aire y la cabeza empieza a darme vueltas.

De repente, dejo de ser Diane, la orgullosa baronesa que compite por el Sorbo del Rey y me convierto de nuevo en Jeanne, la salvaje de los bosques. Pero ¡esta noche los bosques están poblados de animales feroces cuyas pupilas dilatadas me devoran!

Incapaz de seguir en mi sitio, reculo con las piernas temblorosas hacia bastidores, provocando las exclamaciones ahogadas de los cortesanos y la categórica advertencia de Chantilly:

—¡Diane! ¡Esto es inadmisible! ¡Le advierto de que, si abandona el escenario en plena competición, quedará descalificada de oficio!

Desde el fondo del escenario, Hélénaïs me apunta con un índice acusador, como si quisiera crucificarme con su uña esmaltada.

> Mala actriz y timadora,
> baronesa de opereta,
> o quizás usurpadora,
> ¡una modesta señora!

Me quedo plantada en el extremo del escenario; en mi cabeza resuena como una campana la última palabra que ha pronunciado mi rival.

«¿Señora?» En la jerarquía nobiliaria el título de señor es inmediatamente inferior al de barón.

—Mi padre pagó a unos juristas para que investigaran a fondo lo que dicen los archivos de la nobleza sobre esta pupila salida de la nada. —Se regocija Hélénaïs rompiendo bruscamente los octosílabos para escupir libremente todo su veneno. Se vuelve hacia el auditorio—. Un cuervo me trajo los resultados. Por lo visto, los Gastefriche jamás fueron ascendidos al rango de barón. Hace siglos se atribuyeron ese título y lo hicieron constar en sus documentos de nobleza. En la provincia llena de barro de la que proceden, ningún magistrado se atrevió a verificarlo, ¡hasta que los investigadores que mi padre mismo envió descubrieron el abuso!

Me ahogo en el corpiño, demasiado apretado, medio inmersa ya en la penumbra de los bastidores.

Dado lo pretencioso que era, ¡no me sorprende nada que el viejo Gontrand de Gastefriche se atribuyera un título superior al suyo!

El alivio que me produce que no hayan descubierto mi falsa identidad contrasta con la vergüenza de haber perdido el prestigio. He atacado los orígenes de Hélénaïs y ella me ha devuelto la humillación denigrando el nombre de Gastefriche. He hecho un ridículo espantoso y ahora ella es intocable.

El sentimiento de pérdida irreparable cae sobre mí como una capa de plomo.

He fracasado en la competición.

Al igual que Tristan, no voy a participar en el Sorbo del Rey.

Mi familia nunca será vengada y la tiranía durará varios siglos más.

A menos que...

—Puede que haya mentido sobre mi título —digo tras tener una ocurrencia—, pero lo hice de buena fe, porque ignoraba que era señora, en lugar de baronesa. Tengo la audacia de pensar que entre estas paredes se cometen crímenes peores. Que otros mienten a diario voluntariamente, en las mismas narices de los profesores y de los alumnos. —Salgo de nuevo a la luz del escenario y me dirijo hacia Poppy—. ¡*Lady* Castlecliff ha hecho creer a la corte que es una joven rebosante de salud, pero la verdad es que su pecho está podrido hasta el fondo!

La cara de Poppy palidece más que nunca bajo el colorete de sus mejillas.

—¡Diane! —solloza—. *You bitch!*

Los ojos me escuecen y se me llenan de lágrimas, como si quisieran ofuscar su imagen y apartarla de mi vista, porque en su cara veo la felonía que estoy cometiendo.

A continuación, con un nudo en la garganta, me dirijo a la ministra gritando delante del público:

—Una tuberculosa en fase terminal, ¿de verdad es el tipo de persona que desea promover para vigilar al rey, señora Des Ursins?

—Le… aseguro que la enfermedad no está tan avanzada —tartamudea la pobre Poppy interpelando a su vez a la princesa.

Tengo la desgarradora impresión de verla aferrarse a sus sueños americanos; más aún, al único remedio que podría salvarle la vida. ¡Solo que la muerte de un tirano que oprime a millones de personas es más importante que la vida de una chica!

Presa de una repentina inspiración, cuya crueldad me espanta a mí misma, crucifico a Poppy con un cuarteto improvisado:

> Se droga con la morfina.
> ¿Morirá pues asfixiada
> o roída por la toxina?
> ¡La veo ya embalsamada!

Para Poppy esta es la gota que colma el vaso: vencida por la implacable traición, sin poder casi respirar, sufre un violento ataque de tos. La acústica cavernosa del teatro multiplica el ruido de las expectoraciones, a las que se unen las exclamaciones de indignación de los cortesanos.

Febrilmente, hunde la mano en su bolsillo buscando un pañuelo, pero, antes de que tenga tiempo de llevárselo a la boca, un gran chorro de sangre salpica su corpiño transformando las rosas de tafetán de color crema en amapolas bermejas.

Al salir del teatro siento náuseas.

Tengo la terrible impresión de estar a punto de vomitar

hasta las entrañas, igual que Poppy parece haber expulsado sus pulmones.

Su ataque de tos puso punto final a la justa. Des Ursins nos declaró ganadoras de hecho a Hélénaïs y a mí. Perdonó la usurpación de un título superior a los Gastefriche, pero no la enfermedad ancestral a los Castlecliff: es la ley de hierro de la Corte de las Tinieblas, donde los más débiles siempre son aplastados.

A continuación, llamaron urgentemente a las doncellas para que recluyeran a la perdedora —a la que ahora se la consideraba contagiosa— en una habitación aislada de las demás alumnas.

—Ha sido formidable —me susurra Hélénaïs con una sonrisa de admiración en sus labios bermejos—. Tan despiadada como Lucrèce, mi modelo. Confieso que hasta ahora no conseguía imaginármela como escudera del rey, pero esta noche ha mostrado un aspecto muy diferente, brutal.

Aprieto los dientes: las palabras de Hélénaïs atribuyéndome cierto parecido con Lucrèce me recuerdan a las que me dijo Naoko cuando me comparó con los vampyros. ¿Será que de verdad me parezco ahora a la escudera: una furia antigua, una deidad de la venganza devorada por la melancolía, que ha perdido todo rastro de humanidad?

—¿Qué le parece si somos amigas? —dice Hélénaïs volviendo a la carga—. ¿Por qué no cena esta noche en mi mesa, antes de batirnos mañana?

—No tengo nada de hambre; además, me duele la cabeza, así que le ruego que me disculpe.

La dejo delante de la entrada de la ruidosa sala de gala para escapar por la gran escalinata. Solo quiero hacer una cosa: ¡acostarme sin cenar y huir en un sueño rápido lo más lejos posible!

Sin embargo, mientras subo de cuatro en cuatro los escalones, me cruzo con un pequeño grupo que baja por la rampa opuesta: son los alumnos que se dirigen con el general Barvók a la competición oratoria.

Zacharie de Grand-Domaine, con su mirada intensa y enigmática.

Rafael de Montesueño, con su traje negro.

¡Tristan de La Roncière y su cabellera de fuego!

Me detengo en medio de la escalinata, mareada.

—¿Tristan? Creía que…

—Thomas de Longuedune se ha retirado —me susurra.

El intendente del ala masculina gruñe:

—¡Silencio, señores! Ahórrense la saliva para la justa.

Tristan solo tiene tiempo de dirigirme una sonrisa fugaz antes de ser arrastrado por sus compañeros. Eso basta para llenarme de alegría. Vuelvo a subir los escalones de cuatro en cuatro: mi voluntad de ganar permanece intacta, ¡diría incluso que es más fuerte que nunca!

Al llegar al dormitorio desierto, voy directa a la cama de Hélénaïs. ¿Así que se permitió investigar sobre los Gastefriche para perjudicarme? ¡Pues ahora me toca a mí ser indiscreta!

Abro la cerradura de su armario con una horquilla.

Entre los vestidos carísimos y las valiosas pelucas, hay un fajo de cartas: las que Hélénaïs ha recibido cotidianamente.

Cojo la primera del montón, la más reciente, que, sin duda, es la que revela la usurpación del título por parte del barón.

Una caligrafía seca y nerviosa fluye por el fino pergamino:

Hélénaïs, en este pliego encontrarás cosas que te permitirán descalificar de forma definitiva a Diane de Gastefriche. En cualquier caso, deberás añadir dos palabras ingeniosas. Lo único que importa es que te desembaraces de esa campesina espabilada. No me decepciones como la débil de tu hermana, Iphigénie. Sé fuerte. Aplasta a Diane. Aplástalas a todas. ¡Gana el Sorbo del Rey para que el nombre de Plumigny siga resplandeciendo en la corte!

Lo firma «Anacréon de Plumigny». Ni «tu padre» ni «papá».

El resto de la correspondencia es de la misma índole: ni una pizca de amor paternal en las cartas, solo las instrucciones mordaces de un amo a un ejecutor.

Comprendo entonces dónde tiene su origen el culto a la fuerza que han inculcado a Hélénaïs. En cuanto a su hermana, Iphigénie, que nunca ha mencionado…, sabré utilizarla contra ella en el duelo de mañana.

Vuelvo a cerrar con cuidado el armario; el corazón me late con fuerza.

25

La tortura

Durante varias semanas imaginé que, si llegaba al final de la competición, la última noche sería un largo insomnio con jaqueca.

Pero entonces no contaba con la última de las bolas de morfina de Poppy, que guardé bajo la almohada para ese momento. Bajo la influencia de la droga, duermo de un tirón, con un sueño pesado y algodonoso.

—Tristan de La Roncière y Rafael de Montesueño se enfrentarán esta noche —nos anuncia Chantilly cuando nos despertamos—. Zacharie de Grand-Domaine se expresó también de forma admirable, de manera que la competición resultó muy apretada.

El anuncio tiene un sabor agridulce. Me alegro de que eligieran a Tristan, por supuesto, pero habría preferido que Rafael de Montesueño no llegara a la final. No soporto la idea de tener que neutralizarlo si más tarde entramos juntos en la cámara mortuoria del rey.

Con las mejillas ardientes y el corazón desgarrado entre la alegría de estar ya tan cerca del final y el remordimiento por todo el mal que he causado para llegar hasta aquí, me vuelvo hacia el dormitorio. Mi cara encendida choca con trece semblantes inexpresivos.

—Los cuatro duelistas deberán ir al castillo cuando suene la campana del toque de queda —prosigue Chantilly—. Los escoltaremos todos los profesores y los alumnos mayores de la Gran Caballeriza. En el castillo nos recibirán en el salón de Apolo, después de que el rey haya terminado la ceremonia del gran levantamiento del sarcófago. A las ocho, los duelistas combatirán bajo su mirada en la galería de los Espejos, la estancia más prestigiosa del castillo. ¡Solo la flor y nata de la nobleza francesa y europea será admitida, no habrá sitio para todo el mundo!

Las mejillas empolvadas de la profesora enrojecen al pensar que ella forma parte de los privilegiados que han sido invitados al espectáculo. Porque, para ella y los cortesanos, se trata de eso: de una distracción.

—La regla es la de la primera sangre —continúa—. Eso significa que, en cada combate, el primer adversario que sangre caerá eliminado. Pero, cuidado: en los años precedentes el golpe de la primera sangre ha llegado a ser mortal en algunas ocasiones. Cuando finalicen los duelos, su majestad ordenará que lleven a los dos vencedores a la cámara mortuoria para ofrecerles el precioso sorbo.

Si ayer me sentí terriblemente sola, hoy es aún peor, una auténtica tortura. No solo Naoko sigue evitándome, sino que, además, las otras alumnas me miran con una mezcla de temor y disgusto. A ojos de todas, le clavé un puñal por la espalda a Poppy, la traicioné: le había jurado que formaría equipo con ella en la competición oratoria, pero a la hora de la verdad... En este momento, Poppy está encerrada en su habitación e incluso se habla de enviarla al otro lado de la Mancha para evitar contagios. He logrado la proeza de poner en mi contra a todo el dormitorio y de que Hélénaïs sea la gran favorita en el duelo de esta noche. Ni siquiera las competidoras más duras perdonan la dureza de mi traición. La mera idea me encoge el estómago, pero me trago la bilis.

No estoy aquí para jugar a las cortesanas.

¡Estoy aquí para vengarme!

Las demás alumnas pueden odiarme todo lo que quieran, murmurar injurias a mis espaldas… A mí lo único que me importa es ganar el combate esta noche, ¡el último obstáculo para acceder al rey y asesinarlo!

Después de desayunar, escapo del enjambre de internas y me quito el vestido de corte para ponerme el uniforme que voy a llevar esta noche: unos pantalones de terciopelo ceñidos, ideales para liberar mis piernas, y un cuerpo con las mangas largas y abotonadas hasta las muñecas para taparme los brazos. Me calzo los zapatos más planos que tengo y encima de todo la falda más ligera de mi guardarropa, confeccionada con una fina tela de seda de Lyon de color beis, que no me molestará al moverme. Como último detalle me recojo el pelo con unas horquillas: no es tan elegante como los moños de Naoko, pero al menos me despeja por completo la cara.

Preparada de tal guisa, corro a la sala de armas para entrenarme por última vez. La amplia sala abovedada está desierta, y las arañas del techo, apagadas. A la luz de varias lámparas de aceite, que hacen las veces de guardianas, las armas colgadas de las paredes parecen aún más intimidantes. ¿Cuál elegirán para el duelo? En los últimos días, los árbitros se han ensañado en cada examen para desestabilizarnos. El sangrado de Toinette en plena prueba de arte cortés, las yeguas vampýricas para la de arte ecuestre, y, por último, la dificultad de los octosílabos, añadida en el último momento al examen de arte de la conversación. ¿Con qué nos pedirán que combatamos esta noche, con sables, con espadones o con un arma aún más barroca?

Aprovecho la soledad para repasar mis estocadas y mis paradas, esgrimiendo mi estoque contra un enemigo invisible. La sala cavernosa redobla el ruido de mi respiración. En la media penumbra, trato de imaginarme cómo será tener todos los ojos clavados en mí.

Al cabo de una hora de entrenamiento, con la respiración entrecortada, me concedo una pausa.

Nada más dejar el estoque en su gancho oigo un ruido a mis espaldas.

Una mano gigantesca emerge de la sombra y me cubre la cara, tapándome la nariz con un paño que me inflama las fosas nasales y me adormece el cerebro.

«¡Cloroformo!»

Es lo primero que se me pasa por la cabeza cuando me despierto.

A veces, mi padre utilizaba esta sustancia anestésica de olor dulzón para dormir a los enfermos antes de practicarles una incisión o de arrancarles un diente.

Al abrir los ojos veo un techo inundado de sombras.

Unas cuerdas robustas me aprisionan los tobillos y las muñecas, obligándome a permanecer tumbada en un catre tan duro como una piedra.

—¡Tranquila! —grita una voz cavernosa.

Vuelvo la cabeza aplastando la mejilla contra la áspera tabla: sentado en una silla, a mi lado, está Raymond de Montfaucon, director de la Gran Caballeriza y gran escudero de Francia. El único farol que cuelga del techo emana un débil halo de luz, marcando las sombras de su cara biliosa.

—¿Dónde estoy? —grito—. ¿Qué quiere de mí? ¡El duelo! ¿Qué hora es?

A modo de respuesta, Montfaucon apunta hacia un viejo reloj que se encuentra al lado de una chimenea donde agoniza un fuego. Las dos agujas están superpuestas, indicando las seis y media.

Una descarga nerviosa sacude mi cuerpo, inmovilizado.

—¡Me esperan en el castillo para participar en el combate que empezará a las ocho! ¡Suélteme enseguida o gritaré!

La alargada cara del director permanece impasible entre los rizos sueltos de su peluca negra.

—Puede gritar hasta quedarse ronca, si quiere —dice señalando la robusta puerta de hierro que cierra la sala—. Estamos en el vientre de la Gran Caballeriza, aquí nadie puede oírla. Ya ha habido muchos que se han desgañitado en vano.

Al oír esas palabras, percibo el absoluto silencio que nos rodea: el mismo que reinaba en el tugurio del prisionero. El gran escudero me ha traído a gran profundidad bajo tierra.

En cuanto a las formas metálicas que cuelgan de la pared, cuyos contornos puntiagudos voy distinguiendo a medida que mis ojos se van acostumbrando a la penumbra: ¡son instrumentos de tortura! ¡Tenazas, tornos y sierras, algunos con manchas marrones de sangre seca!

Me viene a la memoria la macabra reputación de Montfaucon, miembro de una larga estirpe de verdugos. ¡Por lo visto, sigue practicando clandestinamente el arte familiar en esta cámara de tortura escondida!

—Si confiesa enseguida, me ahorrará sudor y evitará las lágrimas —me amenaza.

—¿Qué tengo que confesar? —pregunto sintiendo cómo se va apoderando de mí el pánico, el sentimiento nauseabundo de estar totalmente a merced de este enajenado.

El gran escudero exhala un largo suspiro.

—De nada le servirá ese juego. El potro de tortura le aflojará la lengua. Con solo girar esta manivela puedo descuartizarla poco a poco y arrancar de su boca las palabras que se niegan a salir de ella.

Horrorizada, veo que las cuerdas que aprisionan mis brazos y mis piernas están atadas a una rueda y que la mano izquierda del torturador está posada en la manivela. De repente, saca un objeto de un bolsillo de su chaqueta de cuero negro.

Al principio pienso que es un pañuelo para enjugar la sangre que saldrá de mis miembros dislocados.

353

Pero luego, a la luz del farol, entreveo una flor: un loto de seda blanca. El loto que Naoko me hizo para la cena vampýrica que creía haber perdido.

—Vi que llevaba este adorno en la prueba de arte cortés —susurra el gran escudero—. Y esta tarde lo encontré en el sótano, en concreto, al lado del pozo donde me llevaron los perros sabuesos después de haber olfateado una prenda de la señora Thérèse. Su cadáver flotaba al fondo del agujero. La empujó usted, ¿verdad?

Mi respiración se acelera.

Mi mente se inquieta.

¡Puede que esta noche exhale aquí mi último suspiro, pero lo haré sin traicionar a Tristan y a la Fronda!

—La señora Thérèse tenía siempre algo contra mí, no dejaba de acosarme con el pretexto de que procedo de una remota provincia campesina —le explico alzando la mirada al cielo—. No soportaba más sus ataques ni sus vejaciones. Después de todo, solo era una vieja plebeya amargada en declive, mientras que yo soy una joven aristócrata con un brillante porvenir. Ahórrese la tortura: ¡no me avergüenza confesar que tuvo lo que se merecía!

Cargo las tintas al interpretar el odioso personaje que Montfaucon me ha atribuido desde el primer día: el de una «pendenciera con un ego excesivo», una «arrogante que cree tener derecho al Sorbo del Rey». Son sus palabras. Pues bien, que así sea, seré esa arrogante si eso me permite ocultar la verdadera razón por la que quise desembarazarme de la gobernanta.

—Lo sospechaba —dice con su espantosa cara deformada en una mueca de disgusto que hace que resulte aún más repugnante—. La señora Thérèse no era, desde luego, perfecta: ¡era mezquina, arribista y en ocasiones incluso malvada! Pero ¡usted es aún peor!

Suelta la manivela del potro y se dirige hacia un banco que se encuentra bajo los instrumentos de tortura.

—Ahora que se lo he contado todo, ¿no me va a liberar? —le digo con el corazón latiendo a toda velocidad—. ¡No olvide que soy la pupila del rey!

Se vuelve hacia mí con una larga jeringuilla llena de un líquido blancuzco en una mano.

—Al contrario, es uno de los peores engendros de la nobleza —me acusa sombríamente—. Es una miserable que piensa que todo le está permitido, que no concede ningún valor a la vida ajena. No dudo que la corte le perdonará el asesinato de la señora Thérèse; después de todo, usted es una aristócrata y ella solo era una plebeya, como acaba de puntualizar con tanto desprecio, pero yo nunca la perdonaré. ¡No le permitiré acceder al Sorbo del Rey! ¡De ninguna manera!

La forma en que el gran escudero habla de la nobleza, a la que pertenece, me desconcierta. Su semblante expresa una determinación feroz, asesina. Parece más que nunca uno de los verdugos de los que heredó los instrumentos.

355

—Todos saben que el Sorbo abre una puerta a la transmutación —dice—. ¡Este pobre mundo sufre ya tal martirio que no se merece padecer durante siglos una plaga como usted! Me atormenta que mi escuela haya generado un monstruo como Lucrèce y no quiero que se repita con usted. —Mientras sujeta la jeringuilla con una mano, empieza a desabotonarme la manga del corpiño al otro lado—. Ya que no la vida eterna, esta inyección de arsénico le concederá el sueño imperecedero.

—¡No! —grito mientras me remanga con brutalidad.

Montfaucon se detiene, pero no porque haya gritado, sino al ver la cicatriz del sangrado que tengo en el pliegue del codo.

—Pero… —susurra abriendo desmesuradamente los ojos lastrados por unas pesadas ojeras—. ¡Eres una… una plebeya!

Me revuelvo con rabia, porque, al terror de haber sido desenmascarada, se añade el de estar a un paso de la muerte.

—¡Suélteme! —grito a pleno pulmón—. ¡Suélteme o el

monstruo con las manos suturadas le arrancará la cabeza! Mi demonio de la guarda me vengará, ¡se lo juro!

Vocifero como una demente.

Los ojos de Montfaucon se abren aún más.

—¿Has visto a Orfeo? —murmura aturdido.

Empapada de sudor, me quedo quieta al instante.

Porque mis gesticulaciones no sirven para nada.

Porque oír el nombre del recluso por primera vez me produce un extraño sosiego.

—¿Orfeo? —repito con labios trémulos—. ¿Se llama así?

El gran escudero se sienta lentamente, dejando la jeringuilla de arsénico a sus pies.

—«Yo» lo llamo así —me corrige—. Antes nadie pensó en atribuirle un nombre. Lo vi por primera vez una noche, hace tres años, en el patio de la Gran Caballeriza, estaba empapado y aterrorizado, porque los perros iban a despedazarlo. Como no tiene lengua, lanzaba unos gruñidos patéticos e inarticulados. Por lo visto, había escapado del laboratorio clandestino donde había nacido, en los suburbios de Versalles, y había llegado a la verja. Desde entonces lo cobijo en secreto en los sótanos más profundos del colegio.

—Lo llamó Orfeo —murmuro, recordando *Las metamorfosis*, de Ovidio—, como el personaje del mayor poeta de la Antigüedad, porque, a pesar de ser mudo, arranca sonidos verdaderamente desgarradores de su harmónica.

Después de mis gritos, el silencio de la cámara de tortura me parece aún más ensordecedor. Recuerdo los conmovedores acordes de la música del prisionero resonando en los tejados de la Gran Caballeriza. Recuerdo también el frío contacto de su pecho con mi piel, mientras me llevaba en brazos a las profundidades de la escuela. Era la frialdad de la muerte... y de las Tinieblas.

—¿Qué tipo de criatura es Orfeo? —susurro—. ¿Un gul?

—Solo las Tinieblas han alumbrado a los gules. Los seres

humanos, en cambio, modelaron las Tinieblas para traer al mundo a Orfeo. Dime, tú que pareces conocer bien tu mitología, ¿sabes qué fue del antiguo Orfeo?

—Esto..., creo que lo despedazaron las bacantes, las fieles enloquecidas del dios Baco, porque estaban celosas de su música.

El gran escudero asiente gravemente con la cabeza.

—Eso es precisamente Orfeo: un monstruoso Orfeo recompuesto. Una mezcla de fragmentos de cadáveres destrozados, cosidos entre sí sin respetar las leyes más sagradas de la naturaleza. No sé de dónde proceden los diferentes pedazos que lo componen ni por qué sus creadores no creyeron útil darle una lengua. Pero en su cara puedes ver el tatuaje de una lágrima, en el rabillo del ojo. Es el signo de reconocimiento de los bandidos napolitanos que infestan los bajos fondos de París. Por eso le puse un nombre italiano.

—¿Ese híbrido monstruoso es obra de los doctores de la Facultad? —pregunto, tanto por curiosidad como por la necesidad de ganar tiempo.

—No. Si los inquisidores de la Facultad conocieran su existencia, lo enviarían enseguida a la hoguera. Los autores de ese ser abominable que es Orfeo son los alquimistas de la Fronda.

Me quedo sin aliento.

Me ahogo al oír la palabra «Fronda» de labios del gran escudero.

—Creía que los rebeldes solo eran unos revoltosos incultos —digo.

Por mucho que me haga la tonta, no puedo evitar el recuerdo del laboratorio secreto de alquimia de mis padres. ¿Hicieron algo más que bombas artesanales? ¿Se arriesgaron a manipular las Tinieblas para crear también abominaciones? ¡No, no puedo creérmelo!

—La Fronda es una hidra nebulosa de mil caras —murmura Montfaucon pensativo—. Una amalgama de personas y grupos heterogéneos: campesinos y ciudadanos, miserables y burgueses, plebeyos y señores. No hay que dejarse engañar por su apariencia. Si los rebeldes virtuosos quieren abolir la Magna Vampyria con la honrada esperanza de instaurar un mundo mejor, los perversos solo desean conquistar el poder y la vida eterna. Estos manipulan las Tinieblas sin vergüenza, tratando de apoderarse del secreto de la naturaleza vampýrica, pero hasta ahora sus intentos impíos de recrear un auténtico vampyro solo han conseguido generar experimentos fallidos como Orfeo.

Las palabras de Montfaucon me dejan atónita: ¿los rebeldes virtuosos?, ¿la honrada esperanza de instaurar un mundo mejor? ¿De verdad el que se expresa así es el director de la Gran Caballeriza? Es increíble. El hombre al que más temía, la encarnación por excelencia de la autoridad real en la escuela, ¡dice unas cosas que podrían llevarlo directamente a la horca!

358

Parpadea y, de repente, parece recordar mi presencia.

—Pero, ahora, dime una cosa: ¿quién eres de verdad bajo esa fachada de noble provincial?

—Si yo tengo una fachada, ¡qué decir de la suya! —grito temblando de esperanza—. ¡El gran escudero de Francia está de parte de la justicia, igual que yo!

Montfaucon se levanta bruscamente, dominándome con su estatura, con su cabeza iracunda aureolada por el farol vacilante del techo.

—¡Justicia es la palabra más peligrosa del mundo, porque cada uno la define a su manera! —vocifera como un loco—. ¡Cuántas masacres se han cometido en su nombre! ¡Y cuántos ríos de sangre provocaron mis antepasados para saciar su garganta siempre sedienta! Nosotros, los Montfaucon, los verdugos malditos del Inmutable, hemos decapitado, despedazado, desollado y desventrado al pueblo de Francia durante siglos. ¡En mis noches silenciosas tengo la impresión de que las almas de todas esas víctimas vienen a pedirme cuentas!

Su inmenso cuerpo tiembla de nerviosismo, como si se doblara de repente bajo el peso de las miles de ejecuciones llevadas a cabo por su terrible estirpe.

La fisura de este hombre, la profunda razón de la bilis amarilla que mana de cada poro de su piel, es la culpabilidad. Espero que esta tenga un reverso luminoso: la posibilidad de una redención.

—Veo que odia al Inmutable —suelto de un tirón—. Aborrece lo que sus antepasados hicieron para complacerlo. A pesar de sus palabras intimidantes, quizá nunca ha utilizado todos esos instrumentos de tortura.

Montfaucon se ensombrece.

—Claro que los he utilizado —gruñe con voz sorda—. La sangre de los Montfaucon corre por mis venas y llevo en mí la maldición de mi familia: ¡la necesidad incontenible de hacer crujir los cuerpos, de romper los cuellos! —Su cara se tuerce en un rictus mortificado manifestando en qué manera vacila entre el odio hacia sus orígenes y la alegría salvaje de entregarse a la barbarie—. Pero, a diferencia de mis antepasados, he conseguido canalizar mis pulsiones asesinas y dirigirlas hacia un blanco preciso. Odio la montería, igual que todo lo que puede desangrar a los seres vivos, por eso no me gustó mucho que el otro día me desafiaras después de que hubiera ordenado que dejaran de perseguir al ciervo. En cambio, suelo cazar gules, esos parásitos caníbales que desentierran los huesos de los muertos en los cementerios, que atacan a los pobres mendigos en la calle y que roban los bebés de sus cunas. ¿Cómo crees que he construido la colección de patas perfectamente conservadas que viste en mi despacho?

Tiemblo al pensar en las criaturas antropófagas que deben de haber estado en el potro antes que yo.

—Orfeo también se alimenta de carne humana —replico—. El otro día dijo que había ordenado quitar las cabezas de los rebeldes auverneses de la reja, pero es mentira. ¡Sé que se las llevó su protegido para comérselas!

359

—No, para comérselas no, para enterrarlas.

—¿Enterrarlas?

De repente, recuerdo el cuidado con que el recluso dispuso las cabezas desfiguradas por los cuervos para devolverles su dignidad. Recuerdo que llenó las órbitas vacías con unos bonitos guijarros y que suturó sus heridas con esmero.

—Por la noche recorro los cementerios de Versalles, buscando gules para exterminarlos. Orfeo me sigue como un perro fiel para recoger los huesos y los cráneos que encuentro desparramados en sus guaridas. Como ves, mi protegido no sabe hablar la lengua de los seres vivos, pero comprende el de las cosas muertas. Les oye contar sus historias. Quizá porque está formado con pedazos de cadáveres. Cuando regresamos de cazar, pule y limpia su macabro botín, juntando los restos dispersos de un cuerpo o de una familia entera. Después vuelve a inhumarlos para siempre, en lugares que él solo conoce, de forma que ningún gul pueda volver a exhumarlos.

Según Montfaucon, los huesos roídos que vi en la mesa del recluso la primera noche que me encontré con él no tenían la marca de sus dientes. Al contrario, ¡los había llevado a su habitación para reparar los daños causados por los gules!

—Las apariencias engañan —murmuro.

—En efecto, y tú has sabido aprovecharte de ellas para infiltrarte en mi escuela.

Descuelga el farol del techo y me lo acerca para examinarme mejor. Los lados de su larga peluca me rozan la cara.

—¿Quién eres? —me pregunta otra vez—. ¿Por qué quieres participar a toda costa en el Sorbo del Rey?

¡Inspiro hondo: siento que ha llegado el momento de convencer a ese ser abatido de que mi causa es buena, de devolverle la fe en la justicia, de que se una a mi combate!

—Me llamo Jeanne Froidelac —digo espirando—. El Inmutable ordenó matar a toda mi familia. Las cabezas que estaban clavadas en la reja del colegio eran las de mis padres y hermanos.

El gran escudero abre la boca, estupefacto.

—¿Eres hija de esos desgraciados? —La sombra del remordimiento enturbia su pálida cara—. Creía que el espectáculo de las cabezas cortadas te gustaba. Te juzgué muy mal.

—¡El espectáculo me enfureció! —digo con toda la vehemencia que me permite la incómoda postura que tengo en el potro—. La visión de ese horror reforzó la decisión de vengarme del tirano. Sí, me ha oído bien: he venido a Versalles para destruir al Inmutable. ¡De manera que suélteme y déjeme ejecutar mi destino!

Una risotada triste sacude el curvado espinazo de mi carcelero.

—¡Eres una joven inconsciente! Solo el dolor del duelo puede haberte inspirado semejante locura. Es un proyecto estúpido y suicida, destinado al fracaso. ¿De verdad piensas que puedes acabar con el vampyro más poderoso del universo tú sola, una pequeña campesina sin experiencia alguna de la corte?

Aprieto los labios, titubeo entre el deseo de gritar a Montfaucon que no estoy sola y el deber de guardar el secreto.

—Además, en caso de que consiguieras destruir al Inmutable, ¿cómo mejoraría eso la suerte del pueblo? —insiste—. Vampyria pervivirá aunque muera el rey, porque otro inmortal ocupará su lugar en el trono. —Sacude su voluminosa cabeza cubierta por la peluca con aire de fatalismo—. No, de verdad, la revuelta en palacio será inútil, ya sea esta noche o en cualquier otro momento. Te quedarás atada aquí hasta pasado mañana, hasta que haya terminado el Sorbo del Rey.

—¡No puede hacer eso! ¡La gente se preguntará dónde estoy! ¡Todos me están esperando para la prueba de arte marcial!

—No será la primera vez que desapareces de buenas a primeras. Los cortesanos pensarán que es una muestra más de tu temperamento imprevisible. Creerán que has preferido huir a enfrentarte a Hélénaïs de Plumigny en un combate singular. Ella será nombrada nueva escudera del rey por tu retirada.

—¡Me está robando la venganza! —grito fuera de mí.

—No, te estoy salvando la vida. No conocí a tu familia ni sé las razones que los movían, si eran virtuosas o perversas. En cambio, estoy convencido de que tú puedes poner tu vida al servicio de la causa del pueblo de manera más útil y reflexiva, y no en una expedición arriesgada y destinada al fracaso. —Se yergue como si pretendiera sopesar si estoy a la altura de la tarea que ambiciona para mí—. Tienes energía y valor para dar y vender, desde luego. Podrás emplearlos a favor de Estados Unidos.

—¿Estados Unidos? —repito sollozando.

Asiente con la cabeza.

—En las lejanas colonias, la Magna Vampyria no está tan asentada. La aurora se iniciará en Occidente, estoy seguro. ¡No será una rebelión oscura y efímera, sino una revolución que quizá logre disipar incluso las Tinieblas! —Sus ojos brillan entre sus mechones sueltos, como si estuviera contemplando ya ese horizonte iluminado—. Desde hace varios años me valgo de mi posición para hacer de intermediario entre los rebeldes norteamericanos y los de la metrópolis, que considero realmente sinceros; te aseguro que se pueden contar con los dedos de la mano.

América, tierra de esperanza... Tengo la impresión de estar oyendo hablar a Poppy. Recuerdo también los misteriosos sucesos de Nueva York, que mencionó la señora Thérèse. En cuanto al sueño místico de que una aurora disipará las Tinieblas..., me produce vértigo.

Montfaucon cuelga el farol en el techo y coge una pesada cadena soldada a la pared que termina en un grueso arco de hierro; pone este en mi tobillo izquierdo y, a continuación, lo cierra con una pequeña llave del manojo que lleva. Solo entonces desata las cuerdas con las que me ató las piernas y los brazos.

Me incorporo y me siento en el borde del potro de madera, estirando mis miembros entumecidos.

—No trates de romper la cadena —me advierte—. Los eslabones son muy sólidos, buenos para sujetar a los gules más feroces.

Deja una jarra de agua y un pedazo de pan en una esquina del potro. Acto seguido, me acerca un cubo oxidado empujándolo con la punta de una de sus botas.

—Ten, aquí tienes algo para comer. Puedes utilizar el cubo como orinal. Trata de descansar. Ahora debo ir a palacio para representar a la escuela durante el ritual del Sorbo, pero mañana organizaré un convoy para llevarte a El Havre, donde embarcarás para América.

Hace amago de volverse, pero no voy a permitir que se vaya así.

No puedo abandonar a Tristan, dejarlo solo con el rey.

—¡Espere! —grito—. Suélteme, déjeme participar en el Sorbo como estaba previsto, le prometo que no causaré ningún revuelo.

—Ni hablar —contesta en tono categórico mientras se vuelve a poner el vestido de director de la Gran Caballeriza.

—¡Tenga piedad de mí, se lo ruego!

Montfaucon frunce el ceño.

—¿A qué viene tanto interés? ¿No estás contenta de viajar a América?

—Yo…, esto…, sí, pero me gustaría ver una última vez a mis compañeros antes de partir.

Mientras pronuncio esas palabras comprendo que me he ido de la lengua.

La amplia frente arrugada de Montfaucon se contrae.

Mi insistencia ha despertado sospechas en él.

—¿Me has mentido? —murmura—. ¿Hay más personas detrás del plan de regicidio? ¿Tienes algún cómplice entre los internos?

363

—No, le aseguro que no. —Intento probarle que se equivoca, pero es demasiado tarde.

—¿Es posible que te hayas unido a Takagari o Castlecliff, las dos alumnas con las que se te ha visto más a menudo? —se pregunta mientras se alisa febrilmente la perilla con la punta de sus largos dedos—. No, esas dos extranjeras no pueden poseer los contactos necesarios para organizar una operación semejante en palacio. Así pues, quedan los muchachos; en especial, ese del que pareces haberte enamorado, La Roncière.

Los ojos del gran escudero se abren desmesuradamente en la penumbra.

—¡Claro! —exclama—. ¡La renuncia de Thomas de Longuedune debería haberme alertado! Ayer recibimos un cuervo que anunciaba la muerte de su padre en su mansión de Landes debido a una crisis cardiaca tan fulminante como inesperada. Hijo único y único heredero, el joven Longuedune se vio obligado a abandonar la competición y la escuela para ir a tomar posesión de las tierras familiares. ¡De esa forma, dejó el campo libre a La Roncière! ¡Tengo que detenerlo antes de que sea demasiado tarde!

—¡No! —grito tirando de la pesada cadena.

—¿No has entendido lo que te he explicado, pequeña idiota? La Roncière parece tan presuntuoso como tú. Un romántico incorregible, sin la menor idea de las realidades políticas. Un provinciano procedente del campo que se considera capaz de cambiar la faz de la Tierra de un solo golpe, pero ese atentado precipitado contra el rey no cambiará nada.

—¡Es usted el que no comprende nada, viejo loco! ¡Al igual que yo, que mis padres, Tristan lucha por la libertad o la muerte! —repito con rabia, con saña—: Me ha oído bien, sí: ¡la libertad o la muerte! ¡Un combate en el que usted no puede participar, porque es demasiado cobarde, esos vaporosos sueños sobre Estados Unidos solo son excusas para no jugarse la piel! Entre tanto, la sed de los vampyros aumenta, la Facultad se dispone a duplicar el diezmo, lo sé porque se lo oí decir a la princesa des Ursins. No tenemos tiempo que perder. Hay que actuar ahora. Ahora, ¿me oye? ¡No estropee esta ocasión única de acabar con el tirano!

Pero Montfaucon ya no me escucha.

En lugar de eso, se precipita hacia la puerta claveteada de la celda y gira febrilmente en la cerradura una de las llaves de su manojo.

Enloquecida por el pánico, agarro el primer objeto que tengo a mano —la jarra de estaño— y se lo arrojo.

Con la enorme angustia de haber revelado el secreto de Tristan.

Con la puntería de mis años de práctica con la honda.

El pesado recipiente golpea la nuca del gran escudero con un ruido sordo.

Su gigantesco cuerpo se desploma al suelo y provoca un temblor sísmico.

365

Jadeando, con el pelo sobre los ojos, veo que la puerta se entreabre chirriando.

Aparece una sombra en el umbral.

Es el recluso.

26

Orfeo

—Yo… no lo he hecho adrede —balbuceo.

El cuerpo de Montfaucon yace sobre las baldosas heladas, inmóvil.

El de su protegido se mueve en la penumbra de la puerta, tembloroso.

Hasta ahora, aquel al que llamo «mi demonio guardián» me ha ayudado, pero ahora que he golpeado y puede que incluso matado a su amo, el hombre que lo salvó y lo recogió, dudo que se muestre tan conciliador.

—Tropezó y cayó solo —digo con labios trémulos.

A modo de respuesta, las zapatillas de cuero de la criatura avanzan con lentitud. El recluso penetra en el tenue halo de luz de la linterna, más nítido que nunca. Los pantalones de tela que ciñen sus robustos muslos y la túnica que envuelve su poderoso torso están llenos de parches; imagino que él mismo remendó las viejas prendas, igual que cosió las heridas de las cabezas cortadas. Lo único que no consigo ver es su cara inclinada hacia el suelo, oculta por la gran caperuza de cuero que cae sobre sus hombros.

Se agacha junto al cuerpo de Montfaucon, cuya peluca ha resbalado al caer, dejando a la vista su cráneo pelado.

El recluso tiende una mano larga, de color verdoso, casi

traslúcido, que me recuerda la superficie de los estanques de montaña en Auvernia, cubiertas de algas verdes que el sol nunca conseguía penetrar.

Sus largos dedos acarician el cráneo desnudo de Montfaucon con un respeto inaudito en una criatura como él. Cuando alza la mano, veo que una sustancia oscura brilla en su dedo índice: sangre fresca. Entonces, coge la jarra de estaño y ve que también está manchada de sangre. Sus hombros empiezan a temblar al mismo tiempo que un gruñido de animal herido se eleva en su caperuza.

—¡Te juro que fue un accidente! —grito, sintiendo que el pánico me invade.

La criatura se levanta con la agilidad de un felino y se abalanza sobre mí.

Su olor a hojas muertas me satura los orificios nasales.

Sus gruñidos de pena —porque se trata de eso— me taladran los oídos.

Sus dedos, que hace un instante acariciaron la nuca de Montfaucon, agarran uno de mis brazos para triturarlo.

Alarmada, me revuelvo, agarro la caperuza con la mano que me queda libre.

—¡Debes creerme! —grito—. ¡Debes creerme..., Orfeo!

Justo cuando pronuncio su nombre, le arranco la caperuza.

El recluso suelta enseguida mi brazo para taparse la cara con sus enormes manos.

Pero no es lo bastante rápido para ocultarme los ojos, cuyo brillo diviso por un segundo: dos grandes ojos de color verde pálido.

Permanecemos inmóviles, cara a cara, la prisionera encadenada al potro de tortura y el monstruo escondido tras la máscara que forman sus manos.

—Orfeo... —repito murmurando, sintiendo todo el poder de ese nombre que lo humaniza, que lo saca del reino de los seres abominables para elevarlo al de los humanos—. Mírame, Orfeo, y deja que te mire.

Sus largos dedos glaucos tiemblan.

Encima de las manchas de su túnica distingo claramente los puntos de sutura ennegrecidos que rodean sus muñecas, a modo de pulseras. Como si las hubieran cosido a los antebrazos.

Hago un esfuerzo para dominar el miedo.

—Sé que me comprendes y también que las manos con las que te tapas son capaces de hacer maravillas. Saben devolver la dignidad a los muertos y sacar de una harmónica melodías que emocionan el corazón de los vivos.

Con ademán vacilante, Orfeo aparta por fin las palmas. Sus ojos reaparecen. Son como pedazos de jade con las pupilas negras y vibrantes. La cara que se compone alrededor de las extrañas gemas es una mezcla de belleza y horror. Una gracia fúnebre resalta en su nariz, recta y poderosa, en la boca de labios pálidos, como los de un ahogado, y en los párpados con largas pestañas negras, parecidas a las delicadas patas de un insecto. En el rabillo del párpado derecho, la lágrima tatuada de la que me habló Montfaucon está un poco corrida, como si la tinta hubiera empezado a disolverse. Bajo esas facciones, que podrían ser las de un muerto de veinte años, el cuello aparece rodeado por una larga línea de puntos de sutura, que dibujan una especie de collar punteado violáceo: la cabeza de Orfeo fue unida a un tronco que no era el suyo.

—Me llamo Jeanne —me apresuro a decir.

De repente, el viejo reloj que hay al fondo de la celda tintinea: son las siete.

¡El Sorbo del Rey, el duelo inminente y Tristan me están esperando!

—Gracias por salvarme la otra noche, cuando estuve a punto de caer del tejado —le digo a Orfeo haciendo un esfuerzo para hablar despacio, tratando de que él me comprenda—.

369

Gracias por haber dejado que me despidiera de mi familia y también por haber puesto sus restos en un lugar seguro, donde los gules no los profanarán.

Tengo la impresión de que una llama se enciende en los ojos de jade, sí, una llama de emoción. Montfaucon dijo la verdad: su extraño protegido puede oír el canto de los huesos. El de las cabezas de mi familia debieron de conmover su corazón, ¡ese corazón vivo, que oí latir en su pecho cuando me abrazaba!

—Esta noche me toca ayudarte —le digo precipitadamente—. Soy hija de un boticario y sé lo que hay que hacer para curar a tu amo y permitir que se ponga de nuevo en pie, pero para eso debes liberarme. —Agito el tobillo haciendo tintinear los pesados eslabones que me aprisionan—. Ve a coger la llave de la cadena, por favor, está en el manojo que lleva tu amo.

Orfeo se vuelve hacia el cuerpo inanimado de Montfaucon.

Lo animo con la voz más dulce posible, a pesar de que, en realidad, me gustaría gritar para vencer su reticencia.

—¡El tiempo apremia, Orfeo!

Se desliza hasta el cuerpo de Montfaucon y, con sus largos dedos, a la vez poderosos y precisos, saca el manojo de llaves sin hacer tintinear ninguna.

Con la misma delicadeza mete la más pequeña en la cerradura de la cadena que aprisiona mi tobillo.

El arco de hierro se abre.

Estoy libre.

—Gracias —le digo.

Tiendo la mano hacia la suya. Cuando mis dedos tocan su piel fría, lucho contra el reflejo de retirarlos enseguida, pero me basta mirarlo a los ojos para vencer la repulsión: hay un alma en los rincones de ese ensamblaje de carnes muertas, fundidas entre sí y milagrosamente conservadas por el poder de las Tinieblas. Orfeo no posee la gracia helada de los vampyros, que parecen tallados en mármol, pero que nunca estarán tan vivos como él, a pesar de su imperfección. Montfaucon me lo describió como un proyecto fallido de vampyro, pero, en mi opinión, el intento es conmovedor.

Mis dedos agarran dulcemente el manojo de llaves.

Orfeo deja que las coja sin tratar de retenerlas. Mueve sus labios exangües, como si pretendiera formular unas palabras que se niegan a salir. Al carecer de lengua, su boca solo puede emitir un sonido profundo y cavernoso, parecido al eco de las cuevas de mis montañas, donde me refugiaba cuando me sorprendía un aguacero mientras cazaba.

La frustración de no poder expresarse arruga su extraña cara.

A continuación, mete una mano en un bolsillo de su túnica y saca una teja de arcilla que debe de haber robado de un tejado y un pedazo de tiza usado. Traza unas letras tan precisas como sus puntos de sutura: «Los huesos del amo aún no han empezado a cantar. Aún no está muerto. Gracias por cuidar de él».

371

Al leer esas palabras de caligrafía perfecta se me encoge el corazón: es una prueba más de la sensibilidad que palpita en el cuerpo de Orfeo, de manera que el sufrimiento que me dispongo a infligirle me parece aún más cruel.

—¿Puedes coger ese tarro de formol, el que está encima del banco? —le pido simulando estirar mis entumecidos brazos—. El olor es tan fuerte que debería ayudar a tu amo a volver en sí.

Apenas se vuelve, agarro el farol del techo, bajo del potro de un salto y corro hacia la puerta, que sigue entreabierta.

Con el corazón latiendo a toda velocidad, salgo al pasillo y cierro la pesada puerta de hierro.

Con la punta de mis dedos temblorosos, meto la llave más gruesa del manojo en la cerradura y la giro una vez.

Un puño robusto la golpea al otro lado, haciendo temblar la hoja en sus gruesos goznes.

Giro la llave por segunda vez.

El martilleo del recluso, atrapado como un animal salvaje, envía furiosas vibraciones a mi mano; llegan hasta mi hombro.

Saco la llave de la cerradura como si estuviera retirando una daga de una espalda herida, alzo el farol vacilante y echo a correr.

A pesar de que lo único que retumba en los pasillos abandonados son mis veloces pisadas, tengo la impresión de seguir oyendo gemir a Orfeo, el último de una larga serie de aliados a los que he traicionado y, sin duda, el más inocente de todos.

El aire glacial de la última noche de octubre me azota al salir de la Gran Caballeriza.

Mis pies han encontrado instintivamente el camino que recorrieron a principios de septiembre y que termina en la estrecha escalera de caracol que da a la puerta de servicio. Una de las llaves del manojo de Montfaucon ha eliminado este último obstáculo.

Ahora me encuentro en el callejón donde fui a parar hace dos meses. A pesar de que me he vuelto a abrochar la manga del corsé, estoy temblando y mis dientes castañetean.

¡Tengo que llegar al castillo cuanto antes para no morir de frío en este otoño polar!

¡Debo encontrar la galería de los Espejos antes de que Hélénaïs sea declarada vencedora por mi incomparecencia!

Corro hacia la plaza de armas, cada ráfaga de aire perfora mis pulmones con mil agujas de escarcha.

La amplia explanada está desierta, sin carruajes, diligencias ni carrozas: a esta hora todos los cortesanos están reunidos en el castillo para disfrutar del entretenimiento nocturno.

Seis guardias suizos apostados delante de la enorme abertura del muro de la Caza, envueltos en unas gruesas capas de piel, cruzan sus alabardas para impedirme el paso.

372

—¿Quién va? —gruñe un séptimo, el de mayor gradua-
ción, exhalando una nube de vapor en la noche.

—¡Soy Diane de Gastefriche, finalista del Sorbo del Rey!
—exclamo—. ¡Su majestad me está esperando!

El oficial mueve la mano hacia la empuñadura de su espada,
sin saber muy bien qué hacer con la loca casi aterida que osa
invocar el nombre del Inmutable. Bajo el gorro de piel encasquetado hasta las cejas, sus ojos brillan suspicaces a la luz de las
antorchas. Podría cortarme la garganta de un tajo.

—¡Reconozco el pelo gris, capitán! —exclama de repente
uno de sus hombres—. ¡Es la joven que entró en palacio como
una mendiga el verano pasado y que luego salió como pupila
del rey!

«Pupila del rey»: son como palabras mágicas que funcionan
como una llave maestra.

Las alabardas se separan, el capitán baja la espada para ofre-
cerme su brazo y juntos atravesamos el grueso muro de la Caza.

La verja de honor aparece al final del túnel, coronada por la
lúgubre máscara de Apolo nocturno.

El gigantesco castillo, que descubrí lleno de rumores cortesanos a finales de verano, se erige envuelto en un gran silencio
nocturno. Detrás de los cientos de ventanas herméticamente
cerradas brilla una miríada de arañas.

—¡Deprisa, vamos! —grito al capitán—. ¿Dónde está la
galería de los Espejos?

El oficial apunta un dedo hacia el cuerpo central del palacio,
al fondo de un majestuoso patio pavimentado como un tablero
de damas.

—La galería está en el primer piso, del lado de los jardines
—me explica jadeando—. Se accede a ella por la escalinata de
los embajadores.

Ando tan deprisa que se ve obligado a seguirme corriendo;
a sus pesadas botas forradas les cuesta alcanzar el ritmo de mis
ligeros zapatos.

—¡Abrid paso! —ordena a los guardias alarmados, que están apostados delante de una gran entrada iluminada por antorchas.

Los guardias se separan y entro por primera vez en mi vida en la residencia del Inmutable, no como me imaginaba, es decir, rodeada de una gran pompa y de todo el personal de la Gran Caballeriza, sino sola y titiritando.

Al salir de la penumbra nocturna, la blancura de las inmensas paredes me deslumbra.

El brillo esplendoroso de las arañas de cristal me arde en los ojos.

Enfilo a tientas una colosal escalinata de piedra. Está tallada con mármoles de color rojo, verde y gris, componiendo un caleidoscopio que me produce vértigo. Las banderas que cuelgan de las monumentales barandillas me impresionan aún más: España, Portugal, Prusia, Alemania, Saboya, Piamonte, por mencionar solo unos pocos. Decenas de estandartes con el murciélago que manifiestan las alianzas con el Rey de las Tinieblas; entre ellas están los de todos los virreinatos de la Magna Vampyria, cuyos minúsculos emblemas estudiaba antaño en el atlas familiar y que ahora, en cambio, me aplastan, porque son tan grandes como velas. Y yo, «la pequeña campesina», como diría Montfaucon, ¿tengo la osadía de desafiar a este ejército invencible?

Llego a lo alto de la escalinata con el capitán de la guardia suiza pisándome los talones.

—¡Abran paso! ¡Abran paso! —grita.

Un nuevo grupo de guardias se separa para dejarme entrar en el salón, sobrecargado de molduras doradas; veo grandes paneles pintados con escenas mitológicas. Perfumes ricos y embriagadores me inflaman las fosas nasales. Veo a un sinfín de cortesanos, todos mortales, a juzgar por el color de sus tacones.

—Señoras y señores, por favor, sean razonables y déjennos pasar —implora el capitán.

No puede dirigirse a los nobles en tono marcial, como ha hecho hasta ahora, pero, por otra parte, los cortesanos no parecen tener la menor intención de apartarse.

Mi instinto me dice que se trata de los habitantes menos favorecidos del palacio, que no tienen el privilegio de acceder a la galería de los Espejos. Como dijo Chantilly, solo la flor y nata de la nobleza está invitada a los duelos. Desde hace años, puede que incluso generaciones, las damas y los caballeros procedentes de todos los rincones de Vampyria han tenido que abandonar sus vastos señoríos para hacinarse en el castillo en unas habitaciones minúsculas, lo más cerca posible de un monarca que los desdeña. En este momento, se vuelven hacia mí con acritud. Una invitada despeinada y morada de frío, sin siquiera un abrigo para taparse: ¡por fin aparece alguien más despreciable que ellos!

—¡Qué extravagante! —dice rechinando los dientes una mujer con la cara salpicada de lunares.

—¡Qué inoportuna! —añade un señor menudo, encaramado a unos zapatos adornados con aros dorados.

—Si quieren ver al rey después de la prueba, hagan cola, como todo el mundo —me suelta otro empolvado.

¡Esos mundanos hablan ya del final de la prueba!

Como haciéndose eco de sus palabras cargadas de ácida bilis, de repente se oye un tintineo sordo:

¡*Pum!* Es el primer golpe de los ocho que suenan en los numerosos relojes del palacio.

—¡Déjenme pasar! —imploro haciendo una reverencia, como me enseñó Barvók, con la esperanza de enternecerlos.

¡*Pum!* Retumba el segundo golpe, repetido por todos los campanarios de Versalles, más allá de los ventanales adornados con festones de terciopelo carmesí.

Los cortesanos siguen sin moverse.

Miro por encima de sus pelucas emperifolladas y llenas de lazos, buscando una salida. Mis ojos frenéticos se posan

375

en las pinturas murales: en todas aparece una joven corriendo por el bosque de noche.

Diana.

La diosa de la caza, mi homónima, solo que transmutada en vampyro: en lugar de arrojar a Acteón a sus perros, como en *Las metamorfosis* de Ovidio, es ella la que le desgarra la garganta con sus afilados dientes. El desafortunado cazador, coronado con las astas, casi transformado ya en ciervo, parece mirarme con la misma tristeza que mostró Bastien —¡mi pobre hermano!— en el momento de expirar.

Un rugido salvaje emerge de lo más profundo de mis entrañas:

—¡Soy Diane de Gastefriche, la pupila del rey, y he dicho que me dejen pasar!

¡Pum! En el preciso momento en que suena el tercer golpe en los relojes y los campanarios, planto al inútil del capitán y avanzo con la cabeza inclinada, despreciando todas las reglas del arte cortés. Como una bala de cañón, piso zapatos de charol, sacudo ricas capas, me abro paso entre vestidos almidonados.

Entro en un segundo salón, totalmente dedicado a las representaciones de Marte. En la pintura más grande, el dios de la guerra, con tez vampýrica, luce una armadura espinosa totalmente ensangrentada. En cuanto a la estancia, es dos veces más grande que la primera y está cuatro veces más abarrotada.

¡Pum! El cuarto golpe resuena por encima del tumulto de las conversaciones.

Atravieso de nuevo la multitud valiéndome de los codos y las rodillas, lo que provoca un concierto de protestas indignadas, hasta llegar a un nuevo salón decorado con los retratos y las estatuas del dios Mercurio; aquí las alas de paloma de sus veloces sandalias han sido reemplazadas por alas de murciélago.

Pero ¿es que esta pesadilla no va a terminar nunca?

¡Pum! Eso es lo que me responden los relojes, inexorables. Atravieso el salón de Mercurio pensando que por fin voy a llegar a la galería de los Espejos, pero en lugar de eso entro en una estancia tapizada de oro de arriba abajo: el salón de Apolo.

La efigie nocturna del dios solar, que vi por encima de la verja de honor, aparece reproducida en todas las paredes, dándome la impresión vertiginosa de que varias decenas de ojos me espían.

¡Pum!

Aturdida, me doy cuenta de la cantidad de tacones rojos que hay en la multitud que patea impaciente, señal de que me estoy acercando a la meta. Además, la sensación de frío se acrecienta. Pero ya no me resulta tan fácil abrirme paso: si mis reflejos de cazadora me han permitido serpentear entre los cortesanos mortales, tan envarados en su ropa de gala, con los inmortales es diferente. Mientras avanzo, unas uñas crueles se aferran a mí como garras, me desgarran la falda de seda fina, me arrancan las horquillas y me despeinan.

¡Pum!

Cuando suena el antepenúltimo golpe de la hora fatídica, salgo del salón de Apolo y me lanzo al interior de la última sala. La «última», sí, lo siento, porque es diferente de las anteriores. Aquí no hay cortesanos, solo mayordomos con librea y guardias armados hasta los dientes, en posición de firmes bajo unos frescos gigantescos que conmemoran las campañas del Rey de las Tinieblas. Campos de ruinas y muertos se extienden en el horizonte en recuerdo de la época remota en que el Inmutable unificó la Magna Vampyria y la sometió para siempre a su yugo.

Me lanzo con todas mis fuerzas...

¡Pum!

Una mano me agarra un hombro a la vez que suena el golpe que anuncia que son las ocho.

Caigo de rodillas en las baldosas de mármol, jadeando.

377

—Está prohibido entrar en la galería de los Espejos sin la autorización expresa del rey —ruge una voz.

Con la cabeza vibrando, me enderezo para identificar al que ha interrumpido mi furiosa carrera.

El peto de cuero de color ocre... El turbante bajo el que brillan unos ojos oscuros...

—Soy yo, Suraj —balbuceo—. Soy Diane.

—¿Diane? —dice frunciendo sus tupidas cejas negras.

Enfunda la daga de doble hoja, que ha sacado por reflejo y a continuación me tiende la mano, como hizo en los jardines reales.

Solo que el verano pasado su brazo era firme e inflexible, mientras que hoy tiembla un poco.

—Le ruego que me perdone —se disculpa—. El rey me ha puesto al mando de este batallón con la orden de detener a todos los inoportunos. Iba como una loca y... no la reconocí.

378

—Bueno, ahora sabe quién soy —digo mientras me levanto jadeando—. Imagino que todos los veteranos están ahí, al otro lado de esa puerta, y que los duelos están a punto de comenzar.

Asiente con la cabeza, pálido.

La ansiedad que leo en su cara me recuerda de repente a la de la verdadera Diane de Gastefriche cuando nos recibió en su habitación, a Bastien y a mí. Prisionera de la voluntad de su espantoso padre, había permitido que su enamorado cayera en una trampa mortal porque no tenía fuerzas suficientes para disuadirlo.

Esta noche, Suraj se encuentra en la misma situación de impotencia que la baronesa. El enamorado que rechazó, pero por el que sé que sigue nutriendo los más ardientes sentimientos, está detrás de esa puerta. Rafael se dispone a combatir en un duelo que podría costarle la vida. El hindú tiembla, porque daría lo que fuera por intervenir, pero no logra decidirse. Vacila entre su amor prohibido y su alianza con el rey, al igual que la hija del barón dudaba entre Bastien y su padre.

—Basta que hagas un gesto y Rafael renunciará al duelo —le susurro al oído, tuteándolo por un motivo que solo él puede entender—. La única razón por la que participa en el Sorbo es para poder estar a tu lado. Si guardas silencio, quizá lo pierdas para siempre.

Me aparto de él.

Estupefacto, abre desmesuradamente sus ojos negros, como si de repente comprendiera algo que siempre ha sabido en lo más profundo de su ser, pero que nunca se ha atrevido a reconocer.

—¡Vamos, señores! —digo en voz alta dirigiéndome a los mayordomos que flanquean la puerta—. Soy Diane de Gastefriche, la veterana que faltaba. Déjenme pasar, me están esperando.

Las dos hojas se abren a un torrente luminoso que resplandece más que el día.

379

27

Arte marcial

—¡*D*iane de Gastefriche, la pupila del rey!

La voz del mayordomo que está apostado a la entrada de la galería de los Espejos resuena como un trueno, intensificada por un eco formidable.

Mis oídos miden la dimensión de la sala teniendo en cuenta la acústica fuera de lo común, antes de que mis ojos deslumbrados perciban los detalles.

Para empezar, veo los pilares de mármol rojo que parecen sostener una cúpula totalmente pintada de la que cuelgan constelaciones de lámparas centelleantes. Luego vislumbro los inmensos ventanales que dan a los jardines en tinieblas, al pie de los cuales murmuran cientos de cortesanos vestidos de gala. Las suntuosas telas se apartan para abrirnos paso a Suraj y a mí.

Mientras camino con el corazón en un puño, los candelabros barrocos que se erigen por encima de las pelucas llaman mi atención. Representan a unas ninfas chapadas de oro que sostienen en brazos un resplandeciente ramo de borlas de cristal y unos cirios llorosos de cera blanca. Es como si los ojos de esas «estatuas» me siguieran con su mirada temblorosa, ¡como si esos caparazones dorados encerraran mujeres de carne y hueso!

Aturdida, desvío la mirada hacia la pared opuesta, donde hay unos gigantescos espejos frente a las ventanas.

De nuevo el horror: ¡la mitad de los cortesanos no se refleja en ellos! Sus casacas bordadas y sus vestidos de lentejuelas parecen flotar en el aire, como las vestiduras de unos espectros descarnados. El frío glacial que reina en la galería no lo causan las corrientes de aire: ¡estoy en presencia de los inmortales más poderosos, más feroces del mundo!

Hago un esfuerzo para concentrarme en el fondo de la galería, adonde me aproximo con paso vacilante. En un alto estrado hay un trono de oro. Sus largos brazos y su formidable respaldo condicionan la forma de unas atormentadas espirales de las que emergen nubes de murciélagos con los hocicos abiertos y los colmillos tan afilados como dagas. Parece un remolino brotando de los infiernos, fijado en oro macizo. En medio de él se encuentra el señor de la Magna Vampyria: Luis el Inmutable.

Hoy, el 31 de octubre de 299 de la era de las Tinieblas, doscientos noventa y nueve años con sus noches desde su transmutación, el monarca luce su atuendo sagrado: una camisa con una majestuosa chorrera negra, mangas anchas de encaje negro y medias de seda negra brillante. Todo ello envuelto en una inmensa capa de terciopelo oscuro forrado de armiño, que resbala por los escalones del estrado. En el centro de ese pedazo de noche, bajo la tenebrosa cabellera, la máscara de oro resplandece como un astro distante.

Una voz profunda sale de ella sin que los labios se muevan.

—Bueno, señorita de Gastefriche, por lo visto tiene por costumbre llegar siempre a destiempo. El verano pasado se presentó demasiado pronto en la corte y esta noche llega demasiado tarde. ¡Y en qué estado!

Una silueta encorvada tiembla a la sombra del trono, envuelta en una capa de color escarlata con una gorguera gigantesca de tela blanca en lo alto. Una cabeza calva, de tez azulada, aparece posada encima, como si la hubieran cortado y la hubieran puesto encima de un plato: es Exili, el arquiatra real. Su risa burlona retumba bajo las altas bóvedas seculares, como si repitiera: «¡Demasiado tarde, es demasiado tarde!».

Mi mirada se posa en la gran platea vacía que se encuentra a los pies del estrado real.

A un lado y otro están los profesores y los internos de la Gran Caballeriza. El general Barvók y Zacharie de Grand-Domaine; la señora de Chantilly y Séraphine de La Pattebise; la escudera de Saint-Loup y Marie-Ornella de Lorenzi... Todos me miran con perplejidad, salvo dos veteranas: Naoko y Hélénaïs. Bajo su moño adornado con flores de cerezo y peinetas nacaradas, la japonesa me sonríe, como si, a pesar de nuestras diferencias, se alegrara de verme por fin. A diferencia de ella, Hélénaïs me fulmina con la mirada. Esta noche no luce uno de sus voluminosos vestidos con miriñaque, sino uno de cuero ceñido, más adecuado para el combate, parecido a los que usa Lucrèce. Mi rival se veía ya uniéndose a la señorita de Crèvecœur como escudera del rey y ahora resulta que aparezco para entorpecer su victoria.

En cuanto a los dos combatientes que están en el centro de la platea y que han dejado de pelear tras mi llegada, no puedo mirarlos sin que se me parta el corazón.

¡La sonrisa resplandeciente de Tristan al verme!

¡La cara de entusiasmo de Rafael al ver a Suraj!

Con la camisa blanca sudada y empuñando una espada corta, parecen dos títeres suspendidos de unos hilos invisibles que maneja el rey.

—No tengo excusa, majestad —digo haciendo una gran reverencia, que deja a la vista mis pantalones de terciopelo—. Sé que llego demasiado tarde, que han dado ya las ocho, lo que supone mi derrota por abandono, pero también sé que usted, el señor inmortal de la Magna Vampyria, es dueño todopoderoso del espacio y el tiempo.

383

Me yergo mientras pronuncio las últimas palabras, «el espacio y el tiempo», que oí vibrar en la boca del monarca cuando se encaminaba hacia su observatorio para contemplar el cosmos.

—¿No es usted el Inmutable? —pregunto rodeada del silencio de los cortesanos, espantados de que me atreva a tratar al rey de esa manera—. Su poder ilimitado modifica hasta el curso del tiempo, como si testimoniara su reino, que puso punto final a la historia. ¿Qué son unos minutos más o menos para un soberano que tiene la eternidad en su mano? Nadie duda de que con una palabra, una sola, podría cancelar mi demora.

En lo alto del fantástico trono, la máscara de oro del rey resulta impenetrable. Le he pedido que me conceda una segunda oportunidad con una sola palabra, pero sé de sobra que puede condenarme a muerte bajando el pulgar.

Toda la sala contiene el aliento, los segundos parecen suspendidos como gotas heladas.

384

Su voz se filtra por los labios metálicos:

—Que así sea.

La galería de los Espejos se vuelve a animar en un santiamén: los cortesanos murmuran de nuevo, los criados sirven apresurados; en medio del crujido de los vestidos, Hélénaïs me mira otra vez encolerizada y Tristan se pone en guardia.

Da una estocada aprovechando la turbación de Rafael, que sigue desconcertado por la aparición de Suraj.

La corte grita excitada: la hoja ha arañado un hombro del español trazando un corte de color púrpura en su camisa blanca.

—¡Suraj, ya que está ahí, lleve al perdedor a la enfermería de la Facultad! —ordena el rey—. Mi pupila ya no necesita que la escolte, porque dentro de unos instantes tendrá que pelear.

El escudero se apresura a sostener a Rafael. En los ojos de este no leo ni dolor por la herida ni pesar por la derrota, solo la alegría de estar en brazos de su amante.

Ambos se marchan con su precioso secreto, lejos de la corte, que ya se ha concentrado por completo en Tristan.

El caballero de Saint-Loup se acerca a él para agarrarle un brazo, que luego eleva bien alto para que todos lo vean.

—¡El vencedor! —exclama.

Un estruendo de aplausos sacude la galería. ¿Qué cortesanos saludan servilmente al nuevo escudero del rey? ¿Cuáles son los conjurados que exultan al ver a su campeón tan cerca de su objetivo? Sin duda, los segundos son poderosos si han conseguido acelerar la muerte del anciano padre de Thomas de Longuedune para facilitar el camino a Tristan, como imaginaba Montfaucon. Un sacrificio más en el camino que conduce a la cámara mortuoria del rey... y a la desaparición del tirano.

Con la cabeza aturdida por los aplausos, me hundo en la mirada de Tristan, que solo tiene ojos para mí. Hasta que los doctores, vestidos con batas negras y capirotes, lo llevan a la cámara mortuoria.

En ese momento, siento que una mano se posa discretamente en mi muñeca, una mano helada.

Me vuelvo con rapidez, imaginándome de quién se trata.

—Alexandre...

—Al ver que no venías, pensé que habías renunciado a presentarte y confieso que me sentí aliviado —me susurra con su cara angelical arrugada por la inquietud entre sus largos mechones pelirrojos.

—He tomado una decisión —replico apurada por deshacerme de él.

—¡Escúchame! —insiste—. El rey ha decidido que esta noche las duelistas se batirán con espadas vampýricas. Las hojas, sedientas de sed, solo tienen un objetivo: derramar la mayor cantidad de sangre posible, tanto si pertenece al adversario como al combatiente que la empuña. Ten cuidado, Diane, te lo ruego.

385

Por fin suena la voz de la escudera y me puedo zafar del molesto pretendiente, que me está sacando de quicio.

—¡Ha llegado el turno de las espadachinas!

A continuación, entrega la espada de Rafael a Hélénaïs; a mí me tiende la de Tristan.

Bajo su mirada, la advertencia del vizconde de Mortange aún resuena en mi mente. De lejos, las espadas me habían parecido simples armas cortesanas, no contaba con la perversidad del palacio. La empuñadura, ricamente adornada, tiene forma de murciélago con las alas medio desplegadas para proteger la mano del espadachín. Cuando mis dedos la aferran, tengo la impresión de estar empuñando un pedazo de hielo; los dos rubíes que representan los ojos del murciélago parecen emitir una luz palpitante. En la hoja forjada de oscuro acero con peligrosos reflejos aún se ve la sangre de Rafael, solo que cada vez es más clara. ¡Horrorizada, comprendo que el metal está «absorbiendo» el fluido vital, igual que la tierra seca embebe el agua!

—¡En guardia, señoritas! —dice la escudera de Saint-Loup.

Ataviada con su vestido de cuero, Hélénaïs se pone de perfil.

Alzo la espada, que vibra en mi mano haciendo temblar mi brazo como si deseara escapar.

Apenas la siento segura entre mis dedos, mi adversaria arremete contra mí.

Renuncio a frenar el golpe de un arma que no consigo dominar, de manera que la esquivo en el último momento. La hoja de Hélénaïs pasa a unos centímetros de mi cara.

En las filas de los cortesanos se elevan exclamaciones de júbilo, algunos incluso se ponen de puntillas para ver mejor.

Con una expresión feroz en la cara, Hélénaïs se dispone a atacarme de nuevo. Su arma parece tirar de ella hacia delante o, mejor dicho, la esgrimidora y la hoja dan la impresión de haberse fusionado en una única entidad sanguinaria.

Esta vez estoy arrinconada de espaldas a los cortesanos, no tengo espacio para esquivarla, así que alzo la espada para detener la suya.

¡Estruendo metálico de hojas que se cruzan!

¡Un choque que repercute hasta en mis huesos!

La mirada enfebrecida de Hélénaïs está tan cerca de mí que puedo sentir su respiración entrecortada en la frente.

—Renuncia, ratoncita —susurra—. Sabes que soy la mejor en esgrima y mi espada no se va a conformar con un simple rasguño. ¡Quiere clavarse en tu corazón!

Veo arder en los ojos dorados de Hélénaïs la rabia por vencer, pero también una especie de desconcierto, el de una amazona arrastrada por su montura.

—Te crees muy fuerte —digo entre dientes—. Pero ¡en realidad temes ser tan débil como Iphigénie!

Hélénaïs abre desconcertada los ojos al oír el nombre de su hermana secreta.

La hoja de su espada tiembla en el extremo de su brazo.

Aprovecho su perplejidad para liberarme e intentar clavarle la espada en un muslo para hacerla sangrar.

Pero ¡Hélénaïs se recupera con la misma velocidad con la que se ha descuidado y detiene mi arma con la empuñadura de la suya!

Pierdo el equilibrio, me balanceo hacia delante, de manera que debo soltar la espada para rodar por el parqué.

Aterrizo entre los cortesanos que están al otro lado de la platea y tropiezo con un criado, que deja caer la bandeja de estaño que lleva en las manos.

A mi alrededor cae un diluvio de copas, que se rompen en una suerte de granizo cristalino sobre la madera del parqué.

Jadeando, con los mechones de pelo obstaculizándome la visión, tiendo febrilmente la mano hacia la empuñadura de la espada que yace a un metro de mí.

—¡Cuidado! —grita Naoko a mis espaldas.

Apenas tengo tiempo de sujetarla con los dedos antes de

387

sentir el corte: ¡movida por una fuerza demoniaca, la espada traidora se ha dado la vuelta en el suelo para dirigir la hoja sedienta de sangre hacia mí!

Me quedo indefensa en el suelo, con el arma en contra, mientras mi adversaria se acerca a mí a toda velocidad. Creía que podía turbarla mencionando su correo, pero lo único que he conseguido es encolerizarla. Ya no pretende perdonar la vida a la «ratoncita», ¡ahora quiere atravesarla!

«¡Estás perdida!», grita una voz en mi interior.

«¡Sigue tu instinto!», exclama otra.

Cojo el pie de una copa rota y lo arrojo con todas mis fuerzas a las temblorosas plumas de Hélénaïs, como hacía en el pasado con la honda para cazar faisanes en pleno vuelo.

Mi adversaria lanza un grito desgarrador: el afilado cristal le ha hecho un corte en una mejilla.

Frenada en seco en su ataque, se lleva la mano a la cara para explorar la herida con la punta de los dedos, como si no acabara de creérselo.

—¡Se ha vertido la primera sangre! —grita la escudera de Saint-Loup.

—Pero… —farfulla Hélénaïs— esa zorra no ha usado el arma reglamentaria. —Se vuelve hacia el estrado real temblando de rabia e indignación—. Su pupila ha hecho trampas, señor: ¡deben sancionarla!

Las exclamaciones agitadas de los cortesanos cesan como por arte de magia.

Además del pedazo de cristal, las palabras de Hélénaïs deciden su suerte.

Un gruñido terrible emerge de la máscara real haciendo vibrar hasta las lágrimas de las arañas.

—¿«Debemos»? ¿Se atreve a darnos órdenes, usted, una miserable mortal?

Hélénaïs suelta la espada comprendiendo demasiado tarde el imperdonable error que acaba de cometer.

—Yo... me siento confusa, señor. No quería decir eso... —masculla.

—Fuera de nuestra vista —murmura el Inmutable con voz sorda, más mortal que cualquiera de sus gritos.

Muerta de vergüenza, Hélénaïs recula entre la marea de cortesanos que la absorbe, hurtándola de la ira real.

—¡La vencedora! —proclama Saint-Loup ayudándome a levantarme.

Al igual que sucedió con Tristan hace unos instantes, una nube de médicos se precipita hacia mí como una bandada de cuervos; sus batas negras me sacan de allí en un lúgubre remolino.

28

El Sorbo

—¡*L*o he conseguido!

Es una frase que se arremolina en mi ofuscada mente de forma obsesiva.

«¡He tenido que mentir, engañar, matar, hacer trampas, pero lo he conseguido!»

Los médicos me arrastran por los largos pasillos haciendo crujir el parqué. A juzgar por sus anchas gorgueras y por las insignias de oro que adornan sus capirotes, forman parte de los más altos dignatarios de la Facultad.

Con la multitud de cortesanos pisándonos los talones, llegamos ante una puerta alta donde destaca el emblema real: la máscara de Apolo nocturno.

Exili, el arquiatra real, está ya allí, con la capa de color escarlata que le confiere un aire sepulcral. ¿Qué pasillos secretos ha recorrido para llegar tan deprisa? Apenas logro alzar la mirada hacia su cráneo cadavérico, cuya tez necrosada contrasta con el blanco resplandeciente de su gorguera. Tiemblo, pero no es solo por el frío que emana su persona: su ser irradia un malestar profundo, visceral, nauseabundo. Tengo la sensación de estar, además de en presencia de la pura crueldad, como en el caso de los demás vampyros, ante la perversión más abyecta.

—¡Mantengan alejados a los cortesanos! —ordena a los escuderos del rey con su meliflua voz.

Los cinco están ahí, vestidos de cuero, haciendo guardia. Solo falta Suraj, que, obedeciendo al soberano, ha llevado corriendo a Rafael a la enfermería.

Lucrèce me escruta con sus ojos de águila, como si no me considerara digna del ascenso que me aguarda, pero no se atreve a manifestar su desprecio en presencia de Exili, el consejero más próximo al monarca. Detrás de un cordón de terciopelo de color púrpura, los cortesanos también guardan silencio. A diferencia de la excitación que ha rodeado los duelos que han tenido lugar en la galería de los Espejos, el ambiente es grave. Para la mayoría de ellos se trata del recogimiento que precede a un ritual místico; para los conjurados es la calma previa a la tormenta de una masacre programada.

Ya está.

Aquí estoy.

En el umbral del destino.

—Diane de Gastefriche, espere con Tristan de La Roncière en la antecámara —me ordena Exili—. El rey la invitará a entrar en la cámara mortuoria cuando se sienta preparado para ofrecerle el Sorbo. —El arquiatra me roza una mejilla con la uña azulada, que prolonga su índice huesudo; me hace temblar de espanto y de disgusto hasta los huesos—. Penetrar en la cámara mortuoria es un privilegio excepcional, que solo se ofrece a pocos elegidos; de hecho, solo la más alta nobleza mortal puede asistir al gran despertar del sarcófago. El número es aún más restringido en el ritual íntimo del Sorbo. En esta misma estancia se celebró la ceremonia de transmutación del rey hace casi tres siglos. Luego, el tiempo se detuvo. Si no están preparados, el éxtasis puede desequilibrar a los mortales, causarles una especie de... vértigo. Procure ser digna del honor que se le concede y de no vomitar sus entrañas humeantes en los zapatos del rey.

Oír hablar de mis «entrañas humeantes» a ese ser, habituado a las disecciones que se realizan en las mesas de operaciones de la Facultad, me produce náuseas.

—Me contendré todo lo que pueda, eminencia —logro decir.

—Bien. Ahora, les ruego que tengan paciencia, el rey tarda un poco en prepararse para el ritual. Le gusta meditar sobre su existencia infinita antes de abrirse las venas para dejar caer varias gotas de eternidad.

Mientras pronuncia esas palabras, a un tiempo fascinantes y aterradoras, los escuderos abren la puerta de la antecámara. Aparece un vestíbulo angosto e inmaculado, con palmatorias en las paredes.

Tristan está ahí, temblando, con la camisa aún empapada por el sudor del duelo.

Las manos de los médicos me empujan hacia delante y la puerta se cierra enseguida a nuestras espaldas.

—¿Estás bien? —le pregunto, poco convencida.

—Contigo siempre —susurra emocionado.

Su voz me parece tan remota, como ahogada, mientras siento un soplo en la frente. El instinto me dice que la extraña antecámara hace las veces de esclusa entre el mundo exterior, donde el tiempo transcurre con normalidad, y la cámara mortuoria, donde, según ha dicho Exili, está detenido. Las velas brillan con un resplandor inmóvil, sin los leves temblores que suelen animar las llamas.

En medio de esta blancura inalterable se erige la doble puerta de la cámara mortuoria. Es de ébano, la madera tenebrosa en la que se esculpen las carrozas de los vampyros. Un aura helada emana de las macizas hojas negras, adornadas con cráneos y huesos, además de signos esotéricos cincelados.

Vestida con la falda desgarrada, tiemblo.

Más que dos elegidos a punto de ser ascendidos, tengo la impresión de que somos dos víctimas arrojadas al Minotauro.

393

¡Detrás de la puerta casi se pueden palpar las tinieblas, más concentradas que nunca!

Tristán percibe mi confusión y me agarra una mano.

—Te quiero, Jeanne —susurra—. Jamás he dudado de que esta noche estaríamos juntos aquí. ¡Ya te dije que era nuestro destino!

Echo un vistazo alrededor con ansiedad, temiendo que nos sorprendan.

Pero el vestíbulo está desierto. Nuestros cuchicheos no pueden atravesar las paredes estancas ni la robusta puerta de ébano. Aquí estamos realmente fuera del mundo.

—Relájate —me dice Tristan—. Nadie puede oírnos.

Asiento con la cabeza, haciendo un esfuerzo por sonreír y me doy cuenta de que no me resulta difícil cuando mis ojos se sumergen en los suyos.

—No veo la hora de que todo esto termine —le digo.

—Yo también, Jeanne. —Me aprieta la mano un poco más fuerte—. Ya sabes que hay una cosa que deseo aún con más impaciencia que la destrucción del tirano: me muero de ganas de hablarles de ti a mi madre, la noble dama de La Roncière, y a nuestros aliados.

Los sentimientos de Tristan me confortan, pero hay algo en sus palabras que me inquieta.

—¿Hablar de mí a tus aliados? —repito, reticente—. ¿Quieres decir que los rebeldes camuflados en el castillo no saben que participo en la conjura?

—No se lo he dicho a nadie para protegerte —me confiesa esbozando una sonrisa benefactora—. Los nobles mortales de más alcurnia del país participan en la conspiración. ¿Cómo crees, si no, que hemos podido esconder las armas en la cámara mortuoria? ¡Los únicos que podían hacerlo furtivamente eran los caballeros autorizados a asistir al gran despertar del sarcófago! Con la muerte del rey pretenden terminar con el insoportable *numerus clausus* que limita el número de vampyros.

Esa es la tiranía a la que se enfrenta la rebelión de los príncipes: ¡la que nos impide transmutarnos! Como imaginarás, mis prestigiosos aliados jamás habrían aceptado asociarse a una pequeña plebeya como tú. A sus ojos eres una simple presa.

Se me hiela el corazón.

«Pequeña plebeya», «simple presa»: ¿de verdad es Tristan, mi justiciero de alma pura, el que habla así?

—Pero... —asiento con la cabeza—, cuando me decías que luchabas por la libertad o la muerte...

—Bueno, sí, ¡la libertad de la nobleza mortal para acceder sin obstáculos a la transmutación! —susurra—. ¡La libertad de los señores para beber sin medida la sangre de sus vasallos! Los nobles dignos de ese nombre deben ser unos depredadores altivos, en lugar de unos animales amaestrados aparcados en Versalles. Es el orden de la naturaleza salvaje, que tú conoces tan bien como yo.

La cabeza me da vueltas, oigo un zumbido, como si me hubieran dado un puñetazo en la cara.

No puedo creer lo que acabo de oír.

Es evidente que lo he entendido mal.

—Pero, cuando te enfurecías contra la presión insoportable que supone el diezmo real para el pueblo... —insisto, repitiendo las palabras con las que Tristan inflamó mi corazón.

—El diezmo «real», en efecto —precisa—. Las toneladas de sangre que todos los años envían las provincias a Versalles. ¡Es un expolio intolerable! —Sus ojos arden con la llama de la revuelta, pero no a favor del pueblo, como malinterpreté, sino al servicio exclusivo de su casta—. Tras la muerte del rey, el diezmo seguirá existiendo en las tierras donde se produce —asegura—. Mi madre podrá recuperar la juventud eterna sangrando a sus aparceros. Después de todo, esa gente le pertenece, igual que los campos que cultiva. Mis hermanos y mis primos podrán recibir también la sangre plebeya, como corresponde a su derecho feudal más sagrado.

395

Siento que me fallan las piernas; debo aferrarme al único apoyo que tengo al alcance: el hombro de Tristan.

—No te preocupes —me dice sin comprender la verdadera causa de mi turbación—. Estoy tan alterado como tú. Nuestro encuentro en la Gran Caballeriza fue una sorpresa total para mí: jamás me habría imaginado sentir algo así por ti. ¡Quién me lo iba a decir! ¡Yo, un La Roncière, locamente enamorado de una hija del pueblo! Pero, a pesar de que naciste en el fango, tienes un corazón noble, ya te lo he dicho. No eres una presa, Jeanne, eres una depredadora como yo. Colmaremos el abismo que la sociedad ha creado entre nosotros. Escúchame: después de decapitar al rey en la cámara mortuoria, podremos beber todo lo que queramos de su cuello cortado. No solo un pequeño sorbo insignificante, no, ¡tragos enteros! Nos abriremos las muñecas para vaciarnos de nuestra sangre mortal y la reemplazaremos con la sangre vampyrica más poderosa de todas. Gracias a su supremo poder de regeneración, el fluido cerrará al instante nuestras heridas y borrará incluso las marcas infamantes del diezmo que tienes en los brazos. —Me da un beso en la frente que me hace temblar aturdida—. La comadreja del campo se va a transformar en un noble armiño. Después de la transmutación, nadie se atreverá a atacarte por tu dudoso origen. Casándote conmigo abandonarás el insignificante nombre de Froidelac para convertirte en una La Roncière. ¡Crearemos un nuevo reino vampýrico en los bosques de Ardenas, una nueva dinastía eterna!

De pronto, el corte de su mejilla parece adquirir la forma de un tallo erizado de espinas: es la rama de la familia La Roncière, a la que quiere incorporarme.

Confundiendo el vértigo del horror por un desmayo de placer, Tristan me estrecha más entre sus brazos.

—Te convertiré en mi reina inmortal —musita con ternura, con sus ojos azules brillando de amor y orgullo—. Serás temida y admirada en todo el universo. Escribirán canciones para loar tu belleza plateada, que los años jamás marchitarán. ¡Jeanne la Magnífica, soberana de Ardenas y dueña de mi corazón por los siglos de los siglos!

Es la declaración perfecta con la que sueña cualquier alma enamorada: la promesa de un amor infinito, literalmente. Pero a la vez es la asombrosa confesión de que Tristan no ha llegado a comprender quién soy en realidad y de que yo me he equivocado de medio a medio sobre él.

Antes de que pueda articular una palabra, las dos hojas de la cámara mortuoria se abren por fin sin que ninguna mano las empuje. Más que este movimiento sobrenatural, es el silencio absoluto de las robustas hojas de ébano girando sobre sus goznes de acero el que me paraliza el corazón.

La amplia pieza que se abre ante nosotros debió de ser dorada en el pasado, pero hoy es totalmente negra, parece calcinada, como las ruinas de Pompeya. Las columnas dóricas, las cariátides arqueadas, las molduras en forma de dioses o animales: todo aparece cubierto por una costra de ceniza uniforme, de un color negro tan intenso que absorbe toda la luz que derraman las lámparas de cristal de obsidiana y, por lo visto, también los sonidos. Si la acústica de la antecámara atenuaba el ruido, la de la cámara mortuoria lo obstruye por completo.

Como si la pieza fuera impermeable al paso del tiempo, las manecillas de los relojes están paradas en la medianoche, marcando para siempre la hora en que Luis XIV se convirtió en Luis el Inmutable, hace casi tres siglos.

En el centro del mausoleo destaca un enorme sarcófago de piedra negra: el ataúd donde yace el rey durante el día.

Ahora, sin embargo, está de pie delante de nosotros, dominándonos con su estatura.

No luce la imponente capa de su coronación ni una casaca bordada, solo una camisa de seda negra, encima de la cual brilla su máscara de oro. Despojado de sus prendas, resulta aún más impresionante: las mangas remangadas dejan a la vista sus brazos desnudos y musculosos, con la carne blanca hinchada de venas azuladas, serpenteantes como las nervaduras de un mármol barroco.

Mi instinto animal me grita que escape del supremo depredador, que ocupa la cima de todas las cadenas alimentarias.

Pero mis piernas, movidas por el mismo magnetismo demoniaco que me embrujó durante la giga sin reposo, se dirigen hacia el rey.

Mis zapatos no emiten sonido alguno cuando pisan el parqué negro.

De la máscara de esfinge del monarca no sale una sola palabra.

Sin embargo, oigo su ensordecedora voz resonando en mi interior, tan poderosa que me oprime el cerebro con más crueldad que mis peores jaquecas: «Acércate a mí, Diane de Gastefriche. Bebe de la fuente de la vida eterna».

398 La frialdad absoluta que emana de él me paraliza.

Alza la mano derecha; sus uñas se alzan como las garras de un monstruoso felino, brotando de su funda de carne. Posa la punta afilada de su índice en la muñeca derecha y pincha una de sus venas, de la que empieza a salir un líquido oscuro y denso.

Después, aferra mi cuello.

Siento que, si apretara un poco con sus dedos, dotados de garras, podría romperme la nuca con la misma facilidad con la que se parte la de un conejito.

Sus pupilas negras se dilatan por completo en las ranuras de su máscara, invadiendo el blanco de sus ojos. El espectáculo de esas pupilas abismales a pocos centímetros de mí me causa un terror inefable. Es un miedo ancestral, que se remonta a las pesadillas de mi infancia, incluso antes: a los orígenes de la especie humana, tan vulnerable frente a las fieras que pueblan la noche de los tiempos.

Me gustaría huir, pero mi cuerpo ya no me obedece.

Me gustaría gritar, pero mi boca no produce ningún sonido.

El Rey de las Tinieblas la amordaza con su muñeca ensangrentada.

Un líquido de una frialdad mortal, tan pesado como el plomo, se expande por mi lengua. No sabe a nada y, sin embargo, tengo la impresión de estar saboreando la muerte.

Mientras el Inmutable vierte su sangre saturada de tinieblina en mi organismo, veo a Tristan por encima de su hombro, cerca y terriblemente lejos a la vez, como si las dimensiones de esta estancia intemporal escaparan a las leyes de la geometría. Tras haber conseguido moverse sin llamar la atención del monarca, se ha parado junto a la pared posterior de la habitación y ha levantado uno de los paneles de madera oscura, aquel en que aparece representada una cabeza de león. Se vuelve empuñando una estaca en la mano derecha y una espada de plata en la izquierda.

Se desliza sigilosamente hacia mí, moviendo la boca sin emitir ningún sonido, con su cabellera rubia revolviéndose en este ambiente opresivo y silencioso.

La mordaza que forman los dedos reales suelta con brusquedad mi nuca.

La horrible fuente de la que he estado bebiendo a mi pesar se separa violentamente de mis labios.

Cuando el Inmutable se vuelve, Tristan se abalanza sobre él con todo su peso para clavarle la estaca afilada en el corazón.

Un grito silencioso me desgarra el alma.

Como si todos los astros del universo se vinieran abajo.

Las paredes cenicientas de la habitación empiezan a vibrar.

Los largos dedos del rey, deformados por las desmesuradas uñas, agarran la estaca que tiene clavada en el tórax para sacarla, pero Tristan sigue hundiéndola en su carne con todas sus fuerzas. Para poder empujar el palo de madera con las dos manos, me lanza la espada.

En sus trémulos labios descifro el grito que la cámara mortuoria ahoga por completo: «¡Córtale la cabeza, ahora!».

Su semblante tiene la misma expresión exaltada que mostró en el claro con el ciervo.

Justo después de nuestra loca cabalgada.

Justo antes de nuestro largo beso.

Sus ojos me repiten desesperados su juramento de amor absoluto, una vez más: «¡Tú, la dueña de mi corazón, serás mi reina por toda la eternidad!».

En el espejo blanqueado de sus iris veo reflejado lo que podría llegar a ser: ¡una soberana terrible, la más poderosa que el mundo ha conocido nunca, con unos ojos que irradian tinieblas y el pelo plateado y coronado de tormentas!

Alzo la espada con mano temblorosa y la hundo en el cuello de Tristan hasta la empuñadura.

400

Tristan suelta la estaca.

Sus piernas se doblan.

Cae de rodillas en el suelo, sujetándose con las manos el cuello, del que brotan chorros de sangre.

Entre los mechones rubios, sus ojos azules me miran estupefactos.

Sus labios ensangrentados —los mismos que besaba apasionadamente hasta hace unos días— se entreabren para pronunciar mi nombre.

No puedo permitírselo: ¡su boca no puede volver a hablar, ni hoy ni nunca!

¡Sus ojos deben cerrarse para siempre y llevarse la imagen vertiginosa de mí que me han transmitido!

Con los párpados llenos de lágrimas y la vista ofuscada, levanto los brazos por encima de Tristan, que sigue arrodillado, y dejo caer la hoja con todas mis fuerzas en su nuca. Su cabeza se desprende de los hombros, igual que la de Valère hace tiempo, y rueda hasta los pies del monarca.

Entre tanto, este se saca de la caja torácica la estaca, de la que gotea un líquido tan negro como la pez. Un poco de tinieblina se evapora de la enorme herida formando en el aire maléficas volutas. Bajo mis ojos empañados, el pecho reventado del monarca se contrae: las costillas rotas se vuelven a soldar, la sangre negra refluye en la herida como una marea que se retira y, como por obra de magia, la piel blanquinosa se teje de nuevo por encima del agujero cerrado. Un gruñido de sufrimiento silencioso acompaña la odiosa metamorfosis, haciendo vibrar el interior de la inexpresiva máscara de oro.

El Inmutable hace rodar la cabeza de Tristan dándole una patada con la punta de su zapato de tacón rojo, como si fuera carroña. La puerta de la cámara mortuoria se abre de golpe, después la de la antecámara, las dos accionadas por la voluntad sobrenatural del Rey de las Tinieblas. Los sonidos exteriores que ahogaban la estancia mística estallan en mis oídos: gritos de dolor, alaridos de odio, disparos de fusil y estrépito de espadas.

A través de la sucesión de puertas veo las altas paredes blancas del pasillo estriadas con salpicaduras de color rojo. Los cuerpos de los guardias suizos y de los escuderos asesinados se amontonan en el parqué, testigos de la masacre que se inició después de que Tristan y yo entráramos en la cámara mortuoria. Un resplandor metálico en medio de la carnicería llama mi atención: es el guantelete de hierro de Lucrèce du Crèvecœur, que yace degollada en su sangre. Las cabezas decapitadas de los inmortales se mezclan con los innumerables cadáveres desventrados de los cortesanos mortales. Un olor penetrante se impone al dulzón de la sangre: es el perfume de esencia de flor de ajo, que los conjurados echaron a manos llenas en el pasillo antes de iniciar la masacre.

Los rebeldes, ocupados en apuñalar y desventrar a sus enemigos, se paran de inmediato y alzan la mirada hacia nosotros. Sus caras manchadas con la sangre de sus víctimas ya no reflejan la euforia salvaje de la matanza, sino la angustia de estar en la antesala de la muerte.

El rey lanza un rugido telúrico.

Acurrucada en el suelo a sus espaldas, veo los largos mechones de su cabellera erizarse alrededor de su cabeza, semejantes a los rayos vengadores de un sol negro.

Con sus manos armadas de garras abre el mecanismo secreto que sujeta la máscara en su nuca.

La cara de oro cae al suelo con un ruido opaco, como una concha vacía.

Desde donde me encuentro no puedo ver su rostro ni su mandíbula vampýrica liberada del yugo metálico, pero los conjurados sí que pueden presenciar el espectáculo. Un terror indecible deforma sus rasgos, abre sus bocas en gemidos de absoluta desesperación, hace salir sus ojos de las órbitas maquilladas.

El rey se abalanza sobre ellos como un ciclón tenebroso, volando por encima del suelo con la camisa hinchada por un viento sobrenatural.

Una violenta ráfaga de viento cierra de golpe la puerta de la antecámara a sus espaldas, sepultándome en una noche tan negra y silenciosa como el fondo de una cripta.

29

La visión

Los cinco estamos sentados a la mesa.

Mis padres, Valère, Bastien y yo.

El caldo de faisán humea en la sopera en medio de la mesa adornada con flores campestres.

A través de la ventana, los rayos cálidos de la tarde bañan las caras de mi familia.

—Bienvenida a casa, Jeanne —me dice mi padre.

Me gustaría responderle, pero la tristeza ha formado un nudo en mi garganta.

A pesar de las apariencias, sé que mi familia está muerta.

El recuerdo, tan real a primera vista, solo es una ilusión del pasado resucitada por el poder maléfico de la cámara mortuoria, donde el tiempo se ha congelado.

La noche del 31 de agosto fijó la última imagen de mi felicidad familiar en la luz dorada de las siete, antes de que el puño del inquisidor golpeando nuestra puerta anunciara el fin de todo.

—Yo… tenía el cuello del rey bajo el filo de mi espada, pero no pude cortárselo —balbuceo—. Tenía al alcance de la mano la venganza que me obsesionó durante varias semanas, pero me desentendí de ella.

Valère se reajusta los quevedos, como hace cada vez que se dispone a sermonearme.

—No seas tan dura contigo misma —dice.

Su voz ha perdido todo rastro de nerviosismo. Mi hermano mayor parece más calmado que nunca; su inesperada dulzura es un extraño bálsamo para mi angustia.

—Estoy orgulloso de ti, comadreja —añade Bastien tocándome la mano—. Hiciste lo que debías.

Sus sensibles ojos brillan igual que cuando íbamos a contemplar las nubes.

—La fundación de un nuevo reino sanguinario no habría servido a nuestra causa —agrega mi madre sonriéndome con ternura, con sus largas pestañas marrones ribeteando sus ojos dorados—. Tendrás que minar el reino desde dentro para tomar el relevo, más aún, para completar aquello por lo que tanto luchamos nosotros. —Su sonrisa luminosa se ensancha, ahuyentando las últimas sombras que pesaban en mi corazón—. Los grandes cambios no se nutren de venganza, sino de visión, hija mía. La venganza nos aferra a lo que ya no existe, como una cadena del pasado. ¡En cambio, la visión nos proyecta hacia lo que aún no existe, como el soplo futuro!

Mientras oigo esas palabras proféticas, me doy cuenta de que la luz se ha aclarado: ya no es la del brasero agonizante de la noche, sino el límpido resplandor de la mañana. El pelo de mi madre es diferente, más corto y con mechones claros. No lleva uno de sus largos vestidos de herborista llenos de bolsillos, sino unos pantalones de hombre confeccionados con denim, la nueva tela que acabo de descubrir. A decir verdad, todos los miembros de mi familia lucen esos extraños pantalones. Mis hermanos ya no van vestidos con sus bastas camisas de tela, sino con unas camisetas de manga corta pintarrajeadas de colores vivos. En la de Valère aparece una esfera decorada con pentágonos negros y hexágonos blancos, coronada por el enigmático texto: «COPA DEL MUNDO 2014». La de Bastien está atravesada por un relámpago rojo y azul y la frase: «WE CAN BE HEROES JUST FOR ONE DAY».

Vuelvo la cabeza, asombrada: la casa donde pasé mi infancia es al mismo tiempo parecida y diferente a la imagen de sus habitantes. De encima de la chimenea ha desaparecido el grabado enmarcado del Rey de las Tinieblas; su lugar lo ocupa una especie de espejo de cristal con la superficie llena de imágenes móviles: carros sin caballos rodando por unos caminos que se pierden en el horizonte, a pesar de la ley del confinamiento; pájaros mecánicos volando sin batir las alas en la noche estival, transportando mujeres y hombres liberados del toque de queda; veo también una gigantesca catedral de hierro ascendiendo como por arte de birlibirloque hacia las estrellas.

Estas imágenes extraordinarias parecen proceder directamente de las Antípodas, el país imaginario que no formaba parte de la Magna Vampyria, con el que soñaba Bastien. Y, como un sueño, se disuelven en la luz radiante de la mañana.

Abro los ojos.

Estoy tumbada en una cama, igual que hace una semana, cuando la fiebre me venció. También es Naoko la que hoy está en la cabecera.

—Estoy aquí, Diane —murmura—. Has dormido casi toda la noche.

La dulzura de su tono me dice que por fin he recuperado a mi querida amiga, pero el nombre con el que se dirige a mí suena como una advertencia: no estamos solas.

Soy consciente de que no me encuentro en la Gran Caballeriza, sino en una habitación del castillo decorada con molduras doradas e iluminada por grandes arañas. El dormitorio está lleno de médicos, cuyas batas negras destacan sobre las ricas pinturas que decoran las paredes.

—¡Se ha despertado! ¡Avisad al rey! —exclaman.

Al sentir el contacto de las finas sábanas sobre mi piel, bajo la mirada: las marcas de sangrado han desaparecido de los pliegues de mis codos confirmando la última profecía de Tristan. Un poco de tinieblina fluye ya por mis venas y el último estigma de mi origen plebeyo ha desaparecido.

La puerta se abre de golpe.

Una ráfaga helada me azota la cara al mismo tiempo que los médicos inclinan sus capirotes.

El Inmutable entra en la habitación acompañado de sus guardias, sus ministros y del gran arquiatra. Una camisa negra nueva ha reemplazado la que Tristan desgarró con la estaca, cubriendo la herida que cicatrizó de forma milagrosa gracias al poder de las Tinieblas. La fantástica cabellera del monarca roza sus hombros. Las garras están enfundadas en sus pálidos dedos. Pero, sobre todo, vuelve a llevar la impenetrable máscara de oro que oculta la cara que, por mucho esfuerzo que haga, no alcanzo a imaginar.

Una voz profunda se eleva de sus labios metálicos:

406

—Ha salvado la corona, Diane de Gastefriche. Le vimos arrancar la espada de manos del innoble regicida para clavársela al conspirador. ¿Quién podía imaginar que una pequeña ratita gris como usted iba a pesar tanto en la balanza del destino?

Sin saber qué responder, inclino la cabeza en la almohada en señal de sumisión, aceptando el papel de ratón gris que me ha atribuido el soberano. Que me considere si quiere un pequeño animal doméstico, ¡así me deslizaré mejor entre los bastidores de su reino para roer los hilos!

—Los miembros de la innoble conjura mataron a nuestros escuderos —prosigue—. Cinco de ellos murieron, solo se salvó nuestro fiel Suraj, al que habíamos enviado a acompañar al perdedor. ¡Esos infames rebeldes han tenido ocasión de probar la furia real! Cincuenta de ellos perdieron la vida enseguida: sus cuerpos serán empalados mañana en el muro de la Caza, a modo de advertencia. En los calabozos hay otros cincuenta a los que aguarda una suerte peor. A esta hora el ejército de Mélac se dirige hacia las Ardenas. Nuestros dragones tienen orden de capturar vivos a los traidores, empezando por la señora de La Roncière. Les tenemos reservadas las torturas más largas y dolorosas, ¿no es cierto, Montfaucon?

De repente, me doy cuenta de que el gran escudero está al fondo de la habitación.

Supongo que encontró la manera de salir de su cámara de tortura subterránea tras recuperar la conciencia, a menos que Orfeo lo ayudara a forzar la puerta. Está envuelto en su largo abrigo de cuero.

—Sí, señor —dice inclinando su cara cerosa—. Trataremos a esos traidores como se merecen para que lo confiesen todo.

Cuando alza la cabeza, su mirada, resplandeciente entre sus rizos sueltos, se cruza con la mía. Por primera vez veo en ella algo inesperado: admiración. He conseguido detener la revolución palaciega contra la que me había puesto en guardia y cuyas consecuencias habrían sido dramáticas para el pueblo. ¡Una proliferación anárquica de innumerables bebedores de sangre sin el límite del *numerus clausus* habría acabado con el cuarto estado, literalmente! No ejecuté a Tristan para salvar al rey, por descontado, sino para preparar la verdadera revolución: ¡la que disipará las Tinieblas y destronará al Inmutable, y con él a todos los vampyros y Tristanes del mundo!

—Suraj y usted son ahora los únicos escuderos —dice el monarca sin imaginar siquiera que, armándome escudera, se alía con aquella que ha jurado matarlo—. ¿Podemos hacer algo para manifestarle nuestra gratitud? Hable sin vergüenza, señorita. Joyas, animales exóticos, armas refinadas: todo lo que desee. ¿Qué le gustaría más? No nos diga que quiere bailar sin reposo la giga del vencedor con el tal Alexandre de Mortange.

—Lo único que puede satisfacerme de verdad es su seguridad, señor —contesto—. Es necesario que reorganice lo antes posible una guardia personal completa.

—¿Eso es todo? Esa inquietud le honra. Claro que debemos organizar una nueva guardia, pero ¿con quién? ¿Puede sugerirnos a alguien?

—A Proserpina Castlecliff.

Por un instante, las arañas resplandecen silenciosamente en la máscara de oro.

—¿La tuberculosa que quedó eliminada de la competición y que, según dicen, está casi agonizando? —suelta por fin el rey titubeante.

—Está entregada a usted en cuerpo y alma, señor. Si le ofrece un Sorbo que le salve la vida, le será aún más fiel.

El monarca asiente con la cabeza, sacudiendo los largos rizos de su increíble cabellera oscura.

—Bien pensado. Además de tener agilidad física, es usted una psicóloga perspicaz. Estamos deseando descubrir el poder que nuestro sorbo generará en usted, dado que no le falta potencial.

Sonrío forzadamente: los únicos poderes que deseo son los que puedan ayudarme a acabar con el tirano que tengo delante.

—Pero la inglesa solo llegó la tercera en la competición —prosigue el rey—. Si la ascendemos, la etiqueta nos obliga a promover también a los semifinalistas. Eso sería perfecto: cuatro candidatos para ocupar los cuatro puestos vacantes. —Dicho esto, se vuelve hacia los médicos y, alzando una manga adornada de lentejuelas negras, les ordena—: Traigan de inmediato a los elegidos a la cámara mortuoria para ofrecerles nuestro sorbo. Hay que ascenderlos lo antes posible para que el Estado pueda retomar su imperturbable curso. Proclamen en toda Vampyria que esa patética facción no ha hecho temblar siquiera al Inmutable. ¡Esa es nuestra implacable respuesta a los que, atreviéndose a desear nuestra muerte, han firmado la suya!

Epílogo

*M*añana, 1 de noviembre, me instalaré oficialmente en el palacio.

A ojos del mundo, soy Diane de Gastefriche, la escudera del Rey de las Tinieblas, pero en lo más profundo de mi corazón siempre seré Jeanne Froidelac, la heredera del combate que emprendió mi familia.

Ninguno de los cinco escuderos del rey con los que debo vivir tan estrechamente como si fuéramos hermanos sospecha cuál es mi verdadera identidad.

No sé si Poppy me perdonará alguna vez que la traicionara, a pesar de que he intentado recuperarla defendiendo su causa ante el monarca.

En cambio, estoy segura de que Hélénaïs no perderá una sola ocasión de derribarme.

Rafael y Suraj están demasiado ocupados para preocuparse por mí, ya que deben ocultar su propio secreto al rey y al resto de la corte.

En cuanto al enigmático Zacharie, ignoro lo que piensa de mí.

En la corte de las Tinieblas tengo muchos enemigos. Los dragones reales no mataron a todos los conspiradores mortales, cuyos planes hice saltar por los aires. Los cortesanos inmortales son aún más peligrosos: Edmée y Marcantonio me mostraron hasta qué punto sus juegos pueden ser crueles.

Alexandre constituye un peligro aún más temible, dado que se ha encaprichado conmigo y que hace veinte años mató a otra escudera real. En cuanto a Exili, el gran arquiatra, mi instinto me dice que debo evitarlo como la peste.

Sin embargo, al igual que no puedo considerar aliados a todos los plebeyos, como me demostró la señora Thérèse, no todos los nobles están en mi contra. En los meses y años futuros podré contar al menos con dos de ellos: mi querida Naoko y Montfaucon, a los que acompañará el inquietante Orfeo. Los malditos de Vampyria son unos seres tan desarraigados como yo: una extranjera poseída por un demonio, un verdugo torturado por los remordimientos y un inocente mudo y sin pasado. Con su ayuda tendré que afrontar unos inmensos desafíos y responder a unas incesantes preguntas.

¿Cuál es la naturaleza secreta de las Tinieblas?

410

¿Por qué se están reforzando en los últimos tiempos, aumentando la sed de sangre de los vampyros y el furor de las abominaciones nocturnas?

¿Llegará el aire de rebelión que sopla en América al corazón de Vampyria antes que las Tinieblas la devoren desde dentro?

Por último, ¿qué sentido tiene la extraña visión que tuve cuando estaba sola en la cámara mortuoria? ¿Fue una profecía, un horizonte o tan solo un espejismo inconsistente?

El camino de la liberación del pueblo será sinuoso, lo sé.

Tendré que enfrentarme a las numerosas trampas que me tenderán tanto los rebeldes sedientos de justicia como los que, al igual que Tristan, aspiran a apoderarse del poder.

El camino estará jalonado de sacrificios aún más dolorosos que los que he tenido que hacer hasta ahora.

Qué más da.

El tiempo de la venganza salvaje y autodestructora ha quedado atrás.

Empieza el del minucioso sabotaje de Vampyria.

Mientras el corazón lata en mi pecho, lucharé clandestinamente contra los señores de la noche: ¡la libertad o la muerte,
siempre, lo juro!

AGRADECIMIENTOS

Ha llegado el momento de dar las gracias a todas y todos los que me han acompañado en esta peligrosa aventura.

Para empezar, a mi familia, que me ha sostenido siempre durante las noches en las que deambulaba entre nuestro calendario y el año 299 de las Tinieblas.

A continuación, a Constance, Fabien y Glenn, mis editores, que me han seguido por los pasillos de Versalles corriendo el riesgo de pagar con su sangre.

A Nekro, Loles y Tarwane, los artistas llenos de talento que han creado el mundo barroco que me obsesionaba. A Misty Beee, la fabulosa cartógrafa que ha explorado valerosamente las fronteras más remotas de la Magna Vampyria.

A Joël, Céline y Barbara, que han pulido el libro que tienes en las manos. A Alexandra, Lætitia, Céline, Filipa, Christiane, Benita, Alix, Isabelle, Tiffany y a todo el equipo de ediciones Robert Laffont.

Por último, a Billie y Rasco, los compañeros de mis noches de escritura, que, como cualquier gato, tienen la mágica capacidad de ver en las tinieblas, más allá de los abismos espaciales y temporales.

AL CERRAR ESTE LIBRO, QUERIDA LECTORA, QUERIDO LECTOR, CIERRA LA PUERTA DE LA CORTE DE LAS TINIEBLAS.

PERO NO TARDARÁ EN ABRIRSE UNA NUEVA PUERTA A UNA NUEVA CORTE...

¡JEANNE Y YO TE INVITAMOS A ENCONTRARNOS ALLÍ!

Este libro utiliza el tipo Aldus, que toma su nombre
del vanguardista impresor del Renacimiento
italiano, Aldus Manutius. Hermann Zapf
diseñó el tipo Aldus para la imprenta
Stempel en 1954, como una réplica
más ligera y elegante del
popular tipo
Palatino

Vampyria de Victor Dixen
se terminó de imprimir en el mes de octubre de 2022
en los talleres de
Grafimex Impresores S.A. de C.V.
Av. de las Torres No. 256 Valle de San Lorenzo
Iztapalapa, C.P. 09970, CDMX, Tel:3004-4444